드보크
DVOKE

라문찬
장편소설

나무옆의자

차례

입당식

승합차는 일행을 시골길 한가운데 부려놓았다.

고작 스무 살 정도로밖에 보이지 않는 애송이 청년 다섯과 날카로운 눈빛을 한 단신의 중년 사내였다. 청년 둘은 H대학 로고가 새겨진 점퍼를 입었는데 서로 격의 없는 말을 주고받는 본새로 보아 다섯 명 모두 동문인 것처럼 보였다.

학교 점퍼를 입은 청년 하나는 눈썹이 짙고 입술이 두터웠으며 누구에게나 호감을 줄 만한 인상이었다. 불안감이 가득한 얼굴의 나머지 네 명은 모두 그에게 말을 붙이려 애썼고 그는 모두에게 쾌활한 목소리로 대꾸를 해줬다. 그러면 그의 대답을 얻은 이들은 적이 안심이 된다는 표정을 지었다.

중년의 사내는 청년들을 이끌고 허위허위 둔덕을 올라갔다. 그곳은 마을에서 멀리 떨어져 인적이 드문 편이었는데 우거진 수풀 사이로 유적처럼 황폐한 축조물이 슬쩍 보였다.

청년들이 사내가 이끄는 대로 들어와 보니 버려진 축사였다. 오랫동안 사용하지 않은 것처럼 보였지만 퀴퀴한 분뇨 냄새는 축사 전체에 배어 있었다. 청년들은 축사가 마음에 들지 않는지 얼굴을 잔뜩 찌푸렸다. 늦가을인데도 날벌레들이 많았다.

청년들은 벽에 붙은 김일성 부자의 초상화를 보고 흠칫 놀랐다. 붉은 액자에 박힌 김일성·김정일의 초상화는 너무도 강렬해서 버려진 축사의 분위기와 묘한 대비를 이루었다.

초상화는 비현실적으로 장엄한 느낌을 주었지만 액자는 골판지로 만든 조악한 것이었다.

중년의 사내는 멋쩍은 표정으로 웃었다.

"이거야 원…… 경애하는 수령님을 이런 누추한 곳에 모시다니……."

사내는 어색하게 두리번거리는 청년들을 초상화 앞에 일렬로 도열하게 했다. 초상화 옆으로는 낫과 망치, 붓이 합쳐진 조선노동당 로고가 붙어 있었다. 원래 노동당 기를 세워두어야 하지만 그런 걸 제작하는 건 너무나 위험한 일이었다.

사내는 청년들을 돌아보며 단신에 어울리지 않는 엄숙하고 무거운 목소리로 당부했다.

"한 번이라도 입당을 하게 되면 이름이 조선로동당 중앙
위원회 조직지도부 당원등록과에 등록되오. 남조선에서 입
당한 자들은 전고(전부) 대남공작원에 해당되기에 비밀문서
과에도 등록되오. 우리 조선은 문건을 중시하는 국가요. 기
록은 절대로 지워지지 않소. 여러분은 앞으로 당과 수령에
대한 끝없는 충실성을 지니고 수령을 결사옹위하며 남조선
에서 혁명과업을 수행해야 하오. 만일에 변절한다면 오늘의
입당식은 여러분에게 평생의 굴레가 될 것이오. 다들 알다시
피 이러한 행위는 남조선 괴뢰정부가 법으로 엄격하게 금하
고 있소. 자신이 없는 자는 지금이라도 그만두시오."

사내의 매서운 눈이 청년들의 표정을 살폈다. 다들 굳게
다문 입에서 결연한 입당 의지가 읽혔다. 사내는 만족스러운
미소를 지으며 청년들을 바라보았다.

"〈적기가〉와 〈수령님께 바치는 충성의 노래〉는 다들 외웠
소?"

청년들은 고개를 끄덕이더니 서로 눈빛을 주고받으며 〈적
기가〉를 제창했다.

민중의 기 붉은 기는 전사의 시체를 싼다
시체가 식어 굳기 전에 혈조는 깃발을 물들인다
높이 들어라 붉은 깃발을 그 밑에서 굳게 맹세해
비겁한 자야 갈라면 가라

우리들은 붉은 기를 지키리라

청년들이 2절까지 부르려는 것을 사내가 제지했다.

"현지 입당의 긴박한 상황을 리해하여 2절은 생략하도록 하겠소. 이제 〈수령님께 바치는 충성의 노래〉를 부르시오."

청년들의 입에서 〈적기가〉보다 더 생경하고 이질적인 노래가 흘러나왔다. 이남에서는 독재자를 찬양하는 유치한 선동가로 평가 절하되겠지만 이북에서는 불후의 명곡으로 추앙받는 고전이었다.

장백의 험한 산발 눈보라 헤치시고
혁명의 수만 리 길 걸어오셨네
내 조국 찾아주신 위대한 수령님께
인민들은 일편단심 충성을 맹세하네

청년들이 급하게 가사와 멜로디를 외워 온 것치고는 꽤나 호흡이 잘 맞는 합창이어서 사내의 마음을 흡족하게 했다. 사내는 입꼬리를 슬쩍 올리며 의식을 계속 진행했다.

"이제 맹세문을 낭독하겠소."

위대한 수령님을 모시고 우리 조선이 치켜든 찬란한 주체의 횃불에 따라 장엄한 역사적 진군을 시작하는 성스러운 이 시각에 나는 조국과 민중 앞에 숭고한 사명을 심장 깊이 새기며 영광스러운 우리 전선과 수령님 앞에 나의 전 생애와 생명을 걸고 다음과 같이 맹세한다.

1. 나는 수령님께 무한히 충직한 수령님의 전사이다.
2. 나는 영생불멸의 주체사상으로 무장한 주체형의 혁명가이다.
3. 나는 전선의 영예로운 전사이다.
4. 나는 한국 민중의 애국적 전위이다.
5. 나는 민중과 운명을 같이하는 민중의 벗이다.
6. 나는 목숨 바쳐 전선과 혁명을 지킨다.

사내는 맹세가 끝나자 청년들을 한 명씩 돌아보았다.
"조선로동당 당중앙의 위임에 따라 동지들의 조선로동당 입당을 허가함을 선포한다."
청년들이 나지막하게 환호성을 지르며 서로 얼싸안았다.
사내는 청년들의 손을 맞잡으며 차례대로 암호명을 부여했다.
"광명성 691호, 광명성 692호, 광명성 693호, 광명성 694호, 광명성 695호."
청년들은 평양에서 내려온 자신의 암호명을 몇 번씩이나 되뇌었다.
사내는 청년들의 어깨를 두드려주었다.

"동무들은 갑작(갑자기) 벼락대접을 받았소. 이북에서 당증을 얻으려면 군무자로 10년을 넘게 복무해야 하오. 동무들은 나를 안 지 며칠 만에 당원이 되었으니 이 얼마나 큰 복이오?"

사내는 학생들 중 가운데에 서 있는 짙은 눈썹의 잘생긴 청년과 눈을 마주쳤다. 누구라도 한눈에 그가 이들의 리더라는 걸 알 수 있었다. 사실 오늘 입당식에 학교 후배들을 데려온 것도 이 청년이었다.

사내는 청년의 손을 꾹 부여잡았다. 남조선 지식인들과 노동자들을 일떠세울 혁명 전사로 기대가 되는 인물이었다.

강도

동식은 휴대전화 너머로 들리는 전처의 잔소리를 한 귀로
흘리며 길 건너편의 은행을 쳐다보고 있었다. 예전에는 같이
악다구니를 하며 싸웠지만 그게 아무런 소용이 없다는 걸 깨
달은 뒤로는 적당히 대답하고 전처의 화가 가라앉기를 기다
리는 방법을 썼다.

"알았다고⋯⋯. 내가 일부러 생활비를 안 보내주나? 일자
리는 계속 알아보고 있어⋯⋯. 걱정 마⋯⋯. 애들 교육비는
내가 책임져⋯⋯. 기다려봐. 조만간 큰돈이 들어오니까."

통화를 끝낸 동식은 숨을 한 번 크게 들이쉬고 건널목을
건넜다. 은행 ATM 부스에서 노인 한 명이 천천히 유리문을

열고 나왔다. 부스 안에는 돈을 뽑는 젊은 여자 하나뿐이었다. 동식은 여자가 밖으로 나올 때까지 기다렸다.

그런 뒤 ATM 부스 내에 아무도 없는 것을 확인하고 안으로 들어가 구석에 있는 현금인출기 앞에 섰다. 혹시나 하고 손목시계를 확인했다. 입금하기로 약속한 시간이 훌쩍 지나 있었다.

동식은 긴장이 되어 턱 주변을 한 번 쓰다듬었다. 며칠 동안 면도를 안 해 자신의 턱이 수세미처럼 느껴졌다. 어제 마신 소주 때문에 머리가 지끈거렸다. 돈 찾으면 콩나물해장국집에 가서 속이나 풀어야겠다고 생각했다.

만일에 돈이 들어와 있지 않다면 어떻게 할 것인가.

"그렇게 나온다면…… 너 죽고 나 죽는 거지."

어차피 잃을 게 없는 동식이었다. 자신이 이렇게 나락으로 떨어진 것이 누구 때문인가. 따져보면 책임은 그에게 있다. 동식은 자신이 충분히 보상을 받을 자격이 있다고 생각했다.

자신이 이렇게 비참하게 살고 있는데 모른 척한다면 그게 사람인가. 겉으로는 아무리 훌륭한 사람처럼 보여도 금수만도 못한 인간일 것이다.

동식은 두근거리는 가슴을 진정시키기 위해 심호흡을 했다. 최근에 전철 탈 때를 빼곤 별로 사용한 적이 없는 IC 카드를 조심스럽게 슬롯으로 밀어 넣었다.

"뭐야 이거?"

동식은 계좌 조회 결과를 믿을 수 없었다. 27만 3천2백 원이 남아 있었다. 가슴 깊은 곳에서 분노가 끓어올랐다. 결국 해보자는 것이냐.

동식이 제시한 금액은 절대로 터무니없는 수준이 아니었다. 자신의 망가진 인생에 대한 작은 위로금 수준이었다. 그리고 이에 대해 그와 동식은 분명히 합의를 보았었다.

"개새끼. 어디 두고 보자."

동식은 떨리는 손으로 휴대전화의 주소록을 뒤졌다. 마침내 그녀의 이름이 기억났다. 신호가 몇 번 간 뒤에야 상대방이 전화를 받았다.

"나 결심했어. 만납시다."

"어제도 말씀드렸지만 어떤 건인지 먼저 알아야……."

여자는 어제와 마찬가지로 주저하는 목소리였다. 괜히 시간 낭비하지 않겠다는 뜻이겠지.

"허풍인 거 같아서? 걱정 마셔! 내 얘길 들으면 절대 후회하지 않을 거요."

동식은 전화기를 손에 든 채로 유리문을 밀었다. 택시를 잡기 위해 도로변으로 이동하는데 오토바이 한 대가 근처에 와 섰다.

헬멧을 쓴 남자가 동식을 향해 뛰어왔다.

동식은 여자와 통화하느라 남자를 보지 못했다. 한 손에는 전화기를 들고 다른 손으로는 택시를 부르는 중이었다. 빈

택시가 드물어 여러 대의 차량이 동식을 스치고 지나갔다.

동식은 갑자기 눈앞에 나타난 오토바이 헬멧을 보고 뒤로 움찔 물러섰다. 남자는 품에서 기다란 금속 물체를 꺼내 동식의 가슴팍을 여러 번 찔렀다.

나중에 미용실에서 파마를 하던 부인은 남자가 꺼낸 금속 물체가 부엌칼이라 진술했고 분식집 주인은 그냥 꼬챙이라고 했다. 자상을 분석한 국과수에서는 매우 좁고 긴 형태의 회칼이라고 결론 내렸다.

흉기에 찔린 동식은 보도블록 위에 쓰러졌고 사람들이 비명을 질렀다. 남자는 동식의 안주머니를 뒤져 지갑을 챙겨 들고 달아났다.

끔찍한 광경을 목격한 중년 여성이 발을 동동 굴렀고 엄마가 아이의 눈을 가렸다. 분식집 주인이 황급히 112를 눌렀다.

동식의 가슴 주위로 서서히 피가 번졌다. 바닥에 떨어진 동식의 전화기에서는 다급한 여자 목소리가 계속 흘러나왔다.

신고를 받고 출동한 경찰과 구급차가 현장에 도착한 것은 동식의 숨이 끊어지고도 몇 분이 더 지난 뒤였다.

지갑에 얼마가 들었는지는 알 길이 없으나 경찰은 강도가 몇 푼 건지지 못했을 것이라 보았다. 그날 피해자가 조회한 계좌에는 겨우 27만 원 정도가 들어 있었고 그나마 인출하지 않았기 때문이다. 경찰은 범인이 피해자가 고액을 인출했을 거라 착각하고 실수로 저지른 범죄라고 판단했다.

돈이 목적이라면 왜 네 번에 걸쳐 급소를 찔렀는지에 대해서는 경찰의 설명이 궁색했다. 범인이 초범이고 극도로 흥분하여 과도한 행동을 했을 가능성이 높다는 설명이었다. 혹은 헬멧을 썼음에도 자신의 인상착의를 기억하는 것이 두려워 살인을 불사했다는 것이다.

경찰은 CCTV를 통해 범인이 도주한 동선을 추적했지만 놓치고 말았다. 오토바이는 주택가와 개천가를 오가며 빠르고 지능적으로 사라졌다. 이미 도주 동선을 설계해놓고 저지른 치밀한 범행이었다. 범인이 이용한 오토바이는 가와사키 닌자였는데 예상했던 대로 번호판은 엉터리였다.

사회부 기자들은 그 정도로 치밀한 범인이 왜 돈도 없는 사람을 범행 대상으로 골랐느냐고 물었다. 사건 브리핑을 맡은 경찰관은 범죄가 언제나 성공하는 것은 아니며, 범인을 언제나 잡을 수 있는 것도 아니라 말했다. 세상사가 뜻한 대로 되면 얼마나 좋겠느냐는 선문답 같은 말에 중앙일간지의 한 고참 기자는 뭐 이런 무성의한 브리핑이 있냐고 버럭 화를 냈다.

피해자는 무직의 우동식(49세)으로 유족으로는 이혼한 아내와 두 자녀가 있었다. 백주 대낮에 벌어진 이 끔찍한 범죄는 저녁 뉴스에서 비중 있게 다뤄질 예정이었으나 여당과 야당의 극한 대립으로 치닫는 정치 뉴스에 묻혀 단신으로 처리되었다.

강도살인 같은 범죄는 이제 더 이상 매스컴의 이목을 끌지 못했다. 대중들은 강력범죄라도 특이하고 자극적인 소재가 곁들여져야 관심을 보였다.

동식의 장례식은 쓸쓸했고 그의 죽음은 순식간에 사람들의 기억에서 사라졌다.

제보자

강력팀 사무실을 찾아온 참고인은 짧은 커트 머리에 작은 눈을 가진 야무진 인상의 젊은 여성이었다. 곰처럼 둔하게 생긴 형사는 참고인이 내민 명함을 보고 낯빛이 창백해졌다.

"월간한국? 기자셨네요?"

그의 목소리 역시 곰처럼 둔했다. 김소미 기자는 형사의 당혹스러워하는 표정에 찾아오길 잘했다는 확신이 들었다. 형사는 어색한 미소와 뚱한 표정을 번갈아 보여주며 웅얼거렸다.

"에이…… 뭐 하러 여기까지 직접 오셨어요. 전화로 해도 될 것을……."

"먼저 연락하신 건 그쪽이잖아요?"

"그냥 형식적인 확인 절차였어요. 피해자가 죽기 직전에 통화한 사람이 누군지는 알아야 하니까요."

"전화로는 말씀 안 드렸는데, 피해자는 저에게 무언가를 제보하고 싶다고 했어요."

"뭐였나요? 제보 내용이?"

소미의 눈썹이 살짝 꿈틀거렸다. 망설이는 눈치였다.

"구체적인 내용은 몰라요. 만나면 얘기해준다고 했어요."

"그래도…… 어떤 걸 제보하겠다는 말은 했을 거 아니에요?"

"얘기하지 않았어요. 다만 제가 들으면 놀랄 만한 일이라고 했어요."

"기자님은 피해자가 사망하기 전날에도 통화를 하셨죠? 그땐 무슨 얘기를 했나요?"

"같은 얘기예요. 엄청난 제보를 하겠다고 했어요. 그런데 하루만 기다려달라고 하더군요. 아직 제보를 할지 말지 결정을 못 내렸다는 거예요."

"그래서 뭐라고 했어요?"

"마음대로 하라고 했죠. 제보 내용이 뭔지도 모르는데 멋대로 이랬다저랬다 해서 좀 짜증이 났어요. 그런 사람들이 많아요. 세상을 깜짝 놀라게 할 제보를 하겠다고 해서 만나 보면 지극히 개인적인 분쟁들이 대부분이죠. 심지어 가족 간에 벌어진 재산 다툼을 제보하는 사람들도 있어요. 소송에서 좀 더 유리한 여론을 만들고 싶어서죠."

"그런데 다음 날 제보를 결심하고 전화를 했는데, 통화 중에 살해된 거로군요."

"맞아요. 저로서는 호기심을 가질 만하잖아요?"

형사는 어깨를 으쓱해 보였다.

"제가 볼 때는 그냥 단순 강도사건인데요. 제보 내용도 모르신다니 참고할 게 없군요. 그날 피해자는 통화를 딱 두 번 했습니다. 이혼한 전처, 그리고 기자님이죠. 전처는 그저 돈을 부치라고 닦달한 거고, 아마 피해자는 돈을 보내려고 은행에 들렀을 겁니다. 그런데 계좌에 남은 27만 원을 보고 그냥 나온 거죠. 은행 근처에 잠복하던 강도는 우연히 만난 이 불쌍한 사람이 돈깨나 가진 줄 알고 그런 끔찍한 일을 저지른 거고."

"어떤 일간지 사회부 기자가 이 사건에 대해 이런 의견을 남겼어요. '범행 준비의 치밀함과 범인의 충동적 살인 사이에 큰 모순이 있어 보인다. 고작 빈 지갑을 훔치려고 사람을 네 번이나 찔렀단 말인가?' 전 그 기자의 코멘트에 공감이 가요. 지갑을 훔쳐 간 것이 왠지 위장 전술로 보이는 건 저뿐인가요?"

형사는 기분이 상해 곰 발바닥 같은 손으로 책상을 쿵쿵 두드렸다.

"아가씨, 세상 사람들이 착각하는 게 뭔지 알아요? 경찰이 잡지 못하는 범죄자들이 아주 똑똑하다고 생각하는 거예요. 오랫동안 잡히지 않는 범인은 뤼팽 정도 되는 천재인 줄 아는데, 아닙니다. 진짜 똑똑한 사람들은 범죄를 안 저질러요. 합법적으로 충분히 부자가 될 수 있는 방법들이 많은데 왜 강도 짓을 하겠어요? 부엌에서 쓰는 칼로 사람 배를 쑤셔대는 게 똑똑한 짓입니까? 세상 멍청한 짓거리죠. 그놈이 도주 동선을 치밀하게 설계했다고 하는데, 그냥 우연히 CCTV가 부족한 길로 도망쳤을 뿐이에요. 그냥 운이 좋았던 거죠. 제발 부탁인데, 들쑤시고 다니지 말아요. 이미 강도사건으로 다 정리가 되고 있는데, 이상한 기사 써서 재 뿌리지 말아달라고요. 그런다고 뭐가 달라져요? 범인이 기사 보고 제 발로 찾아오나요? 물론 지금 상황에서도 강도가 잡힐 때까지 어느 정도 고생은 하겠죠. 수배도 해야 하고. 하지만 청부 살인이니 뭐니 하면서 이상한 음모론으로 들쑤시면 일거리가 열 배로 늘어날걸요. 요즘은 경찰관들도 '워라밸'을 찾습니다. 일 터졌다고 휴일에 호출하고 그러면 젊은 애들은 사표 낸다고요. 우린 지금도 충분히 열심히 일하고 있으니까 더 이상 힘들게 하지 마세요. 아가씨, 알아들었어요?"

소미는 발딱 일어나 곰처럼 생긴 형사를 노려보았다. 그 모습은 마치 미어캣이 불곰을 겁박하는 것처럼 보였다.

"제 이름은 아가씨가 아니라 김소미입니다. 그리고 경찰이 어떤 결론을 내린다고 기자가 그 결론에 구속되는 건 아닙니다. 얼마든지 다른 관점으로 바라볼 수도 있는 거고, 때로는 그 관점 때문에 수사를 다시 해야 하는 경우도 생기죠. 워라밸이요? 언론의 자유와 경찰관의 워라밸이 도대체 무슨 상관이에요?"

소미가 강력팀 사무실 문을 쾅 닫고 나가자 형사는 낮은 신음 소리를 냈다. 방송국과 중앙일간지 기자들도 얌전히 보도 자료를 받아 쓰는데 월간지 신참 기자가 왜 저리 나대는지 알 수가 없었다. 형사는 자식뻘 되는 여자에게 막말을 들었다는 분한 생각에 책상을 쿵 내리쳤다.

강력팀 사무실에서 뛰쳐나온 소미는 경찰서 기자실에 들렀다가 또 한 번 악에 받쳤다. 머리가 벗어진 중년의 남성 기자가 기자실에서 나가달라고 요구한 것이다.

"뭣 때문에 기자가 기자실에 못 들어오게 막는 거죠? 무슨 권리로?"

"월간한국은 기자단 가입이 안 되어 있잖아. 출입문에 경고문 못 읽었어? 여기는 기자단에 등록된 언론사만 출입할 수 있다고."

"세상에······ 그런 법이 어디 있어요? 기자라는 분들이 그런 짓을 해도 돼요?"

"당신 바보야? 이건 어느 경찰서에 가도 마찬가지야. 억울하면 당신네 선배들한테 가서 따져."

"언제 봤다고 반말이세요?"

소미는 중년의 기자와 드잡이를 할 태세였다. 그때 종편 채널 사회부 기자가 둘 사이에 끼어들어 일촉즉발의 상황을 진정시켰다.

"자자, 이분이 경찰서 출입을 처음 해봐서 그런 것 같네요. 선배님, 어린 후배한테 꼰대같이 왜 이러셔. 자, 내가 데리고 나갈 테니 일 보세요."

소미를 매점까지 데려가 음료수를 사준 남자는 A경제뉴스 이동욱 기자였다. 소미는 젊고 멀끔한 인상에 호감이 가서 남자를 순순히 따랐다. 남자는 붙임성이 좋았다. 기자의 취재력은 친화력에서 나온다는데, 소미는 자신에게 그런 능력이 부족하다는 걸 절감하는 중이었다.

"너무 속상해하지 말아요. 우리도 개국하고 여기 들어오는 데 1년 걸렸어요."

"1년이나요? 그건 선발 주자들의 갑질 아닌가요?"

"그렇죠. 기자실은 어딜 가나 중앙일간지랑 지상파들이 꽉 잡고 있어요. 종편 채널이 자기들 밥그릇을 빼앗으러 왔는데 가만히 있는 게 더 이상하죠. 전 그 사람들 입장도 어느 정도 이해합니다. 광고 시장은 얼어붙었는데 매체는 계속 늘어나니 요즘은 다 죽을 맛이죠."

"정말 너무들 하는군요. 우리 회사는 창간한 지 30년이 넘은 곳인데……. 기득권자들의 잘못된 관행을 비판하는 사람들이 자신들의 이익 앞에서는 부끄러움이 없군요."

"내로남불이란 말이 가장 잘 어울리는 집단은 정치인이 아니라 바로 기자들이에요. 그나저나 월간지가 이런 데 뭐 하러 왔어요?"

"강도살인 사건 참고인으로 왔어요."

"에? ATM 부스 앞에서 칼 맞고 죽은 사람 얘긴가요?"

"네. 죽은 그 사람, 저한테 제보하려던 사람이에요."

"우아…… 대박이네. 혹시 그 사람이 제보하려던 내용 때문에 죽었다고 생각하는 건가요?"

"그럴 가능성을 완전히 배제할 순 없는 상황이죠."

"아이고 꿈 깨요. 설사 그런 게 있다 해도 우리가 못 밝혀요. 경찰에서 이미 단순 강도사건으로 결정을 내린 사항이에요. 우리나라는 무조건 관官이 최고예요. 기자가 경찰의 수사를 뒤집은 적이 몇 번이나 있었나요? 이런 권위적인 나라에서는 거의 불가능하죠. 워터게이트 사건이 한국에서 터졌다면 그냥 조용히 묻혔을걸요. 검찰에서 수사한 뒤에 대통령은 혐의 없음, 하고 종결했겠죠."

소미는 맥이 빠졌다. 기자실에 출입하는 종편 기자가 저런 생각을 할 정도면 나머지 군소 매체들 기자들은 어떻겠는가. 하지만 보도 자료를 적당히 편집해서 내보내는 속 편한 기자가 될 요량이었으면 소미는 애초에 이 직업을 선택하지 않았을 것이다.

"이것도 인연인데…… 내가 좋은 정보 하나 드릴까요?"

이동욱 기자의 제안에 소미는 작은 눈을 부릅떴다. 그래도 눈동자는 잘 보이지 않았지만.

"좋은 아이템 있어요?"

"내가 여기 여경들하고 좀 친하거든요? 그중에는 데이터 베이스 관리하는 친구도 있어요. 은수라고 꽤 귀여운 친군 데……, 이 친구가 강도살인 사건 나고 며칠 지나 아주 재밌는 이야기를 해줬어요."

이 기자는 목소리를 낮춰 소미의 귀에 대고 말했다.

"강도에게 칼 맞고 죽은 피해자 말입니다. 우동식이라고……. 이 친구 예전에 지하당 사건으로 징역살이를 했더군요."

"지하당 사건이면…… 학생과 노동자들이 북한 공작원과 접촉해서 국가 전복 세력이 되었다던……. 20년도 더 된 일인데……."

소미는 기억이 가물가물했다. 어디선가 문헌으로만 읽었을 뿐, 자신이 아직 어릴 때 일어난 사건이었다.

"맞아요. 그래서 나이 드신 분들 말고는 기억하는 사람들이 별로 없죠. 전 이걸 가십 기사로 쓰려고 해요. 강도를 당해 죽은 사람이 알고 봤더니 지하당 사건의 관련자였다. 그러면서 간략하게 지하당 사건을 소개하는 거죠. 메인뉴스는 아니지만 소소하게 단독보도 한 건 올릴 수 있죠. 그쪽도 생각 있으면 취재해봐요. 월간지라서 알려드리는 겁니다. 그쪽에서 기사 나올 땐 우리 방송이 먼저 나간 후일 거라서."

"네……. 우동식의 기구한 사연을 소개하면 가슴 찡한 휴먼 스토리 하나 나오겠네요. 어쨌든 고맙습니다. 여러 가지로 배려해줘서."

"돕고 살아야죠. 거기 강민재 선배는 제가 존경하는 분이에요. 혹시 만나면 안부라도 전해줘요."

소미는 강민재라는 이름을 듣자 좋은 생각이 떠올랐다. 강민재는 월간한국의 간판 기자였으나 지금은 은퇴하여 보수층이 즐겨 찾는 유튜브 채널을 운영하고 있었다. 현역 때는 사실관계에 입각한 정확하고 냉정한 보도로 특종 사냥꾼이라 불리던 유능한 기자였다.

강민재를 만나 지하당 사건에 대해 물어보면 뭔가 참고할 만한 소스를 얻을 수 있을지 모른다. 강민재는 한때 '간첩 전문 기자'로 불릴 정도로 북한의 대남공작에 대해 해박한 지식을 갖고 있었다.

소미는 스마트폰으로 강민재가 과거에 썼던 기사들을 검색해봤다. 월간한국의 뉴스 데이터베이스에 등재된 수백 건의 기사가 떴는데, 그중에 지하당과 관련된 커버스토리가 있었다. 역시나 그는 지하당과 관련한 탐사보도를 했고, 특종을 했으며, 지하당 기사가 그해 최고의 기사로 선정돼 기자협회상을 받았다.

소미는 데스크에 전화를 걸었다. 강민재를 소개받기 위해서였다. 그는 너무 오래된 기자라 소미와는 일면식도 없었다. 만나줄지도 의문이었다. 밖에 나가서 대중적인 정치평론가로 변신한 뒤로는 후배 기자들과 사이가 좋지 못하다고 들었다. 데스크에 전화를 넣은 지 10분 만에 답변이 왔다.

"만나주겠대. 하지만 정신 바짝 차려. 만만하게 보이면 널 묵사발로 만들 거다."

지하당 사건

강민재의 사무실은 그의 명성에 비하면 좁고 초라했다. 자신이 작업하는 책상을 제외하곤 천갈이를 할 시기가 훨씬 지난 낡은 인조가죽 소파와 한쪽 벽을 다 차지한 합판 책장이 전부였다. 다른 쪽 벽에는 그가 출간한 저서들의 포스터가 붙어 있었고 책장의 빈칸에는 기자협회에서 받은 트로피들이 먼지를 뒤집어쓴 채 놓여 있었다.

하지만 강민재는 자신의 사무실처럼 초라하지 않았다. 그는 일흔이 넘은 고령이었으나 목소리가 카랑카랑하고 눈빛이 날카로웠다. 소미를 보자 먼저 악수를 청했다. 손등에는 주름이 졌으나 악력은 청년처럼 억셌다.

"요즘 회사는 어떤가?"

"어렵습니다."

"월간지 시장이 좋았던 적이 없지. 지하당 사건에 관심이 있다고?"

"네. 선배님께서 과거에 지하당 탐사보도로 기자협회상을 받으셨더군요."

"하하하! 그걸 찾아 읽었단 말인가. 부끄럽군. 얼마나 알고 있지?"

"1990년대를 대표하는 간첩 사건이라는 정도요. 근데 일각에서는 용공 조작사건이라는 주장이 있던데요. 안기부에서 고문으로 억지로 거짓 자백을 받아냈다고."

강민재는 눈을 가늘게 뜨고 소미의 얼굴을 관찰하듯이 훑었다.

"자네가 앞으로 기자 생활을 제대로 하고 싶다면 남들이 얘기하는 걸 액면 그대로 받아들이면 안 돼. 사람들은 항상 자기 입장에서만 선택적으로 진실을 말하거든. 소위 말하는 용공사건에는 네 종류가 있네. 첫째 진짜 100퍼센트 용공사건, 둘째 용공으로 조작된 사건, 셋째 용공사건이지만 과장된 사건, 넷째 적발되지 않은 사건. 군사정권 때 우리가 주로 접했던 건 셋째의 경우지. 공안당국이 용공사건을 적발하면 이걸 정치적으로 이용하고 싶은 사람들도 있기 마련이야."

"조작도 있었지만 아예 없는 얘기는 아니다…… 그런 뜻인가요?"

"그렇지. 지하당 사건은 분명하게 실체가 있는 사건이었지만 공안당국이 무리하게 다른 사건들과 연계시키면서 조직규모가 과장됐어. 김 기자, 정치는 흑과 백을 따지지만 진실은 언제나 회색빛이야. 그래서 진실을 말하는 사람은 결국 어디서도 환영받지 못해. 그래도 진실을 추구하는 것이 기자의 소명이지. 한쪽 진영의 편에 서서 회색을 흑과 백으로 덧칠하는 순간 진실은 멀어지는 거야."

"진실은 언제나 회색빛이라는 말…… 마음에 와닿네요."

강민재는 소파에서 일어나 책상 밑에 있는 서류 박스를 꺼내 왔다.

"그동안 내가 보관해온 지하당 관련 자료들일세. 몇 번이나 버리려고 했는데 못다 쓴 기사들 때문에 미련이 생기더군. 이제 자네에게 넘길 테니 후속기사라도 써볼 텐가."

"후속기사요? 20년이 훨씬 넘었는데 아직도 쓸 게 있을까요?"

"있어. 당시에 이 사건에 연루되었던 이들 중에 제도권 정치로 진입한 사람들이 있네. 대표적으로 이동희 의원 같은 경우지."

소미는 깜짝 놀랐다. 이동희라면 차기 대권 주자로 거론되는 여당의 거물급 인사가 아니던가.

"이동희가 지하당 사건 관계자라고요? 처음 알았어요."

"그렇겠지. 지금 세상에선 이동희 같은 사람들의 어두운 과거를 들추는 건 금기처럼 여겨지니까. 이동희는 민주화운동에 투신했던 운동권 인사로 알려져 있지만 대중이 알고 있는 이미지와는 많이 다른 사람이야. 난 자네가 이동희에 대한 기사를 써보면 어떨까 싶네."

"네……. 하지만 제가 선배님을 찾아온 건 전혀 다른 계기가 있기 때문입니다."

"어떤 계기?"

"얼마 전에 일어난 은행 ATM 부스 강도살인 사건 알고 계신가요? 오토바이 헬멧을 쓴 강도가 ATM 부스 앞에서 사람을 칼로 찔러 숨지게 하고 지갑을 훔쳐 달아나는 일이 있었습니다."

"기억이 나네. 저녁 뉴스 사건사고 코너에 잠깐 나왔지."

"역시 보셨네요. 그 사건의 피해자가 우동식인데 공교롭게도 지하당 사건으로 실형을 받았던 사람이라고 하더군요."

"뭐라!"

강민재의 눈이 날카롭게 빛났다.

"뉴스에 피해자 이름이 가명으로 나와서 내가 미처 몰랐군. 우동식은 직접 공작원과 접촉했던 놈이야. 평양의 지령을 받고 대통령 선거에도 개입했던 인물이지. 그런데 자네는 이런 사실을 어떻게 알았나? 왜 강도사건에 관심을 갖게 된 거지?"

소미는 우동식이 죽기 전에 자신에게 무언가를 제보하려 했다는 점과 경찰서에 갔다가 종편 채널 기자로부터 우동식의 지하당 연루 사실을 듣게 된 경위를 설명했다. 강민재는 굉장히 흥미롭다는 얼굴로 소미를 쳐다봤다.

"김 기자, 우동식이 죽기 전날에도 전화했다고 그랬지? 왜 첫날에 바로 제보하지 않고 군불만 땠을까?"

"음…… 첫날에는 제보한다고 했다가 금방 말을 바꿔 아직 마음을 못 정했다며 시간을 달라고 했어요."

"이 사건의 실마리는 바로 거기에 있어. 왜 제보자는 두 번에 걸쳐 전화를 했을까? 왜 처음에 제보한다고 했다가 하루를 기다려달라고 말을 바꿨을까?"

"모르겠네요. 선배님 생각은 뭔가요?"

"범인이 우동식의 지갑을 훔쳤다고 했지? 혹시 우동식이 현금인출기에서 돈을 뽑지 않고 조회만 하진 않았나?"

"앗! 그걸 어떻게 아셨어요?"

강민재는 쿡쿡 웃었고 소미는 소름이 돋았다.

"왜 하루를 기다려달라고 했을까? 우동식 입장에서 뭔가 확인할 게 있었던 거지. 난 그게 돈이었다고 생각하네. 자네에게 전화를 건 장소가 ATM 부스 아니었나? 우동식은 돈이 들어왔는지 확인했던 거야. 돈을 주지 않으면 언론사에 제보를 하겠다고 누군가를 협박했겠지."

"아…… 그러면 혹시 강도사건도 처음부터 우동식을 노린 위장 범죄일까요?"

"난 그럴 가능성이 높다고 보네. 근데 꼭 우동식 사건 때문에 그렇게 생각하는 건 아닐세. 우동식은 더 큰 그림의 일부일지도 몰라. 지하당 사건은 아직 끝나지 않았어."

강민재의 말은 지하당 사건에 아직 밝혀지지 않은 진실들이 있다는 얘기처럼 들렸다. 강민재는 서류 박스에서 낡은 다이어리 한 권을 꺼내 펼쳤다. 다이어리에는 강민재가 손으로 적어 넣은 글씨들이 빼곡했다. 소미는 마치 붓으로 쓴 것처럼 정교한 필체에 감탄했다. 자를 대고 만든 표들도 있었다.

'이 남자는 편집증 환자다.'

소미는 강민재가 페이지를 넘길 때마다 나타나는 그의 정리벽에 숨이 막혔다. 대기자가 되려면 이 정도로 자신의 일에 헌신해야 하는 걸까. 스스로 근성 있는 기자라고 자부해 왔지만 강민재가 걸어온 길은 더욱 좁고 험난해 보였다.

"얼마 전에 이동희가 지하당 사건에 연루되었다는 기사를 읽고 이 사건을 다시 들여다보았네. 그러다가 조금 이상한 부분을 발견했지."

"어떤……?"

"지하당 사건으로 기소가 되어서 실형을 살았던 사람은 모두 열여섯 명이네. 그런데 작년까지 죽은 사람이 다섯 명이었어. 올해 또 한 명이 죽었으니 모두 여섯 명이 되었군.

김 기자, 지금 한국 사람의 평균수명이 몇 살인 줄 알고 있나?"

"글쎄요, 한 70?"

"82세일세. 그런데 이제 겨우 쉰 살 안팎의 남자들이 열여섯 명 중 여섯 명이 사망한 거야. 무려 40퍼센트가 사망했다고. 이건 통계적으로 말이 안 되는 확률이야. 비정상적인 것이지."

"그렇군요. 하지만 표본 수가 열여섯 명밖에 안 되니까…… 우연이라고 볼 수도 있잖아요?"

"그럴 수도 있지. 하지만 희박한 확률이라는 건 변하지 않아. 죽은 사람들 중 세 명은 작년에 사망했네. 올해 또 한 명이 죽었으니 네 명이 비슷한 시기에 절명한 거야. 이것 또한 이상한 점이지."

"사인死因은 뭐였나요?"

"여섯 명이 다 달라. 두 명은 병사病死야. 대장암과 뇌출혈. 이건 그냥 자연사라고 봐야겠지. 나머지 네 명은 자살, 교통사고, 익사, 그리고 방금 자네가 말해준 타살이네. 난 이걸 좀 자세히 들여다보려고 했는데 그러질 못했어. 올해 고질병인 디스크가 도져서 계속 병원에 누워 있어야 했거든. 그리고 이제 너무 늙어서 탐문조사는 무리라는 생각이 들어. 난 자네가 이 조사를 마무리해줬으면 좋겠네. 특종을 한다면 그건 자네 복이겠지."

강민재는 서류 박스를 소미 쪽으로 밀었다. 소미는 서류 박스를 조심스럽게 끌어안았다.

"영광입니다……. 탐사보도의 전설이신 선배님의 아이템을 물려받다니……."

"김 기자, 난 아첨꾼을 좋아하지 않아. 날 존경한다면 이걸로 커버스토리를 만들어내게."

"알겠습니다. 꼭 진실을 밝히겠습니다."

"아, 그리고 자살 건은 내가 이미 조사를 했네."

강민재는 서류 박스를 다시 끌어당겨 먼지가 앉은 문서철을 꺼냈다. 문서철에는 사진들이 포함된 사건 개요 따위가 묶여 있었다. 경찰의 수사 기록을 요약해 정리한 문서처럼 보였다.

"가장 먼저 죽은 게 박수환이란 놈인데 모텔에서 목을 맸어. 유서는 없었지만 경찰은 자살로 처리했지. 근데 난 이게 자살이 아니라고 생각해."

"그럼 타살이란 말인가요?"

"내겐 그렇게 보여. 여기 이 사진을 보게."

강민재가 보여준 것은 조금 섬뜩한 느낌의 부검 사진이었다. 사진은 시신의 목 부위를 클로즈업해서 보여주었는데, 목 근처에 멍든 흔적이 있었다.

"이런 걸 삭흔索痕이라고 하네. 끈이 목 부위를 압박하여 생기는 흔적이지. 목을 매서 죽은 시신은 브이 자로 삭흔이 생기네. 목에서 귀 아래로 깊게 파인 흔적이 남지. 당연하지 않겠나? 사람의 체중이 실리면 이렇게 끈이 위로 올라가니까. 그런데 이 삭흔은 보다시피 수평 방향으로 나 있어. 이런 경우는 뒤에서 목을 졸랐을 가능성이 높지."

"그런데 왜 자살로 결론 내렸을까요?"

"부검 결과를 무시한 거야. 부검의들도 소견을 명쾌하게 적지는 않아. 잘못 부검했을 때 책임이 자신에게 돌아오는 걸 막기 위해서지. 아마 자살이 아닐 수도 있다는 식으로 모호하게 적어놨을 거야. 사진을 보면 삭흔이 희미해서 방향을 가늠하기도 좀 어렵지. 담당 형사는 타살이라는 뚜렷한 증거가 없다고 보고 그냥 덮어버린 거야. 그게 편하겠지. 미제사건으로 남을 수사를 개시하느니 빨리 종결하는 게 낫다고 생각했을 거야. 이런 놈들은 경찰도 아니야. 그냥 세금만 축내는 식충이들이지."

"이런 자료들은 어디서 나셨어요?"

"정보원들에게 오프더레코드로 하고 비밀리에 받아낸 자료들이야. 난 경찰 고위층에 친구들이 많아. 일선 부서에도 많지. 인맥이란 그냥 얻어지는 게 아냐. 오랫동안 신뢰를 쌓으면서 투자를 해야지. 자네가 취재를 할 때 필요하면 내가 그들을 소개해주겠네. 하지만 소개만 해줄 뿐이고, 그 이후 어떤 관계로 발전시키느냐는 자네한테 달렸어. 부디 훌륭한 기자가 되시게나."

소미는 강민재와 악수를 하고 그의 사무실을 나왔다. 탐사 보도의 전설은 디지털 캠코더 앞에 앉아 유튜브에 올릴 동영상 촬영을 시작했다. 시간이 남아도는 중장년층을 위한 정치 콘텐츠를 만드는 것이 노인이 된 대기자의 취미 생활이자 새로운 일거리였다. 그는 유튜브 구독자들에게 인사를 건네고 오늘 자신을 찾아온 후배 기자에 대해 이야기했다. 아주 똑똑하고 야무진 기자인데 강도사건을 조사하다가 우연히 지하당 사건을 접하게 됐다고.

"여러분은 지하당 사건에 대해 잘 모르시겠지요. 하지만 지하당 사건은 우리 세대들에게 큰 충격을 줬던 용공사건입니다. 당시에 제가 가장 놀랐던 건, 이 사건을 조사하는 과정에서 한 핵심 피의자가 북한이 남파한 간첩 앞에서 김일성에 대해 충성 맹세를 하고 조선노동당원이 되었다고 진술한 겁니다. 이런 사실은 당시 재판 기록에 다 나와 있습니다. 전 요즘도 생각합니다. 지금 우리 사회에 조선노동당원이 얼마나 암약하고 있을까? 혹시 여의도 의사당이나 정부 청사에, 혹은 법원이나 검찰에, 군부대에, 언론사에, 학교에, 청와대에, 조선노동당원들이 숨어 있는 건 아닐까? 생각만 해도 소름이 끼치지 않습니까? 만일 여기에 대해 두려움을 느끼신다면…… 구독 버튼을 눌러주세요."

보좌관

백진호 보좌관은 추어탕 가게 옆으로 난 비좁은 계단을 따라 2층의 철학관으로 올라갔다. 낡은 목재 미닫이문을 열자 할머니 한 분이 상담실에 앉아 고개를 끄덕이고 있다. 역술인은 프린트한 종이에 메모를 해가며 무언가를 열심히 설명 중이다. 노인은 십중팔구 자식 문제로 왔을 것이다.

'여전히 손님이 없군.'

백 보좌관이 보기에 철학관 주인은 내공이 높은 술사였다. 애매한 화법이 흠이었지만 지나고 나서 기억을 되살려보면 그가 흘리는 말들 중에 적중하는 것들이 꽤 많았다. 그런데도 그가 이 바닥에서 성공하지 못하는 이유는 적당히 허풍을 치는 법을 모르기 때문이었다.

백 보좌관은 선거철만 되면 유명 정치인들이 줄을 서서 대기하는 강남의 한 철학관을 알고 있다. 열 번 찍으면 두세 번 정도 맞히는 형편없는 적중률의 술사였지만 그는 영업용 화술을 알고 있었다.

예를 들면 중년 여성이 남편 사주를 가져오면 대뜸 상을 치면서 '이런 남자와 어떻게 살았냐!'고 소리를 지르면 열 명 중 대여섯 명은 눈물을 주르르 흘린다는 식이다. 그의 명조 풀이는 반은 소 뒷걸음질 치다 쥐 잡는 식으로 맞히고, 반은 대화 도중에 눈치로 맞히는 엉터리였지만 철학관은 언제나 문전성시였다.

하지만 철학관 순례자인 백 보좌관은 파리 날리는 이 한적한 철학관에 진짜 고수가 숨어 있다는 걸 알고 있었다. 문제는 술사의 말이 언제나 안개처럼 종잡을 수가 없다는 점이었다. 때로는 술사가 자신의 학문의 효용성을 믿고 있는지조차 의심스러웠다.

"내가 사주 공부를 시작하기 전에 대학원에서 사회학 석사 논문을 쓴 적이 있거든. 근데 논문 쓸 때 통계를 많이 활용하지 않나. 백 보좌관도 회귀분석이라고 들어봤을 거야. 무작위로 흩어진 것처럼 보이는 자료들 사이에 선을 하나 죽 그어서 '여기에 모든 진실이 있다'고 뻥을 치잖아? 진실은 회귀선과 아무 상관없는 좌표에 존재하는데 말이야. 사주팔자를 본다는 게 그런 거야. 여기저기 흩어져 있는 인생의 모습들을 여덟 글자의 회귀선에 억지로 꿰어 맞추는 거지. 그러니 그게 맞겠어? 당연히 대부분 빗나가지. 그런데 가끔 자료점이 공교롭게 회귀선 위에 올라타는 경우도 있잖아. 그럴 때 '와 우리 도사님 족집게네' 이렇게 되는 거야. 그래서 말이야, 사기꾼 술사들이 생기는 거지. 실제 데이터와 회귀선의 편차에 대해서는 이야기하지 않고 그냥 모든 데이터가 회귀선 위에 있는 것처럼 과장을 하지. 그래서 진짜 양심적인 술사는 언제나 오차와 편차에 대해서 이야기를 해야 돼. 그럴 가능성이 높지만, 아닐 수도 있다. 인생에 대해 절대 단정적으로 얘기해선 안 된다는 것이지. 사람의 운명은 카오스거든. 역학이란 복잡계 과학이야."

백 보좌관은 어김없이 길어지는 술사의 서론을 어떻게 자를지 고민했다. 대기자가 별로 없어 충분한 시간 동안 상담을 해주는 건 고마운 일이었지만 명주命主의 운명과 별 상관이 없는 잡담을 들어주는 건 고역이었다.

"도사님이 돈을 못 버시는 건 너무 고지식하기 때문입니다. 때로는 못 먹어도 고를 해야죠."

"그랬다가 안 맞으면?"

"저 같은 경우엔 대부분 적중했습니다. 지나가는 말로 해주신 것들도 다 맞던데요."

"그야 자네가 적중한 사례만 기억하는 거지. 아니면 내가 아주 모호하게 이야기한 걸 가지고 구체적인 사례에 억지로 끼워 맞춰서 내가 맞혔다고 여기든지."

"아이고, 그런 건 도사님 스스로 하실 얘기는 아니잖아요? 어서 상담이나 해주세요."

술사는 프린터로 뽑은 사주와 대운을 보면서 사인펜으로 무술戊戌이라고 썼다.

"보통은 자기 사주나 가족들 사주를 들고 오는데, 자네는 특이하게 모시는 사람 사주를 가져오는군."

"의원님이 잘 풀려야 저도 잘 풀리니까 당연한 거 아니겠습니까."

"내가 저번에 이 양반 정치생명이 곧 끝나니까 어서 딴 줄로 갈아타라고 안 그랬나?"

"그랬습니다. 하지만 보좌관이 윗사람을 갈아타는 게 쉽습니까. 그리고 의원님이 요즘 잘나갑니다. 여론조사를 해보면 차기 대권 주자로 언제나 열 손가락 안에 들거든요. 기호지세騎虎之勢라고 하지 않습니까? 달리는 호랑이 위에 올라타야죠."

술사는 안타깝다는 듯이 혀를 찼다.

"어쩌면 침몰하는 배와 함께하는 것이 자네 운명일지도 모르겠네. 올해가 무술년이 아닌가? 자네 윗분 사주를 보면 지지地支가 유년流年을 만나 인오술寅午戌 삼합화국三合火局으로 변해서 일간日干인 경금庚金이 녹아버릴 지경이야."

"그럼 어떻게 됩니까?"

"명주의 입장에서 불은 관이니까 이렇게 센 불은 편관偏官으로 봐야 해. 구설수나 관재수가 있을 수 있네. 각별히 조심해야 돼."

"그거야 정치하다 보면 언젠가는 겪는 일이죠. 걱정 안 합니다."

"이건 그냥 내 느낌인데 말이야, 만일 자네 윗분한테 올해 큰 재앙이 온다면 그건 단순한 스캔들이나 검찰 조사 정도가 아닐 거 같아."

"그러면요?"

"크게 다치거나 진짜 목숨을 잃을지도 몰라. 마침 사주에 조객弔客 같은 불길한 신살神殺들도 보이고……"

"그럴 리가요. 의원님은 아주 건강하십니다. 요즘은 좋아하는 약주도 줄이셨는데."

"죽음이 꼭 병사만 있는 건 아니잖나. 교통사고도 있고……. 아무튼 운전 같은 건 조심해야 돼. 자네 윗분에게 일러두게."

술사는 날짜를 하나 불러주었다.

"모월 모일은 기운이 더욱 조열해져 위험한 날이니 반드시 메모를 해두었다가 의원이 차를 못 타게 하게나. 어디 멀리 가지 말고 집에 꼭 붙어 있으라 해."

백 보좌관은 스마트폰 일정 프로그램을 실행하고 도사가

알려준 날에 '의원님 운전 금지'라고 메모했다. 해당 날짜가 되면 팝업창이 뜨면서 경고메시지가 나타날 것이다.

복채를 받은 술사가 자리에서 일어서는 보좌관에게 넌지시 물었다.

"자네 사주는 언제 볼 건가?"

"오늘 보고 싶었는데 이만 사무실에 들어가 봐야 합니다. 제 관상은 어떤가요?"

"내 전문 분야가 아니라서 잘 모르지만…… 자넨 정치하면 쪽박 찰 수 있으니 보좌관 그만두면 공부나 더 하게나."

백 보좌관은 크게 한바탕 웃고 철학관을 나섰다. 술사의 관상풀이는 아내가 했던 말과 똑같았기 때문이다.

사무실로 돌아온 백 보좌관은 비서들이 작성한 보고서들을 빠르게 훑어보고 핵심 사항들만 따로 메모했다. 시계를 보니 안경석 의원이 이제 곧 사무실에서 나가야 할 시간이다. 백 보좌관은 기사에게 전화를 걸어 자신이 직접 운전할 테니 키를 경비실에 맡겨두라고 했다.

백 보좌관은 안 의원의 병문안 일정이 마음에 들지 않았다. 분을 다투는 빡빡한 일정에 꼭 이 일을 끼워 넣어야 하는지 의문이었다. 게다가 한 달 새 벌써 두 번이나 문안을 다녀온 병실이었다. 정치적으로 중요한 인물도 아니었고, 돈으로 후원을 해야 하는 어려운 형편도 아니었다. 그 남편이 대학 동문이라고 하나, 자신을 대하는 태도가 살갑지 않은 데다 안 의원은 환자인 아내와 더 친분이 있어 보였다. 병문안의 저의가 의심스럽다 할 것이다.

의원실 문을 열자 검은 양복을 입고 나비넥타이를 맨 노신사와 마주쳤다. 전체적으로 깡마른 몸이었으나 단단한 쇠막대기의 느낌이 났다. 노신사는 백 보좌관을 한 번 쓰윽 훑어보고는 사무실을 가로질러 사라졌다. 온몸에서 음산한 기운을 내뿜는 기분 나쁜 노인이었다.

"저 인간이 왜 자꾸……."

백 보좌관은 못마땅하다는 듯이 노신사의 뒤통수를 노려보았다. 노신사는 부동산업자인 박웅선으로 출판기념회 때도 많은 돈을 기부했고, 음으로 양으로 많은 도움을 주고는 있었지만 좋지 못한 소문이 늘 따라다녔다.

안 의원은 박웅선에게 개발 정보를 흘려주거나 당내 인맥을 통해 인허가에 도움을 주는 식으로 보답했다. 백 보좌관은 그것이 위험한 거래라고 보았다. 정치를 하면서 후원자를 얻는다는 건 필요악이었지만 박웅선처럼 질이 좋지 않은 후원자는 독약과도 같았다.

백 보좌관은 오늘은 직언을 해야겠다고 결심했다.

소파에 앉아 있던 안 의원은 백 보좌관을 힐끗 쳐다보더니 다시 신문을 읽었다. 안 의원은 젊은 시절 시원한 마스크와 부리부리한 눈으로 여심을 사로잡는 호남아였다. 이제 나이가 들어 그 시절의 매력은 없어졌지만 중후하고 후덕한 분위기가 더해지며 남녀노소를 가리지 않고 호감을 주는 인상으로 변했다. 물론 그 후덕한 이미지 뒤에 숨은 능수능란한 처세술은 백 보좌관도 감히 따라가지 못하는 부분이었다.

"외출하시기 전에 몇 가지 동향 보고 드리겠습니다."

"그래. 읊어보게."

안 의원은 여전히 신문에서 눈을 떼지 않았다. 백 보좌관은 그래도 안 의원이 중요 사항은 귀로 다 듣고 머리로 생각한다는 걸 알고 있었다. 안경석은 허허실실虛虛實實이 장기인 정치인이었다.

"차동수 의원이 탈당해서 신당을 만든다고 합니다. 김지석, 최정운 의원이 함께한다고……. 내일 오후쯤 기자회견을 한다는데 벌써 시끄럽습니다."

"다시 기어들어 갈 거야. 지금 당권파 밑에서 서러울 거야. 그래도 어쩌겠어. 나가 봐야 춥고 배고프지. 다음으로 넘어가지."

"이동희 의원이 대권에 도전하나 봅니다. 『겨레신보』에 인터뷰한 기사가 실렸는데 제 생각에는 아무래도 낙마하지 싶습니다."

"이유는?"

"보수 신문 쪽에서 벌써 용공으로 몰아가는 분위기입니다. 예전에 지하당 사건에 연루되지 않았습니까?"

안 의원은 신문을 접어 테이블에 올려놓았다.

"그거야 혐의 없음으로 끝난 사건 아닌가."

"증거불충분이었죠. 다른 사람들은 공작원과 접촉한 증거가 발견돼 실형을 살았습니다. 문제는 보수 언론사들이 계속 군불을 때면 경선 통과도 장담하지 못한다는 거죠."

"이동희 의원에 대한 용공 시비는 수구세력의 단골 레퍼토리지. 나한테 하고 싶은 말이 뭔가?"

"이동희 의원에 대한 공식적 지지를 철회해주십시오."

안 의원은 접은 신문으로 테이블을 탕— 하고 내리쳤다. 백 보좌관은 꿈쩍도 하지 않았다.

"지금 나더러 이동희를 배신하라는 거야?"

"의원님, 용공 시비가 붙으면 의원님도 안전하지 못합니다. 아시잖습니까?"

"우리 연배에서 학생운동 했던 사람치고 용공으로 몰리지 않은 사람이 누가 있나. 이제 그런 구태의연한 색깔론은 그만두라고 친일파들에게 역공을 퍼부어야지."

"의원님, 저도 전총련 때 학생회장 하다가 잡혀갔던 놈입니다. 그래서 의원님 심정을 누구보다도 잘 알고, 같은 정파의 선배를 저버릴 수 없다는 거 잘 압니다. 하지만 시대가 바뀌었습니다. 이제 이동희 같은 사람들은 세상이 인정해주지 않습니다. 대통령의 후광을 입고 지지율이 반짝하는 것 같지만, 다 거품입니다. 그 사람이 과거에 어떤 일들을 해왔는지 대중들이 알게 되면 그날로 정치생명은 끝납니다. 대중들에

게 개량주의적인 면모를 보이시려면 그런 부류와 연을 끊어
야 합니다."

안 의원은 고개를 절레절레 흔들었다.

"백 보좌관, 내가 정치를 하면서 마음속에 두 개의 상자를
만들었어. 첫 번째 상자에는 상황에 따라 전술적으로 배신할
수 있는 사람들을 넣었지. 살다 보면 친구도 적이 될 수 있
고, 은혜도 저버려야 하는 순간이 와. 하지만 인생에서 절대
로 배신할 수 없는 사람들도 있어. 난 그런 사람들을 두 번째
상자에 모아두었지. 이동희는 그 두 번째 상자 안에 있네."

백 보좌관은 가만히 고개를 끄덕였다. 안경석의 인물론은
프로스포츠 구단의 선수 관리와 비슷한 면이 있었다. 성적이
좋지 않으면 바로 방출해야 하는 선수와 연봉을 올려서라도
반드시 붙잡아야 하는 선수가 있는 것이다.

"의원님, 그럼 전 어느 상자에 들어 있습니까?"

"자네? 자네는 아직…… 분류가 안 끝났네."

안 의원은 껄껄대고 웃었다. 백 보좌관은 슬쩍 기분이 상했
다. 안경석에게 자신의 인생을 통째로 베팅했기 때문이었다.

"의원님, 병원에 가보실 시간입니다. 운전은 제가 하겠습
니다."

"또 자네가? 이건 개인적인 일인데…… 매번 미안하구먼."

"괜찮습니다. 저한텐 의원님의 모든 일정이 공식 일정입니
다. 그런데 가시기 전에 질문이 하나 있습니다."

"뭔가? 차 막히는 시간이니까 어서 물어보게."

"이 환자분…… 어쩐지 낯이 익어서 제가 생각해봤는데요. 혹시 예전에 지역구 사무실로 찾아왔던 분 아닙니까? 하도 집요하게 찾아와서 제가 기억하는데요."

안 의원의 낯빛이 변했다. 조금 당황한 것처럼 보였다.

"잘 모르겠는데. 이 사람아, 날 찾아오는 사람이 한둘이야? 그런 건 자네가 기억해내야지."

"네. 죄송합니다."

백 보좌관은 차를 몰고 병원으로 향하는 길에 또 질문을 했다.

"의원님, 궁금한 점이 있는데요."

"그래. 백 보좌관 오늘 아주 호기심이 왕성하구먼. 또 뭔가?"

"요즘 왜 박웅선 회장을 자주 만나시는 겁니까?"

"박 회장? 그야 우리 지역구 유지 아닌가. 박 회장이 몰고 다니는 표가 최소한 5천은 될 거야. 어쩌면 그 이상일지도 모르지."

"그야 그렇지만…… 그 사람 좀 위험한 인물 아닙니까?"

"음…… 사업을 하다 보면 이런저런 편법도 좀 쓰게 되고, 안 좋은 소문도 나고 하지. 너무 괘념치 말게."

"너무 자주 만나시지 않았으면 합니다. 정보과 형사한테 들은 얘긴데, 박 회장 수하들이 굉장히 무서운 놈들이랍니다. 폭력 전과가 있는 친구들도 꽤 된다던데요."

안 의원은 뚱한 표정을 지었다. 그는 기자들에게서 곤란한 질문이 들어올 때면 언제나 저런 표정을 지으며 딴청을 피웠다. 공격은 맞받아치지 말고 흘려보내라는 게 안 의원의 정치 화술이었다.

"정보과 형사라고 정보가 다 정확한 건 아니지. 내가 들은 정보로는 박 회장이 부동산 개발을 하다가 철거 용역을 쓴 적이 있어. 그때 일어났던 사건들이 와전된 걸세. 자네도 알 거야. 부동산 개발을 하려면 별별 잡놈들을 다 상대해야 해. 악명 높은 철거민 단체는 테러리스트와도 같지. 망루를 세우고 새총, 벽돌, 화염병, 심지어 화염방사기까지 동원해서 폭력시위를 한다네. 그렇게 해서 비상식적인 보상비를 받아내고 주민들한텐 수수료를 뜯어가지. 그런 놈들과 싸우려면 신사적인 협상으로는 안 돼. 철거 용역은 필요악이지."

"네. 하지만 조심해서 나쁠 건 없지 않습니까? 박 회장에게 지키지 못할 약속 같은 건 하시지 않는 게 좋겠습니다. 너무 무리한 부탁을 하시지도 말구요."

"알았네. 참고하지."

안경석 의원은 미간을 찌푸리고 눈을 감았다.

백 보좌관은 유능했지만 가끔 시어머니처럼 잔소리가 많아지는 게 흠이었다. 눈치가 너무 빤한 것도 때로는 부담이었다. 언젠가는 백 보좌관도 자기 정치를 하겠다고 나올 텐데, 그때 어떻게 할지 살짝 고민이 됐다. 참모로는 제격이나 정치 쪽으로는 아닌 것 같다고 내심 선을 그어두었다.

도로가 정체되면서 차 안에 정적이 감돌았다. 안 의원은 눈을 붙이려 하고 백 보좌관은 답답한 도로를 응시하던 중이었다.

휴대전화 진동 소리가 정적을 깼다.

백 보좌관은 계속해서 진동이 오는 전화를 무시했다. 진동 소리가 거슬리는지 안 의원이 눈을 뜨고 말했다.

"거 전화 오는데 좀 받지 그래."

백 보좌관은 룸미러를 보며 눈을 찡긋해 보였다.

"일부러 안 받는 겁니다. 월간한국 기자랍니다. 의원님 인터뷰하고 싶다고."

"월간한국? 기자 이름이 뭔가?"

"김소미 기자라고, 수습 뗸 지 얼마 안 되는 애송이 여기잡니다."

"그래? 월간한국이면 우리 편은 아닌데. 왜 나를 보자고 하지?"

"그러게 말입니다. 만나봐야 좋은 기사 나오겠습니까. 제 생각엔 의원님이 이동희와 친한 걸 알고 코멘트를 따려고 하는 거 같습니다. 요즘 이동희 의원이 대권 주자로 부상하면서 보수 매체들의 집중 견제를 받고 있습니다. 괜히 엮이면 곤란하니까 안 만나는 게 상책입니다."

"그래도…… 내가 이동희에게 유리한 발언을 좀 해줘야 하지 않을까?"

"그래 봐야 악마의 편집을 하겠죠. 좋은 말은 다 자르고 멋대로 약점 잡아서 내보낼 겁니다."

"그래……. 그럼 받지 마."

안경석은 불편한 심정으로 눈을 감았다.

"동희 형은 젊을 때도 감옥에 가더니, 참 인생 굴곡이 심한 사람이야……."

그는 이동희의 안위를 걱정하며 쪽잠을 청했다.

시내로 갈수록 도로 정체는 점차 심해졌다. 진동 소리는 겨우 멈췄고, 안 의원은 이내 코를 골았다.

백 보좌관은 차가 막히는 이유가 접촉 사고 때문이라는 걸 알게 됐다. 앞의 차들이 멈춰 선 승용차 두 대를 피해 차선을 바꾸는 중이었다. 오십 대로 보이는 두 남성이 성난 얼굴로 서로 삿대질을 하며 싸우고 있었다.

병문안

안산 원곡동은 언제나 이국적인 정취가 넘쳐 성찬을 기분 좋게 했다. 성찬은 동남아시아 식료품을 파는 아시안마트를 지나고 6개국 노래가 나오는 다국적 노래방을 지나 다양한 빛깔의 피부색과 알 수 없는 언어들의 바다를 천천히 헤엄치며 나아갔다. 인도네시아인, 인도인, 네팔인, 파키스탄인, 베트남인, 캄보디아인, 카자흐스탄인, 한족인 화교와 조선족인 중국인이 구분 없이 뒤섞여 공존하는 무국적의 공간에 들어설 때마다 성찬은 한없는 자유를 느꼈다. 그 자유감은 자신의 정체성과 뿌리를 떠나 하찮은 익명의 인간이 될 때 느끼는 해방감 같은 것이었다.

목적지인 중식당 앞에는 낯익은 조선족 여인이 노점을 펼쳐놓고 괴이한 식재료들을 팔고 있었다. 성찬은 여인에게 눈인사를 하고 식당으로 들어갔다.

식당은 널찍했으나 손님이 없어 적막이 감돌았다. 저녁에는 훠궈를 먹으러 오는 손님들로 빈 테이블이 없어 번호표를 뽑을 정도지만 점심에는 혼자 온 사람들이 구석에서 맛없는 단품 요리를 깨작거릴 뿐이었다. 그래서 점심에는 이렇게 만남의 장소로 애용하고 있다.

화교인 식당 주인은 계산대 뒤에서 꾸벅꾸벅 졸고 있었다. 성찬은 언제나처럼 입구에서 멀찌감치 떨어진 구석 테이블에 앉아 이 사장을 기다렸다. 받을 돈을 머릿속으로 계산하며 그를 기다리는 시간은 성찬의 일상에선 드물게 행복한 시간이다.

성찬을 발견한 이 사장은 어깨까지 손을 들어 올리고 웃었다.

"오래 기다렸소?"

이 사장은 임산부처럼 불룩한 배를 두드리며 자리에 앉았다. 그는 명품 브랜드만 입고 다녔지만 세탁을 자주 안 해서 언뜻 보면 실업자나 노숙자처럼 보였다. 돈이 있어도 태가 안 나는 건 조선족이나 한족이나 매한가지였다.

"5분 전에 왔습니다."

"점심은 먹었소?"

"이 집 점심 메뉴는 최악이잖아요."

"이거 미안하오. 난 우리 애들이랑 먹고 오는 길이라."

"괜찮습니다. 돈이나 주시죠."

이 사장은 돌돌 만 5만 원권을 담배처럼 손가락 사이에 끼워 건넸다. 성찬은 마치 담배를 받는 것처럼 돈을 받아 주머니에 집어넣었다.

"김 사장, 자격증이 무엇무엇 있다고 했지? 불도저인가?"

"로더랑 지게차요."

"로더…… 지게차……. 그러면 우리 보수가 좀 지나치게 많은 거 아이오?"

"왜요. 우리 마누라가 의심할까 그래요?"

이 사장은 너털웃음을 터뜨렸다.

"내가 뭐 남의 집안일까지 걱정할 처지인가. 참, 제수씨는 차도가 있소?"

성찬은 표정이 어두워졌고 이 사장은 고개를 끄덕이며 자리에서 일어났다.

"내가 도울 일이 있으면 언제든 말하오. 아주 어려운 일도 한 번은 도와주리다."

성찬은 그를 쳐다보지 않고 고개만 끄덕였다. 이 사장이 빈말하지 않는 사람이란 걸 알고 있었다. 통 크게 한 번은 도와주겠지만, 계속 귀찮게 하면 목숨을 부지하기 힘들 것이다.

이 사장이 나간 뒤 성찬은 메뉴판을 집어 들고 한참 고민하다 자리에서 일어났다. 이 집 훠궈의 재료가 괜찮다는 건 인정하지만 나머지 단품 요리들은 배달 음식보다도 못했다. 차라리 병원 구내식당에서 먹는 편이 나을 것 같았다. 식당 주인은 성찬이 나가는 줄도 모르고 계속 졸았다.

종합병원은 식당과 달리 한가한 시간이 없는 곳이었다. 성찬은 북적대는 환자와 방문객 사이를 헤집고 입원병동까지 왔다. 요즘은 미영을 기쁘게 할 수 있는 일이 별로 없어서 기대가 됐다.

미영은 돌돌 만 5만 원권 다발을 펴보지 않고 성찬에게 돌려줬다. 성찬은 의아한 얼굴로 돈다발을 주머니에 넣었다.

"안 세어봐?"

"뭐 하러. 당신이 살림하잖아. 알아서 써."

"……."

성찬은 울컥 목이 메었다. 미영은 입원실 병상에 누워서도 성찬이 벌어오는 돈을 보면 입이 벌어지곤 했다. 건강할 때도 받아보지 못한 남편의 돈이었다.

우리 신랑 능력 있네, 라고 추켜세우기도 하고 요즘 공사판에선 이렇게 돈을 많이 주냐, 하고 의심하기도 했다. 내가 안 아플 때 이렇게 벌어 왔으면 그렇게 궁상떨지 않고 여행도 다녔을 텐데, 하며 아쉬워한 적도 있었다.

그런데 이제 돈을 벌어 와도 반응하지 않는 걸 보니 점차 꺼져가는 생의 불꽃을 목도하는 것 같아 가슴이 저려왔다.

오랜 항암 치료는 그녀를 건강하게 만들기보다 생명을 조금씩 갉아먹으며 날이 갈수록 쇠약하게 만들었다.

처녀 때 투명하게 빛나던 미영의 피부는 이제 탁하고 어두운 저승의 그림자를 드리웠다. 호기심으로 반짝이던 눈동자는 죽은 생선의 눈알처럼 생기가 없었다. 그녀는 온몸으로 영원한 휴식을 갈구하고 있었지만 성찬은 의학의 힘을 빌려 그녀가 생존의 무거운 짐을 지게 했다. 안락사를 선택할 수 있다면 편안하게 보내주고 싶은 마음도 들었다.

"뭐 할 거야? 그 돈?"

미영의 질문에 성찬은 멍하니 천장만 봤다. 차마 밀린 병원비를 결제하겠다는 말은 못 했다.

"저축해야지. 미영이 다 나으면 해외여행 가야 하니까."

"거짓말. 나 가망 없잖아. 그냥 친구들이랑 스트레스 풀어. 술집 가서 재미나게 놀아. 당신 그런 거 평생 못 해봤잖아."

성찬은 입을 앙다물었다. 눈물이 나올 것 같았다.

성찬을 진정시킨 것은 무표정한 얼굴의 백 보좌관이었다. 그는 성찬을 보자 입원실 문 앞에서 정중하게 고개를 숙였다.

"보좌관님 요즘 자주 뵙네요."

"죄송합니다. 의원님께서도 김 선생님께 자꾸 민폐 끼치는 것 같다며 불편해하십니다."

"불편하면 안 오면 될 것을……. 무슨 병문안을 몇 번씩 온답니까?"

"……"

백 보좌관이 머리를 숙이고 한숨을 쉬었다. 미영은 팔꿈치로 성찬의 허리를 쿡 찔렀다. 성찬은 윽— 하고 나지막하게 신음 소리를 냈다.

"……하긴 보좌관님이 무슨 죄가 있겠어요. 지금은 면회 가능하니까 의원님 올라오시라 하세요."

"감사합니다."

백 보좌관이 사라지고 얼마 뒤 복도에서 간호사들이 수군대는 소리가 들렸다. 안경석 의원이 나타난 것이다. 경석은 예나 지금이나 대중의 인기를 먹고 사는 팔자였다.

경석의 인지도는 최근 들어 급상승하는 중이었다. 장관으로 입각한다는 소문이 있었지만 경석은 이에 대해 탐탁지 않게 생각했다. 경석은 내년 도지사 출마를 노리고 있었다. 지자체장이 미래에 대권 주자로 가는 길목이라고 생각하기 때문이다. 문제는 여당 실세인 이동희 의원을 따르는 무리들이 급부상하고 있는 안경석을 심하게 견제하는 것이었다.

어쨌든 이제 경석은 거물이다. 시궁창에서 살고 있는 성찬에 비하면 아주 높은 곳까지 올라간 것이다. 성찬은 가끔 경석과 자신의 팔자가 뒤바뀔 수도 있지 않았을까 생각했다. 그러나 결론은 언제나 망상일 뿐이었다. 성찬은 죽었다 깨어나도 경석처럼 살 수 없다.

"음료수는 뭐 하러 자꾸 사 와. 마실 사람도 없는데."

성찬은 존경받아 마땅한 안경석 의원을 보자마자 하대했다. 경석은 특유의 사람 좋은 미소를 지으며 음료수 상자를 내려놓았다.

"야, 그렇다고 빈손으로 올 순 없지 않냐. 그동안 잘 지냈냐?"

"나 말이냐? 아니면 미영이?"

경석은 멋쩍은 웃음을 흘렸다.

"둘 다지 뭐……."

성찬은 경석을 보고 약간의 생기가 돌아오는 미영의 눈빛을 보자 부아가 치밀었다.

"미영아, 많이 아프지……."

경석이 미영의 손을 잡고 성찬을 돌아보았다. 성찬은 고개를 돌렸다.

"나 잠시 화장실 좀 다녀올게. 얘기들 나눠."

예의상 자리를 피해준 것만은 아니다. 둘 사이에 하고 싶은 이야기들이 있을 것이고, 성찬이 들어서 기분이 상할 내용도 있을 것이기 때문이다.

그랬다. 오래전 경석과 성찬은 미영을 사이에 두고 신경전을 벌인 연적戀敵이었다. 이제는 미영이 산송장이 되어버렸지만, 과거의 앙금은 기억 속에 남아 있었다.

구내매점에서 오징어를 산 성찬은 휴게실에 앉아 오징어 다리를 질경질경 씹었다. 미영을 위해 담배를 끊고 나니 어떻게 성질을 죽여야 할지 몰라 껌이나 질긴 음식을 씹는 게 습관처럼 되어버렸다.

오징어를 다 씹고 접수대 근처에 앉아 멍하니 텔레비전을 봤다. 경석이 속한 여당의 원내대표가 민감한 외교문제에 대해 선동적 발언을 하는 중이었다. 정책보다 구호를 먼저 외치고 통계보다 슬로건이 앞서는 정권이었다.

성찬은 피식 웃었다. 학생운동을 할 때 몸에 밴 습관은 고쳐지지 않는다. 그들은 아직도 모든 면에서 투쟁적인 자세를 견지하고 있다. 정책이든 사람이든 국가든 기업이든 자신들이 타도해야 할 적敵을 먼저 규정하고 국민들을 선동했다. 적으로 몰린 자들은 비난을 받거나 감옥에 가거나 목숨을 끊었다.

지금은 1980년대 이후 급진적 이념을 따랐던 운동가들이 장악한 세상이다. 30여 년 전 성찬이 학생운동의 소용돌이 속에서 예상했던 대로, 노선투쟁에서 승리하고 제도권에 진입한 그들은 그들이 맞서 싸웠던 적들보다 더 권위적이고 배타적인 권력으로 변화했다. 그들은 정권을 보위하는 데 필요한 합종연횡 전술을 썼지만 논공행상에서는 과감한 토사구팽을 실천했다. 잘나가던 유력 인사가 어느 날 갑자기 케케묵은 스캔들이 튀어나오며 낙마하거나 검찰 조사를 받으면 영락없이 계파가 다른 인물이었다. 학생 시절에 그들이 보여주었던 과도한 패권주의적 행태를 생각해보면 지금 벌어지는 일들은 너무나 익숙한 광경이었다.

성찬은 자꾸 과거로 퇴행하는 기억을 30분 전으로 되돌리고 자리에서 일어났다. 성찬이 경석과 미영에게 허락하는 밀담의 한계는 거기까지였다.

입원실 입구에 가까워지자 경석의 기름진 목소리와 미영의 죽어가는 대답이 교대로 들려왔다.

"미영아, 제발 좀!"

성찬은 경석의 큰 소리에 놀라 걸음을 멈췄다. 미영은 대답하지 않았다.

성찬의 머릿속이 복잡해졌다. 상식적으로 병문안을 온 사람이 환자에게 소리 지르며 겁박하는 경우가 얼마나 되겠는가.

성찬은 당장 병실로 뛰어 들어가 경석의 멱살을 잡고 싶었지만 심호흡을 한 번 하고 참았다. 문득 자신이 알 수 없는 두 사람의 사적인 언쟁에 끼어들어선 안 된다는 생각이 들었다.

"미영아……."

경석은 창밖에 시선을 둔 채 외면하는 미영의 옆얼굴을 바라보며 사정하는 중이었다. 미영은 무표정했다. 그 광경은 왠지 구애에 실패한 남자가 여자에게 매달리는 것처럼 보였다. 하지만 미영의 상황을 생각하면 말도 안 되는 얘기였다. 말기암으로 반송장이 된 여자가 권력을 향해 줄달음치는 남자를 애타게 만들 수 있는 건 뭐가 있을까. 성찬은 그것이 무엇인지 아무리 생각해도 알 수가 없었다.

성찬은 입구에서 헛기침을 했다. 경석이 화들짝 놀라서 일어섰다. 그 모습은 화장실에서 몰래 담배를 피우다 딱 걸린 고등학생 같았다.

"어, 성찬이 언제 왔냐?"

당황해서 얼굴이 벌겋게 달아올랐다. 성찬은 부러 태연하게 물었다.

"둘이 싸웠냐?"

"싸우긴, 내가 아픈 애랑 왜 싸워. 그냥 미영이가 너무 실의에 빠져 있어서 기운 내라고 다그치는 중이었다. 그렇지 미영아?"

"……."

미영은 여전히 멍하니 창밖을 바라보고 있었다. 성찬은 둘 사이에 도대체 무슨 일이냐고 캐묻고 싶은 걸 꾹 참았다. 알아봐야 시답잖은 일일 게 뻔했고, 캐물은 사람만 기분 나빠질 것이었다.

성찬은 경석의 어깨를 두드렸다.

"와줘서 고맙다. 주치의 선생님 회진 올 시간이야. 그만 가주라."

"응. 그래 알았어……."

경석은 미영에게 미련이 남는다는 듯이 계속 그녀를 바라보다가 대뜸 물었다.

"성찬아, 오늘 나랑 저녁 안 먹을래?"

"저녁? 미영이 밥 먹는 거 봐줘야 하는데……."

미영이 성찬의 허리를 슬쩍 밀었다.

"가봐. 병원 밥 먹는 걸 당신이 계속 지켜본 적 별로 없잖아. 오랜만에 만났는데 같이 술이라도 한잔하고 와."

성찬은 미영을 원망스러운 눈으로 쳐다보다 경석을 따라 나섰다. 병원 입구에는 어느새 백 보좌관이 차를 대기시켜놓고 있었다. 가장 높은 등급의 제네시스였다.

"너 옛날에 독일 차 좋아했잖아. 왜 국산 차 타냐?"

"야 외제 차 타면 유권자들이 싫어해. 난 서민의 편인데……."

"아이구 지랄하네……."

백 보좌관의 눈알이 룸미러를 통해 잠시 성찬을 노려보았다.

"성찬이 너 중장비 몬다면서? 어떤 거야? 타워크레인 그거 돈 많이 번다던데."

"로더랑 지게차."

"그래? 그것도 한 번 나가면 몇십만 원씩 벌지?"

"존경하는 안경석 의원님께서 관심 가지실 만한 액수는 아닙니다. 신경 끄시죠."

"자식…… 까칠한 건 여전해. 지난번엔 30년 만에 만난 친구를 그렇게 박대하더니……."

"널 박대한 적 없다. 그냥 어색했던 거지. 안경석 의원님께서 우리 부부를 찾아주실 줄이야 내 어찌 예상이나 했겠냐. 텔레비전에서 보던 분이라 어색했다."

"마 어색하긴 뭐가 어색해……. 넌 옛날 모습 그대로더라. 백수 생활 오래 해서 그러냐? 어찌 그리 팽팽하셔?"

"그러게. 마누라 등골 빼먹고 놀고먹느라 그랬나 보다. 확실히 넌 실제로 보니 그동안 많이 삭았더라고. 꽃미남 혁명가 안경석 총학회장이 말이야. 정치하느라 스트레스 받았나 보지?"

"크크크…… 너랑 티격태격하니까 옛날 생각난다 생각나…….''

차기 대권 주자가 백수건달 같은 남자와 농을 주고받으니 백 보좌관은 영 기분이 상하는 눈치였다. 그는 룸미러를 통해 성찬을 자꾸 흘겼다.

제네시스는 역삼동 뒷골목의 이자카야 앞에 섰다. 손님이 제법 있었지만 칸막이가 높고 조용한 곳이었다. 경석과 성찬은 구석진 테이블에 자리를 잡았다. 성찬은 백 보좌관에게 합석하라고 권했지만 그는 극구 사양하며 근처의 커피숍으로 사라졌다.

안주는 금방 나왔고 알코올이 혈관을 한 바퀴 돌자 세월이 만든 어색함은 많이 사라졌다. 성찬이 은행구이를 깨작거리며 먹는 동안 경석은 닭꼬치를 쏙쏙 빼 먹으며 성찬의 잔에 사케를 따라주었다. 사케는 순해서 잘 넘어갔지만 그래서 더 빨리 취했다. 커다란 준마이 두 병을 단숨에 비운 두 사람은 주절주절 옛이야기를 끄집어냈다.

"성찬이 너 기억나? 총학회장 선거할 때 말이야."

"왜 또 기분 잡치게 그때 얘기를 하나. 그 선거 때문에 오늘날 안경석 의원님이 있는 거 아니냐. 나도 알아. 거기서 너한테 패해서 난 아주 인생의 패배자가 된 거. 그래서 이렇게 밑바닥 생활을 하는 것이고."

"야 패배자는 무슨…… 최고 미녀 운동가를 네가 데려갔잖아. 응? 미영이랑 결혼 생활, 행복하지 않았어?"

"그 얘긴 그만하지."

성찬은 빈 술잔을 탕— 하고 내려놓았다. 경석이 조심스럽게 잔을 채워주었다.

"미안하다. 괜히 아픈 사람 얘기를……."

잠시 후 경석이 자작을 하며 어색한 침묵을 깼다.

"근데 나, 다 잊었다."

"뭘?"

"네가 나한테 서운하게 한 거. 그거 다 용서했다고."

"내가 널? 뭘 서운하게 했는데?"

경석은 사케를 입안에 털어놓고 억울하다는 듯이 말했다.

"그날 연설하면서 네가 날 종북 주사파라고 한 거 말이야."

"그게 뭐? 사실이잖아?"

"그래도 그러면 안 되지."

"뭐가 그러면 안 돼?"

"어쨌거나 공동의 적을 두고 투쟁하는 운동가 동지들이잖아. 동지의 약점과 비밀을 만천하에 폭로하는 건 비겁한 짓이지. 단지 정파가 다르다는 이유만으로."

"웃기네. 노선투쟁에서 비열하고 무자비했던 건 너희들이야."

"비열? 야 좀 좋은 말만 가려서 해주면 안 되냐?"

"좋은 말? 어떻게?"

"더 조직적이라든가, 효율적이고 대중적이라든가."

"실없는 소리 관둬. 그리고 네가 나한테 서운한 감정 가질 필요가 전혀 없어."

"왜?"

"네가 선거에서 이겼잖아. 그래서 오늘의 안경석이 있는 것이고. 난 네 성공의 밑거름이 되어준 거야. 기꺼이. 그런 의미에서 난 너의 은인이지."

"궤변의 달인 김성찬, 또 시작이네. 넌 그 가벼운 혓바닥 때문에 망한 줄이나 알아."

"어이, 주사파. 요즘 잘나가시니 뵈는 게 없지? 이동희가 대권에 도전한다는 말이 있던데, 너희들 전향해야 되는 거 아니냐? 국민들이 너희들 정체를 알면 발칵 뒤집어지지 않겠어?"

경석은 꼬치에서 닭고기를 빼 먹으며 킬킬대고 웃었다.

"전향? 우린 전향할 필요가 없어. 왜냐? 우린 공산주의자가 아니거든. 너희들이 그랬잖아? 주사파는 공산주의자가 아니다. 좌파가 아니다. 좌파의 수치다. 주체사상은 부르주아적 관념론이다. 파시즘이다. 김일성은 군사독재자다. 히틀러나 박정희 같은 놈이다. 그런데 뭐 하러 전향해? 너희들 주장에 따르면 우린 남한의 보수반동들과 같은 부류인데?"

"지금 비꼬는 거냐? 저쪽에서 보면 김일성주의자나 레닌주의자나 다 빨갱이야. 구분이 안 된다고."

"성찬아, 세상이 변했다. 이제는 좌와 우도 구분이 안 되는 세상이야. 색깔론이 먹히는 시대가 아니라고. 젊을 때 노동해방을 하겠다던 사람들이 강남에 아파트 몇 채씩 가지고 살아. 보수라고 자처하는 사람들이 내놓는 정책을 봐라. 이제는 왼쪽이나 오른쪽이나 손잡고 포퓰리즘으로 가고 있잖아. 표만 얻을 수 있다면 정체성은 손바닥 뒤집듯이 바뀌버리지. 여의도는 출신 성분이 어떻든 개량주의자들이 살아남는 곳이야. 공천만 받게 해주면 당적은 얼마든지 바꿀 수 있는 사람들이 모여 있지. 너도 이제 좌파가 아니잖아?"

좌파가 아니라는 말에 성찬의 속에서 무언가 무너져 내렸다. 오래전 소련이 붕괴할 때 느꼈던 감정만큼은 아니었지만, 한없이 의기소침해지는 그런 기분이었다.

"난 그냥 백수지……. 이젠 아무것도 아냐."

"그래. 정파고 노선이고 이제 다 지나간 일이야. 부질없는 싸움이다……."

성찬과 경석은 쏩쓸한 표정으로 잔을 부딪쳤다.

잠시 침묵이 흐르는 동안 두 사람의 기억은 35년 전을 향해 맹렬하게 줄달음질을 놓았다.

동아리

성찬은 셔틀버스 정류장에서 숙취로 헝클어진 두뇌를 정돈하기 위해 박카스 한 병을 벌컥벌컥 들이켰다. 개강 첫날부터 전공수업 시간에 머리를 책상에 처박고 잘 수는 없었다.

성찬의 대학 생활은 개강하기도 전에 과 선배들과의 이런 저런 모임으로 이어지고 있었다. 기계공학과는 괴짜들만 모아놓은 것 같았다. 신입생 환영회에서 다소 정치적인 성향을 띠었던 선배들을 제외하면 대부분의 선배들은 특수한 분야의 취미 활동이나 연구 동아리에 몰입해 있었다.

하지만 성찬은 술자리가 무르익으면서 선배들이 들려주는 지엽적이고 기술적인 관심사에 공감할 수가 없었다. 사물과 자연보다는 인간과 사회에 더 관심이 많았던 성찬이었다. 성찬이 공대를 선택한 것은 단지 아들이 취업 걱정이 없는 공대생이 되기를 간절히 바라는 어머니의 뜻을 따랐던 것뿐이었다. 그것이 지병으로 일찍 세상을 떠난 아버지를 대신해 가장 노릇을 하며 자식들을 훌륭히 키워낸 어머니의 헌신에 보답하는 길이라 생각했다.

강의실에서는 기초수학이나 물리학을 듣고 있었지만 술자리에서는 사람들이 살아가는 얘기를 듣고 나라 안팎에서 벌어지는 일들을 논하고 싶었다. 아직 심장이 뜨거운 나이였다. 성찬은 마음속으로 공대생들끼리만 어울리면 재미없는 대학 생활이 되리란 걸 어렴풋이 느끼고 있었다. 성찬은 동아리 활동이라도 해볼까, 하던 차에 평생 자신의 인생을 수렁으로 빠지게 만든 제안을 받게 된다.

프로스펙스 운동화와 청 재킷을 입은 여학생이 셔틀버스를 기다리는 성찬을 보고 생글생글 웃었다. 파마를 한 머리에 동글동글한 얼굴로 귀여운 인상이다. 성찬은 그녀가 자신을 향해 웃었다는 사실을 알아차리고는 귀가 빨개졌다. 남중과 남고를 나온 성찬은 6년간 엄마와 누나 이외의 이성을 만날 기회가 없었다.

"얘, 너 신입생이지?"

"네."

"반갑다. 난 의류직물학과 3학년 박수진이야."

"네. 기계공학과 김성찬입니다."

"OT는 다녀왔니?"

"네. 양평에 있는 수련원에서 했어요."

"가만있자, 기계공학과 학생회장이 누구였지?"

"이준구 선배님이신데요."

"아, 준구⋯⋯."

여학생의 눈빛이 흐려졌다. 성찬은 여학생이 왜 이준구라는 이름 앞에서 그런 표정을 짓는지 알지 못했다.

"OT가 별로였겠는데."

"아뇨. 재밌었어요."

"아닐걸. 딱딱하고 지루하지 않았니?"

여학생은 답을 정해놓고 묻는 식이었다.

"잘 준비했던데요. 그리고 저처럼 3년 동안 입시 공부에 찌들었던 사람들에게는 뭐든 재미있지 않을까요?"

여학생의 얼굴이 밝아졌다. 그녀는 '민족문화연구회'라는 동아리에 들어올 생각이 없냐고 물었다. 성찬은 께름칙한 느낌이 들었다. 낭만적인 대학 생활을 위해 동아리 두어 개 정도는 가입해줄 용의가 있었으나 이름만 들어도 하품 나오는 따분한 모임은 들 생각이 없었다.

"글쎄요⋯⋯. 민족문화도 좋지만 저는 영화 동아리 쪽을 생각하고 있어서⋯⋯."

"어머나! 얘는! 역시 그 학과는 OT가 난장판이었네! 그런 것도 안 가르쳐줬니? 우리 대학에는 영화 동아리가 없어."

"네? 어떻게 영화 동아리가 없어요?"

"한국 영화는 우리 동아리 산하의 민족영화연구모임이라
는 서브 모임에서 연구하고 있어. 그리고 서양 영화와 아시
아 영화에 대한 감상과 연구는 다른 동아리의 분과인 필름소
사이어티에서 하고 있지."

"에엣? 어떻게 그럴 수가 있죠? 전 한국 영화 외국 영화
가리지 않고 보는데……."

"예전에는 하나였지. 그런데 스크린 쿼터제를 두고 찬성과
반대로 패가 갈려서 한국 영화가 떨어져 나왔어."

"찬성하는 쪽이 한국 영화 연구 모임이겠네요."

여학생은 고개를 끄덕였다. 성찬은 기가 막혔다. 영화 팬
들끼리 정치적 견해가 갈려 동아리가 해체되었다는 건 아무
리 생각해도 과도했다. H대학 선배들은 도대체 어떤 생각을
하는 사람들일까. H대학이 학생운동의 메카라는 말은 익히
들어 알고 있었다. 그래서 성찬의 홀어머니는 대학 가서 데
모하지 말라고 신신당부를 했던 것이다.

"근데 왜 다른 동아리 밑에 들어가 있는 거예요?"

"동아리가 둘로 나뉘는 걸 학생과에서 승인해주지 않았
거든. 방 배정도 어렵고. 그래서 기존 동아리들에 흡수된 거
야."

"전 어느 쪽으로 가야 될까요?"

여학생은 대뜸 성찬의 팔짱을 꼈다.

"당연히 우리 쪽으로 와야지! 내가 널 찜했잖아!"

성찬의 귀가 다시 빨개졌다. 수진은 동아리방 위치를 알려주고 수업이 끝나면 찾아오라며 새끼손가락까지 걸고 성찬의 다짐을 받아냈다. 성찬의 첫 번째 동아리 선택은 그렇게 즉흥적으로 어이없게 이루어졌다. 그리고 그 선택은 성찬이 앞으로 겪게 될 크나큰 방황과 시련의 원인이 되었다.

민족영화연구모임은 비디오 플레이어와 19인치 텔레비전이 전부인 소박한 공간에서 열렸다. 민족문화연구회는 동아리 연합에서 다섯 손가락 안에 드는 큰 동아리였지만 하부조직인 영화 연구 모임은 회원이 다섯 명에 불과했다. 민족문화연구회의 동아리방 한쪽 구석 테이블을 빌려 쓰는 구차한 조직이었다. 몇십 분짜리 단편영화라도 찍어보고 싶었던 성찬은 적잖이 실망했다. 영화 모임에 나온 인원은 성찬을 포함해 남학생 두 명과 여학생 둘이 전부였다. 성찬은 수진이 영화 모임 멤버가 아니라는 말에 또 한 번 실망했다.

"다섯 명이라고 들었는데, 한 명은 안 왔나요?"

성찬은 영화 모임의 좌장 격인 진수에게 물었다. 진수는 머리를 어깨까지 기르고 다녔는데 본인은 히피 스타일이라고 했고 후배들은 각설이 머리라고 했다. 바가지만 들면 영락없는 거지꼴이었다.

"오기로 했는데, 좀 늦네. 너처럼 신입생이다. 국어교육과 녀석인데."

말이 끝나기도 전에 줄무늬 셔츠를 입은 남학생이 동아리 방으로 뛰어 들어오며 진수에게 인사했다.

"아이고 늦어서 미안합니다! 오후에 소개팅을 한 탕 뛰고 오느라."

신입생답지 않게 너스레를 떨던 남학생은 성찬을 보고 알은체했다. 짙은 눈썹에 두터운 입술, 싱긋 웃는 미소가 호감을 주는 인상이었다. 성찬은 남학생을 어디서 보았는지 기억을 더듬었다. 녀석이 먼저 말을 걸었다.

"너 김성찬이지? 3반 반장 김성찬."

그제야 생각이 났다. 녀석은 성찬과 고등학교 동문이었다. 국어교육과라면 문과 쪽이라 잘 모르는 게 당연했다. 문과 쪽 애들은 반장들을 빼고는 잘 알지 못했다.

"난 11반 안경석이다. 너처럼 공부만 했던 애들은 잘 모를 거야."

"11반이면 강구동 선생님 반이잖아. 그 선생님 되게 무서웠는데."

"응. 진짜 무서워. 나 많이 맞았다. 뺀질댄다고."

진수는 성찬과 경석이 아는 사이라는 게 신기한 모양이었다.

"야~ 니들 아는 사이였어? 같은 고등학교 출신에 같은 대학 같은 동아리라니! 이거 굉장한 인연이야! 안 그래?"

진수는 이렇게 다시 만난 건 두 사람이 필연적인 동지의 인연으로 만난 거라며 앞으로 잘해보자고 등을 두드렸다. 당시에 성찬과 경석은 '필연적인 동지의 인연'이라는 말뜻을 알지 못했다.

그날 진수는 장황한 환영사를 늘어놓고 민족영화연구모임의 무궁한 발전을 기원한 뒤 VHS 테이프 하나를 비디오 플레이어에 밀어 넣었다. 당시 한국 영화계는 〈애마부인〉, 〈무릎과 무릎 사이〉와 같은 에로영화들이 붐을 일으키고 있었기 때문에 성찬은 은근히 야한 영화를 기대했다. 고등학교 졸업 후에 극장으로 달려가 본 영화들이 죄다 그런 유이기도 했다.

하지만 진수가 비디오 플레이어에 밀어 넣은 영화는 〈문〉이라는 생소한 흑백영화였다. 영화의 주인공은 화장실에 가고 싶어 버스에서 내린 꼬마인데, 꼬마가 배를 움켜쥐고 들어간 모든 건물의 화장실 문이 굳게 닫혀 있어 결국 생리현상을 해결할 수 없었다는 비극적 결말을 보여주는 황당한 영화였다. 상영시간은 12분에 불과해 지금 제대로 영화를 보기나 한 것인지 의심스러웠다.

영화의 결말에 성찬은 어이가 없어 입을 다물지 못했고 경석은 뭐 이런 영화가 다 있냐며 큰 소리로 웃었다. 하지만 여자 선배 두 명은 진지한 얼굴로 서로 무언가를 속닥였고 진수는 엄숙한 얼굴로 신입생들에게 질문을 던졌다.

"자, 이 영화를 보고 너희들은 무얼 느꼈지?"

성찬이 당황해서 입을 열지 못하자 경석이 씩씩하게 대답
했다.

"네! 배변의 욕구는 반드시 해소되어야 한다는 메시지를
읽었습니다!"

여자 선배들이 깔깔대며 박수를 쳤다. 하지만 진수는 조금
도 웃지 않았다. 그의 엄숙한 눈길은 성찬을 향하고 있었다.
성찬은 침을 꿀떡 삼켰다. 성찬이 기대한 영화 동아리는 이
런 게 아니었다. 시나리오도 써보고, 작은 캠코더라도 들고
단편영화를 찍어보는 것이었다. 직접 연기를 해보고 싶은 생
각도 있었다. 하지만 영화 모임의 리더는 오로지 평론가로서
의 자질만을 요구했다. 성찬은 〈문〉이라는 영화에 대해 시시
하고 어이없다는 속내 대신에 지적이면서도 인상적인 평론
을 내놓아야 했다.

"네…… 저…… 감독은 서울이라는 비정한 도시의 비인간
적인 면모를 보여주고 싶었던 것 같습니다. 타인에게는 생리
현상조차 허용하지 않는 그런 배타성 말입니다……."

대충 갖다 붙인 해석이었지만 진수는 성찬의 답변이 마음
에 드는 모양이었다.

"잘 지적했어. 우리 김성찬 학우는 올바른 시각을 가지고
있군. 좀 더 부연 설명을 하자면, 감독은 서울이라는 도시가
상징하는 자본주의 체제를 비판하고 있는 거야. 배설의 욕구
는 식욕과 마찬가지로 생존과 직결된 문제인데, 자본주의 체

제는 화장실이라는 공공시설의 소유권을 개인에게 부여해 버렸지. 그로 인해서 시민들은 배변권이라는 기본적인 권리 조차 박탈당한 것이지. 결론적으로 이 영화는 모든 화장실의 국유화를 주장하고 있는 거야."

성찬은 너무나 충격적인 영화 평론에 할 말을 잃었지만 두 여학생은 진수의 해석을 진지하게 받아들이는 것처럼 보였다. 경석은 급진적인 영화 평론에는 흥미를 잃었는지 집이 어디냐며 여학생들 호구조사를 하고 있었다.

영화에 대한 토론은 주로 여학생들이 묻고 진수가 답하는 식이었는데 진수는 별 의미 없어 보이는 장면에도 장황한 해석을 붙였다. 여학생들은 진수의 해석이 훌륭하다는 듯이 고개를 끄덕이고 경석과 성찬은 이런 토론 광경이 낯설고 불편해 난처한 눈빛을 교환했다.

동아리방에서 토론을 끝낸 회원들은 진수가 주재하는 뒤풀이에 참석했다. 대학가 근처 학사주점에서 열린 뒤풀이는 떡볶이, 육전, 파전과 같은 소박한 안주에 막걸리를 마시면서 진행됐다.

주로 진수가 얘기를 하고 회원들이 듣는 식이었는데 진수는 〈전함 포템킨〉이라는 러시아 무성영화에 대해서 반시간 넘게 찬사를 쏟아냈다. 제정러시아의 수병 반란사건을 다룬 영화로 철학이 담겨 있을 뿐 아니라 예술적으로도 혁명적인 작품이라는 것이었다. 진수는 동아리에서 한국 영화만 감상하는 것은 아니며 〈전함 포템킨〉과 같이 사상적으로 예술적으로 흠잡을 데 없는 영화들은 외국 영화라도 토론할 기회를 마련하겠다고 약속했다.

성찬은 〈우주전함 야마토〉는 알아도 〈전함 포템킨〉은 금시초문이었다. 더군다나 1920년대에 만들어진 무성영화라니. 영화의 역사를 알아가는 것은 훌륭한 일이었지만 진수의 장광설을 들어주는 것은 고역이었다. 성찬은 간간이 눈을 마주치긴 했으나 인상을 잔뜩 찌푸렸고 경석은 싱긋싱긋 웃었지만 지루해서 하품을 연달아 했다.

참다못한 경석이 진수의 말을 끊었다.

"선배님! 선배님 말씀대로 세르게이 에이젠슈테인은 정말 훌륭한 감독입니다. 그 시절에 몽타주 기법을 적용했다니 정말 천재적인 감독이에요. 이제 포템킨에 대해서는 선배님 덕분에 충분한 지식을 쌓은 것 같습니다. 대신에 꼭 듣고 싶은 것이 있습니다. 선배님의 첫사랑 얘기 말입니다."

여학생들이 가식적으로 와~ 하는 함성을 질렀다. 진수는 으쓱하며 히피처럼 기른 장발을 뒤로 쓸어 넘겼다.

"좋아. 눈물 없이는 들을 수 없는 혁명가의 로맨스를 들려주지."

진수는 자신이 6월 항쟁 시위 현장에 있었다는 이유로 스스로를 혁명가로 부르고 있었다. 성찬과 경석은 진수의 그러한 자의식 과잉을 속으로 비웃었지만 내색하지 않았다.

예상한 대로 진수의 눈물 없이는 들을 수 없는 로맨스는 지루해서 하품하다 눈물이 나올 지경이었다. 애인과 헤어진 장소를 찾아가는 대목에서 감정이 격해진 진수는 고뇌하는 표정을 지었고 여학생들은 '어떡해'를 남발하며 기쁨조 역할을 충실히 해냈다.

더 이상 견디지 못한 성찬과 경석은 다음 날 중간고사 시험이 있다는 핑계를 대고 학사주점에서 빠져나왔다. 진수는 첫사랑 얘기의 관객은 여학생 기쁨조들로 충분한 듯 크게 제지하지 않고 두 사람을 보내줬다.

성찬이 학사주점 안에 남아 있는 사람들을 돌아보며 말했다.

"저 누나들 불쌍하지 않냐. 진수 선배 비위 맞추려고 저렇게까지 할 필요가 있나."

"놔둬. 지들 좋아서 하는 일인데. 야, 어디 가서 우리끼리 한잔 더 하자."

경석은 학사주점과 멀찌감치 떨어진 맥줏집으로 들어갔다. 대학가 근처라 직장인들보다는 젊은 학생들이 많았다. 남녀 학생들이 자연스럽게 어울려 수다를 떠는 장면에 성찬과 경석은 문득 외로움을 느꼈다.

"아이씨, 나도 빨리 애인 하나 만들어야 하는데."

경석이 부러운 말투로 중얼거렸다.

"네 얼굴이면 단체 미팅에 가도 먹어줄 것 같은데?"

"먹어야 주지! 그런데 아직 괜찮은 애를 못 찾았어. 이 학교는 왜 이렇게 못난이들밖에 없지?"

성찬은 맥주를 마시며 웃음을 터뜨렸다.

"네가 아직 현실감각이 없어서 그래. 그동안 텔레비전에 나오는 탤런트나 가수들만 보고 미래의 여자 친구를 상상만 했을 거 아냐?"

"그건 네 말이 맞아. 남고의 비극이지."

성찬과 경석은 마른안주를 씹으며 고등학교 시절을 함께 회상했다. 신생 사립고인 성찬의 모교는 대학 진학률을 높이기 위한 스파르타식 교육으로 유명한 곳이었다. 밤 열 시까지 자율학습을 시키고, 석연찮은 이유로 야자를 빼먹으면 폭언과 구타가 아무렇지도 않게 행해졌다. 담배를 피우거나 이성 교제를 하다 걸리면 담임에게 죽도록 얻어맞았다.

"정말 감옥 같지 않았냐. 우리 학교."

"응. 대학 생활은 진짜 낭만적이고 자유롭게 보내고 싶어."

경석은 피식 웃음을 흘렸다.

"야 그런데 이런 식이면 낭만이고 나발이고 말짱 꽝이다."

"무슨 소리야?"

"영화 동아리 말이야. 오늘 진수 선배가 가져온 독립영화는 정말 최악이었어. 설마 항상 그런 영화만 보는 건 아니겠지?"

"누나들 말로는 가끔 외국 영화도 보여준대."

"〈전함 포템킨〉 같은 무성영화 말이냐? 됐다. 그래서 말인데, 내일은 좀 쌈박한 영화들을 우리가 골라 오는 건 어때?"

성찬은 경석이가 말한 쌈박한 영화들이란 어떤 영화일까 생각했다. 총알이 날아다니고 피가 튀고 남녀가 속물적 사랑을 하는 그런 영화일 것이다. 성찬과 경석은 둘 다 영화광이었지만 동아리 선배들처럼 지루한 예술영화들만이 가치 있는 영화라고 말하는 건 위선이라고 여겼다.

다음 날 성찬이 교양수업을 마치고 동아리방에 들렀더니 경석이 비디오테이프를 대여섯 개나 테이블에 늘어놓고 기다리고 있었다. 진수가 가져왔던 테이프처럼 어디서 복사를 떠 온 게 아니라 제대로 레이블이 붙은 정품 테이프들이었다.

"우아— 뭐냐? 어디서 났어?"

"어제 맥줏집 근처에 비디오 대여점 있던 거 기억나? 거기서 흥행성 높은 영화들로 좀 골라 왔지."

"오— 재밌겠는데. 〈탑건〉. 나 이거 보고 싶었는데."

"이건 어떠냐? 〈나인 하프 위크〉. 주인공이 킴 베이싱어라고 엄청나게 섹시한 여자야."

"근데 이런 영화 봐도 되겠어? 민족영화연구모임에서 말이야."

"뭐 어때. 〈문〉 같은 영화는 다신 안 볼 거야."

경석은 〈탑건〉을 비디오 플레이어에 밀어 넣었다.

진수가 동아리방에 들이닥쳤을 때 두 사람은 자장면까지

배달시켜 먹으면서 할리우드 영화 세 편을 연속으로 감상하는 중이었다. 〈다이 하드〉의 명장면인 빌딩 폭파 신과 함께 진수의 분노도 폭발했다.

"너희들 지금 여기서 뭣들 하는 거야!"

성찬과 경석이 화들짝 놀라 일어났을 때 진수는 동아리방 테이블 위에 흩어져 있는 불온한 제목들을 읽고 있었다.

〈탑건〉, 〈007 문레이커〉까지는 그나마 괜찮았는데 〈나인 하프 위크〉, 〈보디 히트〉에서 진수의 분노가 폭발했다.

"이따위 영화들은 다 쓰레기야!"

진수는 테이프를 잡아 뽑아서 마구 헝클어뜨렸다. 두 사람은 우습게만 보였던 선배의 내면에 숨은 광기를 본 것 같았다. 경석의 표정이 굳어졌다. 진수가 망가뜨린 테이프들을 변상하려면 돈이 꽤 들어갈 터였다.

"선배님, 그렇게까지 할 필요는 없지 않습니까? 어차피 여긴 영화 동아리인데요."

"그냥 영화 동아리가 아니지! 올바른 철학과 예술이 담겨 있는 영화를 봐야지! 제국주의자들이 만든 말초적이고 저급한 영상물이나 보라고 저 비싼 비디오랑 컬러텔레비전을 갖다 놓은 줄 알아?"

성찬은 제국주의자라는 말에 충격을 받았다. 성찬이 알고 있는 제국주의자는 〈스타워즈〉에 나오는 다스 베이더와 팰퍼틴 황제뿐이었다.

"경석의 말도 일리가 있다고 생각합니다. 비판적인 감상이란 것도 가능하지 않습니까?"

성찬이 경석의 역성을 든 것은 불에 기름을 부은 격이었다.

"너희들이 이런 영화를 보고 싶다면 굳이 우리 동아리방에서 볼 필요가 없지 않겠니? 동시상영관에 가서 실비아 크리스텔이나 이보희가 나오는 끈적끈적한 영화들이나 실컷 보라고!"

그날로 두 사람은 영화 동아리에서 쫓겨났다. 경석은 오히려 잘되었다고 성찬을 다독였다.

"학기 내내 듣도 보도 못한 단편영화나 예술영화들을 본다고 생각해봐. 우리가 뭐 영화평론가 되려고 동아리에 들어온 건 아니었잖아?"

"다른 동아리를 찾아볼까?"

"좋지. 근데 난 역사나 철학책 읽는 곳은 딱 질색이다."

"풍물패 같은 곳은 어때? 신나게 꽹과리 치고 장구 치면서 놀면 되지 않겠어?"

"너 풍물패가 어떤 곳인지 모르는구나. 여기 풍물패는 군악대 같은 거야. 전투 중에 사기를 북돋기 위해 둥둥둥둥 북을 치고 돌격나팔 부는 데라고."

"아…… 정말이야? 그리고 보니 집회할 때 꽹과리 치는 사람들이 있긴 하더라."

"그래. 거기는 데모부대 군악대나 마찬가지야. 꿈도 꾸지 마라."

이때 두 사람이 완전히 동아리를 떠나 개인주의적인 삶을 살았다면 성찬과 경석의 인생은 백팔십도 달라졌을 것이다. 그리고 둘 사이의 우정도 변치 않았을지 모른다.

그러나 운동인자를 '재생산'하는 데 탁월한 능력을 지닌 이동희의 개입으로 성찬과 경석은 결국 수많은 선배 운동가들이 걸어갔던 고난의 길을 선택하게 된다.

조국통일위원회

경석의 제안으로 둘이 기웃거린 곳은 롤러스케이트 동아리였다. 경석의 말에 따르면 롤러스케이트 동아리는 H대에서 가장 산뜻한 여학생들만 모아다 놓은 곳이었다. 동아리는 입회 신청자가 너무 많아서 간단한 테스트를 거쳐야 했는데, 롤러장에서 음악에 맞춰 자신의 기량을 선보이는 일이었다. 성찬과 경석은 기본 주행을 할 줄 알았기 때문에 테스트는 간단히 통과하리라 생각했다.

대학가 상권의 중심지에 위치한 롤러장은 흥겨운 곳이었다. 천장에선 미러볼이 빙글빙글 돌아가고 장내에는 조이의 〈터치 바이 터치〉가 흘러나왔다. 죠다쉬나 리바이스 청바지를 입은 날씬한 여학생들과 머리에 무스를 발라 힘을 준 남학생들이 롤러장을 가득 메운 채 청춘의 한계속도를 시험하는 중이었다.

성찬과 경석은 동아리 간부들이 지켜보는 가운데 주행 기술을 선보였다. 직선 주행과 코너를 도는 크로스오버를 시도했고, 무난히 성공했다. 경석은 '코너 꺾기'라 불리는 파워 턴까지 보여 성찬을 놀라게 했다. 주행을 마치고 H대생들이 있는 자리로 돌아오자 음악은 모던 토킹의 〈유어 마이 하트 유어 마이 소울〉로 바뀌어 있었다.

하지만 찬사를 보낼 줄 알았던 간부들은 이물질을 보듯이 둘을 쳐다봤다. 경석은 성찬의 귀에 대고 내 파워 턴을 보고 기죽었나 보다, 하고 너스레를 떨었다.

하지만 곧이어 등장한 키 큰 생머리 여학생은 두 사람을 압도하는 현란한 기술을 펼치기 시작했다. 뒤로 타기, 백워드 크로스, 하키 스톱, 콤파스 브레이크, 이름도 낯선 기술들이 간부들의 입에서 쏟아져 나왔다. 키다리 여학생은 빙글 돌아서 멋진 각선미와 히프를 보여주며 멈춰 섰다. 박수가 쏟아졌다. 간부 한 명이 뚱한 얼굴로 경석과 성찬을 돌아봤다.

"이 정도는 되어야 합격인데……."

경석은 얼굴이 벌게져서 성찬의 손목을 잡아끌었다.

"야 나가자. 쪽팔려 죽겠다."

목표로 했던 롤러스케이트 동아리 가입에 실패한 두 사람은 학교로 돌아와 학생회관 이곳저곳을 기웃거렸다. 동아리는 많았지만 재미있는 곳은 드물었고 인기 있는 동아리들은 롤러스케이트 동아리처럼 진입장벽이 높았다.

성찬과 경석은 자신들을 받아줄 동아리를 찾아 방황하던 중에 동희라는 사람의 호출을 받았다. 민족문화연구회 동아리방으로 오라는 지시였다.

"지가 뭔데 우리를 오라 가라 하지?"

경석은 롤러장에서 당한 굴욕 때문에 기분이 좋지 않았다.

"딱히 갈 만한 동아리도 못 찾았잖아. 뭔 소리 하는지 가서 들어나 보자."

"진수 면상을 보면 내가 한 대 칠 것 같은데."

"큭, 싸움 붙으면 나도 도와줄게."

가서 만나보니 동희라는 사람은 민족문화연구회의 최고참 선배였다.

"너희들이 알아야 할 것이 있어."

동희는 고수머리에 사람 좋은 미소를 지닌 법학도였다. 나중에 선배들에게 들은 얘기로는 사법고시에 다섯 번이나 떨어졌다고 한다. 휴학과 복학을 반복하면서도 동아리 활동과 후배 양성에 열심인 헌신적인 선배였다.

"너희들이 영화 모임에서 쫓겨났다고 우리 민족문화연구회에서 제명된 건 아니라는 사실이야. 영화 모임은 비공식적인 하위 분과 모임에 불과해. 그러니 너희는 소속감을 버릴 필요가 없다는 거지."

성찬은 고개를 갸웃거렸다.

"하지만 선배님, 저희는 순수하게 영화에 관심이 있어서 들어온 겁니다. 영화 모임 말고는 따로 참석한 세미나가 없었습니다. 민족문화에 관심이 없는 건 지금도 마찬가지고요."

"그래. 알고 있어. 하지만 너희가 조금만 관심을 기울이면 민족문화연구회에 의미도 있고 재밌는 활동들이 많다는 걸 알게 될 거야. 물론 좋은 선배들도 많이 계시지."

경석은 딴청을 피우고 있었다. 미러볼 조명과 유로댄스 음악이 없는 동아리는 너무 따분했다. 자신에게 굴욕을 안겨준 키다리 여학생의 멋진 뒤태가 눈앞에서 어른거렸다.

"그래서 말인데, 오늘 점심을 내가 살까 한다. 함박스테이크 먹나?"

경석의 눈이 번쩍 뜨였다. H대학 구내식당은 형편없는 식사 질 때문에 총학생회장이 가장 많이 욕을 먹는 사안이었다. 멀건 된장국과 배추에 고춧가루 몇 개 묻어 있는 김치는 '난민식당'이라는 별명을 안겨주었다.

"함지경양식에서 사주시려고요?"

함지는 대학가에서 가장 비싼 식당 중 하나였다. 주로 교수들이나 직장인들이 이용하는 곳으로, 주머니 사정이 여의치 않은 학생들에겐 부담스러운 장소였다. 하지만 H대 남학생들은 용돈을 모았다가 마음에 드는 여학생을 유혹하는 장소로 애용했다.

"잘 아네. 가봤나?"

"딱 한 번이요. 아버지가 대학 붙었다고 입학식 하는 날 데려가주셨어요."

"응. 사실 오늘 내가 너희들에게 점심을 사려는 것은 진수의 몰상식한 행동에 대해 사과를 하고 싶어서 그래. 기분이 많이 상했겠지만 너희들이 이해하여주었으면 한다. 우리가 해야 할 일들 중 가장 중요한 것이 후배 양성인데, 진수는 후배들의 소중함을 잘 몰라. 지가 되게 잘난 줄 알거든."

성찬과 경석은 서로의 얼굴을 보며 웃었다. 공감이 가는 말이었다.

경양식집에서 동희 선배와 함께 한 점심은 즐거웠다. 함박스테이크와 계란프라이처럼 영양가 있는 대화가 오갔고 으깬 감자와 옥수수 샐러드처럼 달달하고 흥미로운 가십도 들었다.

동희는 후배들을 편안하게 해주는 능력이 있었다. 진수처럼 개똥철학을 늘어놓지도 않았고, 자기 얘기를 너무 많이 하지도 않았다.

"경석이 너는 아버지가 사업을 하신다고?"

"네. 오퍼상이라고, 중개상인데요, 잘나가실 때는 매년 집 한 채씩 살 정도였대요."

"오— 아버지 덕분에 좋은 환경에서 자랐겠구나."

"그런 셈이죠. 그래서 그런지 전 학생운동 같은 거엔 별로 관심이 없어요. 지금도 살 만한 세상인데 왜 바꾸려 하죠?"

성찬은 동희의 표정을 살폈다. 동희는 매우 정치적인 인물이라고 들었기 때문이다. 하지만 동희의 얼굴에는 그냥 푸근한 미소가 감돌았다.

"그래. 우리나라가 먹고살 만해진 건 사실이지. 군사정권이 산업화의 공이 있다는 건 나도 인정하는 바야."

동희는 스테이크를 썰면서 성찬을 슬며시 쳐다보았다.

"성찬이 너는 홀어머니를 모신다면서? 아주 효자라고 들었다."

그런 건 어떻게 알았을까. 성찬은 동희가 보기완 다르게 치밀한 면이 있다고 생각했다. 만나기 전에 신상 정보를 다 수집해놓은 것이다.

"네. 어릴 때 아버지가 위암으로 돌아가셨어요."

"음…… 어머님이 널 키우시느라 고생이 많았겠구나."

"네. 그래서 전 딴짓 안 하고 공부만 하려고 해요. 지금은 1학년이라 동아리 활동도 해볼까 하지만……."

성찬은 동희의 눈치를 살폈다. 성찬은 이미 동희의 의도를 어느 정도 간파하고 있었다. 그러나 성찬과 경석은 노회한 동희의 상대가 되지 못했다.

"그래. 나도 너희들에게 부담 주고 싶은 생각은 추호도 없다. 아까도 말했듯이 내가 오늘 사주는 점심은 진수의 무례한 행동에 대한 사과에 불과해. 너희를 우리 동아리에 잡아두거나 선배들의 가치관을 억지로 주입하려는 불순한 의도는 없으니까 마음 편하게 먹어."

"넵! 감사히 잘 먹겠습니다!"

경석은 씩씩하게 대답했지만 성찬은 스테이크가 목으로 넘어가지 않았다. 왠지 동희는 되로 주고 말로 받아 갈 사람이라는 느낌이 들었기 때문이다.

동희는 헤어지면서 두 사람의 손을 꾹 마주 잡고 인사했다. 적당한 악력과 온기가 느껴지는 악수였다. 악수의 유래는 상대방과 싸울 의사가 없을 때 손에 무기가 없다는 것을 증명하기 위해 오른손을 내민 것이라는데, 동희의 악수에는 '난 네 편이다'라는 신호를 뼛속까지 전달하는 강렬한 힘이 있었다.

"내가 졸업할 때까지 두 사람의 밥값 술값은 책임을 지도록 하지. 밥 먹고 싶고, 술 마시고 싶을 땐 언제든 연락해. 알았지? 그리고 다음 주엔 학사주점에서 술 한잔하자. 여학생들도 데려올 테니까 꼭 나와."

"네 알겠습니다! 들어가십쇼 선배님!"

경석은 허리를 구십 도로 꺾어서 인사를 했다. 동희는 푸근한 미소를 지으며 손을 흔들었다.

"성찬아, 저 선배는 괜찮은데? 민족문화연구회에 진수 같은 쪼다만 있는 줄 알았더니……. 다시 들어갈까?"

"……."

성찬은 대답하지 않았다. 머릿속이 복잡해지고 있었다. 왠지 누군가 쳐놓은 그물에 걸린 느낌이었다. 그리고 그런 성찬의 예감은 점차 맞아 들어갔다.

동희는 밥을 사준다는 핑계로 성찬과 경석을 이런저런 모임에 데리고 다니며 사람들을 소개했다. 성찬은 동희가 꽤나 많은 동아리와 모임에 다리를 걸치고 있다는 걸 알게 됐다. 재밌는 것은 동희를 대하는 선배들의 태도였다. 동희는 언제나 자상한 미소를 띠고 있었지만 동희와 이야기를 나누는 선배들은 얼굴 표정이 다소 굳어 있었다. 마치 교사를 대하는 학생이나 장교와 이야기를 나누는 사병처럼 보였던 것이다. 성찬은 어렴풋이 겉으로 보이는 이미지와 달리 이 조직이 어쩌면 굉장히 수직적이고 권위적인 문화를 가지고 있을지도 모른다고 생각했다.

그러던 어느 날 동희는 둘에게 뜻밖의 제안을 했다.

"조국통일위원회라고요?"

성찬은 큰 소리로 되물었다.

H대학 조통위는 '그림자 총학'으로 불리고 있었다. 총학생회라는 공식 기구가 있는데도 불구하고 조국통일위원회는 총학과 비슷한 규모로 조직을 편성해 학내에서 영향력을 행사하려 안간힘을 썼다. 교내에서는 조통위가 주최하는 집회

가 간간이 열렸는데 그때마다 다른 대학의 유사한 단체들이 몰려들었다. 조통위는 농활을 가도 통일, 메이데이 행사에 가도 통일, 축제가 열려도 통일을 외치고 통일 노래를 불렀다.

지금 성찬과 경석은 이 통일지상주의자들의 모임에 참석해달라는 요청을 받은 것이다.

"우리 동아리가 조통위와 관계가 있나요?"

성찬의 질문에 동희는 대수롭지 않다는 듯이 말했다.

"뭐 꼭 그런 건 아니지만, 공교롭게도 민족문화연구회에 소속된 너희 선배들은 한 사람도 빠짐없이 조통위에서 활동하고 있거든. 어차피 거기 가도 동아리에 온 기분일 거야. 편하게 참석하면 돼. 선배들이 너희들을 보고 싶어 했는데 마침 조통위 모임이 있으니 부른 것뿐이야."

성찬과 경석은 거절할 수 없었다. 이미 그들은 동희에게 너무 많은 밥과 술을 얻어먹은 뒤였다. 단지 세미나 뒤풀이에 한번 와달라는 것이었다. 경석은 그게 뭐 큰일이냐는 생각이었고 성찬은 이제 드디어 단단히 엮인다고 긴장이 됐다.

"그럼 저녁 일곱 시에 장산곶매 주막에서 보자."

동희는 두 사람이 이미 승낙이나 한 것처럼 말했다. 성찬은 머뭇거리며 무언가를 말하려 했는데 동희는 듣지도 않고 사라졌다.

"아…… 이거 어쩌지."

"뭐 별일 있겠냐. 그나저나 돈 안 들어서 좋다. 매일같이 밥 사주고 술 사주는 형님 누나들이 있어서."

"야, 그게 다 나중에 청구서로 돌아오는 거야. 우린 후배들 안 사줄 거 같아?"

"아 몰라. 내년 일은 내년에 걱정하자. 일곱 시에 보자 성찬아."

성찬은 경석과 달리 조통위 참석이 내키지 않았다. 이제 성찬은 어느 정도 학교 돌아가는 사정을 알게 됐기 때문이다. 왜 동아리의 선배들은 공대 선배들을 싫어하는지, 왜 총학생회 간부들과 조통위 간부들은 사사건건 대립하는지, 왜 동아리에서 읽는 책들은 공대 선배들이 추천하는 책들과 다른지 알게 되었던 것이다.

그것은 모두 정파라는 것 때문이었다.

공대 선배들이 이야기해준 바에 따르면 민족문화연구회가 속해 있는 정파는 자신들이 총학생회 선거에서 승리하면 모든 학생은 학생회를 중심으로 단결해야 한다고 주장하고, 선거에서 지면 조국통일위원회라는 조직을 별도로 만든다고 했다. 기계과 선배의 표현을 그대로 옮기면, 이 정파는 단군 이래 가장 권위적이고 패권주의적인 수구반동세력이었다.

현재 H대학 총학생회는 비운동권 학생들이 운영하고 있었다. 그들이 당선된 건 정치적 구호가 없는 현실적인 공약들이 신선하게 보였기 때문이다. 최루탄과 화염병이 난무하는 과격한 시위에 질린 탓도 있을 것이다.

하지만 선거 이후에 비운동권 총학이 보여준 모습은 실망스러운 것이었다. 비운동권 학생들은 정치 활동에 관심이 없었지만 그렇다고 학생회 운영에 헌신하는 것도 아니었다. 그들은 적당히 개인주의자들이었고 적당히 이타적이었다.

시험기간에는 학생들의 권익 향상보다는 자신들의 성적 향상이 우선이었고, 총학사업의 운영 방향을 놓고 의견 일치가 안 돼 서로 다투기에 바빴다. 총학회장은 예우는 받았으나 권위는 없었고 공약으로 내세웠던 개혁안은 뭐 하나 진척되는 것이 없었다. 그럴듯한 하부조직은 있으나 통제가 되지 않았고 회장의 지시는 거부당하기 일쑤였다.

더 골치 아픈 것은 비선조직인 조국통일위원회가 사사건건 시비를 거는 일이었다. 절차가 잘못됐다, 규정을 어겼다, 운영이 불투명하다, 성의가 없다, 온갖 비난거리를 만들어 대자보를 써 붙였다. 정부나 학교 총장이 아니라 자신들의 대표인 학생회를 비난하는 조직은 조통위가 유일했다.

하지만 성찬의 걱정과 달리 주막에서 만난 조통위 선배들은 하나같이 수더분하고 정이 많은 사람들이었다. 반갑다고 얼싸안고 술 따라주고 덕담을 하면서 분위기가 무르익었다.

성찬은 선배들이 주는 소주잔을 홀짝홀짝 받아 마시면서 알딸딸해졌다. 옆자리에 익숙한 얼굴의 여자 선배가 맥주잔을 들고 왔다.

"나 기억나니?"

파마머리에 동그란 얼굴. 성찬을 이 동아리로 이끈 박수진이었다.

"그럼요. 셔틀버스 정류장에서 만난 수진 선배님."

"어머나! 기억력 한번 좋네. 자 한 잔 받으시고."

수진은 맥주잔 가득 소주를 따라주었다. 마시면 죽을 것 같은 양이었다.

"이걸 다 마셔요?"

"그럼! 원래 여자 선배가 주는 술은 한 방울도 남김없이 마셔야 되는 거야. 안 그러면 선배가 상처받으니까."

"남자 선배가 주는 술은요?"

"그것도 다 마셔야지. 안 마시면 귀싸대기 맞으니까."

성찬과 수진은 마주 보고 낄낄 웃었다. 성찬이 무지막지한 양의 소주를 다 들이켜자 수진이 물개 박수를 치며 기뻐했다. 성찬은 이제 테이블이 눈앞에서 빙빙 돌아갈 정도로 취했다.

"선배도 받으세요. 정확히 내가 마신 양만큼."

성찬도 수진의 맥주잔에 소주를 가득 따라주었다. 동희가 흑기사 역할을 하려고 했으나 수진은 동희의 손을 뿌리치고 소주를 전부 마셔버렸다.

수진이 호기롭게 마시긴 했으나 주량이 세진 않았다. 동작이 굼떴고 혀가 꼬였으며 상체가 휘청거렸다. 수진은 성찬의 뺨을 양손으로 잡고 게슴츠레한 눈빛으로 물었다.

"성찬아, 너희 과 회장 잘 있니?"

"준구 선배 말인가요? 잘 있죠. 왜요?"

"그냥 갑자기 생각나서."

"……."

성찬은 수진의 눈에서 그리움 같은 것을 읽었다.

"누나, 예전에 준구 선배님이랑 사귀었죠?"

"어, 너 그거 어떻게 알았냐. 누가 말해줬냐?"

"그냥 눈치 깠죠."

"와― 이 자식 너 안 취했구나. 야야, 더 마셔!"

수진은 소주를 더 따라주려다 동희에게 손목을 잡혀 일어 났다. 수진은 아직 안 취했다며 짜증을 냈지만 이미 몸을 가 누지 못했다. 동희는 픽― 하고 쓰러지는 수진을 들쳐 업으 면서 성찬을 돌아보았다.

"미안하다. 선배들이 주책없이 굴어서. 오늘 많이 마신 거 같은데 그만 들어가거라."

동희는 수진을 업고 사라지고 다른 선배들도 하나둘 자리 에서 일어났다. 길바닥에 안주 먹은 걸 다 토해내는 선배도 있었다.

경석은 성찬보다 술이 셌다. 조통위의 모든 선배들과 술잔 을 주고받았지만 아직 혀가 꼬이지 않았다. 경석은 성찬을 부축해 일으켰다.

주점 밖으로 나오자 술에 취해 비틀거리는 학생들이 삼삼

오오 모여서 고함을 지르고 있다. 누군가는 구호를 외쳤고 누군가는 대통령 이름을 부르며 욕을 했다. 깔깔대고 웃거나 전봇대를 붙잡고 토하는 이도 있었다.

동희에게 업혀 깊이 잠든 수진의 등짝이 골목 끝에서 사라졌다. 다른 선배들은 성찬과 경석을 한 번씩 안아주고 헤어졌다.

성찬이 혀 꼬부라진 소리로 물었다.

"야, 너 수진 선배가 우리 과 회장 좋아했던 거 아냐?"

"응. 아까 여자 선배들한테 들었다. 둘이 아주 진지한 사이였다고 하던데."

"근데 왜 깨졌대? 아직도 좋아하는 거 같은데."

"그게…… 정파가 달라서 그렇다는데."

"뭐? 설마……. 그게 그렇게 대단한 거야? 정파라는 게?"

"그런가 봐. 잘은 모르지만 아무튼 정파를 초월한 사랑은 로미오와 줄리엣처럼 비극적인 거래. 누가 그랬더라? 아, 그 칠칠치 못한 진수 선배가 그랬다. 어휴, 오늘도 어찌나 주접 떨던지."

성찬은 경석의 어깨에 기대며 졸린 목소리로 말했다.

"경석아, 우린 같은 정파에 속해서 다행이다. 그치?"

"그러게. 난 여기 형님들이 좋아. 여기 있으면 다 형제야. 너도 내 가족 같고."

학사주점 골목에 술에 취해 부르는 민중가요가 울려 퍼졌다. 밤이 되면 학생사회에는 언제나 술기운을 빌린 낙관주의가 득세했다. 그들은 아직 젊었고, 순수했고, 세상을 바꿀 수 있다고 믿었다. 성찬과 경석은 앞으로 두 사람에게 닥칠 운명을 까맣게 모른 채 마냥 행복한 기분에 젖었다.

민족해방민중민주주의혁명

한가한 오후 공강 시간에 성찬은 조용한 연구동 카페에서 준구와 면담을 했다. 먼저 보자고 한 준구는 할 말이 많은 듯 했고, 성찬 역시 물을 것이 많았다.

준구는 전형적인 학자의 풍모를 갖춘 기계공학도였다. 공부에 더 관심이 많은 준구가 학생운동에 뛰어든 것은 순전히 공대 회장의 강권 때문이었다고 한다. 공대 회장은 공대가 타 정파에 장악되어가는 걸 참지 못했다. 준구는 공대 회장과 함께 자신들의 정파를 이끌어가는 쌍두마차였다.

"너 요즘 바쁜가 보더라. 수업을 자주 빼먹는다며?"

"아 네…… 동아리 활동이 좀 많아서……."

"그래도 전공수업은 빼먹지 마라. 나중에 따라잡기 힘들다."

"네……."

준구는 학교생활에 대한 일상적인 질문들을 서너 가지 더 물은 뒤에 본론으로 들어갔다.

"그래서, 너의 학습 진도는 얼마나 나갔지?"

"네? 전공수업 말씀입니까?"

준구는 피식 웃었다.

"너희 정파의 학습 진도 말이야. 유물론적 변증법은 배웠나?"

성찬은 그제야 질문의 의도를 파악했다. 성찬이 동회에게 어느 정도로 포섭되었는지 알고 싶은 것이다. 성찬은 동회의 등에 업혀 가던 수진의 등짝이 생각났다. 누군가의 표현에 따르면 준구는 정파를 초월한 로맨스의 주인공이었다. 그래서 상대편 정파를 더욱 증오할지도 모른다.

"그런 거 안 배웠는데요."

"안 배워? 이젠 곧바로 '주사'로 직진하나 보지?"

"주사로 직진한다는 게 무슨 뜻이죠?"

"그놈들이 추종하는 사상에 대한 교육을 시작했느냐고."

"아뇨. 우리 동아리는 민족의 전통이나 예술을 탐구하는 모임이에요."

"그래? 그럼 지금까지 어떤 전통이나 예술을 연구했지?"

성찬은 말문이 막혔다.

동아리 분과인 영화 모임에서 〈문〉이라는 단편영화를 본 게 다였다. 그러다 조통위라는 비선조직에서 술을 진탕 먹었고, 이후엔 동아리인지 조통위인지 헷갈리는 술자리에 참석해 먹고 마시며 지낸 것이 다였다. 민족의 전통이나 예술을 탐구한다고는 했는데, 세미나에 참석해본 적이 없으니 도대체 어떤 전통과 예술을 말하는지 알지 못했다.

민족문화연구회나 조국통일위원회나 인적 구성은 거기서 거기였다. 똑같은 선배들이 밥 사주고 술 사주고 수다 떨다 헤어지는 것뿐이었다.

준구는 이해한다는 듯이 고개를 끄덕였다.

"아직까진 관계형성 단계구나."

"네?"

"선후배 간에 끈끈한 정을 쌓는 단계지. 인간이란 게 묘해서, 익숙한 사람들에게는 경계심을 풀게 돼. 놈들은 그걸 이용하는 거지. 메시지가 조금 불편해도 인간적으로 유대가 있는 사람이라면 적대시하지 않게 되니까."

"선배님이 지금 무슨 말씀을 하시려는지 감을 못 잡겠습니다. 제가 친하게 지내는 선배들이 저에게 해롭다는 뜻입니까?"

"꼭 그런 의미는 아니야. 내가 경고하고 싶은 건 너도 모르는 사이에 저들에게 동화될 수 있다는 거지. 지금은 그저 후배들 살뜰히 챙기는 사람 좋은 선배들일 뿐이겠지만, 그게 다 목적이 있는 '재생산' 사이클이라는 걸 알고 있어야 해. 이제 곧 본색을 드러낼 거야. 슬슬 집회에 참여도 해야 할 거고, 농활이니 연대투쟁이니 통일축전이니 여러 행사에 동원될 거야. 가장 중요한 건 의식 개조인데, 그건 독서와 토론을 통해 이루어지지. 그런데 그쪽 정파의 토론은 토론이 아니야. 답은 정해져 있고, 정해진 답을 말하지 않으면 '품성'에 문제가 있다는 식으로 얘기할 거야. 분열은 패배로 가는 길이다. 적을 앞에 두고 우리끼리 다투지 말고 영도자가 이끄는 대로 대동단결하여 나아가자. 그게 그쪽 애들 방식이지. 미리 알고 있으면 더 세뇌되기 전에 빠져나올 수도 있을 거야."

"선배님께서 너무 편견에 빠지신 건 아닌가요. 그 선배들은 그렇게 정치적인 사람들이 아닙니다."

준구는 이맛살을 찌푸리며 뒤통수를 긁었다. 이 답답한 후배에게 어떻게 설명해줘야 하나, 그런 표정이었다.

"그래. 아직은 그렇게 생각할 수 있어. 차차 알게 될 거다."

"저도 선배님한테 궁금한 게 있습니다."

"뭐지?"

성찬은 잠시 뜸을 들였다 물었다.

"박수진 선배와 사귀셨던 게 맞습니까?"

준구는 눈을 크게 뜨고 성찬을 바라보았다. 아랫입술이 미세하게 떨렸다. 그는 잠시 영혼이 빠져나간 것처럼 허공을 응시하다가 다시 정신이 돌아온 듯 담담한 목소리로 말했다.

"응. 넌 별걸 다 아는구나."

"근데 왜 헤어지신 겁니까? 수진 선배는 아직 좋은 감정이 남아 있는 것 같은데요."

준구는 성찬의 시선을 외면했다.

"그런 건 몰라도 된다. 내 연애사에 네가 왜 관심을 가지는데."

"정파 때문에 헤어지셨다는 게 정말입니까?"

"누가 그런 소리를 하니?"

"그냥 그런 소문이 있습니다. 혹시 동희 선배와 삼각관계가 되신 건가요?"

준구는 껄껄 웃으며 책상을 두드렸다.

"별소릴 다 하는구나. 동희는 그런 유치한 짓거리는 하지 않아. 만일에 동희가 우리 사일 갈라놓았다면 그건 네 말대로 정파 때문일지도 몰라. 동희는 다른 정파의 사상이 조직 내로 침투하는 걸 극도로 경계하거든. 아직 책을 읽거나 토론한 적은 없다고 했지?"

"네. 아직⋯⋯."

"때가 되면 선배들이 읽어야 할 책들을 정해줄 거다. 그리고 다른 책들은 읽을 필요가 없다고 얘기할 거야. 그 녀석들은 후배들이 다양한 시각의 책을 읽어서 자신들의 노선에 대해 회의를 갖게 될까 봐 두려워하거든."

"지금 저를 선배님의 정파로 넘어오라고 회유하시는 겁니까?"

준구는 고개를 저었다.

"정파의 선택은 스스로 하는 거야. 적어도 난 그렇게 믿는다. 네가 선택을 하기도 전에 조직의 논리에 갇혀버릴까 봐 걱정하는 거야. 넌 네가 속하게 될 정파의 노선을 뭐라고 부르는지는 아니?"

"아니요. 선배들은 한 번도 그런 이야기를 하지 않았는데요."

"그랬겠지. 그놈들은 원래 의뭉스러워. 확실히 포섭하기 전에는 쉽사리 패를 안 까지."

성찬은 혼란스러웠다. 준구의 말대로라면 동희와 수진을 포함한 모든 선배들이 성찬과 경석을 속이고 있는 것이다.

"동희와 그 패거리들이 따르는 투쟁노선은 민족해방민중민주주의혁명론이다. 영어로는 NLPDR(National Liberation People's Democracy Revolution)이라고 쓰는데 다들 그냥 NL이라고 불러. 넌 지금 NL 사람들과 어울리고 있는 거야. 그런데 우리 학교 NL들은 자기들을 그냥 '자주파'라고 한단다."

"선배님은요?"

"나와 공대 학생회장의 노선은 민중민주주의(People's

Democracy)야. 줄여서 PD라고 하지. 우리끼리는 그냥 '평등 파'라고 불러. 상구 형과 난 세부적인 정파의 이름이 또 있지 만 그것까진 아직 몰라도 돼."

"민족해방민중민주주의와 그냥 민중민주주의…… 어렵네 요."

"응. 쉽게 말해서 우리는 레닌주의자, 저쪽은 김일성주의 자라고 할 수 있어."

"맙소사…… 그런 거 다 불법 아닌가요?"

"반역죄지. NL이나 PD나 궁극적인 목표는 현 체제를 타 도하고 새로운 국체를 세우는 거야. 국가보안법을 엄격히 적 용하면 우린 다 감옥에 가야 해. 그래서 더욱 신중해야 하는 거야. 너의 인생을 걸어야 하니까. 사실 입학하고 처음 만나 는 선배들이 평생의 노선을 결정한다고 하는데, 절대로 선배 들에게 휩쓸려서 너의 노선을 정해서는 안 돼. 무엇이 올바 른 길인지 충분히 생각하고 결정해. 만일 둘 다 도저히 받아 들일 수 없는 노선이라면 제3의 길을 찾든지 아예 학생운동 을 하지 말고 기존 체제에 적응해서 살아."

"학생운동을 하려면 꼭 체제를 타도해야 하는 건가요?"

"원래 그런 건 아니지만…… 지금의 학생운동은 그렇게 됐어. 나도 왜 그렇게 됐는지 생각해봤는데…… 적이 필요했 기 때문일 거야."

"적이 필요했다고요?"

"그래. 박정희와 군인들이 독재를 하던 시절에는 학생들이 싸워야 할 대상이 명확했어. 정당하지 못한 방법으로 권력을 찬탈한 박정희와 그 일당들이었지. 박정희를 몰아내고 민주주의를 실현하자. 그게 학생운동의 목표였어. 소박했지. 전두환도 마찬가지야. 전두환도 쿠데타로 대통령이 된 사람이니까. 그런데 6월 항쟁으로 직선제를 쟁취하고 나서는 좀 애매해졌지. 노태우는 국민들이 직접 뽑은 대통령이잖아. 그다음 대통령은? 국민들이 선택한 대통령을 타도하는 게 맞는 건가? 더 이상 대통령은 적으로 간주할 수 없게 됐어. 대통령이 문제가 있다면 임기가 다할 때까지 기다렸다가 선거로 갈아치우면 그만이야. 학생들이 나설 이유가 없었지. 그래서 운동가들은 새로운 적을 만들어냈어. 바로 체제야. 민족을 해방시키거나, 민중을 해방시키려면 현 체제를 타도해야 돼. 그리고 새로운 사회주의 국가를 건설하는 것이지."

"와…… 그런 게 가능한가요?"

"볼셰비키 혁명이 일어나기 전까지는 아무도 소비에트의 탄생을 예상하지 못했어."

"잘 모르겠네요. 우린 그냥 힘없는 대학생들이잖아요. 선배님들이 그런 엄청난 일들을 도모하고 있다는 게 믿어지지 않습니다."

"믿기지 않겠지만 사실이야. 요즘 학생운동을 이끄는 사람들은 모두 급진적인 이념주의자들이야. 정부를 전복시키려는 게 궁극 목적이라는 걸 잊으면 안 돼. 그걸 잊으면 조심성이 없어지고, 결국 대공분실로 끌려가게 되는 거야."

"전 어떡해야 하죠?"

"아까 말했잖아. 네 인생이 걸린 일이니까 충분히 생각하고 정파를 선택하라고. 너희 정파는 자유로운 생각과 판단을 허락하지 않아. 생각을 주입하고 일사불란하게 움직여주길 원하지. NL의 핵심 사상은 결국 주체사상이야. 주체사상에 따르면 수령은 뇌수腦髓에 해당하고 인민은 뇌수의 명령을 받는 신체에 해당돼. 김일성이 북한의 수령이라면, 너희 조직의 꼬마 수령은 동희야. 동희가 뇌수지. 나머지는 동희의 지시를 받는 수족이라고 보면 돼. 동희의 수족이 되면 더 이상 스스로 판단을 할 수 없어. 빠져나올 수도 없지."

"잘 모르겠습니다. 선배님이 오늘 너무나 엄청난 얘기들을 해주셔서…… 솔직히 중간에 이해할 수 없는 얘기들도 많았습니다. 어쩌면 선배님이 경쟁 관계에 있는 정파에 대해 선입견을 가지고 계신지도 모른다는 생각이 듭니다."

"그래……. 오늘 내가 진도를 너무 많이 나간 것 같구나. 하지만 천천히 깨닫게 될 거다. 너무 늦기 전에 선택을 해야 할 거야. 진영의 논리는 모든 합리적 판단을 넘어서니까. 오늘 나의 충고는 딱 하나다. 한쪽 주장에만 매몰되지 말고 스스로 생각하고 판단해볼 것."

"알겠습니다. 명심하겠습니다."

성찬은 준구와 악수를 나누고 헤어졌다. 돌아서는 성찬에게 준구가 큰 소리로 물었다.

"너희 정파의 노선이 뭐라고 했지?"

성찬은 되돌아보지 않고 대답했다.

"민족해방민중민주주의."

약자로는 NLPDR. 줄여서 그냥 NL. 성찬은 NL이란 단어를 자꾸 되뇌어보았다.

미제의 간식

4월이 되도록 성찬과 경석은 선배들에게 밥만 얻어먹고 다녔다. 경석은 그저 선배들과 어울려 노는 것이 신났고, 성찬은 준구가 경고한 일들이 언제쯤 벌어지는지 기다리고 있었다. 성찬은 경석에게 준구에게 들은 이야기를 해줬으나 경석은 심각하게 듣지 않았다.

"정치가 원래 그런 거 아냐? 민주니 정의니 어쨌든 다 뜬 구름 잡는 얘기잖아! 그게 뭐가 중요해. 그냥 선배들이 좋으면 함께하는 거고 질리면 다 때려치우고 고시 공부나 해야지. 넌 공대생이라 좋겠다. 취업이나 진로 때문에 고민할 필요가 없으니. 난 2학년까지만 놀고 3학년부터는 마음잡고 행시 준비할 거야."

성찬은 천하태평인 경석이 부러웠다. 부유한 집안에서 자라면 저토록 낙천적이 되는 것인가. 하지만 밥 먹고 술 마시고 놀기만 하는 방임주의는 곧 끝났다. 나중에 알고 보니 선배들은 성찬과 경석이 놀고 있는 사이에도 열심히 권력투쟁을 하고 있었다.

"대자보를 붙이라고요?"

성찬은 동희에게 다시 물었다. 동희는 황당하게도 성찬과 다른 신입생들 이름으로 총학생회를 비난하는 글을 도서관 근처 담벼락에 써 붙이라고 했다.

"그래. 비판할 내용은 우선 총학 간부들의 정치의식 부재야. 정권의 파쇼적 행태로 남북 관계가 경색되어 전쟁 위험이 높아지고 있는데도 총학 차원의 대응이 전무하잖아."

"아…… 근데 좀 뜬금없지 않나요? 개강한 지 두 달도 안 되었는데 신입생들이 그런 대자보를 붙인다는 게……."

"신입생들이 붙이면 총학에서 더 자극을 받을 거야. 아직 성찬이는 눈에 띄는 존재가 아니니까 다른 동기들 이름을 함께 적으면 효과가 좋을 거야. 다른 학생들도 신입생들이 이렇게 대동단결해서 항의할 정도면 지금 총학 애들이 뭔가 문제가 있다고 생각하겠지."

"하지만 신입생들이 남북 관계 때문에 대자보를 붙인다는 게 좀 웃기잖아요?"

"음, 그래서 학생회 활동의 문제점도 같이 적시해줘야겠지. 이 녀석들은 총학생회를 취미 생활 동아리처럼 운영하려고 해. 간부라는 놈들이 다들 개인 사정 핑계를 대고 학생회 사업들을 방기하고 있다니까. 지금이 얼마나 엄중한 시기야? 투쟁에 밤을 새워도 시원찮은 때에 아무런 사업도 안 하고 놀고만 있잖아?"

"그거야 지금 총학생회장이 비운동권이라 그런 건 아닐까요?"

"비운동권이라면 학생들 복지에라도 신경을 쓰든가. 공약으로 내세웠던 복지사업들 중에서 지금 진행되는 게 하나라도 있나? 항의 좀 하려고 학생회실에 가면 자리 지키는 놈들도 없고……. 총학을 운영하려면 간부들의 헌신이 전제되어야 하는데, 이놈들은 그런 게 없어. 중간고사 기간이라도 닥치면 기능이 완전히 마비될걸? 한마디로 개판이야 개판!"

동희는 버럭 소리를 지르며 책상을 내리쳤다. 눈에서는 독기가 뿜어져 나왔다. 성찬과 경석은 놀라서 주춤 물러섰다. 언제나 푸근한 미소만 지을 줄 아는 착한 형의 이미지는 온데간데없었다. 경석이 뒤통수를 긁으며 고개를 주억거렸다.

"알겠어요 선배님. 뭐 하면 되죠? 대자보 써서 붙이는 게 큰일은 아니죠. 이름 넣을 친구들은 좀 찾아봐야 하니까 며칠 시간을 주세요."

경석은 뭔가 항의하려는 성찬의 소매를 잡아끌고 동아리

방을 나왔다.

"성찬아, 그냥 하자. 동희 형이 저렇게 화내는 거 처음이잖아."

"그래도 그렇지…… 넌 이게 말이 된다고 생각해?"

"좀 이상하지. 근데 왜 저러는지는 알겠어."

"왜 저러는데?"

"원래 조국통일위원회가 하는 일이 총학을 비토하는 거래. 선거에서 졌으니 다음 선거에서 끌어내리려고 미리 작업하는 거지."

성찬은 어이가 없었다. 고작 학생회를 장악하려고 학우들끼리 이런 협잡을 벌인단 말인가. 그 순간 성찬의 머릿속을 스쳐 간 것은 이제 곧 동희의 무리들이 본색을 드러낼 거던 준구의 경고였다.

"난 못 해. 그런 마음에도 없는 대자보를 쓰는 것도 낯 뜨겁지만 아무것도 모르는 기계과 친구들을 선동할 순 없어."

"이름 빌려줄 애들은 많아. 내가 구해볼게. 성찬이 넌 대자보만 써줘. 너 글 잘 쓰잖아? 그 정돈 해줄 수 있지?"

"싫은데."

경석은 팔자 눈썹을 만들어 애원했다.

"도와주라. 이건 동희 형이 아니라 날 돕는 일이야."

성찬은 한숨을 내쉬었다. 경석은 상대가 거절하지 못하도록 부탁을 하는 재주가 있었다.

"알았어. 그런데 이런다고 동희 선배가 너에게 고마워할 까?"

"상관없어. 그동안 우리가 얼마나 얻어먹었냐. 세상에 공 짜 없다. 그냥 밥값 한다고 생각하자."

사흘 뒤 도서관 근처에 총학생회를 비난하는 전지 두 장짜 리 대자보가 붙었다. 성찬과 경석의 이름은 물론이고 국어교 육과 신입생 여섯 명과 경석을 좋아하는 다른 과 여학생 세 명의 이름이 대자보에 올랐다. 캠퍼스 생활에 겨우 적응해가 는 신입생들이 학생 자치 기구에 대해 정치적으로 신랄한 비 판을 가하는 것은 누가 보아도 작위적이었다.

성찬은 대자보를 쳐다보는 것만으로 얼굴이 화끈거렸는 데 이상하게도 대자보에 대해 이야기하는 사람이 아무도 없 었다. 심지어 비난을 받은 총학생회 간부들에게서도 아무런 반응이 없었다.

의아해하는 성찬에게 경석은 총학에 대한 비토는 매년 일 상적으로 벌어지는 일이라 아무도 신경 쓰지 않는다고 했다. 총학 간부들도 대자보의 배후에 조통위가 있다는 걸 충분히 인지하고 있고, 자신들도 잡다하게 챙겨야 할 일들이 많아서 대자보 따위에 대응할 겨를이 없다는 것이다.

"그런 얘기들은 어디서 들었어?"

"여기저기서. 주로 수진 누님에게 들었지."

성찬은 경석이 조직에 빠르게 적응해간다고 느꼈다. 작은 일들에 스트레스 받지 않고 원만하게 사람들과 어울리는 경식의 능력은 분명한 장점이었다. 그리고 선배들도 그런 경석의 장점을 높이 평가하는 것처럼 보였다.

반면에 성찬을 불편해하는 선배들은 하나씩 늘어나고 있었다. 그렇다고 대놓고 성찬을 배척하는 이는 없었다. 겉으로는 성찬이나 경석이나 선배들에게는 똑같이 소중한 후배인 것처럼 대했다. 다만 경석과 이야기할 때 보다 편안한 미소를 지을 뿐이었다. 성찬에게는 그것도 꽤나 신경에 거슬리는 일이었다.

성찬과 경석은 이후에도 총학을 비판하는 대자보를 여러 번 써야 했는데, 비판의 이유는 매번 달랐다. 총학의 정치의식 부재, 헌신적이지 못한 간부들의 자세, 투명하지 못한 공금 집행, 그리고 무엇보다도 총학사업을 진행하는 과정에서 발생한 자잘한 절차적 흠결들이 지적되었다.

선배들은 대자보를 만들기 전에 어떤 맥락으로 총학을 비판해야 하는지 지침을 내려줬는데, 성찬과 경석은 지침을 받을 때마다 평범한 실수들을 파렴치한 부도덕으로 탈바꿈시키는 선배들의 능수능란한 선전술에 혀를 내두르곤 했다.

총학 비판 대자보를 써 붙이고 나자 선배들이 성찬과 경석을 대하는 태도가 달라졌다. 성찬은 '대중이 이해하기 쉬우면서도 예리하고 투쟁적인 문풍文風을 갖췄다'는 칭찬을 들었고 경석은 단숨에 '학우들에게 신망이 높고 대중성이 충만

한 자주 진영의 미래'가 됐다.

동희는 성찬과 경석의 대자보 투쟁을 치하하며 자신이 주재하는 자주통일 세미나에 참석해줄 것을 요청했다.

"세미나라고 거창한 이름을 붙였지만 어려운 내용은 없다. 너희 같은 신입생들을 위한 입문 코스라고 생각하면 돼. 바쁜 일 없으면 와서 한번 들어봐. 아주 재밌을 거야. 끝나고 뒤풀이도 있어."

동희의 말투는 부드러웠지만 거절하기 힘든 완고함이 느껴졌다. 성찬은 드디어 준구가 예고했던 NL의 사상 교육이 시작되었다는 걸 깨달았다.

세미나는 민족문화연구회 동아리방에서 열렸다. 성찬과 경석은 동아리에 새로 들어온 신입생들 속에 섞여서 선배들이 나눠주는 팸플릿을 읽었다. 팸플릿의 제목은 '우리 역사 다시 보기'였다. 총 12페이지 정도에 불과했지만 적혀 있는 내용은 파격적이었다.

대한민국은 정상적인 국가가 아닌 미국의 식민지이며, 민중들은 미제국주의자들의 하수인에 불과한 권력자들의 착취와 압제에 시달리고 있다. 원래 하나였던 우리 민족은 미제의 모략과 이승만의 농간으로 분단이 되었고, 민족을 통일시키고 미제를 몰아내기 위한 '통일전쟁'이 일어났지만 미제의 개입으로 좌절됐다. 미국은 우방이라는 외피를 쓰고 있지만 실제로는 자국의 이익을 챙기는 데만 혈안이 되어 있다.

한마디로 미국이라는 나라는 분단의 고착화를 획책하고 민중의 생존권을 위협하는 악마 같은 존재였다. 우리가 겪고 있는 모든 고통, 우리 사회에 만연한 모든 문제의 근원은 미국이었다.

짧고도 강렬한 내용에 신입생들은 충격을 받은 듯했다. 수진의 팸플릿 낭독이 끝나자 동희가 이야기를 시작했다.

"그동안 친미적이고 반공적인 시각에서 역사교육을 받은 너희들 입장에서는 당황스러운 내용일 것이다. 하지만 이게 진짜 우리의 역사고, 너희가 가져야 할 올바른 역사관이야. 물론 역사를 바라보는 관점은 사람마다 다를 수 있겠지. 하지만 모든 사람이 동의할 수 있는 역사 같은 건 없다. 역사란 무엇인가? 이 질문은 잘못된 거야. 이렇게 물어야지. 누구를 위한 역사인가?"

동희가 이야기를 하는 동안 수진과 진수, 다른 선배들은 마치 목사님의 설교를 듣는 것처럼 경건하고 진중한 침묵을 지켰다. 동희의 육성은 한없이 부드러웠지만 감히 이의를 제기할 수 없는 권위와 엄숙함이 배어 있었다.

"난 너희들 나이에 브루스 커밍스가 쓴 『한국전쟁의 기원』을 원서로 읽었다. 『해방전후사의 인식』 같은 책들도 읽었어. 그런 책들이 내 관점을 바꾸는 데 도움을 준 건 사실이야. 하지만 너희들은 구태여 그런 수고를 할 필요가 없어. 여기 계신 선배님들이 이렇게 핵심 텍스트만 뽑아서 너희들에게 떠먹여주잖아. 너희는 꼭꼭 씹어서 삼키기만 하면 돼. 이런 팸플릿은 필수영양소 같은 거야. 다 피가 되고 살이 되는 거지. 예전에 너희 선배들은 헤겔의 변증법부터 공부를 시작해서 마르크스의 『자본론』까지 읽어댔어. 그런데 지금은 마르크스나 레닌이 쓴 너절한 원전들은 읽을 필요가 없다. 시대에 뒤떨어진 것들이고, 과도한 이론 탐구와 논쟁은 운동가들을 분열시키는 원인이야. 사상은 간결할수록 좋은 것이고, 우리 실정에 맞을수록 좋은 것이다."

신입생들의 반응을 살피던 동희의 시선이 경석에서 멈췄다.

"경석이가 오늘 배운 내용에 대해 말해볼까? 느낀 점이라든가, 궁금한 점이 있다면 편하게 이야기해봐."

경석은 고개를 숙이고 잠시 머리를 굴리더니 자리에서 일어났다.

"오늘 정말 색다른 공부를 했습니다. 선배님 말씀대로 지금까지 학교에서 배운 역사가 잘못된 역사라는 걸 알았습니다. 미국에 대해서도 다시 보는 계기가 되었습니다. 지금까지 친구로 알았던 미국이 사실은 우리 민족을 불행에 빠지게 만든 원흉일 수도 있다는 생각을 하게 됐습니다. 앞으로 제가 우리 민족의 통일을 위해 어떤 일을 해야 할지 큰 고민이 시작되었습니다."

경석은 초등학생처럼 답했고 동희는 교사처럼 만족한 모습이었다. 성찬은 오른팔을 슬그머니 들었다. 동희가 눈살을 살짝 찌푸렸다.

"성찬이? 질문 있니?"

"우리 사회의 모든 문제는 미국의 책임이라는 말, 그건 '주장'입니까? 아니면 '사실'입니까?"

동희는 고개를 갸웃했다.

"주장이면서 사실이기도 하지. 뭐가 궁금한 거지?"

"만일 그게 '사실'이라면 '근거'가 필요하고 '증명'이 되어야 합니다. 근데 이 팸플릿에는 주장과 견해만 있는 거 같아서요."

동희는 빙그레 웃었다.

"무슨 이야긴지 알겠다. 공학도다운 질문이로구나. 하지만 네 질문은 틀렸어. 역사는 과학이 아니다. 따라서 증명할 필요는 없어. 아니, 증명될 수 없지. 아까도 말했지? 모든 사람이 동의할 수 있는 역사 같은 건 없다. 역사는 이데올로기야. 혁명가가 원하는 역사는 보수주의자가 원하는 역사와 다를 수밖에 없다."

"그렇다면 역사는 얼마든지 자의적으로 해석되고 주장될 수 있다는 소린가요? 그러면 미국의 입장에서는 미국이 북한의 침략을 막아내고 한국의 경제 발전을 도왔다고 주장하는 게 가능할 수도 있다는 소린가요?"

"지금까지 보수반동세력이 그런 식으로 주장해왔지. 하지만 그건 민족의 해방과 통일을 가로막는 분열 책동이야. 그걸 분쇄하는 것이 새로운 역사 해석이지."

"역사가 관점에 따라서 다르게 해석되어야 한다면 결국 어떤 진영에 설 것인가를 결정하라는 뜻이군요."

"바로 그거야. 보수반동의 편에 설 것인가, 민족해방의 편에 설 것인가를 선택하는 것이지. 자신이 미국인이나 일본인이 아니라 조선 민족이라는 걸 깨닫는다면 무엇이 옳은 길인지는 굳이 설명하지 않아도 되겠지."

성찬은 더 이상 이야기하지 않았다. 동희의 의도는 분명해 보였다. 세미나의 목적은 다양한 견해를 수용하기보다는 생각의 곁가지를 잘라내는 것이었다.

동희가 성찬의 옆에 와서 섰다. 성찬을 바라보는 눈길이 왠지 서늘했다.

"넌 똑똑하지만 현학적이고 사변적이구나. 학자로서, 또 이론가로서 성공할 수 있는 자질을 갖췄어. 하지만 운동가는 말보다 행동으로 실천해야 한다. 운동가는 지성보다는 품성이 훨씬 중요해. 운동가는 솔직하고, 소박하고, 겸손하고, 용감하고, 성실해야 한다. 훌륭한 품성을 갖춰야만 자신을 단단하게 단련할 수 있고 적들에 맞설 수 있어."

동희는 운동가의 품성을 이야기하는 순간 경석의 어깨에 손을 얹었다. 경석의 얼굴에 미소가 떠올랐다. 성찬은 왠지 약이 바짝 올랐다.

"지금까지 학생운동은 사구체 논쟁 같은 허망한 말싸움에 빠져 동력을 상실해왔다. 허깨비 같은 이야기만 거듭하다 보면 허깨비 같은 목표를 갖게 되지. 계급 혁명을 위한 선도적 투쟁 같은 거 말이야. 우리 학교에도 책만 읽고 토론하면 소련처럼 혁명이 일어날 거라고 믿는 백면서생들이 있다. 이 나라에서 레닌식 혁명이 가능할 것으로 보이나? 다 헛소리야. 너희들이 책 몇 줄 읽었다고 볼셰비키가 될 줄 아니? 웃기지 마. 너희는 조선 민족이야. 조선 민족은 조선의 실정에 맞는 혁명 역량을 키워나가야지. 자, 오늘은 여기까지 하고 막걸리나 마시러 가자."

성찬은 동희가 한국을 자꾸 조선이라 부르고 한민족을 조선 민족이라 부르는 게 영 거슬렸지만 굳이 물어보진 않았다. 품성이 어쩌고 하면서 싫은 소리를 들을 게 뻔했다.

성찬은 그날 자신이 정파의 노선과 맞지 않는다는 것을 어렴풋이 깨달았다. 3년 동안 숨 막히는 고등학교에 갇혀 입시 준비를 했는데 자유로운 학문의 전당에 와서까지 도그마에 사로잡힌 선배들의 생각을 따를 이유는 없었다.

문제는 언제쯤 여기서 빠져나갈까 하는 점이었다.

하지만 이상하게도 선배들은 술자리에서 성찬에게 지나칠 정도로 친절했다. 발언이 조금 날카롭긴 했지만 멋있다는 둥, 스스로 생각할 줄 아는 운동가도 필요하다는 둥, 온갖 아첨이 날아들었다. 동희 역시 세미나에서의 싸늘한 말투는 온데간데없고 예전의 푸근한 미소와 덕담을 곁들여 술잔을 채

위주었다.

　사실 이들은 조직 생리와 맞지 않는 후배라도 절대 먼저 내치는 법이 없었다. 특히 논쟁에 능하고 전투력이 출중한 후배는 최대한 붙잡아두려고 노력하는데, 이는 상대 정파로 넘어갈 경우 골치 아픈 적수가 되기 때문이었다. 그리고 자발적으로 떠나더라도 좋은 인상을 남기면 선거 때 표라도 준다는 걸 알고 있었다. 성찬이 이 모든 사실을 깨닫게 된 건 한참 뒤에 다른 정파로 넘어간 후였다.

　자주통일 세미나는 매주 열렸고, 회가 거듭할수록 세미나 주제는 점차 핵심적인 내용으로 근접하고 있었다. 이날의 주요 발제자는 진수였다.

　"에…… 지금까지 길게 이야기한 민족해방민중민주주의 혁명론의 요체는 민자통입니다. 미국의 하수인 파쇼정권을 타도하는 민주화! 주한 미군과 미제국주의자들을 몰아내는 자주화! 북한과 연방제 통일을 이루는 통일! 민자통! 이 세 글자만 기억하세요. 민주, 자주, 통일입니다. NLPDR이 뭐라고요?"

　"민자통!"

　"그래요. 근데 이걸 하려면 제일 중요한 과업이 뭐죠?"

　"미군 철수!"

　"그래요. 양키 고 홈! 우리나라 노동문제의 근본 원인은 뭐예요?"

"미국!"

"우리나라 재벌 독점의 근본 원인은 뭐죠?"

"미국!"

"우리나라 빈곤문제는 누구 때문이라고?"

"미국!"

"우리 민족이 누구 때문에 둘로 갈라섰어요?"

"미국!"

"한반도에 전쟁 위험이 높은 게 누구 때문?"

"미국!"

"우리가 이렇게 고생하면서 투쟁하는 게 다 누구 때문?"

"미국!"

"그래 맞아요. 한마디로 우리에게 미국이라는 존재는 '퍽 킹 유에스에이'라고 할 수 있어요. '양키 고 홈'이 되지 않으면 한반도에 항구적인 평화와 민족의 통일은 없는 것이죠."

반미투쟁의 열기로 동아리방이 후끈 달아오르는 와중에, 여학생들이 간식을 사 들고 왔다. 다들 와~ 하고 함성을 질렀다. 그렇잖아도 한창 출출한 시간이었다.

"어?"

간식 봉지의 M자 로고를 본 학생들은 순간 표정이 굳었다. 눈치 없는 여학생들이 사 온 간식은 맥도날드 햄버거였다. 몇 년 전 태평양을 건너온 이 제국주의 브랜드는 젊은이들 사이에서 꽤나 인기를 끌고 있었다. 여학생 하나가 김밥

집이 문을 닫았다고 변명을 했지만 공금으로 햄버거를 먹고 싶었던 것이 틀림없다. 세미나의 주제가 주한 미군 철수라는 걸 염두에 두지 않은 철없는 행동이었다.

다들 세미나의 좌장인 동희의 눈치를 살폈다. 하지만 동희는 햄버거를 집어 던지거나 '미제국주의자의 음식 따위는 먹을 수 없다'는 유치한 말은 하지 않았다. 대신 햄버거를 한 개 집어 들고 점잖은 목소리로 '배고픈데 어서 먹자'고 말했을 뿐이다.

학생들은 주섬주섬 간식을 주워 들었지만 아무 말도 하지 않았다. 혹 누가 쓸데없는 소리를 할까 가슴 졸이며 우적우적 고기패티와 빵을 씹을 뿐이었다.

반미 선동을 하던 진수도 얼굴이 벌게져서 햄버거를 씹었다. 불편한 침묵을 먼저 깬 건 성찬이었다.

"이상하네? 맥도날드에서는 코카콜라를 팔지 않나? 왜 콜라가 펩시지?"

그러자 간식을 사 온 여학생 하나가 얼굴이 빨개져서 터무니없는 변명을 했다.

"코카콜라는 미제국주의의 상징이잖아요. 그래서 도저히 가져올 수가 없었어요. 이건 구내매점에서 따로 사 온 거예요."

여학생의 구차한 변명은 더욱 어색한 침묵을 만들었다. 코카콜라가 미제국주의의 상징이라면 펩시콜라는 제국주의의 유사품이 아닌가.

그때 경석이 펩시콜라 캔을 하나 들더니 실없는 농담을 던졌다.

"진수 형, 펩시 로고가 왠지 태극기 같지 않아?"

그것은 낯 뜨거운 자기모순의 적막을 깨뜨려주는 적시타였다.

"그래! 똑같네! 양키새끼들이 베꼈네. 베꼈어. 양키들이 태극기를 베꼈어!"

진수의 외침에 동희가 너털웃음을 터뜨렸다.

후배들이 따라 웃고, 바늘방석에 앉아 있던 여학생들도 까르르 웃음을 터뜨렸다. 그제야 다들 편한 마음으로 미제의 간식을 자주적으로 삼킬 수 있었다.

수령론

세운상가에서 새로 구입한 일본제 단파 라디오는 구형보다 감도가 좋고 녹음 기능까지 있어 녹취 작업을 하는 데 안성맞춤이었다. 문제는 방해전파 때문에 방송이 잘 잡히지 않는다는 점인데 다행히도 〈구국의 소리〉는 3,480kHz, 4,450kHz, 4,557kHz 등 다양한 주파수 밴드로 송출되어 다이얼을 이리저리 돌리다 보면 어느 순간 방송이 잡혔다.

"아이씨— 왜 이리 지직거려—"

경석은 성질을 내며 라디오를 툭툭 쳤다. 성찬은 다이얼을 돌려 주파수를 변경했다. 잡음이 줄어들고 발음이 좀 더 분명해졌다. 이제 잡음 속에서 방송을 듣는 일에 익숙해져 녹취는 어렵지 않은 일이 되었다. 경석과 성찬은 부지런히 볼펜을 움직여 시사 해설을 받아 적었다.

논평의 요지는, 전쟁 준비에 날뛰는 남한 파쇼정부가 민족의 평화적 통일을 요구하는 학생들의 시위를 잔혹하게 탄압하고 있다는 내용이었다. 성찬이 시사 해설을 받아 적으며 적잖이 놀란 점은 국내 방송에서 거의 다루어지지 않은 학생들의 시위 상황이 아주 정확하고 신속하게 〈구국의 소리〉에서 보도된다는 점이었다.

〈구국의 소리〉는 대한민국의 표준어를 사용하고 남한 내 지하당 조직으로 알려진 한국민족민주전선의 명의로 운영되었기 때문에 학생들은 이 방송이 남한의 지하조직이 송출하는 것이라 믿었다. 하지만 나중에 밝혀진 바에 따르면 한민전은 실체가 없는 조직이었고, 〈구국의 소리〉는 서울이 아니라 북한의 통일전선부에서 송출한 대남방송이었다.

"동희 형이 오늘 꼭 녹취하라고 한 프로가 뭐였지?"

경석이 물었다.

"〈밤을 잊은 여러분께〉— 자정에 하는 거 있잖아."

〈밤을 잊은 여러분께〉가 자주 녹취하는 프로는 아니었지만 동희가 특별히 지시한 이유는 오늘 방송될 내용 때문이었다. 동희 말로는 오늘 부제가 '민족의 진로 주사강좌'라 했다. 주체사상에 대한 이론 강좌인 것이다. 〈구국의 소리〉는 주체사상을 배울 수 있는 훌륭한 학교이자, 혁명의 지침을 내리는 지휘본부였다. 공안 기관이 절대로 무너뜨릴 수 없는 혁명기지의 존재는 NL이 다른 정파들처럼 와해되지 않고 지속적으로 세력을 확대하는 추동력이 됐다.

성찬과 경석은 이런 식으로 방송 내용을 녹취하여 다른 사람들이 읽을 수 있는 유인물로 제작하는 BC팀(Broadcasting Team, 북한 방송 청취 그룹)이었다. 유인물은 내부적으로 돌려보고 동희가 지시하는 단체에도 전달했는데, 그들이 뭐 하는 조직인지는 성찬과 경석도 알 길이 없었다.

성찬은 문득 의문이 일었다. 동희는 어떻게 〈구국의 소리〉에 방송될 내용을 미리 알고 있는 것일까? 혹시 동희가 한민전의 핵심 조직원은 아닐까? 동희와 같은 조직원들이 시위나 정세에 대해 한민전에 수시로 보고를 하는 건 아닐까? 한민전이 북한 공작원이 남한에 침투해 구축한 지하조직이라면, 동희는 결국 북한과 연결고리가 있는 사람일까? 이런 의문이 꼬리를 물었다.

"성찬아, 우리 오늘부터 주사 맞는 거 맞지?"

'주사를 맞는다'는 것은 동희 주변의 핵심 인물들이 공유하는 특별한 사상의 학습을 의미하는 은어였다. 동희가 부리는 학생들이 모두 주사를 맞는 건 아니었다. 수진 선배의 말에 의하면 사상의 핵심에 근접할수록 다 같이 위험해지고 거부감도 심해지기 때문에 혁명의 주력을 담당할 정수분자들에게만 주사를 놔준다고 한다. 주사를 맞는다는 건 곧 동희의 '이너서클'이 되는 과정을 뜻했다.

비밀 세미나는 도서관을 제외하곤 거의 모든 건물의 조명이 꺼지는 저녁 아홉 시 동아리방에서 진행됐다. 좌장인 동희는 테이블 끝에 앉아 조용히 커피를 마셨고 수진 선배는 문서집게로 고정한 두터운 유인물을 나눠줬다.

흐릿하게 복사된 유인물의 제목은 '주체사상에 대하여'였다. 총 5만 6천 자로 이루어진 이 방대한 텍스트의 저자는 놀랍게도 김정일이었다.

동희는 커피잔을 내려놓고 목소리를 가다듬었다. 김정일의 저작은 수진이나 진수에게 맡길 수 없는 중요한 텍스트였다.

"여러분은 이제 혁명사상의 마지막 관문까지 왔다. 그동안 반복된 세미나를 통해서 NLPDR의 핵심 요소인 자주, 민주, 통일에 대해서는 충분히 이해를 했을 거라고 본다. 하지만 교조주의와 분파주의가 판치는 이 운동판에서 회의하지 않고 흔들림 없이 나아가려면 반드시 이 관문을 통과해야 한다. 지금까지 많은 후배들이 이 관문을 넘지 못하고 자주파의 주변부에 머물거나 다른 정파로 변절했다. 여러분들은 단 한 사람의 낙오자도 없이 이 관문을 통과해주기 바란다. 이 관문을 넘기 위해 필요한 건 특별한 능력이 아니다. 솟구쳐 오르는 의문을 억누르고 선각자의 가르침을 열린 마음으로 받아들이는 거다. 그러면 아무도 침범할 수 없는 단단한 정신의 보호막이 생긴다. 그것은 수령의 무오류성에 대한 신념이다. 내가 똑똑한 사람보다는 품성이 좋은 사람이 되라고 누차 강조했을 것이다. 솔직함, 소박함, 겸손함, 용감함, 성실함. 그것이 바로 주체사상에서 두 번째로 중요한 품성론이다. 하지만 첫 번째로 중요한 것은 수령론이다. 수령론을 받아들이지 못하면 진정한 자주파가 아니다. 그 사람은 그냥 자주파의 잉여물이다."

다소 장황한 모두 발언을 마친 동희는 유인물을 펼치고 페이지를 넘겼다.

"이 논문은 1982년에 발표됐는데 여기서 사상의 핵심이 모두 정립됐다. 시간이 날 때 반드시 정독하길 바란다. 오늘 강의는 중요한 부분만 집중적으로 짚어주겠다."

동희는 1장 「주체사상의 창시」 부분은 건너뛰고 2장 「주체사상의 철학적 원리」 부분을 읽었다.

주체사상은 사람중심의 새로운 철학사상입니다.

수령님께서 가르치신 바와 같이 주체사상은 사람이 모든 것의 주인이며 모든 것을 결정한다는 철학적 원리에 기초하고 있습니다. 주체사상은 사람을 위주로 하여 철학의 근본문제를 제기하고 사람이 모든 것의 주인이며 모든 것을 결정한다는 철학적 원리를 밝혔습니다.

사람이 모든 것의 주인이라는 것은 사람이 세계와 자기 운명의 주인이라는 것이며 사람이 모든 것을 결정한다는 것은 사람이 세계를 개조하고 자기 운명을 개척하는 데서 결정적 역할을 한다는 것입니다.

주체사상의 철학적 원리는 세계에서 사람이 차지하는 지위와 역할을 밝힌 사람위주의 철학적 원리입니다.

수령님께서는 사람은 자주성과 창조성, 의식성을 가진 사회적 존재라는 것을 밝히시였습니다.

낭독을 마친 동희는 엄숙한 목소리로 이것이 주체사상의 가장 독창적인 점이고, 마르크스-레닌주의보다 진보된 점이라 선언했다.

"왜 그런가? 사람은 동물과 다른 존재이기 때문이다. 동물은 자연에 종속되지만 사람은 자연에 종속되지 않고 주체적으로 자신의 세계를 변혁하여 세계가 사람을 위해 복무하게 만든다. 마르크스는 자본주의가 극에 달하면 저절로 사회주의가 된다고 말하지만 주체사상은 사람이 혁명의 주체라고 분명히 선언하고 있다. 이것이 우리식 사회주의요, 주체사상의 위대한 점이다. 자주성, 창조성, 의식성으로 하여 사람은 세계에서 가장 우월하고 힘 있는 존재로 되며 세계에 숙명적으로가 아니라 혁명적으로, 수동적으로가 아니라 능동적으로 대하고 세계를 맹목적으로가 아니라 목적의식적으로 개조하게 된다. 자주성, 창조성, 의식성을 가진 사회적 존재인 사람은 곧 세계의 유일한 지배자이며 유일한 개조자다."

동희는 50페이지가 넘는 논문을 종횡무진으로 오가며 사상의 핵심을 30분에 걸쳐 설명했다.

"주체의 혁명관에서 핵을 이루는 것은 당과 수령에 대한 충실성이다. 사회주의, 공산주의위업은 수령에 의하여 개척되며 당과 수령의 영도 밑에 수행된다. 혁명운동은 오직 당과 수령의 영도를 받들어 나가야만 승리할 수 있다."

동희의 열강이 끝나자 세미나의 감초처럼 빠지지 않는 '동희 선배의 교리문답'이 시작됐다. 동희와 후배들이 묻고 답하며 '올바른 생각'의 틀을 정립하는 과정이다. 성찬은 동희의 방식이 마음에 들지 않았다. 교육이나 학습이 아닌 세뇌에 가깝다고 오래전부터 생각해왔다. 동희가 다른 후배들에게 질문을 하는 동안 성찬은 허를 찌르는 역습을 준비하고 있었다.

"미란이는 주체사상에 대해 어떻게 생각하지?"

미대 신입생인 미란은 동희의 아름다운 턱선에 반해 세미나에 들어온 아이였다. 대답을 머뭇거린 미란이 활짝 웃었다.

"아주 멋있는 거 같아요. 사람이 먼저인 철학이잖아요. 이렇게 삭막한 세상에서 사람을 중시하는 생각은 우리도 받아들일 만하다고 생각해요. 따뜻한 사회주의라고 할까? 전 주체사상이 그런 인간적인 사상이란 걸 느꼈어요."

해맑은 소녀 같은 해석에 누군가 쿡쿡 웃었지만 동희가 정색하자 조용해졌다.

"미란의 발언이 소박한 것 같지만 핵심을 찌른 말이었어. 수령의 영도력은 인민에 대한 사랑에서 나오는 거야. 그걸 잊으면 안 돼."

몇몇 학생들이 비슷한 발언을 했지만 동희를 가장 만족시킨 모범생은 역시 경석이었다.

"가장 감명 깊은 부분은 인류의 역사는 인민대중의 창조의 역사라는 점입니다. 혁명이란 낡은 것을 없애고 새로운 제도와 생활을 창조하는 행위입니다. 인민대중의 창조성이 없다면 혁명은 그저 파괴와 약탈일 뿐입니다. 공산주의 운동이 인류 역사에서 가장 높은 창조적 운동이라고 한 점은 사회주의를 하겠다는 사람이 빠져 있는 교조주의를 힘 있게 비판하고 있습니다. 이런 것이 인민대중을 창조적으로 혁명하도록 일떠세우는 주체사상의 힘입니다."

동희는 조용하게 박수를 쳤다. 얼굴에는 만족스러운 미소가 떠올랐다.

"훌륭해. 경석이가 품성만 좋은 줄 알았는데 사상의 이해도 이렇게 탁월하다니 솔직히 놀랐다."

성찬은 입을 비죽 내밀었다. 경석은 그저 피상적으로 주체사상을 이해했을 뿐인데 저토록 칭찬을 받을 일인가. 성찬은 예전부터 경석이 동희의 신임을 독차지하는 것이 눈꼴사나웠다. 가장 친한 친구였지만 시기심은 어쩔 수 없었고 그러한 마음은 경석에 대한 죄책감과 더불어 동희에 대한 반발심만 크게 만들었다.

"저는 조금 다르게 생각합니다."

일순 모두의 시선이 성찬에게 집중되었다. 과거 성찬의 껄끄러운 도발을 기억해낸 선배들은 걱정스러운 눈길로 그를 응시했다. 동희 역시 살짝 찌푸린 미간으로 불편한 심기를 드러냈다.

"또 성찬이구나. 이 완전한 사상에 대해서 어떤 부분이 마음에 들지 않는 거지?"

"사람 중심의 철학이라는 부분입니다. 사람이 주체적으로 세계를 변혁할 수 있다는 부분이 도저히 이해가 가지 않습니다."

동희는 입술을 일그러뜨렸고 신입생들은 경악하는 얼굴로 성찬을 쳐다봤다.

"사람이 주체적으로 세계를 변혁한다는 것은 너무나도 자연스럽고 당연한 생각 아닌가? 인간은 자유의지를 가진 존재가 아닌가? 넌 지금 자유의지를 부정해야 한다는 거야?"

"그런 건 아닙니다만, 전 지금 주체사상이 사회주의 사상이라는 전제하에서 말씀드리는 겁니다. 선배님은 분명 주체사상이 우리식 사회주의라고 하셨죠? 마르크스-레닌주의가 진보하여 우리 실정에 맞게 새롭게 만들어진 것이 주체사상이라고요."

"그랬지."

"그렇다면 주체사상은 그 모체인 사회주의와 완전히 모순된다는 말입니다. 마르크스는 토대가 상부구조를 결정한다는 유물사관을 주장했습니다. 그런데 사람이 자주적으로 모든 걸 바꿀 수 있다는 논리는 유물론과 정반대되는 이야기 아닙니까? 이건 사회주의가 아니라 오히려 부르주아적 관념론이 아닙니까? 도대체 마르크스-레닌주의가 어떤 논리로 주체사상으로 이어져 우리식 사회주의가 되는 겁니까?"

수진과 진수, 다른 선배들은 생각지도 못한 성찬의 도발에 식은땀을 흘렸지만 동희는 조금도 당황하지 않았다.

"그건 네가 낡은 패러다임에 갇혀 있어서 그래. 뉴턴의 고전역학으로 아인슈타인의 상대성이론을 설명할 수 있어? 뉴턴의 물리학과 아인슈타인의 물리학은 패러다임 자체가 달라. 마찬가지로 주체사상은 유물사관이나 토대-상부구조의 이분법으로는 설명할 수 없는 전혀 새로운 혁명 원리야. 김일성 수령은 사회주의의 패러다임을 바꾼 거야. 그러니 네가 마르크스의 정통이론에 얽매일 필요가 없는 거지. 알겠니?"

성찬은 동희의 논법이 이치에 맞지 않는다고 생각했지만 이 부분에 대한 재반박은 하지 않기로 했다. 패러다임 자체가 다르다는 말은 논쟁할 가치도 없다는 뜻이 아닌가.

성찬은 주체사상에 내포된 자체적 모순에 대해 도발하기로 했다.

"또 하나 이해되지 않는 점이 있습니다. 김정일 동지의 논문에 보면 '사회주의, 공산주의위업은 수령에 의하여 개척되며 당과 수령의 영도 밑에 수행된다. 혁명운동은 오직 당과 수령의 영도를 받들어 나가야만 한다'고 하였습니다. 저는 이것이 도저히 납득이 가지 않습니다. 이른바 수령론이라고 하는 부분입니다. 주체사상에서는 수령이 뇌수요, 인민이 신체라고 봅니다. 수령론에서 인민은 뇌수가 시키는 대로 움직이는 종속적인 존재가 됩니다. 그런데 혁명은 사람이 주체가 되어 자주적으로, 창조적으로 해야 한다고 주장하지 않았습니까? 말이 안 되지 않습니까? 수령에 종속된 인민이 어떻게 자주적이고 창조적으로 혁명을 할 수 있습니까?"

성찬의 도발에 선배들의 얼굴은 점점 흙빛이 되어갔다. 시시비비를 가리기에 앞서 주체사상에 대해 저런 식으로 논박하는 것은 지금까지 상상도 할 수 없는 일이었다. 이른바 품성이 올바르지 못한 자들이나 하는 짓이다. 회의와 의심을 억누르고 상부에 복종하고 대동단결해야 하는 것이 운동가의 올바른 자세였다.

하지만 동희는 여전히 담담한 얼굴로 성찬의 공격 논리를 방어했다.

"아니다. 성찬아, 수령론과 자주성, 창조성은 전혀 모순되지 않아. 수령은 최고의 영도자다. 따라서 혁명의 과업을 제시할 수 있어. 큰 그림을 그리는 것이다. 하지만 당과 인민은 수령의 영도를 받들어 이를 달성할 구체적 방도를 구상할 수 있다. 여기서 자주성과 창조성이 발휘되어야 하는 것이지. 수령은 현지지도라는 것을 한다. 현장에서 김정일 동지가 일꾼들에게 뭐라고 하시던가? 주인답게 하라! 주인답게. 자주적으로 창조적으로 일하란 뜻이 아니냐? 수령론은 자주적이고 창조적인 일본새(일하는 모습)와 전혀 모순되지 않는다."

성찬은 약이 올랐다. 반박은 합리적이지 않았지만 재반박을 허용하지 않는 약빠른 말솜씨였다. 성찬은 마침내 정파 내의 모든 인간관계를 파탄에 이르게 할 수 있는 최후의 도발을 감행했다.

"마지막으로 제가 주체사상에 대해 가지고 있는 근본적인 의혹을 말씀드리겠습니다. 이 의혹이 해소되지 않는다면 전자주파 진영을 떠나겠습니다. 나눠주신 유인물을 보면 김정일 동지는 김일성 수령님이 1930년 6월 카륜에서 열린 공청 및 반제청년동맹지도간부회의에서 주체사상의 원리를 천명하셨다고 밝혔습니다. 하지만 카륜의 연설문에서는 주체사상에 대한 구체적 언급을 발견할 수 없습니다. 국내외 학자들은 대체적으로 주체사상의 기원이 1950년대라는 데 합의하고 있습니다. 그런데 1950년대 북한의 대내외적 상황을 감안하면 주체사상이 등장한 배경은 김일성 수령의 권력 강화와 밀접한 관련이 있어 보입니다. 당시 김일성 정권은 조선인민의 혁명이 아닌 소비에트연방의 후원으로 수립되었다는 치명적인 정통성의 결함을 안고 있었습니다. 더구나 6·25전쟁 이후에는 중공군 참전으로 중공의 내정간섭이 심해졌습니다. 김일성 수령은 이러한 중·소의 간섭에서 벗어나기 위해 스탈린주의나 마오이즘과 다른 고유의 지도 이념이 필요했을 겁니다. 그리고 또 하나, 김일성 정권은 소련파, 연안파, 남로당파, 갑산파 등 다양한 파벌의 연합으로 이루어진 불안한 정권이었습니다. 김일성 수령은 소련을 등에 업었을 뿐, 세력으로 보면 소수파였습니다. 그래서 정적들을 제거하기 위한 도구로 주체를 내세웠던 겁니다. 실제로 김일성 수령의 정적들은 교조주의, 사대주의, 종파주의라는 죄목을 쓰고 모조리 숙청되었습니다. 주체사상 이외의 다른 사상을 따르는 무리들이 모두 제거된 겁니다. 저는 이러한 점에서 주체사상이 사회 모순을 해결하기 위해 수많은 사상가들이 고심하여 발전시켜온 정통 사회주의 이론이 아니라, 권력투쟁 과정에서 생겨난 지배 논리에 불과한 것이 아닌가 하는 의혹을 가지고 있습니다. 주체사상이 본격적으로 북한의 지배 이념으로 발전된 것이 1967년 김정일 동지가 갑산파를 숙청하고 주체사상을 유일사상으로 확립시킨 이후입니다. 수령론이라는 해괴한 이론을 주체사상에 접목시킨 이도 김일성 수령이 아닌 김정일 동지입니다. 여기서 우리는 주체사상은 권력 유지의 수단으로 만들어진 것이 아닌가 하는 합리적 의심을 가질 수 있습니다. 안 그렇습니까?"

장황하면서도 집요한 도발이었다. 지금까지 냉정함을 유

지하던 동희는 드디어 감정을 드러냈다. 반박하는 동희의 표정은 험악했고 목에는 핏대가 섰다.

"난 분명히 선배들의 팸플릿만으로도 충분하다고 경고했건만, 넌 PD들의 책을 몰래 읽고 다녔다. 내가 그걸 몰랐을까? 어설픈 정통주의를 내세우다가 때로는 트로츠키주의나 사민주의 같은 얄팍한 개량주의로 대책 없이 빠지는 널 보고서 어디서 겉멋 든 PD 선배랑 어울리다가 마르크스나 레닌의 저작을 몇 권 읽고, 사상적 유랑에 빠져 이 책 저 책 아무 책이나 읽어대면서 분탕질을 하고 있구나 생각했다. 그런데 오늘 보니 넌 너무 나갔다. 이젠 아예 보수반동 학자들의 주장을 하고 있잖니? 의혹이 해소되지 않으면 우리 정파에서 나가겠다고? 아니. 네 뜻대로 안 될 거다. 넌 여기서 강제로 쫓겨나는 거야. 널 여기 두면 소박하고 순수한 우리 동지들이 너의 교조주의와 사대주의, 자유주의에 물들까 봐 두렵다. 나가거라. 여기서 썩 나가거라! 다시는 우리 세미나에 들어오지 마!"

수진은 두 손으로 얼굴을 감싸고 펑펑 울었고 진수는 우울한 표정으로 천장만 쳐다봤다.

동희가 동아리방의 문을 쾅 닫고 나가자 성찬도 주섬주섬 짐을 챙겨 일어섰다. 선배들은 떠나가는 성찬에게 아무 말도 건네지 않았다. 이질적인 인자를 조직 내에서 솎아내는 일도 혁명의 일부였다.

그날 저녁 성찬과 경석은 학사주점에서 빈대떡에 막걸리를 마시며 이별의 정을 나눴다. 캠퍼스에서 오다가다 만날 수는 있겠지만 정파에서 쫓겨난 성찬이 남아 있는 경석과 지금처럼 각별한 관계를 유지하긴 어려울 것이기 때문이다.

"도대체 왜 그런 짓을 했어. 세미나 따위가 뭐 대단한 거라고 동희 형을 그렇게 화나게 하냐?"

경석은 고개를 절레절레 흔들며 막걸리를 따랐다. 경석은 성찬이 떠나는 것이 못내 아쉬워 타박했다.

"미안해. 내 성질이 못됐나 봐. 그냥 겉으론 관대한 척하면서 모든 걸 틀어쥐고 자기 뜻대로 하는 동희 선배가 미웠어."

"자기 뜻대로 하라고 하면 되잖아. 그 형이 개인적인 욕심이 있는 것도 아니고, 대의명분을 위해 그러는 건데. 그리고 우리한테 잘해주는 형이잖아."

"모르겠어. 노선의 방향에 대해서도 동의가 안 돼. 그리고 난 북한이 싫어. 김일성 김정일이 싫다고. 저게 사회주의 국가냐? 봉건왕조지. 혁명을 해야 한다면 왜 꼭 북한의 지도를 받아야 해? 불멸의 고전들을 놔두고 왜 주체사상 같은 사이비 종교를 공부해야 해?"

"그걸 반+국적 사고라고 하는 거다. 너의 인식이 남한이라는 영토 안에 갇히는 거지. 한반도의 절반을 빼고는 혁명을 얘기할 수 없는 거야."

"됐어. 혁명이고 나발이고 이제 다 관둘 거야. 학점도 엉망이고……."

"그래. 나도 2학년까지만 이렇게 놀고 군대 다녀와선 공부할 거야. 근데 의미가 있는 일탈이라고 생각해. 젊을 때 이런 낭만이라도 있어야 어른이 되었을 때 추억할 게 있지. 안 그래?"

성찬과 경석은 막걸리잔을 부딪쳤다. 둘은 언젠가 다시 만날 것이라 생각했다. 경석이 학생운동을 떠나면 자연스럽게 이루어질 일이었다.

이때만 해도 두 사람은 자신들 앞에 펼쳐질 잔혹한 미래에 대해서는 조금도 상상하지 못했다. 둘은 서로 상관없는 각자의 길을 가거나 전혀 다른 곳에서 아무런 이해관계 없는 친구로 다시 만날 것을 기대했을 것이다. 그러나 보이지 않는 운명의 거미줄은 교묘하고 단단하게 두 사람을 얽어매고 있었다.

파리코뮌

늦가을 중간고사 기간이 지난 대학 도서관에는 사서들과
책벌레들만 남아 한산했다. 성찬이 앉은 책상에는 즉흥적으
로 고른 대여섯 권의 책이 수직으로 쌓여 있었다. 성찬은 샐
린저의 『호밀밭의 파수꾼』, 솔제니친의 『이반 데니소비치,
수용소의 하루』, 플라톤의 『소크라테스의 변명』을 속독으로
읽고 일본인 작가가 쓴 『파리 코뮌』을 읽는 중이었다.

성찬은 책을 읽다가 빛바랜 흑백사진 한 장에 마음을 빼
앗겼다. 방돔 광장에 모여 카메라를 바라보고 있는 한 무리
의 사람들이었다. 남자들은 크기와 모양이 각기 다른 모자
를 썼고 조그만 아이 두 명이 군인들에 둘러싸여 눈길을 끌

었다. 중년 여성은 펑퍼짐한 치마를 입고 있었다. 무리의 뒤쪽에는 높은 곳에 올라선 남자 둘이 모자를 흔들며 인사를 하고 있다. 뚱뚱한 시민 한 명은 키만큼 큰 장총을 자신의 옆에 세웠다.

이들은 파리코뮌의 시민들, 의원들, 군인들이었다. 군인들은 시민들에게 발포하라는 명령을 거부하고 시민들의 편에 선 사람들이었다.

파리코뮌의 신화는 1871년 3월 18일 프랑스 제3공화정의 대통령 아돌프 티에르가 국민위병의 대포를 빼앗기 위해 군대를 보내면서 시작됐다. 군인들은 몽마르트르 언덕에 올라가 대포를 끌고 내려오다 이를 막으려는 시민들과 대치하게 됐다. 여단장은 시민들에게 발포를 명령했지만 군인들은 총구를 아래로 내리고 시민들을 보호했다. 파리는 시민들과 의용군이 장악하게 되었고 다양한 좌익들의 연합은 자치 정부를 세우자고 합의했다.

3월 28일 파리 시민들이 뽑은 84명의 평의원들이 파리코뮌의 성립을 선언했다. 이들은 자코뱅, 공화주의자, 블랑키주의자, 프루동주의자, 아나키스트들의 집합체였다.

파리코뮌은 세계 최초의 공산주의 정부였다. 파리코뮌은 시대를 100년 이상 앞서는 진보적인 정책들을 도입했다. 노동자들이 공장을 차지했고 노동자의 경영 참여가 이루어졌다. 노동시간은 하루 최대 열 시간으로 제한됐고 최저임금

제, 야간노동금지가 행해졌다. 주택임대료가 낮춰지고 복지
사업이 실시됐으며 공창제가 폐지됐다.

정교분리로 세속주의가 엄격하게 구현됐고 의무교육, 직
업교육, 예술교육이 이루어졌다. 여성과 외국인도 시민권을
동등하게 부여받았고 법률혼과 사실혼의 차별이 철폐됐다.
파리코뮌은 비록 짧은 기간이었지만 모든 혁명가들이 꿈꾸
는 자유롭고 평등한 세상을 책이 아닌 현실에서 보여주었다.

하지만 베르사유 정부는 충성스럽지 못한 파리의 정규군
을 철수시키고 지방에서 징집한 군대와 비스마르크로부터
돌려받은 40만 명의 프랑스군을 모아 반격을 시작했다. 다
양한 정파의 연합체인 코뮌군은 지휘 계통의 부재와 내부 갈
등으로 연전연패했다. 코뮌군의 지휘관은 '모두들 토론만 하
고 아무도 따르지 않는 지휘는 하고 싶지 않다'며 사임했다.

정부군은 코뮌을 무자비하게 진압했다. 여자와 어린아이
를 포함해 3만 명이 학살되었고 수만 명이 재판을 받아 처형
되고 투옥됐다.

파리를 탈환한 베르사유 정부군 사령관 마크 마옹은 파리
시민들에게 '파리가 해방되었고 질서, 노동, 안전이 회복되
었다'고 선포했다. 인류 최초의 공산주의 정부는 이렇게 70
일 만에 지구상에서 사라졌다.

학생운동을 그만둔 성찬이 소일거리 삼아 들른 도서관에
서 무의식적으로 집어 든 책이 파리코뮌을 다룬 역사서였다

는 사실은 운명이 얼마나 교묘하게 우연을 가장해 인간을 옭아매는지 잘 보여준다.

성찬은 동희의 조직과 결별한 후 홀어머니의 소원대로 학업에 전력을 기울여 훌륭한 학자가 되거나 든든한 직장에 들어갈 계획이었다. 그러나 가을 중간고사가 끝나고 읽은 한 권의 책은 다시금 이상적인 사회 건설의 백일몽을 꾸게 만들었다.

성찬이 동희의 지도 아래 학생운동을 할 때는 어떤 확고한 사상을 가지고 있지 않았다. 우연히 만들어진 인간관계에 적응하고 경석과의 우정을 지키고자 했을 뿐이다. 동희가 주입하고자 했던 NLPDR사상은 성찬의 논리적 사고를 정복하는 데 실패했다. 성찬은 자의든 타의든 동희가 구축한 권위주의적 학생공동체에서 탈출하는 데 성공했다.

하지만 파리코뮌의 짧지만 아름답고 슬픈 역사의 기록이 성찬의 내면에 돌이킬 수 없는 변화를 만들고야 말았다. 반딧불이가 여름 한철 아름다운 불빛을 보여주고 죽는 것처럼, 파리코뮌은 사회주의가 가볼 수 있는 가장 아름다운 이상을 인류에게 선보이고 사라졌다.

성찬은 파리코뮌의 역사를 알게 된 다음 날 준구를 찾아가 좌파의 정통이론을 배우기 시작했다.

장학금

그는 서글서글한 미소를 지으며 손을 들어 보였다. 총무는 자동적으로 공손한 목례를 했다. 그는 친화력이 있으면서도 묘하게 권위가 느껴지는 사람이었다.

"오셨습니까. 그렇잖아도 언제쯤 오시나 기다렸습니다."

상아탑고시원 총무는 이달에도 어김없이 찾아온 동희를 총무실에 들였다. 동희는 비좁은 총무실에 앉자마자 고시생들 안부를 물었다.

"우리 애들 공부 잘하고 있습니까?"

"그럼요. 올해는 합격자가 꽤 나올 겁니다."

"윤식이는 요즘도 연애하나요?"

"아뇨. 정신 차린 거 같습니다. 외박도 안 하고 규칙적으로 생활하고 있습니다."

"무진이는요? 요즘도 골골대지요?"

"네……. 그래도 착실해요. 아침저녁으로 운동하고 학원도 다니고……. 합격은 할 것 같은데요?"

총무가 보기에 동희는 이상한 사람이었다. 매달 말일이 다가오면 홀연히 나타나 사법고시생 일곱 명의 고시원비를 대신 현금으로 결제해주고 그들을 데리고 나가 든든하게 밥까지 사 먹이고 사라지는 것이다.

총무는 정체를 알 수 없는 이 신비로운 자선사업가가 무엇 때문에 아무런 연고도 없는 고시생들의 뒷바라지를 하는지 궁금했다. 자선사업가라면 응당 대학교에 기부금을 내고 자신의 이름을 남기고자 할 것인데, 동희는 아무런 명예도 없는 고시생 뒷바라지를 하고 있었다. 옷차림이나 나이를 봐도 다른 학생들보다 조금 더 나이를 먹은 복학생처럼 보였는데, 그런 경제력은 어디서 나오는지도 궁금했다.

총무 입장에서는 고시생들이 부러울 수밖에 없었다. 총무 자신도 만년 고시생이었지만 기댈 언덕이 없는 그는 입실료를 면제받는 조건으로 주인 대신 고시원 관리를 하고 있었다.

아침 일곱 시에 일어나 복도 닦기, 화장실 청소, 쓰레기통 비우기, 고시원 계단 청소, 휴게실 비품 관리, 각종 시설 관리, 전화 상담, 계약서 작성, 입실료 독촉, 빈방 청소, 우편물

관리 등을 하고 나면 녹초가 되어 정작 본인의 공부는 제대로 할 여력이 되지 못했다. 더구나 식대나 책값은 따로 아르바이트를 하며 벌어야 했다.

고시생考試生이 아닌 고시생苦試生으로 살고 있는 자신의 처지에 비해 동희의 후원을 받는 고시생들은 아무것도 하지 않고 오직 공부에만 집중하고 있었다. 이들 일곱 명은 가끔 어울려 술도 마시고 당구도 치며 놀았는데, 총무는 이들이 별도의 생활비도 지원받고 있다고 추측했다.

총무는 동희의 이해할 수 없는 행동에 대한 의문을 풀기 위해 고시생들에게 돌아가며 물어본 적이 있다.

"도대체 매달 찾아오는 그 후원자와 학생은 무슨 관계요? 무엇 때문에 그 사람이 학생을 이리도 정성껏 보살펴주는 거요?"

그런데 이들의 대답은 각자 달랐다. 누구는 학교 선배라 했고, 누구는 고향 형님이라 했으며, 누구는 사촌 형이라고 했다. 총무는 이들이 미처 입을 맞추지 못해 거짓말을 하고 있다고 생각했지만 더 이상 따져 묻지 않았다. 후원자의 정체를 알아낸다고 하여 불쌍한 자신의 처지가 바뀌는 것도 아닐뿐더러, 이런 소소한 일에 의문을 품고 조사를 해보기에는 총무의 일과가 너무도 팍팍하고 힘들었기 때문이었다. 이대로 가면 또 낙방이라는 게 총무의 결론이었지만, 가진 돈 한 푼 없는 그로서는 대안이 없었다. 취직을 하기엔 너무 늦었고, 고시를 포기하기엔 흘려보낸 세월이 아까웠다.

그는 오늘도 일곱 명분의 입실료를 현금으로 척 계산하고, 자신이 후원하는 고시생들을 뒤에 거느리고 당당하게 고시원을 나섰다. 총무는 식당가 쪽으로 이동하는 그들을 쳐다보며 '난 왜 저런 든든한 형님이 안 계시는 걸까' 하고 한숨만 내쉬었다.

고시생들이 모두 착석하자 동희는 막걸리 병을 흔들었다. 고시생 한 명이 술잔을 눈높이로 들어 올리고 한쪽 무릎을 꿇어 술을 받았다. 그가 물러나자 다른 고시생이 비슷한 자세로 술을 받아 갔다. 그렇게 모든 잔이 채워지자 동희가 잔을 들어 올렸다.

"자, 고생들 많다. 건배!"

그들은 단숨에 막걸리 한 잔을 털어 넣고 다시 술잔을 채웠다. 술잔이 대여섯 순배 돌자 다들 얼굴이 불콰해지고 말들이 많아졌다.

"형님! 고맙습니다! 올해엔 꼭 2차 붙겠습니다!"

"그래. 정신 바짝 차리고 해. 너희들 알지? 나도 고시생이야. 내가 몇 번 떨어진 줄 아냐?"

좌중에 와— 하고 웃음이 터졌다.

"맞다. 우리 형님도 법대생인 거 잊고 있었다."

"형님! 형님도 꼭 합격하십쇼!"

동희는 손사래를 치며 웃었다.

"됐다. 난 이미 글렀어. 명색이 법대생이라 그냥 관성적으로 보는 거야. 너희들이라도 부디 법복을 입어서 장학금 내려주신 그분의 은혜를 갚도록 해라."

'그분'의 은혜를 갚으라는 말에 고시생들의 얼굴이 굳어졌다. 그것은 합격하라는 말보다 더 부담되는 것이었다.

"형님, 그런데 장학금 받고 합격하신 선배님들이 몇 명이나 된다고요?"

"글쎄다. 내가 알기론 족히 5백 명은 넘을 것이다."

"5백 명이나! 그렇게 많습니까?"

"그래. 이건 70년대부터 계속되어온 사업이다. 내가 장학사업의 모든 걸 다 알진 못하지만 합격하신 분들만 5백 명이 넘고, 장학금 받고 공부하신 분들은 그 50배는 될 거다."

"우왓…… 그렇게 많습니까?"

"그래. 그런데 말이다…… 합격을 하는 것도 중요하지만 더욱 중요한 것은 변절하지 않는 것이다."

동희는 다시 막걸리잔을 돌리며 일곱 명과 차례로 눈을 맞췄다. 두어 명은 동희의 눈빛이 부담스러워 슬며시 눈을 내리깔았다.

"혁명이란 사상과 지식만으로 되는 게 아니다. 간고한 투쟁과 대담한 실천이 뒤따라야 하는 것이지. 너희에게 장학금을 내려주신 분은 손바닥 들여다보듯이 너희를 지켜보고 계신다. 너희가 얼마나 의리를 지키는지, 얼마나 초심을 잃지 않고 살아가는지 지켜보신단 말이다."

고시생들은 일순 침묵에 잠겼다. 그분이 지켜보고 있다는 말에 어깨 위에 천금이 올라간 것처럼 중압감을 받았다.

"그런데 형님…… 합격을 한 후에…… 변절하지 않는다는 건 무슨 뜻입니까? 법조인은 그저 법대로 판결하고, 법대로 소송하면서 살 수밖에 없지 않습니까? 법복을 입고서도 혁명을 할 수 있습니까?"

동희는 질문자를 향해 빙그레 웃었다. 동희를 잘 모르는 사람들은 동희의 사람 좋은 미소를 좋아했지만 동희와 오랫동안 알고 지낸 이들은 동희의 싱긋 웃는 모습을 두려워했다. 동희의 미소는 부드러웠지만 상대방을 제압하는 힘이 잠복해 있었다.

"법복을 입고서 어떻게 혁명에 동참할지는 각자 자신이 처한 상황에 따라 자주적으로, 창조적으로 생각해보면 된다. 머리가 좋은 놈들이니 굳이 나에게 묻지 않아도 깨달을 수 있을 것이라 본다. 다른 학우들이 최루가스를 마시며 가두투쟁 할 때 너희는 편안하게 장학금 받아서 공부했으니 나중에 출세하더라도 절대로 그들에게 진 빚을 잊어서는 안 된다. 부채 의식을 가지란 말이다."

술이 약해 눈의 초점이 이미 풀린 고시생 한 명이 헤벌쭉 웃으며 물었다.

"형님, 그런데 장학금 받아 공부하신 5백 명 중에서 변절한 사람이 아주 없진 않을 것 같은데요. 그렇지 않습니까? 뭐 변절한다고 표가 나지도 않을 텐데요. 말로는 혁명한다고 하면서 조용히 제 실속만 챙겨서 살면, 누가 뭐 어찌 알겠습니까?"

동희의 입가에서 미소가 사라졌다. 고시생들은 실언한 친구를 쩨려보며 좌불안석이 되었다. 동희는 화내지 않았지만 목소리는 단호했다.

"그렇지 않다. 그 사람들은 절대로 돈을 허투루 낭비하지 않아. 너희들이 어떻게 살아가는지, 어떤 판결을 내리고 누구를 변호하는지, 어떤 목소리를 내고 누구와 어울리는지 다 지켜볼 거다. 너희가 미제의 부역자로 살기로 결심하는 순간, 난 너희들의 안위를 보장할 수가 없다. 명심해라. 너희들이 앞으로 누릴 안락함은 너희가 혁명을 배반하지 않는다는 전제하에서 허락되는 안락함이다."

"알겠습니다, 형님! 저희는 절대로 배신하지 않겠습니다!"

동희는 술잔을 들었다.

"명심해라. 다들 알다시피 이 장학금은 내가 주는 게 아니다. 난 그저 미래의 혁명 일꾼들에게 장학금을 전달할 뿐이야. 장학금을 받은 순간 너희는 혁명의 계약을 맺은 것이나 다름없어. 멋대로 파기하여 불이익을 당하는 일이 없도록."

'혁명의 장학금'을 받은 고시생들은 일제히 잔을 비웠다. 그들은 막걸리를 몇 병 더 시켜 대취할 때까지 마셨다. 취하지 않으면 돈 몇 푼에 인생을 저당 잡혔다는 자괴감을 떨치기 어려웠다. 누군가 옆에 앉은 이에게 귓속말로 물었다.

'장학생 명단을 평양에서 관리한다며? 그거 정말이야?'

'야 그런 걱정은 붙고 나서 해. 시험 떨어지면 신경도 안 쓸걸.'

동희가 관리하는 장학생들 중에는 신념을 가지고 공부하는 골수분자도 있었지만 편하게 고시 준비를 하면서 입신양명하려는 기회주의자들도 많았다. 속내야 어찌 되었든 합격한 후에는 장학생 네트워크에 묶여 처신이 자유롭지 못하게될 운명이었다.

술자리가 파할 즈음 동희는 마지막 건배사를 했다.

"이 나라 법의 조상은 로마법과 게르만법이고, 뼈대는 독일법이고 살은 일본법이다. 그래서 겉모습은 그냥 일본법이지. 이런 '남의 법'을 종교처럼 믿어온 사대주의자들이 판사를 하면서 독재 권력을 비호하고, 민중을 탄압하고, 미제에 부역하며 통일을 가로막고 있는 것이 오늘날 법조계의 현실이다. 너희들은 법복을 입게 되면 우리 법을 어떻게 세울 것인지 치열하게 고민해주기 바란다. 그것이 반민족 파쇼정권을 끝장내고 민족의 통일을 이루는 길이다. 내가 '우리 법'을 선창하면 '세우자'로 화답해주길 바란다."

여덟 명의 술잔에 막걸리가 넘치도록 채워지고 고시생들은 주점이 떠나가라 건배사를 외쳤다.

"우리 법!"

"세우자!"

잔을 비운 청년들이 목이 터져라 민중가요를 불러대자 주점 안의 손님들이 눈살을 찌푸리며 슬금슬금 자리를 피했다. 우연히 그들 옆자리에 앉았다가 회식 자리를 망친 회사원이 동료들에게 큰 소리로 뇌까렸다.

"아우 개새끼들, 누구는 젊을 때 데모 안 해봤나? 박정희 죽고 전두환도 물러갔는데 아직도 저 짓거리를 하고 있어?"

프락치

동아리방에서 통일 세미나를 진행하던 경석은 동희의 호출을 받았다. 경석은 입학 동기인 우진에게 세미나의 진행을 부탁하고 밖으로 나왔다.

2학년이 된 경석은 이제 웬만한 세미나의 좌장을 맡을 정도로 선배들의 신임을 얻고 있었다. 경석이 동희의 뒤를 이어 NL그룹의 리더가 되리라는 것은 이제 그 누구도 의심하지 않는 자명한 사실이었다.

경석에게 동의를 구한 적은 없지만, 동희는 이미 경석이 3학년이 되면 총학생회장 후보로 내세운다는 복안을 가지고 있었다. 많은 학생들의 기대를 모았던 비운동권 학생회의 처참한 몰락과 유일한 경쟁 세력인 PD그룹의 지리멸렬함, 경석이 가진 대중성과 정치력을 생각하면 당선은 거의 확실해 보였다. 당선이 되면 한 번을 더 연임시키고 졸업 후에는 재야의 정치인으로 키울 생각이었다. 그것은 졸업 후 정치권 진출을 계획하고 있는 자신의 미래 설계와도 모두 연결되어 있었다.

이제 동희는 중요한 사안이 있을 때마다 수진이나 진수가 아닌 경석을 찾았다. 수진은 의대 본과 2학년에 재학 중인 남학생과 열애에 빠졌고 진수는 독립영화를 찍겠다고 전국을 떠돌며 학교에 제대로 나오지 않았다.

하지만 학생운동에 모든 열정을 쏟아온 경석은 점차 직업운동가로서의 면모를 갖춰가고 있었다. 경석은 동희로부터 대중적인 슬로건을 만드는 법, 선전물을 제작하는 법, 비운동권 학생회와 각을 세우는 법, 가두투쟁 때 전경들에게 타격을 주고 후퇴하는 법, 현란한 화법을 구사하는 PD 논객들과 싸우는 법 등을 전수받았다. 경석은 언젠가 자신이 동희의 역할을 그대로 수행하게 될 것임을 알고 있었다. 덕분에 운동을 접고 고시 공부를 하겠다는 계획은 저만치 밀려나 있었다.

동희는 홀로 사회대 매점 근처의 벤치에 앉아 담배를 피우고 있었다.

"형, 나 찾았어요?"

"응. 너에게 긴히 할 얘기가 있다……."

동희는 꽁초를 발로 비비며 이맛살을 찌푸렸다. 깊은 한숨에 진한 고민이 묻어 나왔다.

"병서란 아이 말이다."

병서. 경석의 머릿속에 턱수염을 기르고 항상 검은색 진을 입고 다니는 신입생이 떠올랐다. 세미나에 열심히 참석하지만 어이없는 논법으로 좌중을 웃게 만드는 괴짜였다. 선배들은 병서가 불편한 눈치였지만 직선적이고 밝은 성격으로 신입생들 사이에서는 인기가 좋은 편이었다.

"병서요? 오늘은 안 나왔던데. 병서가 뭐 문제 있어요?"

"그래. 네가 보기엔 병서가 어떤 것 같니?"

"글쎄요. 뭐 확실히 평범한 아이는 아니죠. 운동가로서 '품성'을 이야기하려는 건가요?"

"아니. '정체'를 말하려는 거다."

동희는 담배를 다시 물었다. 라이터를 잡은 손이 미세하게 떨리고 있었다.

"지금까지 세미나 하면서 뭐 이상한 점 못 느꼈어?"

"글쎄요. 형은 어떻게 느꼈는데요?"

"그 녀석, 언제나 좀 삐딱했잖아."

"그렇죠. 그래도 성찬이 정도는 아니잖아요."

"성찬이는 책을 너무 많이 읽어서 탈이 났던 것뿐이야. 머릿속에서 여러 노선이 얽히면 그야말로 뒤죽박죽이 되거든. 근데 병서는 조금 달라."

"어떻게 다른데요?"

동희의 담배가 빨갛게 타들어갔다. 연기를 내뿜는 동희의 입술 사이로 날카로운 송곳니가 보였다.

"학생운동 자체를 비판하잖아. 은연중에 기존 질서를 옹호하는 발언을 몇 번 했어. 그게 정말 거슬리더군."

"아직 어려서 그런 거 아닐까요? 지금은 반공 교육이나 기성세대의 영향권에서 벗어나지 못한 상태죠."

동희는 담배를 문 채로 고개를 저었다. 경석의 신발 위로 담뱃재가 떨어졌다. 경석은 눈썹을 찡그리며 발을 털었다. 동희는 꽁초를 화단 안으로 던졌다.

"어떤 아인지 궁금해서 내가 좀 알아봤는데, 이상하게도 병서를 아는 애가 없더라고. 이 녀석이 경영학과라고 했잖아? 워낙 학생 수가 많은 과라서 모를 수도 있다고 생각했지. 그래서 말이야……."

동희는 경석과 눈을 맞추고 나지막하게 말했다.

"학적부를 확인해봤어."

경석이 숨을 멈췄다. 동희가 다음에 할 말이 예상되자 두려움이 몰려왔다.

"이 녀석, 이름이 없어."

최악의 상황이었다. 안기부와 경찰이 요소에 망원을 심어 놓던 시절이었다. 망원의 밀고로 쥐도 새도 모르게 잡혀가던 일이 비일비재했다. K대학은 프락치 활동으로 NL계열 학생들이 대거 체포되어 PD가 다시 주도권을 잡았다는 웃지 못할 이야기도 들렸다.

"어떡하죠?"

동희는 경석의 어깨에 손을 얹었다. 누군가에게 어려운 과업을 부여할 때마다 나오는 동희의 버릇이다. 경석은 이런 제스처가 충성심을 이끌어내는 동희의 심리전술이라고 생각했다. 그리고 자신도 나중에 후배들에게 써먹어야겠다고 다짐했다.

"조져야지. 짭새들이 동지들에게 했던 것처럼."

행동 대장 역할을 누가 해야 할지는 동희가 굳이 이야기하지 않아도 뻔했다.

동아리방으로 돌아온 경석의 표정이 돌처럼 굳어졌다. 경석이 자리를 비운 새 병서가 와 있었다. 여느 때처럼 턱수염을 만지면서 발제자에게 시답잖은 비판을 가하는 중이었다.

"그러니까…… 혁명을 올바로 수행하기 위해서 당과 수령의 영도를 받아야 한다는 건 알겠어요. 근데 그 수령이 왜 꼭 김일성이 되어야 해요? 그리고 그 후계자는 왜 김일성의 자식인가요? 이름은 공화국인데 실질은 왕국인가요?"

발제자는 김일성이 지도자의 덕목인 올바른 품성을 갖췄으며, 그러한 품성은 『항일무장투쟁사』를 읽으면 대번에 알 수 있다고 둘러댔다.

"후계자 김정일은요? 그 사람은 항일운동 한 사람도 아니잖아요? 김정일의 품성은 어떻게 확인하죠? 기쁨조가 확인해주나요?"

여학생들이 웃음을 터뜨렸고 선배들의 얼굴이 일그러졌다. 그때 경석이 자리에서 벌떡 일어나 일갈했다.

"닥쳐! 야! 저 새끼 잡아!"

경석의 지시를 받은 후배들은 어리둥절한 얼굴이었다.

"뭐 해! 어서 잡아서 여기 노끈으로 팔다리 묶어!"

병서는 잔뜩 겁을 집어먹은 표정이 됐다.

"혀, 형! 왜 그래요?"

"어서 잡아서 묶지 못해!"

경석이 먼저 병서에게 달려들었고 이를 말리던 학생들과 엎치락뒤치락하던 끝에 결국 학생들은 경석에게 반격을 가하는 병서를 제압해 포박했다. 병서는 풀어달라고 소리를 고래고래 질렀고 경석은 병서의 복부에 어퍼컷을 꽂아 올렸다. 병서는 낮은 신음을 토하고 입을 다물었다.

우진이 걱정스러운 얼굴로 물었다.

"경석아, 도대체 왜 이래? 병서가 한 말 때문에 그래?"

"이 새끼 프락치였어."

찬물을 끼얹은 듯 방 안이 조용해졌다. 학생들의 얼굴에는 경악, 두려움, 슬픔, 분노 같은 감정들이 뒤섞여 나타났다.

"여학생들은 전부 나가줘. 아무에게도 이야기하지 말고."

민족문화연구회가 자리 잡은 동아리방은 지하에 있는 외

딴 장소였다. 동희가 비밀 세미나를 열기에 적합한 장소로 고른 것이었다. 학생들은 이곳이 고문을 가하기에도 적당한 장소라는 사실을 처음 깨달았다.

"수건이랑 주전자 가져와."

학생들은 경석의 지시에 귀를 의심했다. 선배 운동가들이 공안당국에 체포되었을 때 경험했다는 끔찍한 야만의 취조는 지금 학생들에게는 현실감이 없는 전설 같은 이야기였다. 하지만 그 전설 같은 야만이 이제 자신들의 눈앞에서 재현되려고 했다.

"경석이 형, 너무 심한 거 아니에요? 자초지종을 들어보지도 않고……."

"왜? 이게 인권탄압인 것 같니? 혁명이 애들 장난이야? 이놈이 밀고해서 잡혀가면 너희들 인생은 그날로 종치는 거야! 우린 지금 전시 상태야. 전쟁 중에 인권이 어디 있어?"

"하지만 같은 학교 다니는 학우들끼리 너무 심하잖아요."

"이놈은 우리 학교 학생이 아니야. 학적부에 이름이 없어."

학생들 얼굴에 남아 있던 연민이 싹 걷혔다. 우리 학교 학생이 아니다. 그 사실은 학생들의 죄책감을 한결 덜어주었다.

병서의 겁먹은 얼굴 위로 하얀 수건이 덮였고, 주전자에서 흘러나온 물이 수건을 적셨다. 병서는 쿨럭쿨럭 기침을 하며 고통스러워했고, 경석은 병서에 귀에 대고 물었다.

"너 어느 기관 끄나풀이야? 언제부터 망원이었어?"

수건을 걷어내자 병서는 흐느끼며 살려달라고 말했다.

"어쭈, 이 자식 울고 있네? 양심이 돌아왔니?"

"저런 나쁜 새끼, 이제야 지은 죄를 인정하는 거네."

병서의 눈물이 자백이라고 지레짐작한 남학생들은 피 냄새를 맡은 야수처럼 흥분했다. 덩치가 병서의 두 배는 되는 남학생 한 명은 어디선가 가져온 각목으로 병서의 허벅지를 내리쳤다. 각목 표면에 솟아 있던 뾰족한 못이 병서의 바지와 살갗을 찢어놓았다. 병서는 비명을 질렀고 시청각 효과가 더해지자 즉석 고문관들의 마음속에 숨어 있던 가학적 본성이 용수철처럼 튀어 올랐다.

"새끼야 어서 불어!"

"어우 이 엉큼한 자식!"

집단 구타가 시작됐다. 주먹질 발길질 몽둥이질이 소나기처럼 퍼부어졌다. 그것은 자백을 얻기 위한 구타가 아니라 아직 문명인으로 진화가 덜 된 호모사피엔스들의 폭력적 본능이었다. 그들은 1만 년 전 초원을 누비던 사냥꾼의 기분으로 저항할 수 없는 사냥감을 마음껏 유린했다.

병서의 부러진 이빨 조각이 바닥에 떨어졌다. 이제 병서는 소리를 내지 않았다. 그제야 자신들의 임무를 기억해낸 학생들이 병서와 소통을 시도했다.

"말해! 너 누가 보냈어!"

"……."

병서는 대답하지 않았다. 숨소리도 내지 않았다. 누군가 병서의 뺨을 때렸으나 병서는 정육점에 걸린 고기처럼 아무 반응이 없었다.

학생들은 생기가 빠져나간 육체는 그저 고깃덩이에 불과하다는 걸 그때 처음 알았다. 자신들이 처한 상황을 인식한 학생들은 공포에 질렸다.

"어떡하지?"

질문에 답을 줄 이는 한 사람밖에 없었다. 학생들의 시선이 경석을 향했다. 하지만 경석은 그들에게 위안을 주지 못했다. 마찬가지로 공포에 질린 표정이었기 때문이다.

"일단 동희 선배를 모셔 오자."

동희를 데려오자.

그것이 경석이 제시한 대처 방안이었다.

동희의 입술 사이에 끼워진 담배가 덜덜 떨렸다. 두들겨 맞아 죽은 시체가 익숙하지 못한 건 동희도 마찬가지였다. 맏형이 당황해하는 모습은 학생들을 더욱 불안하게 했다.

동희는 눈을 감았다. 담뱃재가 조용히 길어졌다가 툭 떨어졌다.

"이렇게 하자."

동희는 학생들을 둘러보며 이름을 부르기 시작했다.

"현수, 철희, 은혁이, 강태, 우진이, 정남이. 너희들은 앞에 나와."

학생들은 동희가 연장자 순으로 호명했다는 걸 눈치챘다. 신입생들은 모두 빠져 있었다.

"너희들은 나와 함께 경찰서로 간다. 다 함께 책임을 지는 거다. 대신 아직 어린 녀석들은 여기에 없었던 걸로 하자."

뒷줄에 남은 학생들은 안도의 한숨을 내쉬었고 앞줄에 불려 나온 이들은 절망의 한숨을 내뱉었다. 누군가 훌쩍이며 울기 시작했다.

3학년생인 현수가 버럭 소리를 질렀다.

"경석이는? 경석이 저 녀석이 주도했다고!"

동희는 현수를 노려보았다. 한심하다는 눈빛이었다.

"경석이 대신 내가 간다. 그리고 다들 형사한테는 내가 시켰다고 진술해라."

모두들 놀라서 동희를 쳐다보았다. 동희가 언제나 믿음직스러운 건 사실이었다. 하지만 이렇게까지 자신을 희생하는 인물일지는 몰랐다.

감격에 젖은 학생들이 대부분이었지만 의문을 품은 자도 있었다.

"왜 경석인 빼주는 거죠?"

불만이 배어 있는 질문이었다. 동희는 무표정하게 답했다.

"경석은 운동인자들을 재생산하고 조직을 이끌어야 해. 난 어차피 이제 곧 학교를 떠날 처지라 남아봤자 아무런 도움이 안 돼. 내가 들어가고 경석이가 남는다. 그게 조직을 위하는 길이야. 명심해라. 이건 경석이 개인을 위한 배려가 아냐. 그리고 오늘 내가 한 말은 무덤까지 가져가라. 짭새한테 발설하는 새끼는 내가 끝까지 응징한다. 밤에 길 가다 각목 맞고 뒈지거나 꽃병(화염병) 맞고 불에 타 죽을 거다."

학생들은 위압감에 눌려 더 이상 한 마디도 하지 않았다.

경석은 조용히 울고 있었다. 감옥에 가게 된 학우들에게는 미안하고 수치스러워 어디론가 사라지고 싶었다. 자신을 희생한 동희에게는 차마 고맙다거나 미안하다는 말조차 할 수 없었다. 그따위 말은 너무나 가벼워 동희의 헌신에 오히려 누가 될 것이다.

H대학 프락치 사건은 몇몇 일간지의 헤드라인을 장식했지만 방송 뉴스에는 크게 보도되지 않았다. 제도권 정치에서 워낙 대형 사건들이 많이 터지는 시국이었고 과거에 이미 많은 프락치 사건이 발생했기에 기자들의 관심을 모으기에는 흥미 요소가 적었다. 중앙일간지 사회면에 기사가 몇 번 오르내렸지만 몇 주 지나자 새로운 뉴스들에 파묻혀 잊혀졌다. 이후로는 간간이 이 사건의 재판 소식이 알려졌다.

동희와 함께 기소된 학생들은 평균적으로 4년 정도의 실형을 언도받았다. 동희는 주범으로 징역 7년이 선고되었으나 3년 후 대통령 특별사면으로 풀려나게 된다. 경석은 동희가 출소하기 직전까지 옥바라지를 했고, 동희는 감방에 앉아서도 경석에게 자문을 하고 때로는 투쟁 지침을 내렸다. 때문에 동희는 '옥중 수령님'이라는 별명을 얻었다.

출소 후에 동희는 혁신정당에 들어가 정치를 시작하게 되고, 오랜 세월이 흐른 후 여의도 입성에 성공한다. 이때 경석은 선대본부장으로 활약하며 동희가 현역 4선 의원을 물리치고 금배지를 다는 데 크게 공을 세우게 된다.

고문치사로 죽은 병서가 정말 공안 기관의 프락치였는지는 끝내 밝혀지지 않았다. A전문대학 신입생이었던 병서가 왜 H대학 학생들과 어울리고 세미나에 참석했는지도 밝혀지지 않았다. 시신을 수습하러 온 병서의 부모님은 날품팔이를 하는 하류층 노동자였다. 이러한 사실은 재판 과정에서 학생들을 더욱 궁지로 몰아넣었다.

하지만 경석은 이러한 과정을 겪으면서 더욱 강인한 운동가로 성장했다. 경석은 동희와 감옥에 간 학우들에 대한 부채 의식을 안고 평생 직업운동가로 남겠다고 결심했다. 동희가 떠난 NL그룹에서 경석은 과거의 동희에 필적하는 권위와 영향력을 갖게 되었다. 이제 H대학 학생운동의 큰 흐름을 주도하는 건 단연코 경석이었다.

미영

성찬이 미영을 처음 만난 곳은 도서관 앞 연못이었다. 연못 쪽을 바라보며 수다를 떨고 있는 두 학생을 발견한 성찬은 그중 한 명이 사회과학 동아리 선배인 현숙임을 알아채고 인사를 건네려 다가섰다.

"현숙이 누나, 안녕하세요."

가정학과 졸업반 현숙은 말이 많고 활기찬 왈가닥으로 동아리 내에서 '여왕벌'로 불리고 있었다. 현숙은 성찬을 보고 반갑다며 속사포 같은 인사말을 쏟아냈지만 성찬의 시선은 현숙 옆에 선 새침한 여학생을 향해 있었다. 남자처럼 꾸미고 다니는 현숙의 옆에 있어서인지, 그녀는 캠퍼스에 강림한 여신처럼 빛났다.

성찬의 시선을 눈치챈 현숙이 와락 웃음을 터뜨렸다.

"아쭈! 너도 얘한테 관심 있구나. 하여튼 수컷들은…… 쯧 쯧…… 예쁜 여자만 보면 정신들을 못 차리니……. 이러니 여성해방의 길은 멀고도 험한 거라니까."

현숙이 도통 소개해줄 기미가 없자 성찬이 먼저 목례를 했다.

"기계공학과 김성찬입니다. 누나랑 같은 동아리에 있어 요."

"가정학과 신입생 최미영입니다. 잘 부탁드릴게요."

현숙은 벌써 지들끼리 전기가 통한 거냐며 이죽거렸다.

"야 김성찬, 너무 애태우지 마라. 그렇잖아도 내가 사회과 학 동아리에 들어오라고 꼬이는 중이다. 미영아, 얘가 우리 동아리 최고 킹카다. 얼굴 멀쩡하고 말발도 세서 상구 선배 를 눌렀단다. 어때, 들어올 만하지?"

성찬은 어느새 귀가 빨개졌다. 현숙이 두 사람을 신기하다 는 듯이 번갈아 보며 미영에게 제안했다.

"미영아, 말 나온 김에 오늘 오후에 동아리방으로 올래? 세미나 들어보고 괜찮으면 결정해."

미영은 새침한 표정으로 성찬을 쓱 훑어보며 대답했다.

"오늘은 곤란해요. 만나기로 한 사람이 있어서. 하지만 동 아리에 관심은 있어요. 시간 날 때 들를게요."

성찬은 아쉬움과 기대감이 교차하는 표정을 지었고 현숙은 성찬에게 축하한다며 엉덩이를 두들겼다.

"어떠냐! 좋지? 내가 우리 정파에 역대 최고 미녀를 데려온 거야! 남학생들은 나한테 절이라도 해야지! 안 그래?"

두 여학생과 헤어지면서 성찬은 미영이 약속과 달리 동아리에 나타나지 않으면 어떡하나 걱정하기 시작했다. 성찬의 마음은 이미 절반쯤 미영에게 넘어가 있었다.

첫눈에 반한 성찬과 달리 미영은 성찬이 그저 스마트하게 생긴 평범한 선배로 기억에 남았을 뿐이다. 미영은 그날 오후에 고교 시절 남겨두고 온 골치 아픈 숙제를 해결해야 돼서 머릿속이 복잡했다.

먼저 도착해서 기다리던 달자는 빵집 출입문을 열고 들어오는 미영을 보자 반갑게 손을 흔들었다. 미영은 대학에 간 뒤로 더 성숙하고 새침해진 것 같았다. 볼 때마다 얄미워서 콱 쥐어박고 싶은 계집애였다. 자신의 아들이 뭐가 부족해서 저런 애를 쫓아다녔는지 달자의 입장에서는 복장이 뒤집혔다. 하지만 달자는 자신이 지을 수 있는 가장 친절한 미소를 보였다.

"아이구~ 우리 미영이 대학생 되더니 더 예뻐졌네. 어때, 남학생들이 졸졸 따라붙지?"

"어머님이야말로 하나도 안 변하셨네요. 건강하시죠?"

"그럼. 빵은 뭐 먹을래? 내가 시켜줄까?"

달자는 미영이 대답도 안 했는데 단팥빵과 소보로빵을 주문했다. 음료수는 공짜인 보리차다. 미영은 깔보듯이 빵을 내려다보고 손도 대지 않았다.

"석호는 잘 지내요? 공부 열심히 하죠?"

석호 이야기에 달자는 눈물을 왈칵 쏟을 뻔했다. 아들이 애처롭기도 하고 미영을 앞에 두고 자존심이 상하기도 했다.

"말도 말아라. 이 녀석이 집에 오면 말도 안 하고 방문부터 걸어 잠그는데, 공부나 제대로 하는지 걱정이 태산이다. 다른 애들은 학원 끝나면 독서실 가서 밤늦게까지 자습도 한다는데, 이 녀석은 허구한 날 시무룩한 표정으로 댕기고 가끔은 방 안에서 훌쩍거리면서 혼자 궁상을 떠니…… 어미 마음이 어떻겠니. 너도 나중에 시집가서 자식 낳아보면 내 심정을 알 것이다."

미영은 짜증이 슬금슬금 몰려오는 걸 꾹 참고 듣는 중이었다.

미영과 석호가 고등학생 신분으로 교제할 때만 해도 달자는 미영을 표독스럽게 대했다. 서울대 아니면 연고대에 갈 예정인 석호의 앞길을 미영이가 막고 있다는 것이었다. 달자는 석호가 명문대생이 되면 미영 따위는 걷어찰 것이니 김칫국 그만 마시고 공부를 하든가 다른 불량 학생을 찾아보라고 쏘아붙였다.

그런데 막상 석호가 낙방하여 재수학원에 다니게 되고 미영이 대학생이 되자 아들이 마음잡게 도와달라며 저자세로 나오는 것이다.

"석호 녀석이…… 네가 대학에 다니면서 다른 남자 친구를 사귈까 봐 걱정이 되는 눈치다. 석호는 내년에 대학에 붙을 때까지 널 붙잡고 싶은 심정일 거야. 네가 석호를 기다려준다는 약속만 해주면 내 평생 네 은혜를 잊지 않으마."

웃기는 소리였다.

자기 아들 공부에 방해가 될까 봐 1년 동안 수절하며 황금 같은 신입생 시절을 흘려보내라는 얘기다. 만일 1년 뒤에 석호가 계획한 대로 명문학교에 진학하면 H대학에 다니는 미영은 잊어버리라고 부추길 여자였다.

미영은 달자에게 모욕감을 안겨줄 방법을 궁리하다가 손수건으로 눈물을 찍어내는 달자의 신파 연기에 넌덜머리가 나 그녀가 원하는 대답을 해주기로 했다.

"걱정 마세요. 어머니, 저 석호가 대학생이 될 때까지 기다릴게요. 그때까지 미팅도 안 하고 남학생도 안 만나고 착실히 공부만 하면서 기다릴게요."

"어머나, 정말이냐? 이런 천사 같은 아이가 어디 있을까. 아이구, 예쁘기만 한 게 아니라 마음도 비단결이네……. 고맙다. 그런데 그 말을 어떻게 믿지? 네가 직접 석호한테 가서 약속해주는 게 어떻겠니? 남녀 관계란 것이…… 직접 얼굴 마주 보고 진심으로 이야기를 해야 더 믿음이 가는 거란다."

미영은 그러마고 선선하게 승낙하고 자리에서 일어섰다. 손도 대지 않은 단팥빵과 소보로빵을 싸주겠다는 달자의 제안을 뿌리치고 나온 미영은 짜증이 나서 돌멩이를 걷어찼다.

금지와 통제로 점철된 고등학교를 탈출하여 자유의 몸이 되었는데 제 앞가림도 못하는 칠칠치 못한 남자가 미영의 발목을 잡고 있었다.

노량진 학원가에서 다시 만난 석호는 패배자의 냄새가 풀풀 나는 보잘것없는 재수생으로 변해 있었다. 미영은 자신이 무엇 때문에 이런 한심한 마마보이와 교제했는지 속이 끓었지만 때늦은 후회였다. 석호는 미영을 보자 눈자위가 벌겋게 되어 금방이라도 눈물을 쏟을 것 같았다.

미영은 어색한 분위기가 싫어서 떡볶이를 얼른 하나 찍어 입에 넣었다.

"이 동네도 생각보다 나쁘지 않네. 애들도 많고 식당도 많고. 심심하진 않겠다."

석호는 미영의 입술에 묻은 떡볶이 국물이 신경 쓰여 두루마리 휴지를 끊어 주었다. 미영은 핸드백에서 티슈를 꺼내 입을 닦았다.

"공부는 잘돼? 설마 나 혼자 대학 갔다고 막 우울해하고 괴로워하는 건 아니지? 그 정도로 바보는 아니지?"

석호는 도수 높은 안경을 추켜올리며 눈을 껌뻑였다.

"신경이야 많이 쓰이지……. 우리 사이가 보통 사이였냐.

이렇게 끝날 사이는 아니잖아."

미영은 이 한심한 샌님에게 빽 소리를 지르고 싶어졌다. 우리 사이가 뭐? 무슨 사인데? 누가 들으면 약혼이라도 한 줄 알겠다. 막말이 나오려는 걸 억지로 삼켰다. 여기서 석호를 울리면 달자가 더욱 괴롭힐 것이다. 달자는 미영이 석호의 앞길을 막고 있다고 했지만 석호야말로 미영의 앞길을 막고 있었다.

"이상한 얘기 하지 말고. 넌 공부에 집중해. 네가 대학 붙을 때까지 기다려줄 테니까."

석호의 눈알이 안경알을 뚫고 나올 만큼 커졌다.

"정말이야? 1년이나 기다려줄 거야?"

미영은 섹시하게 다리를 꼬았다. 체크무늬 치마 아래로 하얀 다리가 눈부셨다.

"내가 보기보단 지조 있는 여자야."

석호의 입이 헤벌쭉 벌어졌다.

"와…… 난 진짜 착한 여자애랑 사귀었구나. 이 은혜를 어찌 갚지?"

석호는 벌써부터 대학에 붙은 것처럼 행복한 표정을 지었다.

"1년은 기다려줄 수 있어. 하지만 2년은 못 해. 내가 무슨 수녀니? 그러니까 삼수하지 않도록 공부 똑바로 해. 너희 엄마가 다시 한번 날 찾아오게 하면 그날로 우린 끝이야. 알았어?"

"알았어……. 미안해……."

"내가 대학생이니까, 떡볶이값은 내가 낼게. 공부 열심히 해라."

"걱정 마. 나 학력고사 수석할 거야!"

"풋…… 삼수나 하지 마. 공부가 안 될 때는 날 떠올려. 내가 너 사랑하는 거 알지?"

석호의 얼굴이 홍당무처럼 달아올랐다.

"근데 미영아…… 우리 가끔 만나면 안 돼?"

미영은 멈칫 서서 석호를 노려보았다.

"안 돼. 내 속을 그렇게 상하게 하고 또 그럴 셈이야? 너 합격할 때까지 나도 도서관에서 책만 볼 거니까 우리 대학생으로 다시 만나자. 알았지? 약속!"

미영은 새끼손가락을 내밀었다. 석호는 새끼손가락을 걸고 미영으로부터 마지막 입맞춤을 받았다.

미영은 약속을 지키지 못했지만 다행히도 석호는 학력고사를 무사히 치르고 달자가 원하는 대학에 들어갈 수 있었다. 석호의 모친은 자신이 미영을 주기적으로 만나고 있으며, 미영이 석호를 그리워하며 수절한다고 꾸준히 거짓말을 했기 때문이다.

석호가 대학에 진학한 뒤에 알게 될 진실은 달자에게 아무런 의미도 없었고, 그건 미영에게도 마찬가지였다. 석호는 미영이 자신을 배신한 것에 며칠 동안 우울해했지만, 끔찍했던 재수 생활에서 벗어나 만끽하게 된 대학 생활은 상사병을 치유할 정도의 힘을 갖고 있었다. 석호는 미영만큼 예쁘진 않으나 미영보다 더 영악한 여자 친구에게 단단히 포획되어 미영을 잊을 수 있었다고 전해진다.

삼각관계

　신입생들이 다투어 들어 올린 팔들은 흡사 대나무 숲처럼 보였다. 성찬은 즐거운 마음으로 질문자를 골랐다. 맨 앞자리에 앉은 미영이었다. 미영에게 발언권을 빼앗긴 여학생들은 정파 사상 최고의 미소녀라는 그녀를 매서운 눈으로 노려보았다.

　미영의 목소리는 그녀의 피부처럼 투명했다.

　"선배님께서 말씀하신 부분 중에 프롤레타리아 독재는 우리가 흔히 생각하는 독재가 아니라는 말씀이 이해 가지 않습니다. 그럼 프롤레타리아 독재가 민주주의인가요?"

　성찬은 그녀가 귀엽다는 듯 빙그레 웃었다.

"프롤레타리아 독재에는 독재자가 없습니다. 프롤레타리아가 독재자가 될 수 없으니까요. 프롤레타리아 독재가 민주주의냐고 물으셨는데, 그것도 맞는 말입니다. 프롤레타리아 독재는 다른 말로 프롤레타리아 민주주의, 혹은 인민민주주의라고 부릅니다. 그럼 왜 독재라는 표현을 썼을까요? 여기서 독재는 억압적인 정치라는 뜻이 아니라 견제하는 세력이 없다는 걸 의미합니다. 즉 노동자들만이 권력을 행사할 수 있다는 것이죠. 물론 제가 여기서 말하는 프롤레타리아 독재는 마르크스나 레닌이 상상했던 이상적인 형태를 말합니다. 하지만 실제 소련에서는 프롤레타리아 독재가 타락해서 그냥 관료주의로 변해버렸어요. 스탈린 시대에는 프롤레타리아 독재가 아니라 그냥 1인 독재로 되어버렸다고 보면 됩니다. 스탈린주의에 대해서는 우리 진영 내에서도 논란이 있기 때문에 마지막 얘기는 참고만 하세요."

성찬의 설명이 끝나자 다시 대나무 숲이 우수수 일어났다. 그러나 성찬은 대나무 숲 사이에서 밝게 빛나는 미영을 바라보고 있었다. 신입생 특강이 끝나면 음료수라도 사줘야겠다고 생각했다.

특강이 끝나고 미영은 먼저 얘기하지도 않았는데 자연스럽게 성찬을 따라 매점으로 왔다.

"선배님처럼 마르크시즘 기초 강의를 하려면 어떻게 해야 되나요?"

그녀는 성찬이 사준 주스를 빨대로 빨아들이며 존경의 눈빛을 보냈다.

"논쟁에서 이겨야지."

"말싸움을 잘해야 되나요?"

"무조건. NL그룹에서는 토론 같은 거 못해도 선배들 시키는 대로만 잘 따라 하면 인정받을 수 있을지 몰라도, 우리 정파에서는 어림도 없어. 우리는 활동 계획을 세울 때도 상황에 대해서 토론부터 해. 투쟁 지침을 만들 때는 더 격렬하게 토론을 하지. 우리 사람들은 서로 동의가 되지 않으면 아무 것도 할 수가 없어. 여기서 리더가 되려면 토론을 잘해야 해. 그래야 반박 논리를 누르고 말 많은 조직원들을 이끌고 갈 수 있으니까."

"선배님이 고학번 선배들을 다 이겼다고 들었어요."

"아니 뭐…… 그건 좀 과장된 소문이고……."

겸손한 웃음을 흘렸지만 성찬이 선배들을 모두 제압한 것은 뜬소문이 아니었다. 성찬은 비합법 투쟁의 합법 투쟁으로의 전환에 대해서 공대 학생회장인 차상구와 논쟁을 벌여 승리했다. 차상구는 얼굴이 벌게져서 토론장을 뛰쳐나갔지만 다음 날 성찬을 찾아와 신입생들의 기초 강의를 맡아달라고 부탁했다. 상구에게도 운동인자의 재생산은 절실한 문제였다.

"선배님 오늘 저녁에 뭐 하세요?"

정파의 부흥을 주도하고 복학생들까지 돌아오게 만들었다는 미소녀는 성찬에게 데이트 신청으로 오해받을 수 있는 질문을 던졌다. 성찬은 4학년 선배들과 학사주점에서 만나기로 한 약속을 깨기로 했다.

"아무 일 없는데. 너는?"

"저도 딱히 중요한 일정은 없네요."

그날 저녁 두 사람은 막걸리가 아닌 맥주를 마셨고, 노동해방이 아닌 소소한 연애사와 해외여행 자유화에 대해서 이야기했다. 성찬은 프라모델 수집이라는 비밀스러운 취미를 공개했고, 미영은 첫 키스를 중학생 때 했다는 엄청난 기밀을 누설했다.

"와— 엄청 빠르네. 난 대학 들어오기 전까진 알고 지낸 여자는 엄마와 누나가 전부인데."

"우아— 정말요? 선배야말로 천연기념물이네."

"넌 그럼 고등학교에서도 남자 친구를 사귀었니?"

"그럼요. 3년 내내 없었던 적이 없었지."

성찬은 긴장감으로 목이 뻣뻣해졌다. 역시 예쁜 아이는 남자들이 가만두지 않는다.

"설마…… 지금도 있는 건가?"

"흠…… 어떨 거 같아요?"

미영은 장난기 어린 미소를 띠며 물었다.

"고3 때도 남자가 있었다면…… 지금도 왠지 있을 거 같은데."

미영은 맥주잔을 단숨에 비운 뒤 입가에 묻은 거품을 핥아 먹었다.

"헤어졌어요."

성찬의 입가에 희미한 미소가 떠올랐다.

"왜?"

"남자가 대학 떨어졌거든요. 여대생이 재수생이랑 사귈 수는 없잖아요? 앞길이 구만리 같은데."

"그렇긴 하지……. 가장 좋을 시기에…… 노량진에서 데이트할 수는 없지."

"그렇죠? 저도 그렇게 생각해요."

미영은 달자의 뻔뻔한 요구를 생각하니 더욱 분통이 터졌다.

"참, 선배는요? 여자 친구 없어요?"

"없어. 대부분의 시간을 동아리방에서 지내는데, 우리 동아리 여학생들은 대부분 현숙이 누나랑 비슷해. 운동을 같이 하긴 좋은데…… 연애 상대로는 좀 부적절하지."

미영은 쿡쿡 웃음을 참았다.

"그러면…… 우린 둘 다 매이지 않은 몸이네요?"

"그렇다고 할 수 있지."

성찬과 미영은 맥주잔을 부딪치며 의미 있는 눈빛을 교환했다.

선배들은 성찬이 저녁마다 사라지는 것을 보고 원래 NL에서 넘어온 출신 성분을 들먹이며 변절의 우려를 표명했으나, 속사정을 아는 소수의 학생들은 씁쓸한 웃음을 지을 뿐이었다.

사회과학 동아리에 들어온 미소녀가 실은 노동해방에 큰 관심이 없다는 게 밝혀지기까지는 오랜 시간이 걸리지 않았다. 미소녀는 마르크스의 이론철학이나 레닌의 응용철학보다는 막걸리에 취해서 들려주는 김성찬의 개똥철학에 더 감명을 받았다.

성찬은 사회과학 동아리의 논객으로 명성을 얻어 이미 많은 여학생들의 관심을 받고 있었다. 여학생들 앞에서 무뚝뚝하기만 했던 성찬이 미영과 교제 비슷한 걸 시작했다는 소문은 남녀를 불문하고 분통을 터뜨리게 만들었다. 사람 그렇게 안 봤는데 남자는 다 똑같다는 푸념이 여기저기서 들렸다.

성찬과 미영이 정식으로 교제한다는 것이 알려지자 세력을 확장하던 PD그룹의 성장이 주춤했는데, 이는 미영이 운동인자의 재생산에 얼마나 큰 기여를 했는지 잘 알 수 있는 부분이었다.

"바다 보러 안 갈래요?"

만화방과 영화관을 오가는 패턴에 질린 미영이 어느 날 성찬에게 던진 도발이었다.

성찬은 혁명을 꿈꾸는 운동가답게 한 걸음 더 진일보한 대답을 했다.

"그러자. 3박 4일 정도면 충분히 재밌겠지?"

성찬과 미영이 사라진 일주일간 학교가 발칵 뒤집혔다. 남학생들은 밤중에 성찬과 미영 사이에 벌어질 광경을 상상하며 부러움의 한숨을 쉬었고 여학생들은 노골적으로 성찬 커플에 대한 혐오감을 드러냈다. 아예 동아리에서 탈퇴하는 여학생들이 늘어났다.

전후 사정을 파악한 선배들은 당혹스러운 기분에 사로잡혔으나 되도록 성찬의 허물을 덮어주자는 분위기가 지배적이었다. 운동가도 인간이기에 사랑을 할 수 있었다. 상대방이 누구든 간에 도덕적으로 비난받을 일은 아니었다. 더구나 혼전 순결을 가볍게 여기는 자유연애가 유행처럼 번지는 때였다. 연애를 학생운동의 금기사항으로 여기는 고학번 선배들은 성찬에 대한 실망감을 드러냈으나, 이런 사소한 문제로 성찬을 내칠 수는 없었다.

H대학의 PD그룹은 소수파였다. NL이 학생운동을 장악하는 건 전국적인 현상이었으나 H대학은 특히나 NL의 위세가 드셌다. 반면에 PD 쪽 학생들은 특유의 모래알 같은 응집력으로 언제든 분열될 수 있는 위험 요인을 안고 있었다. 성찬은 입만 산 분열주의자들을 제압할 수 있는 거의 유일한 카드였다. 연애에 빠져 잠시 조직을 방기해도 용서받을 충분한 이유가 되었다.

여름방학을 앞두고 PD그룹 학생들은 연초에 수립했던 사업계획의 변경 여부를 두고 또다시 격론을 벌였다. '싸움닭'으로 불리는 3학년 논객들이 주도하는 토론은 헛바닥으로 하는 진검승부였는데 기실 내용은 별것도 아니었다. 여름방학 때 예전처럼 공활(공장 활동)을 갈 것인지 다른 정파와 함께 농활(농촌 활동)을 갈 것인지 결정하는 문제였다.

원칙을 중시하는 정통파들은 자신들이 노동자 중심의 전위조직이 되어야 하며, 졸업 후 노동운동에 투신하기 위해서는 학생들이 많은 공활 경험을 쌓아야 한다고 주장했다. 반면에 현실주의자들은 작년 공활에서 보았던 중소기업 노동자들의 냉담한 반응을 떠올려보라며 썰렁한 창고 앞에서 꽹과리나 두드렸던 노동문화제를 다시 하는 건 무의미한 짓이라 반박했다.

공활파와 농활파가 팽팽히 맞서는 논쟁의 균형을 깨뜨린 것은 성찬이었다. 성찬은 지금까지 자신들이 다른 정파에 무참히 깨지기만 한 근본 원인은 대중노선의 부재에 있다고 말했다. 지금까지 학생운동의 선도적 투쟁이 기층 민중의 계급혁명을 촉발하기보다는 오히려 운동진영이 사회로부터 고립되는 결과를 가져왔다며 이제는 PD도 NL들처럼 사상을 공유하지 않는 제 세력과도 연합전선을 형성하여 운동의 확장성을 추구해야 한다고 역설했다.

농활은 공활보다 수혜자에게 직접적이고 손쉬운 도움을

줄 수 있기에 대중 속으로 파고드는 데 더 확실한 방법이며, 학교를 떠난 뒤에 노동운동에 투신하건 NL들처럼 애국적 사회 진출을 하건 그건 졸업 이후에 각자 판단하고, 일단은 방학 때 우리가 가장 효과적으로 잘할 수 있는 일을 찾아보자고 설득했다.

학생들은 성찬의 주장을 받아들여 여름방학 사업으로 농활을 채택했다. 농활은 총학생회의 공식 프로그램이기도 했고, NL들이 선택한 방학 사업이기도 했다. 결국 여름방학에 비운동권 학생회 조직이 이끄는 농활 그룹, 조국통일위원회가 이끄는 농활 그룹, 사회과학 동아리를 비롯한 PD계열 동아리 회원들이 참여하는 농활 그룹이 한 장소에서 만나게 됐다.

원래는 PD 쪽 학생들은 시기나 장소를 달리하여 서로 마주치지 않기를 바랐으나, 농민들의 희망 사항을 최대한 수용하자는 총학회장의 설득으로 세 그룹은 같은 날짜 같은 지역으로 농활을 가게 됐다.

결국 여름방학 사업은 성찬이 주장한 대로 되었으나, 이는 성찬이 저지른 엄청난 실수였다. 그해 농활 장소에서 미영이 경석을 만나게 되었던 것이다. 제아무리 성찬과 미영이 선남선녀 커플로 온갖 질시와 부러움을 받고 있다고 해도, 그건 어디까지나 해당 정파 내부에서의 일이었다.

H대학 학생운동의 중심은 단연코 경석이었다. H대 여학생들에게 성찬이 똑똑하고 말 좀 잘하는 오빠라면 경석은 평

범한 여학생들이 범접하기 어려운 김광석이나 이승철 급의 슈퍼스타였던 것이다. 선이 굵은 생김새와 시원한 목소리는 까다롭고 신경질적으로 보이는 성찬의 이지적 매력을 압도하는 요인이었다. 사람에 대한 호감은 주관적일 수밖에 없으나 같은 조건에서 비교하면 성찬은 경석에게 애초부터 상대가 되지 않는 인물이었다.

만일 미영을 놓고 경쟁한다면 성찬이 기댈 수 있는 언덕은 미영의 절개와 경석의 의리일 것이나 안타깝게도 미영은 호기심이 많은 소녀였고 경석은 미녀를 차지하는 일은 남자의 우정과는 아무런 상관이 없다는 철학의 소유자였다. 성찬의 패배는 농활을 가기 전부터 이미 정해진 것이었으나 성찬만 이를 예상하지 못하고 있었다.

농활을 가기 전에 세 그룹의 대표들이 학생회관에 모여서 농활 계획을 세웠는데, 관건은 작업할 조를 짜는 일이었다. 농활대장과 작업반장은 학생회를 장악한 비운동권 측에서 모두 가져갔다. 따라서 조를 어떻게 편성할 것인지는 비운동권 그룹에서 결정할 일이었으나, NL 학생들과 PD 학생들은 자기 조직원들이 어떻게 편성되는가에 촉각을 곤두세웠다.

운동권 학생들이 원하는 것은 되도록 많은 조에 조직원들을 널리 퍼뜨리는 것이었다. 그래야만 농활 기간에 신입생들을 포섭할 수 있기 때문이다. 이른바 운동인자의 재생산을 하려는 것이다. 반대로 경쟁 조직의 조직원들은 한 군데로 묶이길 원했다.

총학 측에서는 신입생들이 운동권 학생들과 섞이는 걸 싫어했다. 순수한 의미의 농활이 운동권 학생들의 정치투쟁으로 변질되는 걸 막고 싶었기 때문이다. 결국 총학은 자신들의 권리를 행사해 신입생들은 비운동권 선배들과 같은 조가 되도록 했다. 그리고 운동권 선배들은 자기들끼리 조 편성을 하도록 그룹 대표들에게 편성권을 일임했다.

결국 NL은 NL들끼리, PD는 PD들끼리 묶이는 꼴사나운 모습이 되어버렸다. 성찬은 총학 간부와의 친분을 이용해 미영을 자신의 조에 편성되도록 했다. 총학 간부는 미영이 신입생이라는 이유로 반대했으나, 성찬은 미영이 사회과학 동아리의 회원이라는 사실을 들어 이미 '물들어버린' 자기편 학생이라고 말했다.

하지만 나중에 농활을 갔을 때 미영은 자신을 성찬의 조에 넣은 성찬을 크게 원망했다. 성찬의 조는 논에 들어가 피를 뽑는 일을 맡았는데, 푹푹 빠지는 논에 들어가 허리를 굽혀 피를 뽑는 일은 새내기 여학생이 하기에는 너무 험한 작업이었다.

"아니 이 학생이 정신이 있는 거여! 엉뚱한 걸 잔뜩 뽑으면 어떡해!"

미영은 피 대신 벼를 뽑았다고 논 주인에게 크게 야단을 맞았다. 성찬은 미영을 대신해 논 주인에게 굽실거리며 사과를 하고 다시 한번 벼와 피의 감별법을 전수받았다.

"오빠, 이거 피야? 벼야?"

미영은 울상이 되어 성찬에게 물었다.

"음……."

성찬은 미영이 내민 녹색 잎을 노려보았지만 도저히 구분할 수가 없었다. 예리한 이론가이자 충분한 지성을 갖췄다고 자부해온 자신이 왜 이런 단순한 작업에도 어려움을 겪는지 이해할 수 없는 일이었다. 그때 성찬의 등짝을 아프도록 때린 남자가 소리 높여 외쳤다.

"어허! 이건 벼잖아! 벼! 아가씨 아까운 벼를 뽑았네!"

익숙하고 그리웠던 목소리. 경석이었다. 경석은 밀짚모자를 쓰고 헐렁한 셔츠를 입었지만 떡 벌어진 어깨 덕분에 여전히 보기 좋았다.

"너냐? 너희 조는 옥수수밭 아니었냐?"

성찬은 경석이 반갑기도 했으나 부러 통명스럽게 대답했다. 미영이 옆에 있으니 갑자기 등장한 경석이 은근히 신경 쓰였다.

"선배가 돼서 벼와 피도 구분을 못 하니까 내가 도와주러 왔지!"

경석은 미영에게 슬쩍 윙크를 날렸고 성찬은 그걸 보고 말았다. 분명 경석은 성찬이 보고 싶어 왔겠지만 미영을 발견하곤 관심의 대상이 바뀌었을 것이다.

성찬은 바짝 긴장이 됐다. 여자를 후리는 기술은 경석이 몇 수나 위였다. 성찬은 마지못해 미영에게 경석을 소개했다.

"미영아, 주사파의 괴수 안경석이다. 인사해."

"안녕하세요. 가정학과 1학년 최미영입니다."

경석은 껄껄대고 웃었다.

"성찬이 넌 무슨 사람 소개를 그렇게 하냐. 미영 씨, 이 친구 오리지널 빨갱이니까 조심해요. 같이 놀면 형사들에게 잡혀갈 수 있어요."

"풋— 알고 있어요. 우리 오빠 빨갱인 거."

"어? 우리 오빠? 둘이 벌써 그런 사이야?"

경석은 못 믿겠다는 듯 둘을 번갈아 보았다.

"야 쓸데없는 소리 말고 피나 뽑아라. 너희들이 좋아하는 '통일'벼는 건들지 말고."

"아이고 너나 잘하세요. 지금 네가 손에 쥔 거 다 벼라는 건 아니? 피는 놔두고 통일벼만 골라 뽑으니 네가 반통일 세력이구나."

미영은 티격태격하는 성찬과 경석을 번갈아 쳐다보며 깔깔 웃었다. 미영은 새로운 얼굴, 호감을 주는 낯선 남자에게는 언제나 관심을 보였다. 경석은 미영에게 피와 벼의 차이점을 설명해주고 얄미운 말로 성찬을 몇 번 골려준 다음 옥수수밭으로 돌아갔다.

미영은 호기심 가득한 얼굴로 물었다.

"오빠, 저 사람 누구야? NL 쪽 사람이야?"

"응. 조통위 대빵이야."

"와— 그 사람이 저 사람이야? 어쩐지……."

"어쩐지 뭐?"

"확실히 카리스마가 있네."

성찬은 일부러 무심한 목소리로 물었다.

"맘에 드나 보지?"

미영은 손사래를 치며 얼굴을 붉혔다.

"무슨! 난 저런 스타일 별로. 너무 느끼하잖아."

"그래도 인기 많다던데."

"큭…… 설마 질투해? 난 샤프한 사람이 더 좋아……."

미영은 피와 벼를 잔뜩 손에 쥔 채 성찬의 팔짱을 꼈다. 성찬은 적이 안심이 되면서도 일말의 불안감을 떨칠 수 없었다. 경석을 바라볼 때 미영의 뺨에 스쳐 간 홍조가 불안의 씨앗이었다.

성찬의 불안감은 너무나도 빨리 현실이 되었다.

농활을 다녀온 뒤 미영은 동아리방에 들르는 횟수가 눈에 띄게 줄었다. 성찬의 데이트 신청에도 선약이 있다며 이런저런 핑계를 대기 일쑤였고, 마침내 며칠이고 연락이 닿지 않는 날들이 늘어갔다.

변명은 늘 달라졌다. 할머니가 계시는 시골에 다녀왔다, 엄마 모시고 병원에 다녀왔다, 새로운 아르바이트를 알아본다, 전공수업이 어려워 공부를 해야 한다, 기타 등등 다양한 변명이 등장했지만 그동안 성찬과 붙어 지내던 미영이 언제부터 이렇게 다른 일들로 바빠졌는지 납득이 가지 않았다.

"아무리 그래도…… 나한테 미리 얘기 정도는 해줘야 하는 거 아닌가? 우리가 그 정도도 안 되는 사이였나?"

미영의 볼이 빨개졌다. 성찬과 미영이 '선을 넘은' 사이라는 건 학생들에게 공인된 것이나 마찬가지였다. 성찬은 미영이 그 정도로 뻔뻔하지는 않을 것이라 기대했다. 그러나 미영은 언제나 성찬의 예상을 뛰어넘는 아이였다.

"미안해. 근데 나도 내 사정이 있는 건데 이렇게 몰아붙이는 건 못 참아. 내가 오빠의 소유물은 아니잖아?"

"소유물? 내가 네 주인은 아니지만 애인이나 남자 친구 정도는 되는 거 아니었나? 이 정도도 물어보지 못하면 우린 무슨 사이니?"

"우리가 사귄 건 맞지만…… 결혼한 사이는 아니잖아? 내 일정이 오빠에게 낱낱이 공개되어야 할 이유는 없어."

성찬은 이제 더 이상 미영의 내밀한 사생활을 공유할 수 없다는 걸 깨달았다. 성찬에게 모든 걸 열어줬던 미영은 이제 문을 하나씩 닫고 있었다. 닫힌 문 앞에서 열어달라고 애걸하는 건 구차하다.

미영의 상대가 누구인지는 굳이 확인해보지 않아도 알 수 있었다. 성찬은 미련을 끊어버리기로 했다.

"알았어. 너한테 부탁 하나만 하자."

"뭔데?"

"뜸해도 좋으니까 우리 동아리에 계속 나와줘. 난 네가 레닌주의자로 성장했으면 좋겠어."

거짓말이었다.

성찬은 미영이 운동가로 성장할 것을 기대하지 않았다. 호기심이 방전되면 부르주아의 삶으로 돌아갈 아이였다. 성찬은 단지 미영이 경석의 정파로 넘어가는 것만은 막고 싶었다. 그것이 성찬의 마지막 자존심이었다.

미영은 거기까지는 합의해주었다.

"걱정 마. 오빠, 내가 보기보다 지조 있는 여자야."

미영이 성찬에게 닫은 문을 경석에게 열었다는 사실은 제삼자를 통해 확인되었다. 성찬 앞에서 잔인하게 확인 사살을 해준 목격자는 민주라는 사회과학 동아리 여자 후배였다. 아마 미영을 오래전부터 미워한 아이였을 것이다.

"내가 똑똑히 봤어. 대학로에 있는 극장에서 둘이 팔짱을 끼고 나왔다니까. 안경석 그 사람 손이 미영이 허리에 착 감기는데…… 세상에 어떻게 그럴 수가……. 이게 말이 돼? 선배랑 사귀었던 애가 어떻게 주사파 대빵이랑 붙어먹어?"

"말이 너무 심하구나."

"선배는 화도 안 나? 그 쌍년 우리 동아리에서 쫓아내요!"

성찬은 고개를 천천히 저었다.

"그건 나와 미영이 사이의 문제야. 정파하고는 아무런 상관이 없어."

"상관이 없긴! 그년은 당연히 그쪽으로 넘어가겠죠!"

"아니. 미영인 이쪽에 남을 거야."

"선배는 자존심도 없어?"

성찬은 민주를 올려다보았다.

"지금 너보다 내가 더 괴롭지 않겠니?"

민주는 입을 다물었다. 성찬의 눈에 슬픔이 가득했기 때문이다. 민주는 문을 쾅 닫고 나가버렸다.

동아리방에 홀로 남겨진 성찬의 마음속에선 예전에도 느꼈던 익숙한 감정들이 되살아났다. 질투심, 열등감, 분노, 반항심이 뒤섞인 복잡한 감정이었다. 그 감정들은 동희와 경석과 성찬이라는 삼각관계에서 발생했던 것들이었다. 언제나 동희의 인정과 격려를 독차지하던 경석을 바라보며 느꼈던 무력감도 되살아났다. 이제 미영이 동희와 자리바꿈을 했을 뿐 경석과의 삼각관계는 계속되고 있었다.

성찬은 그제야 자신이 왜 NL에서 뛰쳐나왔는지 깨달았다. 그건 주체사상에 대한 거부감 때문이 아니었다. 경석과 함께 있을 때 몰려오는 열패감 때문이었다.

미영은 그 열패감을 다시 한번 확인시켜준 아이였다.

접선

교도소의 바깥 풍경은 언제나 삭막했다. 빛깔 없는 콘크리트 담벼락, 높게 솟은 망루와 구태의연한 교정 슬로건이 세상과 유리된 공간의 외피라는 걸 똑똑히 알려주고 있었다.

경석은 교도소에 올 때마다 자신을 대신해 이 살풍경한 공간으로 스스로를 밀어 넣은 인물에 대해 한없는 경외심을 품었다. 그는 경석의 은인이자, 지도자이며, 신이었다. 그는 경석의 마음속에서 아버지를 밀어내고 그 자리를 차지한 존재가 됐다.

면회는 한 달에 네 번, 한 번에 30분만 허락됐다.

경석과 동희는 창살을 사이에 두고 마주 앉았다. 젊은 교도관은 동희의 등 뒤에서 벽을 보고 앉았다.

수인복을 입은 동희는 차분해 보였다. 머리는 짧게 깎았고 수염도 말끔히 밀었다. 혈색은 더 좋아졌지만 예전과 같은 활기찬 표정이 사라져 가슴을 아프게 했다. 모두가 같은 옷을 입고 있는 교도소에서 자주파의 막후 조종자였던 동희의 정체성을 말해주는 건 가슴에 붙은 수인 번호뿐이었다.

경석은 입안에서 해야 할 말이 뱅뱅 돌고만 있었다. 오는 동안 동희에게 보고 할 일들과 하고 싶은 말들을 머릿속으로 몇 번이나 정리했는데 막상 얼굴을 보니 숨이 턱 멎었다. 죄책감과 미안함, 존경과 동정이 한꺼번에 밀려왔다.

"바쁠 텐데 너무 자주 오지 마라……."

경석은 울컥 무언가 치솟아 올라 고개를 숙였다.

"하나도 안 바빠요. 형은 여기서 콩밥 먹고 있는데 난 밖에서 여자 친구하고 재미 보고 있잖아."

"여자 생겼냐? 그거 듣던 중 반가운 소리다. 너 무지하게 눈 높았잖아."

"응. 무지하게 예뻐. 형이 좋아할 만한 얘기 하나 해줄까요?"

"뭐냐?"

"그 여자애, 성찬이 애인이었다."

"정말이냐?"

"응. 내가 뺏었어."

동희는 갑자기 숨이 넘어갈 정도로 낄낄대고 웃었다.

"역시 걔들은 우리한테 안 돼. 그렇지?"

동희는 기분이 한결 좋아진 것 같았다. 경석은 덩달아 유쾌해졌다.

"괴롭히는 놈들 없어요? 우리 삼촌이 법무부 국장이에요. 힘들면 얘기만 해. 내가 아작을 낼 테니까."

"걱정 마라. 아주 잘 지내. 술 담배 끊고 규칙적으로 운동하니까 몸도 좋아졌어. 여기에 양심수들이 많더라. 데모하다 잡혀 온 애들 무지 많아. 그래서 내가 사상 교육을 좀 했지."

"와, 정말? 교도관들이 그냥 둬요?"

"그 새끼들은 관심도 없어. 내가 여기서 레닌주의자를 민족해방파로 돌려놓은 게 몇 명인지 아냐? 알면 까무러칠걸."

"얘기 안 해도 상상이 가. 형이야말로 통일 역군인데. 여기서 이렇게 썩고 있으니……."

경석의 얼굴에 다시 수심이 어렸다. 동희는 창문을 똑똑 두드렸다.

"경석아, 너한테 부탁할 것이 있다."

"부탁? 얘기만 해!"

"내가 여기 갇혀 있으니 할 수 없는 게 너무 많아. 물론 네가 학교 일들은 잘해주고 있지만……. 이젠 너에게 다 가르쳐주려고 한다. 그래서 말인데……."

동희는 뒤에 앉은 교도관을 슬쩍 돌아보고 낮은 목소리로 말했다.

"사람 좀 만나주라."

동희의 부탁은 충격적이었지만 전혀 예상하지 못했던 이야기는 아니었고 언젠가부터 막연히 추측만 해오던 일이었다. 경석뿐 아니라 정파 내의 많은 사람들이, 동희라면 충분히 그런 네트워크를 가졌을 거라고 짐작해왔다.

만나기로 한 장소는 대방동 주택가 근처의 허름한 맥줏집이었다. 칸막이가 돼 있어 옆 테이블에 앉은 사람 얼굴을 볼 수 없었고 스피커에서 흘러나오는 팝송 때문에 칸막이 너머로 들리는 대화는 뜻을 알아듣기 힘들었다. 거기다 손님도 많지 않았다.

경석은 동희가 지정해준 좌석에 앉아서 남자를 기다렸다. 뚱뚱한 여주인은 강냉이를 수북하게 담은 플라스틱 그릇을 테이블에 내려놓았다. 경석은 생맥주를 한 잔 시키고 안주는 일행이 오면 주문하겠다고 했다.

맥주 한 잔을 다 마시자 긴장이 조금 풀렸다. 손목시계의 바늘은 8시 45분을 가리켰다. 약속 시간 5분 전이었다. 동희는 30분 늦으면 자리를 바꿔 누가 오는지 지켜보라고 했고, 한 시간이 늦으면 탈이 생긴 것이니 자리를 뜨라고 했다.

남자는 정확히 제시간에 나타났다. 마흔 살은 훨씬 넘어 보였고 쉰 살을 넘겼다면 초반일 것 같았다. 키는 160센티미터도 안 되어 보였고 조금 마른 인상이었다. 눈빛은 날카로웠으나 표정은 부드러웠다. 옷차림새는 낡은 회색 점퍼를 걸치고 카키색 바지를 입었다. 대체적으로 수수하고 특징이 없어서 사람들 속에 자연스럽게 스며들 것 같은 인상착의였다.

"안경석 씨 맞습니까?"

남자가 먼저 손을 내밀며 악수를 청했다.

"네."

"나 김수철이오. 만나서 반갑소."

자리에 앉은 남자는 여주인을 불러 맥주와 마른안주를 시켰다. 여주인과 남자는 안면이 있는 것처럼 보였다.

여주인이 사라지자 남자는 경석의 얼굴을 찬찬히 뜯어보며 말했다.

"이동희 씨한테 얘기 많이 들었소. 자기보다 몇 배는 더 유능한 일군(일꾼)이라고 높이 평가하였소."

"과찬입니다. 동희 선배한테는 한참 못 미칩니다."

"과연 겸손하시오. 품성도 좋다고 들었소."

"제가 뭘 하면 되겠습니까?"

남자는 경석 쪽으로 상체를 기울여 낮은 목소리로 조심스럽게 물었다.

"혹시 상급조직에 대해 잘 아시오?"

경석은 남자가 말하는 상급조직이 무엇일지 고민해보았다.

"한대협 말씀입니까? 학생운동 하는 사람이 한대협을 모르겠습니까?"

"진배기(진짜배기)로 알고 있나 말이오."

"제가 모르는 게 무엇일까요?"

"지금 한대협 의장이 어찌 되었소?"

"지명수배 중이라 도망 다니고 있죠."

"그렇소. 그런데 투쟁 지침은 받고 있지 않소?"

"맞습니다. 그게 말이 많더군요. 간부들이 다 공석인데 어떻게 지침이 각 대학에 내려오는지 말이죠. 비선조직이 있는 거죠?"

남자는 빙그레 웃으며 고개를 끄덕였다.

"남조선 청년 학생들이 들으면 화내겠지만 학생들이 선거투쟁으로 뽑은 간부들은 전고(전부) 허수아비요. 투쟁 지침은 상급조직에 있는 정수분자들이 만드오."

"저도 정수분자가 되란 말씀이군요."

"안 동지, 철없는 대학생들끼리 머리를 맞대어봐야 혁명과업을 완수할 수가 없소. 혁명조직의 지도자가 되고 싶다면 당과 수령의 령도를 받으시오."

경석은 벌떡 일어나 칸막이 너머에 사람이 없는 것을 확인하고 다시 앉았다.

"이런 얘기를 공공장소에서 하시면 너무 위험하지 않습니까?"

"안 동지는 겁보따리(겁쟁이)요? 나는 뒤통수에도 눈이 달렸소. 가짜벽(칸막이) 너머에 아무도 없으니 걱정 마오. 녀주인은 원래 우리 편이니 일없소."

남자는 잔에 남은 맥주를 단숨에 비우고 자리에서 일어났다.

"안 동지를 포함해서 호상간(서로서로) 믿을 수 있는 사람 다섯을 모두어(모아)주시오. 그러면 내가 다시 방도를 알려주겠소."

남자는 여주인에게 돈을 주고 사라졌다.

경석은 생맥주를 한 잔 더 시켰다. 고민이 됐다. 이렇게까지 깊숙이 빠져들 줄은 예상 못 했다. 젊은 날에 가두투쟁도 한 번 안 해보면 늙어서 후회가 될 것 같아 가볍게 시작한 일이었다. 교도소에 갇혀 있는 동희 생각이 났다. 동희는 무엇 때문에 자신의 삶을 온전히 희생하여 이런 일을 하는 것일까.

미군 철수와 연방제 통일은 국가를 배반하면서까지 이뤄야 할 정도로 중대한 일인가. 대한민국은 정말 아직도 제국의 식민지인가. 북한은 김일성이 말한 대로 민족해방을 위한 민주기지가 될 수 있는가.

만일 자신이 성찬이라면 이에 대해 논리적으로 옳고 그름을 따져볼 수 있을 것이다. 성찬이가 떠난 걸 보면 동희는 정말 허상을 좇는 것일 수도 있다.

경석은 머리를 흔들었다. 생각이 복잡할수록 의지는 약해진다. 운동가는 깨달음의 축적이 아니라 의문의 억누름으로 성장한다고 누군가 말했다.

맥주를 가져온 여주인을 앞자리에 앉혀놓고 대작을 했다. 손님이 없어 심심했던 여주인은 반색하며 공짜로 고기 안주를 주겠다고 했다.

경석은 여주인과 맥주잔을 부딪치며 말했다.

"그저 동희를 위해."

여주인은 배시시 웃었다.

"학생 애인이여? 남자 이름 같은데."

"그냥 아는 형이에요……. 아줌마, 안주 안 줘요?"

상구와 준구

공대생들은 차상구를 대大구, 이준구를 소小구, 함께 있을 때 양兩구라 불렀다. 양구는 다른 단과대와는 확연히 구분되는 공과대학의 전통을 상징하는 인물들이었다. 두 사람 모두 마르크스의 원전을 독파한 몇 안 되는 이론가들이었고, 개량주의나 주사파와 같이 정통에서 벗어난 유사 좌파들을 혐오했다.

무기재료학과의 괴짜 상구는 머리를 스님처럼 빡빡 밀고 다녔다. 원래는 히피처럼 장발이었는데 대선 때 '백기완 후보 당선을 돕는 H대 구국 결사대' 출정식에서 삭발식을 가진 후로는 계속 머리를 밀고 다녔다. PD라는 정파가 생기기 전에는 제헌의회그룹이라는 과격한 정파에 있었다고 한다. 대구는 소주를 잘 마셨고 얼굴색이 붉었으며 성격이 불같았다.

1학년 때 생물학과 여학생과 교제했지만 '생물학적인 사랑'에 이르지 못하고 좌절해 학생운동에 투신했다고 알려졌다. 상구는 소련의 사회주의를 망친 건 스탈린의 관료주의라고 믿는 특이한 견해의 소유자였는데 소련의 교재를 많이 참고하는 PD그룹에서는 드문 일이었다. 상구의 이런 생각은 다른 후배들에게도 영향을 미쳐 H대 레닌주의자들은 정통 사회주의자는 마르크스와 레닌까지라고 생각했다. 그리고 정통 사회주의의 순수 혈통을 보존하기 위해서는 사민주의자나 주사파와 같은 '더러운 피'를 청소해야 한다고 말했다.

"너희들은 똑바로 알아야 한다. 주사파는 좌파가 아니다. 주사파는 공산주의자가 아니야. 주사파는 그냥 김정일의 졸개들이야. 민족주의는 일본 제국주의의 유산이다. 제국주의를 반대한다는 놈들이 제국주의자들의 사상을 갖다 쓰고 있으니 얼마나 웃기는 놈들이냐? 민족은 실제로 존재하는 게 아냐. 우린 모두 몽골인, 중국인, 일본인의 유전자가 막 뒤섞인 잡종들이야. 북한 주민과 우리는 조선이라는 봉건국가의 기억을 공유하는 집단일 뿐이지. 북한은 어떤 나라일까? 마르크스에 따르면 봉건국가는 자본주의국가가 되고, 자본주의가 극에 달하면 사회주의로 넘어간다고 했다. 근데 북한은 자본주의를 한 적이 없어. 무슨 뜻이냐? 봉건국가에 머물러 있다는 뜻이지. 왕이 다스리는 봉건국가에서 수령이 다스리는 봉건국가로 지배계층만 바뀐 거지. 북한이 대남전술로 쓰는 민족주의에 휘둘리지 마라. 저급한 민족주의가 전 세계 노동자들의 단결을 막고 계급투쟁을 무력화시키는 가장 큰 원흉이야."

상구는 화가 나면 더욱 논리적이고 날카로워졌다. 그는 대부분의 토론에서 상대를 제압했으며 H대학 PD그룹이 나아가야 할 방향성을 선명하게 제시했다.

상구가 공과대학 학생회장이 되면서 전력을 기울인 일은 공대생들이 NL그룹으로 넘어가는 것을 방지하는 일이었다. 개인주의 경향이 심한 공대에서는 선배들이 후배들과 관계를 맺고 교육을 시키는 구심점이 필요했는데, 그 일을 가장 훌륭히 잘해낸 사람이 소구, 즉 준구였다. 준구는 조용한 학자 스타일이었지만 이론과 논쟁에 강했고 후배들을 다독이는 부드러운 카리스마의 소유자였다.

상구가 낙제와 휴학을 밥 먹듯이 하면서 학생운동에 전념했던 반면에 준구는 기계공학과 학생회장을 하면서도 A학점을 심심찮게 받았다. '새로운 세상에서도 전문가는 필요하다'며 운동과 일상의 균형을 잡아야 한다는 것이 준구의 지론이었다. 준구는 상구에 비하면 온건한 사회주의자로 보이지만, 사상투쟁을 할 때는 누구보다도 급진적인 논리를 전개했다. 주사파를 '유사 좌파'로 보아 경계하고 정통주의를 강조하는 것은 상구와 같았다.

선후배 간에 말싸움을 하다 정나미가 떨어져 정파를 떠나는 일이 비일비재했던 PD그룹에서 준구는 떠나는 후배들을 붙잡고 새로운 운동인자들을 키워내는 거의 유일한 존재였다. 양兩구가 이끄는 공과대학은 NL이 휩쓰는 H대학에서 견고한 PD의 아성을 구축하고 차별화된 사상투쟁을 전개해왔다.

언제부턴가 양구는 자신들이 떠난 후에도 정파를 이끌어갈 후계자에 대해 논의하기 시작했다.

"민주를 세우자는 이야기도 있어. 똑똑하고 열정적이잖아."

"여학생은 시기상조야. 민주가 지나치게 감정적인 면도 있고. 참모로는 제격이지만 리더로는 부적합해."

"종걸이는 어떠냐? 무엇보다도 대중성이 좋잖아."

"술만 잘 마시지 할 줄 아는 게 없어. 세미나 할 때 못 봤어? 똑같은 이론만 앵무새처럼 반복하잖아. 상황에 따라서 어젠다를 만들어낼 줄 알아야 하는데, 걔는 그런 걸 못해."

"병국이는? 묵직하고 믿음직스럽잖아."

"말이 너무 없어. 우리 정파는 세 치 혀로 먹고 사는데 그렇게 과묵해서 어떻게 민중을 각성시키겠어?"

상구와 준구는 공대 학생회실에서 두 시간에 걸쳐 토론을 했으나 결론을 내리지 못하고 있었다. 새우깡 한 봉지를 다

집어 먹은 상구는 오징어땅콩을 뜯었다. 준구가 맥주 한 캔을 더 땄다.

"그 많은 후보들 중에 찾아봐도 결론은 역시 성찬인가."

"그렇다고 봐야지. 근데 NL 쪽에 있을 때 안경석과 단짝이었다고 하더군. 같은 고등학교를 나왔다나 봐."

"그게 문제가 될까?"

"초록은 동색이라고 머리가 굵어지고 안경석과 적당히 손잡아버리면 어쩌지? NL에서 나온 건 동희에게 찍혀서라고 하던데. 안경석이 동희를 대신하게 되면 다시 NL 애들에게 마음을 두지 않을까?"

준구는 손가락으로 가위표를 만들어 보였다.

"절대 그럴 일 없을걸. 성찬이는 자신만의 논리회로가 확고한 아이야. 동희의 세뇌 작업에 거부반응을 일으키며 뛰쳐나온 거잖아. 세미나 때마다 동희가 성찬이 때문에 애먹었다고 들었어. 동희가 마음에 안 들어 쫓아냈다는 건 그쪽 얘기일 뿐이지. 성찬이 제 발로 나온 거나 다름없어. 그리고 안경석과의 관계는 그다지 걱정할 거 없어. 미영이가 성찬이와 사귀다가 경석이한테 가버린 사건 알지? 아무리 성인군자라도 그런 녀석을 친구로 생각할 사람은 많지 않을 거야."

성찬은 자신도 모르는 사이에 양구에 의해 경석의 맞수로 결정되었다. 운동인자가 선배들에 의해 재생산되는 것처럼, 노선 갈등도 대물림에 의해 증폭되는 것이다. 그들은 성찬이

상대 정파를 산산이 부숴주기를 바랐다. 그것은 자신들이 못다 이룬 꿈이기도 했다.

"성찬이의 전투력은 우리 정파 역대 최강이야. 잘만 키우면 물건이 될 놈이야."

준구의 희망 사항에 상구는 의구심을 표하면서도 일견 동의할 수밖에 없었다.

양구는 성찬이 정파의 유일한 희망이라는 점에 합의를 보았지만 일말의 불안감을 느꼈는데, 그것은 자신들이 동희에 대해 느꼈던 무력감이 성찬에게 대물림되는 것이었다.

동희가 경석을 후계자로 낙점한 것은 동희에 필적하는 지도력을 갖췄기 때문일 것이다. 게다가 상대 정파는 이미 통상적인 방법으로는 대적할 수 없을 만큼 성장해버렸다.

만일 성찬이 자신들의 능력을 뛰어넘는 기적을 보여주지 않는 한, 성찬은 경석에 대해서 자신들과 똑같은 무력감을 느끼게 될 것이다.

분신

동희가 이끄는 정파는 밖에서는 '민족해방파'로 지칭되었
으나 다른 정파에서는 그냥 'NL'로 불렸고 자신들은 '자주
파'라고 불리길 원했다. 반면에 상구가 이끄는 정파의 보편
적인 명칭은 '민중민주파'였지만 H대에서는 그냥 'PD' 혹은
'평등파'라고 불렀다. H대의 NL과 PD는 계보를 따지자면
또 다른 세부적인 정파의 이름을 갖고 있었지만 그걸 제대로
아는 학생들은 별로 없었다. 학생들에겐 그냥 '동희파'와 '상
구파'였다.

H대학 운동권은 전반적으로 동희가 이끄는 자주파가 장
악하고 있었으나 공대는 전통적으로 평등파가 우세했는데,

이는 공대생들이 대체로 논쟁적이고 이론적인 문화를 선호하는 데다 차상구와 같은 고학번들이 후배들 단속에 힘쓴 덕분이었다.

도시공학과 1학년 임정배도 과 회장의 권유로 동아리에 들어온 케이스였는데, 정배는 첫날부터 평등파의 스타인 성찬의 주목을 받아 다른 신입생들의 부러움을 샀다.

"야! 너 정배 아니냐!"

동아리방에서 더벅머리 후배를 보고 성찬은 반가움의 비명을 질렀다.

"에? 성찬이 형!"

둘은 얼싸안고 이산가족처럼 기뻐했다. 성찬은 궁금증에 가득한 학생들에게 사연을 털어놓았다.

"이 녀석이랑 나랑 초등학교부터 고등학교까지 죽 같이 다녔어. 한동네에서 자랐거든. 야, 근데 대학까지 날 쫓아온 거냐."

"오해하지 마. 나 그냥 점수 맞춰서 온 거야."

정배는 더벅머리를 긁으며 순박한 미소를 지었다. 한 여학생의 표현에 따르면 정배는 가발 쓴 두꺼비처럼 생겼다. 정배는 생김새처럼 우직하고 진솔한 면이 있었다. 세미나가 있을 때는 꼭 박카스를 사 들고 왔고 마음에 드는 여학생에게는 초면에도 밥을 먹자고 했다.

토론에는 약했지만 자료는 꼭 먼저 읽어보고 왔고, 어떻게

든 현란한 논리 전개를 보여주고 싶어 안달하는 평등파 먹물들 앞에서 지금 무슨 이야긴지 하나도 모르겠다며 어려운 말은 제발 쓰지 말자고 애원했다.

평등파 학생들은 대체로 자주파 학생들보다 박식하고 똑똑한 편이었으나 지적 허영과 선민의식이 강했고 약점이 있는 상대에게 가혹하리만큼 독설을 퍼부었다. 착해 빠지고 허술한 정배는 이들의 좋은 먹잇감이었다.

"정배 너는 유물론적 변증법과 사적 유물론도 구분을 못하냐? 뭘 배운 거야?"

"통일전선은 계급적 이해가 다른 집단이 투쟁할 목적으로 만든 공동전선이야. 근데 정배 너는 지금 NL 애들이 얘기하는 민족통일과 헷갈리는 거 같은데? 이거 웃어야 해, 울어야 해?"

눈치 빠른 신입생들은 논쟁에 끼어야 할 때와 빠져야 할 때를 구분했으나 정배는 의욕만 앞서 어설픈 이론을 주워섬기다가 독설가 선배들의 융단폭격을 받았다. 운동권 학생들은 토론으로 상대를 제압하고 더 나아가 모욕감을 주는 것이 당연한 일이라고 생각했다. 상대가 불쾌한 만큼 내가 올바른 것이고 내가 상대에게 안겨준 굴욕감이 상대를 성장시키는 자양분이 된다는 어처구니없는 착각을 안고 살았다.

힘들어하는 정배를 보호해준 것은 성찬이었다. 성찬은 정배를 공격하는 선배들의 말을 끊어 토론의 흐름을 다른 방향으로 유도하기도 하고 정배의 주장을 우회적으로 두둔하기도 했다. 무엇보다도 세미나가 끝나면 정배를 따로 불러 밥을 사주거나 술을 사줬다.

"네가 이해해라. 이 바닥이 원래 이래. 입이 다들 험하지."

"형, 내가 멍청한 건 알겠는데…… 여기 선배들은 너무해. 옳고 그른 걸 떠나서 사람에 대한 최소한의 배려가 없는 것 같아."

정배는 파전을 찢어 허겁지겁 입에 집어넣었다. 마음이 허한 만큼 배가 고픈 것이리라. 성찬은 조용히 막걸리잔을 채워주었다.

"차차 나아질 거야. 지식은 조금씩 채워지는 것이고, 어차피 나중엔 답이 없는 문제들이야. 서로 지가 옳다고 싸우는데 누가 옳은지는 몰라. 그저 더 심한 독설을 퍼붓는 쪽이 이겼다고 자위하는 거지."

"근데 학생운동이 원래 이렇게 골치 아픈 거였어? 난 그냥 보도블록 깨서 투석이나 하고, 최루탄 가스 마시면서 각목이나 좀 휘두르고, 구호도 좀 외치고, 끝나면 막걸리 한잔 먹고, 또 나가서 싸우고, 뭐 이런 건 줄 알았어. 내가 너무 낭만적인 거야?"

"가두투쟁도 해야지. 근데 투쟁하기 전에 노선을 정하는 게 중요해. 방향성이 없는 투쟁은 그저 의미 없는 폭동이지."

"그게 꼭 이런 식으로 말다툼하면서 정해야 하는 건지는 모르겠어. 내 친구한테 들은 얘긴데, 자주파 형들은 안 그렇다던데. 후배들 존중해주고, 칭찬해주고, 끈끈하게 잘해준다더라."

성찬은 막걸리잔을 소리 나게 내려놓았다. 정배가 놀라서 눈을 크게 뜨고 성찬을 바라보았다.

"정배야, 너 힘든 건 알겠는데 NL 애들 쪽엔 기웃거리지 마라. 거긴 무뇌아들이 모인 곳이야."

"무뇌아라니……. 그럼 내 친구가 무뇌아란 얘기야? 그건 좀 심한데."

"아니. 무뇌아 맞아. 주체사상의 마지막 단계가 뭔지 알아? 수령론이야. 수령론이 뭔지 알아? 수령이 뇌수고 인민이 신체라는 이론이야. 생각은 수령만 할 수 있고 나머지는 그저 시키는 대로만 움직이라는 거지. 거기 조직이 원래 그래. 중요한 의사 결정은 어둠 속에서 이너서클이 하고, 다른 애들은 노예처럼 이런저런 사업에 혹사당해. 학생회라도 잡으면 학업이고 뭐고 다 접고 휴학해야 돼. 감방이나 안 가면 다행이지. 너처럼 허술한 놈이 가면 실컷 이용만 당하고 인생 종치게 될 거야. 꿈도 꾸지 마라."

정배는 성찬의 경고에 더 이상 자주파 얘긴 하지 않았다. 하지만 막걸리에 취할수록 선배들에 대한 불만과 학생운동의 낭만에 대해 주절주절 두서없이 쏟아냈다. 성찬은 정배가 찢어놓은 파전을 보면서 자신들의 정파가 저 파전과 같은 존재라는 생각이 들었다. 훌륭한 재료들을 버무려 만든 음식인데 젓가락으로 너무 갈가리 찢어놓으면 재료가 흩어져 먹을수 없게 된다. 반면에 자주파는 주점에서 서비스로 내놓은 주먹밥 같은 존재였다. 개성 없는 밥알들을 단단히 뭉쳐서 든든한 식사를 만들어낸다.

독설가들이 후배들을 정나미 떨어지게 하는 건 평등파가 운동인자를 재생산하는 데 있어 가장 큰 골칫거리였다. 그러나 세월이 흘러도 뾰족한 해법이 없었다.

준구 선배의 말대로 이 바닥은 원래 입이 근질거리는 인간들이 모이는 설전舌戰의 아레나였다. 정배는 번지수를 잘못 찾아온 건지도 모른다.

세미나에서 선배들에게 계속 밟히던 정배는 결국 사회과학 동아리에서 자취를 감췄다. 성찬은 자신에게 언질도 주지 않고 떠나간 정배가 야속했지만 한편으론 그럴 만도 하다고 생각했다. 평등파 선배들은 난해한 마르크시즘의 미로를 헤매는 정배에게 따뜻한 격려나 자상한 지도 대신에 무자비한 반박과 경멸을 쏟아부었다.

기실 그들도 『자본론』의 원전을 완독한 적이 없으며 주로 소련의 교과서를 요약한 교조주의적 이론들을 앵무새처럼 반복하는 게 전부였다. 조금 더 잘난 척을 하고 싶은 부류들은 철 지난 사회구성체 논쟁을 하거나 '야비'와 '전망', MC와 MT, NL과 CA 같은 학생운동 노선투쟁의 역사를 주워섬

기며 알은체를 하는 정도였다. 그들은 그러한 빈약한 지식을 바탕으로 자신들의 전략론, 전술론, 혁명론을 정하기 위해 밤이 새도록 싸웠다.

성찬은 정배가 선배들의 지적 허영심에 질려 운동을 아예 접었다고 생각했다. 정배의 성격을 생각하면 가벼운 취미 생활이나 하면서 성공률 낮은 단체 미팅에 열심히 쫓아다니는 게 어울렸다. 성찬은 차라리 그게 정배를 위해 잘된 일이라고 생각했다. 성찬은 학생운동에 투신한 사람들이 자신을 사회에 대한 부채 의식을 가진 헌신적인 인간으로 착각하지만 사실은 자신을 증명하고 싶어 하는 에고이스트들이라는 걸 어렴풋이 깨닫고 있었다. 정배가 그들 사이에 머문다면 계속 상처만 받을 것이었다.

정배의 놀라운 반전은 미영의 입을 통해 성찬에게 전해졌다. 평등파와 자주파의 엘리트 수컷들을 오가며 자신의 매력을 입증한 미영은 뻔뻔하다는 여학생들의 비난에도 아랑곳하지 않고 계속 성찬이 주재하는 세미나에 참석했다. 그것은 성찬과 한 약속 때문이기도 했지만 경석과 함께 있을 때 느끼는 자주파 여학생들의 적대감과 고립감 때문이었을 것이다. 미영은 평등파 동아리 내에서도 평이 좋지 않았으나 적어도 성찬과 그의 측근들은 그녀를 예전처럼 대해주었다.

"정배가 조통위에 들어갔더라."

미영의 폭탄 발언에 동아리방이 뒤집어졌다.

"정말이야?"

"언제 봤어?"

"거기서 뭐 하는데?"

미영에게 질문이 쏟아졌다. 한동안 없는 사람 취급당하던 미영은 갑자기 자신에게 관심이 쏟아지는 것이 좋은지 약간 흥분해서 말을 쏟아냈다.

"호준이라고 정배 친구가 저쪽에 있거든. 정배가 여기서 힘들어한다며 세미나에 데려왔더라고. 알잖아? 원래 여기서 넘어간 애들은 칙사 대접해주는 거. 정배가 감격해서 술 마실 때 경석 오빠 앞에서 충성 맹세 같은 걸 했다니까. 뭐래더라? 응. 민족해방을 위해서 이 한 몸 기꺼이 불사르겠대. 걔 되게 유치해. 그렇지?"

선배들은 자신들이 정배에게 한 짓은 생각하지 않고 '변절자', '배신자', '머저리' 따위의 말을 쏟아냈다.

가장 충격을 받은 이는 성찬이었다. 성찬은 정배가 배신했다는 생각은 들지 않았다. 정배는 자신을 반겨주는 세계로 전향한 것이었다. 하지만 문제는 그 세계가 겉으로 보이는 것처럼 그렇게 말랑말랑하지 않다는 데에 있었다. 불안감이 엄습했다.

저쪽 정파는 권위적이고 헌신을 요구하는 조직이었다. 거꾸로 말하면 대의를 위해서 개인을 희생시킬 수 있는 조직이다. 만일 정파의 뇌수가 정배를 도구로 이용하고자 한다면 그보다 더 쉬운 일은 없을 것이다.

성찬은 정배를 정문 근처의 낡은 체육관으로 불러냈다. 모 기업체에서 스포츠센터를 새로 지어준 뒤로는 이용하는 사람이 없어 학생들로부터 버려진 건물이었다. 보수를 제대로 안 해서 농구대는 녹이 슬고 벽에는 실금이 갔다. 정배는 먼지가 뽀얗게 앉은 관람석에서 기다리고 있었다.

정배는 여전히 더벅머리였고 두터운 입술을 죽 내밀어 진짜 두꺼비처럼 보였다. 정배는 성찬을 보자 떨떠름한 표정을 지었다.

"왜요―"

말투조차 떨떠름했다. 성찬은 슬쩍 정배의 뒤통수를 때렸다.

"형이 그렇게 얘길 했는데 기어이 그놈들 소굴에 제 발로 기어들어 가? 너 제정신이냐?"

"뭐 어때. 기왕에 운동할 거면 센 쪽에 붙어야지."

성찬은 한심하다는 얼굴로 정배에게 알밤을 먹이는 시늉을 했다.

"내가 얘기했잖아. 너 같은 놈은 이용만 당할 거라고. 거기는 경석이처럼 배 속에 구렁이 백 마리쯤 들어 있어야 제 실속 차리고 휘둘리지 않아."

"경석이 형이 어때서. 사람만 좋더라."

성찬은 맥이 빠졌다. 자신이 아끼는 사람은 왜 모두 경석에게 가버리는 걸까. 성찬과 정배는 서로 허공만 쳐다봤다. 어색한 침묵을 견디다 못한 정배가 먼저 툭 내뱉었다.

"할 말 있어서 부른 거 아니었어? 나 좀 이따 총화 들어가야 하는데."

총화는 행사가 끝나고 학생들끼리 서로 잘못한 점을 비판하는 모임이었다. 북한이 체제 유지 목적으로 주민들에게 강요하는 생활총화와 비슷했다.

"총화 땐 선배들이 많이 안 까더냐? 너 여기 있을 때 무지하게 밟혔잖아."

"까긴 까지만…… 뭐 서로 까는 거니까. 그래도 PD 선배들보다는 나아. 거기는 모욕감까지는 안 줘. 그냥 이런 걸 잘못했으니 다음엔 잘해보자, 뭐 이런 정도지."

"조금 더 있어보면 진짜 차이를 느낄 거야. 여기서는 까더라도 비판자가 자기 내키는 대로 까는 거지. 근데 거기는 비판의 '모범'이란 것이 존재해. 올바른 운동의 지침과 기준은 위에서 정해주는 것이고, 너희들은 비판을 하더라도 그 지침과 기준에서 벗어날 수가 없지."

"뭐 아주 심하게 까는 선배는 거기도 있어. 차이점은 반박하는 사람이 없다는 거? 그래도 이게 속 편해. 거기선 야단 맞으면 그냥 반성하면 돼. 근데 여기선 뭔가 내가 논리를 만들어서 다시 공격해야 되잖아. 그게 시원찮으면 또 얻어맞고. 그게 힘들어."

"정배야, 부탁 하나만 하자. 이리 와서 앉아봐."

성찬은 정배의 손을 잡아끌어 낡은 관람석 의자에 앉혔다. 정배는 성찬의 예리한 눈동자가 자신의 눈을 들여다보는 것이 불편해 시선을 옆으로 흘렸다.

"너, 그쪽에서 더 잘 적응할 거라는 거 알아. 너한테 그게 편하겠지. 그래도…… 줏대 있게 행동해야 한다."

"무슨 얘기야? 그게?"

"선배들이 원하는 대로 다 해주지 말란 말이야."

"선배들이 시켜서 하는 거 별로 없어. 다 내가 좋아서 하는 일이야. 거기 사람들은 다 그렇게 일해. 자발적으로, 헌신해서."

"그래. 자발적으로, 헌신해서. 좋다 이거야. 그런데, 내 얘기는 너 스스로 생각해서 행동하라는 뜻이야. 이것이 올바른 일인가, 해야만 하는 일인가, 나는 이 일을 하고 싶은 건가, 반드시 스스로 결론을 내린 후에 움직이라는 것이지. 알았어? 그쪽 사람들 자주적이고 주체적인 거 좋아하잖아. 너 스스로 자주적 인간이 되라고."

"오케이! 알았어. 형 얘기 무슨 소린 줄 알았어. 그동안 나 챙겨줘서 고마워. 비록 여길 떠났지만 형이 잘해준 거는 잊지 않을게. 언제 내가 형한테 술 한잔 살게. 경석이 형도 불러서 우리 셋이 한번 먹자고. 둘이 친했다며?"

"그래. 셋이든 넷이든 한번 모이자. 그래서 네가 정말 올바른 선택을 한 건지 얘기를 해보자."

정배는 성찬에게 술을 사겠다는 약속을 영원히 지키지 못했다.

그해 가을, 정배는 자주파들이 주도한 가두투쟁의 선봉에 서서 '미제는 물러가라, 양키 고 홈'을 외치다가 갑자기 자기 몸에 시너를 붓고 불을 붙였다. 그것은 너무도 갑작스럽게 벌어진 일이라 주변의 학생들은 어떻게 손쓸 사이도 없이 화염이 온몸을 휘감았다. 막상 불이 붙자 정배는 고통을 호소하며 비명을 질렀고, 불이 잦아들고 인근 병원으로 이송되었으나 전신에 3도 화상을 입은 채 고통스러워하다가 일곱 시간 만에 숨졌다. 죽기 전에 두서없이 유언을 남겼는데 내용을 제대로 기억하는 간호사가 없었다.

하지만 정배는 가두투쟁에 나서기 전에 세 장짜리 친필 유서를 남겼다. 미제의 압제를 받는 조국의 해방을 위해 한 목숨 기꺼이 바치려고 하니 불효자를 용서해달라는 내용이었다. 정배의 어머니는 소식을 전해 듣고 그 자리에서 졸도하여 유서를 제대로 읽지도 못했다.

학생회관에 빈소가 마련되었고 양쪽 정파에서 모두 조문을 왔다. 총학 측과 협의해서 빈소를 준비한 건 경석이었다. 정배의 죽음은 교내는 물론이고 텔레비전 뉴스를 타고 온 나라에 전해져 큰 이슈가 됐다.

성찬은 뒤늦게 소식을 듣고 빈소로 달려가며 주먹을 움켜쥐었다. 경석을 보면 면상에 주먹을 날릴 작정이었다. 저 더러운 주사파 새끼들이 드디어 정배를 잡아먹었구나. 그동안 경석에게 쌓였던 열패감과 배신감, 분노가 한꺼번에 터져 나왔다.

하지만 빈소에 들어간 성찬은 다리에 힘이 풀리면서 주저앉고 말았다. 경석은 영정 앞에서 누구보다도 서럽게 목 놓아 울고 있었다. 눈물과 콧물이 뒤범벅되어 정배의 이름을 부르는 경석의 모습은 활활 타오르던 분노의 불길을 꺼뜨렸다. 대신 주체하지 못할 슬픔이 안구로부터 솟아나 뺨을 타고 흘러내렸다.

노선투쟁의 대척점에 서 있던 성찬과 경석은 그 자리에서 부둥켜안고 울었다. 조문을 온 모든 학생들이 울었다. 정배에게 모욕감을 주었던 독설가 선배들은 죄책감에 더욱 큰 소리로 울었다. 자주파도 평등파도 비운동권도 모두가 눈물이 되어 슬픔의 바다에서 하나로 만났다. 정배는 그렇게 자신의 한 몸을 불살라 분열된 학생들을 하나로 모으는 놀라운 광경을 만들어냈다.

양쪽 진영에서 단 한 번도 주목을 받지 못했던 정배였지만, 그날은 단연코 정배의 날이었다. H대학의 모든 학생들이 정배를 기억한 날이었다. 그리고 정배의 죽음은 H대학 학생운동에 큰 흐름을 만들어냈다.

지금까지 반미는 동회가 주도하는 일개 정파의 노선일 뿐이었지만, 정배는 반미를 모든 운동가들이 가슴에 새겨야 할 절대 명제로 만들어버렸다. 평등파들도 통일이라는 구호에 귀를 기울이기 시작했다. 이제 노동해방의 슬로건 옆에 민족해방을 올리지 않으면 정배의 죽음을 헛되게 한다는 비난을 감수해야 했다. 시간이 지나면서 정배의 죽음은 동희가 이끄는 자주파의 학내 운동권 제패를, 상구와 준구가 이끄는 평등파의 몰락을 가져오는 계기가 되었다.

그리고 이런 학생운동의 대변혁기에 정배의 추모행사와 집회를 주도한 경석은 높은 인지도를 얻으며 차기 총학생회를 이끌 유력한 후보로 부상했다.

공동투쟁

정배의 장례가 끝나고 경석이 가장 먼저 한 일은 정치투쟁에 미온적인 비운동권 총학을 비판하는 일이었다. 학생회관 게시판에 조국통일위원회 명의로 된 전지 세 장짜리 대자보가 붙었다. 대자보는 엄혹한 시국에 침묵하고 학우의 죽음에 분노하지 않는 총학 간부들을 성토하고 있었다.

그저 정치적 중립을 지키며 학생들의 복지 향상에 힘쓰겠다고 약속했던 총학생회장과 간부들은 하루아침에 권력과 타협하는 뻔뻔하고 이기적인 기회주의자들이 됐다. 평등파에서는 조통위의 이런 행보를 좋게 보지 않았는데 이러한 제스처가 다음 총학 선거를 겨냥한 여론몰이라고 보았다. 정배의 죽음은 그동안 학생운동에 관심이 없었던 학생들까지 운동에 관심을 갖게 만들었고, 정배가 죽기 전에 속해 있던 정파를 더욱 성장시키는 추동력이 됐다.

평등파는 이런 격동의 순간에 기세 좋게 선동하며 대중의 관심에 올라타는 자주파를 걱정 어린 시선으로 바라보았다. 그리고 자신들은 민족해방과 반미의 돌풍 속에서 어떤 전술적 변화를 꾀해야 하는지 고심했다. 하지만 결국은 또 내부적인 이론투쟁으로 열정을 소모하는 중이었다.

그런 와중에 성찬을 찾아온 경석의 제안은 평등파 전체를 혼란 속에 빠뜨렸다. 아주 특별한 경우를 제외하고 조통위 사람이 사회과학 동아리방에 들어오는 일은 없었다. 자주파와 평등파는 그들의 주요 행사가 5·18과 노동절로 갈라지듯이 노는 물이 달랐다. 심지어 학교 근처에서 술 마시는 장소도 달랐다. 얼굴 보면 서로 불편하니 되도록 마주치지 말자는 것이 두 정파 간의 묵계였다.

그런데 자주파의 행동 대장인 경석이 성찬의 아지트와 같은 곳에 찾아왔으니 학생들의 놀라움은 클 수밖에 없었다. 두 사람이 라이벌이 되기 전에 절친한 사이였다는 건 알려져 있었지만 이런 공개적 방문은 평등파 학생들에게 낯설고 껄끄러운 일이었다.

"웬일이냐?"

정배의 영정 앞에서 부둥켜안고 울었던 사이치고는 퉁명

스러운 말투였다. 며칠 사이에 성찬의 울렁대던 마음은 많이 가라앉았고 다시 경석에 대한 원망이 스멀스멀 올라오던 참이었다. 어쨌거나 경석은 후배를 제대로 챙기지 못한 무능한 선배였다. 어쩌면 정배가 극단적인 생각을 하도록 부추긴 건 앞뒤를 재지 않는 맹목적인 사상 교육인지도 모른다. 그렇다면 경석에게도 간접적인 책임이 있다.

"정배가 그렇게 되어버렸는데…… 너희들은 가만히 앉아만 있을 거니? 그래도…… 한때 너희 정파 소속이었잖아?"

경석이 던진 은근한 비난조의 말은 평등파 학생들을 도발했다.

"누구 때문에 죽었는데! 걔가 어디로 옮겨서 죽었는데!"

"뻔뻔하긴! 여기가 어디라고 찾아와!"

동아리방의 누군가 씩씩대며 외쳤다. 경석은 소리친 사람들을 돌아보지 않았다. 대신에 성찬을 똑바로 쳐다보며 자신이 찾아온 목적을 전했다.

"공동투쟁을 제안하러 왔어."

동아리방이 일순 조용해졌다. 평등파 학생들은 서로 얼굴을 쳐다보며 경석의 의도를 해석하기 위해 애썼다.

"그게 무슨 소리냐?"

"정배를 추모하는 연합 집회를 열기로 했다. 다른 대학에 있는 자주파 동지들이 많이 모일 거야. 물론 슬로건은 미제 타도와 민족해방이다. 정배가 자신의 생명을 불사르며 남긴 유언이잖아."

"자주파들 가두투쟁에 왜 우리가 나서야 하지?"

"우리 학교 학생이 죽었잖아. H대학만이라도 정파를 초월해서 동지를 기리는 모습을 보여주고 싶어. 이건 노선과는 상관없는 투쟁이다. 오로지 정배를 위한 거다."

"슬로건은? 우리도 너희 구호를 외쳐야 해?"

"그럴 필요는 없어. 다만 뜬금없이 민중민주니 노동해방이니 이딴 소리를 하면서 초를 치진 말아줘. 경찰들에게 단결된 모습을 보여줄 필요가 있어."

"그럼 우린 뭘 하지? 구호도 외치지 말고 멀뚱히 서서 뭘 하란 말이야?"

"사수대를 맡아줘. 전경들이 많이 올 거야."

사수대의 역할은 경찰 병력이 시위대를 진압할 때 선봉에 나서서 시위 본대를 보호하는 것이었다. 쇠파이프와 각목, 화염병 등으로 무장하고 경찰과 물리적으로 충돌해야 하므로 주로 체대생들처럼 체격과 완력이 좋은 학생들이 맡았다.

"뭐냐? 구호는 너희들이 외치고 총알받이는 우리가 해라? 어찌 이런 부당한 공조가 있을까?"

"우리 쪽에도 사수대가 있어. 걱정하지 마. 쇠파이프와 각목은 우리가 맡는다. 너희는 사제폭탄과 꽃병(화염병)을 맡아줘. 물론 제작도 포함해서."

사제폭탄이라는 말에 평등파 학생들은 움찔하고 놀랐다.

쇠파이프와 화염병은 전쟁터의 소총처럼 흔한 장비였지만 사제폭탄이라면 다른 얘기였다. 폭발력은 차치하고 그 단어가 주는 어감은 너무나 폭력적이고 비인도적이라 자칫 학생들이 테러리스트나 범죄자 취급을 받을 수 있었다.

"그걸 왜 꼭 우리가 만들어야 하지?"

"그쪽에 공대생이 많잖아. 이럴 때 실력 발휘를 해야지. 너희들은 원거리에서 꽃병과 폭탄 투척만 하면 돼. 진압이 들어오면 근접전은 우리 사수대가 맡는다."

성찬은 자주파가 제안한 공동투쟁안을 준구와 상구에게 보고했다. 상구는 자주파와 손을 잡는다는 발상이 마음에 들지 않는 눈치였다.

"자식들, 명분을 내세워서 우리를 날로 먹으려 하네. 꽃병 던지다 체포되면 빼도 박도 못하는 거야. 제일 위험하고 껄끄러운 일을 시키고 슬로건은 지들 맘대로? 준구 너는 어떻게 생각하나?"

"공투를 안 할 수는 없겠지. 정배를 위해서라도……. 슬로건을 통일시켜야 한다는 말은 일리가 있어. 어차피 우리 쪽 구호를 외쳐봐야 묻혀서 들리지도 않을 거야. 이건 우리에게 득이 되는 싸움은 아냐. 그냥 대의명분을 위해서 협조해주는 정도랄까. 문제는 사제폭탄인데……. 꽃병이야 우리가 가투 할 때 많이 쓰던 거니까 상관없는데 폭탄은 만들어본 적이 없어. 폭탄의 위력이 어느 정도일지도 가늠이 안 되고. 일단 성찬이와 내가 만들어보고 너무 위험하다고 판단되면 폭탄은 거절하자.”

준구의 의견대로 평등파는 공투 제안을 받아들였다. 상구는 공투의 총괄 지휘를 준구에게 맡기고, 꽃병 투척조의 현장 지휘는 성찬에게 맡겼다. 성찬은 이미 선배들의 전폭적인 신임을 얻고 있었다.

장비 제작회의를 하던 성찬과 학생들은 정보를 서로 공유하다가 놀라운 사실을 알게 됐다. 경석은 공동투쟁의 취지가 정파를 초월한 연대에 있는 것처럼 이야기했지만, 진짜 이유는 자주파가 꽃병 제작 레시피를 갖고 있지 못하다는 데 있었다. 고학번 선배들의 이야기로는 꽃병 레시피는 평등파만 보유하고 있었고, 그나마 소수의 사람들만 알고 있다는 것이다. 사제폭탄은 그 누구도 만들어본 적이 없으니 평등파가 만들 수 있는지 시험해보는 것 같았다.

화공학과 3학년 기주는 꽃병 레시피를 알고 있는 ‘기술자’ 중 하나였다.

“꽃병이 아무 병에다 휘발유만 넣으면 되는 줄 알지만, 무지하게 까다롭고 위험한 공정이야. 대충 만들면 병에서 인화물질이 질질 새어 나와서 투척도 못 해보고 분신 열사가 될 수 있어. 이게 대학마다 전해 내려오는 비전이 있는데 우리 대학 꽃병은 그야말로 명품이다. 화공과 선배가 만드셨다고 하는데 휘발유와 시너를 반반 섞은 다음 자갈이 섞인 모래와

설탕을 넣어줘야 돼. 모래를 섞으면 폭발력이 강해지지."

"설탕은 왜 넣어요?"

"설탕은 녹아서 끈적끈적해지는데 휘발유랑 섞이면 마치 젤리처럼 변해. 화염이 옷에 달라붙어서 떨어지지도 않고 계속 타는 거지."

"으악— 무시무시하네. 끈적끈적하게 달라붙는 화염!"

"여기까지는 다른 대학도 쓰는 거고 고무, 스티로폼, 마그네슘, 알루미늄, 아세톤 같은 것도 시위의 성격에 따라서 조금씩 첨가하는데 기본 원리는 네이팜탄이랑 같은 거야. 그리고 제일 중요한 건 심지야. 광목이나 천을 잘라서 젓가락으로 병 속에 밀어 넣어야 돼. 병목 사이로 틈이 생기면 큰일나. 인화물질이 새어 나오거든. 그래서 솜으로 틈을 꽉 메워야 해."

기주의 설명이 끝나자 성찬의 표정이 심각해졌다.

"제작하는 데 시간이 좀 걸리겠는데."

"꽃병이 생각보다 손이 많이 가는 장비야. 나한테 대여섯 명 정도만 붙여주면 추모집회까지 3백 개는 충분히 만들 수 있을 거야."

"공병부터 모아야지."

"응. 다들 알아야 할 것이, 꽃병의 기본은 소주병이야. 맥주병이 인화물질은 많이 들어가지만 병이 두꺼워서 잘 깨지지 않아. 꽃병은 반드시 깨져야만 해. 그래야 불이 붙는 거지.

그래서 투척할 때도 포물선을 그리면 안 되고 직선으로 내리 찍듯이 던져야 해. 아스팔트에 내리꽂는 기분으로 던지는 거야."

책 읽고 논쟁만 하다가 꽃병 이야기를 하니 다들 눈에서 불이 일었다. 그들의 마음은 벌써 가두투쟁의 현장으로 달려가고 있었다.

평등파는 그날부터 꽃병 제작에 돌입했다. 수거반은 주점 골목을 돌아다니며 공병을 수집해 왔고 기주를 포함한 여섯 명의 제작반은 지하실에서 인화물질을 섞었다. 가두투쟁 경험이 풍부한 선배들은 후배들에게 꽃병 다루는 법을 전수했다.

"자, 우리 꽃병은 위에 랩을 씌워둘 거야. 랩을 안 씌우면 연소제가 다 증발해서 날아가버리거든. 그러니 너희는 받아들자마자 이 랩을 벗겨내야 해. 다음에 꽃병을 살짝 뒤집어. 심지를 연소제에 적셔야 하니까. 심지가 충분히 젖은 걸 확인하고 라이터로 불을 붙이는 거야. 그 상태에서 슬슬 흔들어. 그러면 열기가 충분히 달아오른다고. 그다음에 전경들 발 앞에다가 확! 내리꽂는 거지. 오케이?"

선배들이 꽃병 투척조인 불꽃부대를 훈련시키는 동안 성찬과 준구는 사제폭탄을 설계했다. 준구는 놀랍게도 『아나키스트의 요리책』을 소지하고 있었다. 미국의 아나키스트 윌리엄 파월이 쓴 이 책은 일반인이 부엌에서 사제폭탄과 총기를 만드는 법을 소개하고 있었다. 준구는 파월의 책과 공학적 지식을 바탕으로 저렴하면서도 강력한 폭발물의 설계도를 완성했다. 준구가 설계한 폭탄은 금속 파이프의 양쪽을 막고 안에 폭약을 채워 넣은 구조였는데, 뚜껑 한쪽에는 구멍을 뚫어 심지를 끼웠다. 구조는 단순했지만 폭탄이 터지면 금속 파편이 사방으로 비산하며 인명을 살상하는 무서운 무기였다.

후배들이 막상 폭탄 재료를 구해 오자 준구와 성찬은 걱정이 됐다. 가두투쟁 때는 극심한 폭력이 벌어지지만, 전경들도 죽은 정배와 같은 젊은이들이었다. 학생 때는 시위대에 섰다가 입대하고 전경이 되어 친구들과 적이 되는 경우도 있다.

"아무리 생각해도 이건 좀 심하지 않냐? 잘못하면 불구가 되거나 죽을 수도 있어. 전경들이야 어쩔 수 없다고 쳐도, 만일 일반 행인들이나 시위대가 다치면 어쩔 거야?"

"나도 그렇게 생각해. 형, 강도를 좀 약하게 해서 실험을 해보자. 만일 너무 위험하면 꽃병만 가져가는 걸로 하고."

성찬과 준구는 금속 파이프 대신 플라스틱 파이프와 소량의 폭약으로 만든 실험용 폭탄을 가지고 공대 건물 뒤편에 있는 야산으로 올라갔다. 구덩이를 파고 폭발을 시켰는데 플라스틱 파편이 흙에 깊숙이 박혔다. 흙이 아니라 사람의 피부였다면 끔찍한 상황이 벌어졌을 것이다. 결론은 사제폭탄을 쓰는 건 불가하다는 것이었다.

여기에 대해 강력하게 반발한 이는 경석이었다.

"이건 약속이 다르잖아. 그날 집회 규모가 몇 명인 줄 아냐? 대부분 시위대가 오는 거고 원정 오는 사수대는 우리 대학의 반도 안 돼. 우린 얼마 안 되는 사수대로 수만 명의 시위대를 보호해야 되는데 꽃병과 쇠파이프만으로 되겠어? 혹시 폭탄 성능이 너무 저질이라 못 쓰는 거니?"

"그 반대야. 준구 형이 만든 파이프 폭탄은 시위 장비가 아니라 살상 무기가 됐어. 전경들은 물론이고 학생들과 일반 시민들까지 다칠 거야. 그런 사고가 난다면 학생운동은 영원히 대중들로부터 고립될 거야."

"살상 효과를 줄여서 쓰면 안 되겠어?"

"폭탄이라는 무기 자체가 기본적으로 치명적인 거야. 열 명이 죽든 한 명이 죽든 사람이 죽는 건 마찬가지야."

사제폭탄을 쓰지 않겠다는 말에 경석은 적이 실망스러운 표정이었다. 성찬은 경석이 왜 폭탄에 집착하는지 알 것 같았다. 정배의 분신과 유사한 극적인 효과를 내고 싶은 것이다. 대중의 관심을 끌기 위해서는 무엇이든 할 놈이라는 생각이 들었다.

"알았다. 그럼 꽃병이나 열심히 만들어라. 최소 5백 개는 만들어야 되는데."

"집회 전까진 무리야. 3백 개까진 어떻게 되겠는데."

"좀 부족한데. 위에서는 천 개까지 얘기하던데."

"야, 화염병이 종이학인 줄 아냐? 공정 자체가 위험하다고. 이거 만들다가 타 죽은 사람이 몇인 줄 알아?"

"알았다 알았어. 그래, 되는 데까지 해줘. 불꽃부대는 다른 사수대와 같이 뒤에 있다가 진압이 시작되면 앞으로 나오면서 투척하는 거다. 경찰들 통구이 만들면 곤란하니까 발 앞까지만 던져. 너희가 경찰들을 붙들어주면 시위 본대가 퇴각할 시간을 벌 수 있어. 하지만 도주로가 차단되거나 사방이 포위되면 인정사정 봐줄 거 없다. 적진 깊숙이 꽂아버려. 방어선을 뚫어야 하니까."

"경석아, 네가 가두전술까지 가르칠 필요는 없어. 그건 우리가 더 잘할 거야."

성찬의 핀잔에 머쓱해진 경석은 돌아가기 전에 손을 내밀었다.

"어쨌든 도와줘서 고맙다. 살다 보니 이런 날도 있구나."

"착각하지 마라. 정배를 위해서야."

악수는 짧았다. 자주파와 평등파가 손을 잡은 건 그날이 마지막이었다.

집회는 6월 항쟁의 축소판으로 보였다. 수만 명의 인파 위로 각 대학에서 들고 온 깃발들이 펄럭이는 모습은 장관이었다. 그들은 모두 성난 얼굴이었고 경찰들이 도발하면 혁명이라도 일으킬 기세였다.

도서관 앞 광장에서 열린 추모집회는 H대학 개교 이래 가장 많은 인원이 집결한 행사였다. 하지만 이들을 해산하기 위해 동원된 경찰 병력도 만만치 않았다. 정문 앞에는 진압 봉과 방패로 중무장한 수천 명의 전투경찰이 로마 병사들처럼 도열해 있었다. 오로지 학생들을 때려잡기 위해 훈련받은 공권력의 수족들은 방패 뒤에 숨어 으르렁거렸다.

불꽃부대와 함께 추모행사를 참관 중인 성찬은 과연 시위대가 학교 정문 앞에 진을 친 경찰 병력의 방어선을 돌파하고 거리로 나갈 수 있을지 걱정했다. 거리로 나가 시민들을 만나지 못하면 추모집회는 찻잔 속의 태풍이 될 터였다.

멀찍이 떨어진 곳의 자주파 소속 사수대는 쇠파이프를 어깨에 기대고 결연한 표정으로 무대를 응시하고 있었다. 그들은 모두 마스크를 쓰고 있었는데 최루가스보다는 사진 채증에 대비한 것이었다. 타 대학에서도 사수대가 원정을 왔지만 이들을 일사불란하게 지휘할 통합 지도부는 존재하지 않았다. 일단 전투가 벌어지면 각자도생이다. 경찰이 다가오면 불꽃부대가 방어선을 구축하고, 불꽃부대가 밀리면 쇠파이프와 각목을 든 사수대가 백병전을 감행한다. 이것이 학생들이 세운 소박한 가두전술이었다.

스피커에서는 민족해방 열사를 기리는 추모시가 흘러나왔다. 단어 하나하나가 숭고한 비장미를 풍겼지만 삐— 하는 고주파 소음이 학생들을 찡그리게 했다. 학생들은 고막을 찢어놓는 소음 때문에 추모시가 빨리 끝나기를 빌었다. 하지만 시인은 호메로스의 서사시보다 더 장황한 추모시를 이어갔다.

"아아 뜨겁다 미제의 압제를 불사르는 너의 순결한 불꽃이여! 우리는 너의 불꽃으로 타오른다. 너의 분노로 일어선다. 뜨겁게! 뜨겁게! 기다려라 파쇼의 개들아. 두려움에 떨면서 우리의 복수를 받아라."

초장부터 시위대를 진 빠지게 한 민중시인의 낭독이 끝나고 H대학 여학생이 추모편지를 읽었다. 여학생의 목소리는 작고 차분했으나 호소력이 있었다. 스피커의 소음도 많이 잦아들어 학생들은 편지의 내용에 집중했다. 여학생은 편지를 낭독하다 감정이 북받쳐 울음을 터뜨리고 말았다. 갑자기 많은 학생들이 흐느끼기 시작했다. 때맞춰 장엄한 민중가요가 울려 퍼지고, 분위기는 점차 고조됐다. 슬픔은 분노로, 분노는 투지로 타올랐다. 쇠파이프와 각목이 들썩거렸다.

학생들은 구호를 외치면서 행진을 시작했다.

"반전 반핵! 양키 고 홈!"

"민족 해방! 평화 통일!"

"미군 철수! 파쇼 타도!"

학생들은 금방이라도 거리로 쏟아져 나갈 기세였다. 하지만 예상대로 경찰의 스크럼은 견고했다.

학생들은 정문 밖으로 한 발자국도 더 나아가지 못했다. 선봉에 선 시위대가 돌을 몇 개 투척했지만 방패로 막아낼 뿐 꿈쩍도 하지 않았다. 오히려 경찰들은 곤봉을 치켜들고

한 걸음씩 전진하기 시작했다. 교내 진입을 시도하려는 것이다.

성찬이 나설 차례였다.

"불꽃부대! 꽃병 준비!"

평등파 학생들이 준비해 온 화염병에 불을 붙였다. 경찰들은 어디선가 몰려든 수십 명의 불놀이꾼을 보자 겁을 집어먹고 진격을 멈췄다. 하지만 견고한 스크럼은 무너지지 않았다. 방패를 더 바짝 올려 언제 날아올지 모를 화염병에 대비했다.

학생들은 화염병을 던지지 않고 휘휘 돌리고만 있었다. 불꽃부대는 모두 역삼각형의 마스크로 얼굴을 가리고 있어 중남미에서 활동하는 공산주의 게릴라들처럼 보였다. 칼라시니코프 소총 대신 몰로토프 칵테일을 들었을 뿐이다.

가장 먼저 꽃병을 투척한 건 성찬이었다. 성찬은 스크럼의 중앙을 향해 야구선수처럼 정확하게 꽃병을 내리꽂았다. 꽃병은 가장 앞 열에 선 전경의 발치에서 깨졌는데 가속도가 붙은 인화물질은 스크럼의 깊숙한 곳까지 침투해 서너 명의 종아리에 불을 붙였다.

전경들은 비명을 지르며 발을 동동 굴렀으나 설탕이 들어간 인화물질은 전경들의 바지에 들러붙어 쉽게 떨어지지 않았다. 불이 붙은 전경들이 날뛰자 스크럼이 무너지기 시작했다.

성찬의 투척을 신호로 화염병이 여기저기서 날아들기 시작했다. 여기도 펑— 저기도 펑— 아스팔트 바닥에서 폭죽 터지듯 불꽃이 솟아올랐다.

스크럼이 무너졌다. 일부 전경들은 뒤로 물러섰고 화가 난 일부 전경들은 곤봉을 쳐들고 시위대를 향해 돌격했다. 드디어 자주파 사수대가 나섰다. 쇠파이프와 각목이 곤봉에 맞서며 치열한 백병전이 벌어졌다.

성찬은 불꽃부대를 뒤로 퇴각시키며 자주파 사수대의 무서운 전투력을 확인했다. 호기롭게 곤봉을 휘두르며 대열에서 이탈한 전경 둘은 사수대에 포위되어 소나기처럼 쏟아지는 몽둥이찜질을 당했다. 이들을 구출하러 전경들이 달려오자 사수대는 방향을 돌려 쇠파이프와 각목을 휘둘렀다.

키가 2미터에 가까운 체대생 한 명은 쇠파이프를 자유자재로 휘두르며 방패를 든 전경들을 두들겨 팼다. 청룡언월도를 휘두르는 관운장처럼 체대생은 전경들 사이를 비집고 들어가 마구잡이로 때리고 차고 넘어뜨리고 밟았다. 화가 난 전경들은 그를 둘러싸고 집중 타격하기 시작했다.

체대생이 포위되자 대여섯 명의 사수대가 후방에서 전경들을 공격하며 그를 구출해냈다. 그들은 투사였다. 곤봉에 얻어맞고 머리에서 피를 철철 흘리면서도 끝까지 싸웠다. 공방을 주고받으며 독기가 오를 대로 오른 사수대와 전경들은 최악의 순간에도 상대방의 생명을 존중하겠다는 다짐과 지침을 까맣게 잊은 채 살기를 잔뜩 품고 달려들었다.

정문에서 백병전이 벌어지는 동안 시위대는 시내로 나갈 기회를 잡지 못하고 교내에서 우왕좌왕했다. 빽빽하게 스크럼을 짠 전경들의 본진을 허물지 못하면 가두투쟁은 절반의 성공으로 끝나고 말 것이다.

성찬은 다시 불꽃부대를 모아 반격을 시도했다. 백병전이 벌어지고 있는 전방을 지나 본진 깊숙이 꽃병을 투척했다. 거리가 멀다 보니 일부 불발이 나왔다. 하지만 몇 개의 꽃병이 깨지며 화염이 퍼지자 경찰 병력의 중앙에 균열이 생기기 시작했다.

성찬은 부대원들 중에서 꽃병을 가장 정확하게 투척했다. 성찬의 손을 떠난 꽃병은 반드시 아스팔트 바닥을 만나 깨지면서 화염을 비산시켰다. 성찬은 경찰 병력의 진영을 관찰하여 약점만을 공격했다. 몸에 불이 붙은 전경 한 사람이 비명을 지르며 달려가자 그를 따라 인파가 갈라졌다. 기세가 오른 불꽃부대원들은 양손에 이글거리는 꽃병을 들고 용감하게 경찰들 코앞까지 진격하여 꽃병을 투척했다. 다리에 불이 붙은 전경들이 이리저리 날뛰었다. 경찰은 와해되기 시작했다. 그날 불꽃부대는 제조한 꽃병 350개를 모두 퍼부었다.

불꽃부대가 일으킨 균열을 확인하자 자주파 사수대는 기세가 올라 중앙을 돌파해 나갔다. 드디어 시위대 본진이 빠져나갈 틈이 생겼다. 시위대가 함성을 지르며 쏟아져 나왔

다. 이제 정문 앞은 사수대, 전경, 시위대가 뒤엉켜 아비규환
이 펼쳐졌다. 시위대 일부가 뭉치면서 세력을 형성하고, 이
들은 다시 구호를 외치면서 시내로 행진했다.

방어선이 무너진 전경들은 후방으로 철수하며 다른 길목
을 막기 위해 이동하기 시작했다.

학생들은 시민들과 조우했다. 일부 시민들은 시위대에 가
담했지만 대부분의 시민들은 생경한 구호에 충격을 받은 표
정이었다. 사수대와 전경들 간에 산발적인 격투가 벌어졌다.

반미와 통일의 함성이 거리를 뒤덮었다. 8차선 도로를 점
령한 시위대는 깃발을 흔들며 전진했고 차들은 시위대를 피
해 우회도로로 빠져나갔다. 경찰들은 어찌할 줄 몰라 우왕좌
왕했다. 방송국 카메라가 학생들을 찍고 있었다.

이 모든 광경을 바라보며 동희와 경석은 의기양양하게 웃
고 있었다. 그들의 시대가 오고 있었다.

노선투쟁

H대학이 주도한 임정배 열사 추모집회는 대규모 참여 인
원과 가두투쟁의 과격성으로 크게 화제가 되었고 H대 조국
통일위원장이었던 경석은 교내는 물론이고 전국 학생운동
조직의 주목을 받게 되었다. 학생들 사이에는 경석이 겨울에
있을 총학 선거에 총학생회장 후보로 출마해 비운동권 세력
을 몰아내고 총학을 장악할 것이란 소문이 파다하게 퍼졌다.

찬 바람 부는 늦가을이 되자 경석이 비공식적으로 선대본
부를 꾸렸다는 소문이 돌았다. 선대본부장은 동희였다. 압도
적인 조직력을 갖춘 조통위와 자주파 학생들이 경석의 선대
본부에 집결해 슬로건을 구상하고 유세 일정을 짜고 연설문

과 유인물 초고를 다듬고 있다는 얘기들이 들려왔다.

바쁘게 돌아가는 안경석 선대본부의 일상을 실시간으로 전해준 사람은 미영이었다. 미영은 다른 정파에서 온 간첩 취급을 받았지만 경석에게서 모든 소식을 듣고 있었다. 그리고 경석이 무심결에 흘린 얘기들이 미영의 입을 타고 성찬과 평등파 학생들에게 전해졌다.

평등파 학생들은 크게 동요하지 않았다. 어차피 총학회장은 자주파에 내어줄 생각을 하고 있었다. 비운동권 총학이 부실한 운영으로 도마에 오른 뒤라 운동권이 다시 총학을 되찾아 올 거라는 예상은 쉽게 할 수 있었지만 총학을 되찾는 주체가 평등파가 되리라는 기대는 하지 않았다.

H대 평등파는 '민중민주'라는 커다란 정파로 묶여 있었고 대체적으로 상구의 카리스마 아래 움직였지만 내부를 들여다보면 사상에 대한 각자의 견해에 따라 다시 조그만 파벌들로 나뉘어 있었다. 싸움닭인 상구가 분열을 조장하는 논객들을 차례로 격파하며 기강을 잡아나갔지만 한계가 있었다. 토론장에서는 선배고 후배고 가리지 않는 평등파의 하극상 문화가 단합을 저해하고 있었다.

그들은 경쟁 관계의 자주파가 한민전의 지도 아래 일사불란하게 움직이는 동안 답이 없는 논쟁만 거듭하는 사상투쟁에 매몰돼 조직의 세를 불리는 데 한계를 드러냈다.

쪽수도 열정도 응집력도 열세인 평등파는 결국 NL학생회

탄생의 들러리만 서게 될 것이라는 게 대다수의 전망이었다. 그래서 경선을 통해 자주파에게 명분만 실어주느니 차라리 선거가 끝난 뒤에 재야에서 투쟁위원회를 별도로 조직하고 선명성 경쟁을 하자는 게 중론이었다.

평등파로서는 단과대학에서 가장 많은 표를 가지고 있는 공과대학을 사수하는 것이 당면한 과제였다. 성찬은 공대 학회장 후보로 출마하겠지만 기실 그것은 선거가 아니라 내정이 될 것이다. 이미 상구과 준구를 비롯한 선배들이 성찬을 후계자로 지목한 뒤였다.

하지만 성찬을 공대 학생회장으로 만든다는 계획은 후보자 예비 등록 기간에 급반전되었다. 후보 등록 전날 상구와 준구는 성찬을 단골 주점으로 불렀다. 술잔을 채워주며 상구가 꺼낸 이야기는 성찬을 경악시켰다.

"총학회장에 출마하라고요?"

"그래. 아무리 생각해도 경석에 맞설 상대는 너밖에 없어."

"형, 내가 경석에 맞서는 게 아니잖아. 평등파가 자주파에 맞서는 거지. 이길 수 있다고 봐?"

"어렵지. 하지만 가능성은 있어. 이번에 가두투쟁 하면서 불꽃부대가 대활약을 했어. 꽃병이 없었다면 시위대는 교내에서 다 체포됐을 거야. 그런데 너희들 덕분에 시위대가 시민들과 만나고, 끝나고 무사히 해산할 수도 있었어. 물론 일부 잡혀가긴 했지만 말이야. 우리 학교 학생들은 다 알아. 공대에서 꽃병을 만들었고, 성찬이 네가 선봉에서 투척한 거. 네 별명이 '에이스 구원투수'라더라. 네가 2사 만루에서 추모 집회를 구원했다나."

상구의 낯간지러운 칭찬에 이어 준구가 설득에 나섰다.

"우리가 조직력에서 열세인 건 맞지만, 결국 선거는 인물의 싸움이야. 경석이 대중적인 것도 사실이야. 하지만 그만큼 약점이 많은 것도 사실이지. 경석이가 네 여자 친구를 빼앗은 걸 두고 좋지 않게 보는 사람들이 많아. 바꿔서 말하면 너에게 동정표가 올 수 있다는 거지."

미영이 때문에 동정표가 올 수 있다는 말에 성찬은 순간적으로 울컥했다.

"형, 날 두 번 죽일 셈이야? 선거에서 이기자고 그런 굴욕적인 프레임을 감당하라는 거예요?"

상구가 손사래를 치며 얼른 끼어들었다.

"그런 면도 있다는 거지. 준구가 꼭 그걸 부각하자는 얘긴 아니야. 그리고 걔들은 사상이 불건전하잖아. 걔들이 좌파야? 걔들은 수구세력이야. 북쪽의 봉건왕조를 숭상하잖아. 이번에 좀 파격적인 슬로건도 필요하다고 봐. 종북 주사파 몰아내고 민중민주 쟁취하자! 어때, 필이 확 오지 않니?"

"모르겠네요. 그런 어설픈 전술과 논리로 자주파 선거조직을 제압할 수 있을까? 도대체 왜 공대 수성전략을 버리고 자살특공대로 가자는 거야?"

준구가 상구와 눈길을 주고받더니 털어놓았다.

"자칫하면 이번에 공대도 잃을 거 같아."

"그게 무슨 소리야? 공대를 잃다니!"

"조짐이 심상치 않아. 그동안 공대 운동권은 PD계열이 다수라서 지켜왔는데, 이번에 비운동권 애들이 경석에게 많이 넘어가버렸어. 물론 공대에서 성찬이 너를 넘어서는 후보는 없을 거라고 보지만, 경석이 바지 비슷하게 후보를 세우고 조직을 가동해서 표를 몰아주라고 하면…… 공대 사수를 장담할 수 없지."

그제야 성찬은 상구와 준구의 숨은 의도를 알아챘다. 자신들의 안방을 내주게 생긴 상황이라 이판사판으로 총학회장을 노려보자는 속셈이었다.

"형들 생각은 알겠는데, 전 경석이랑 붙을 마음은 없어요. 이미 감정이 좋지 않은데 선거까지 하면 정말로 원수가 될 것 같아서. 그리고 미영이 건을 가지고 사람들이 수군거리는 것도 정말 싫고."

성찬은 경석과의 대결만은 피하고 싶었다. 경석은 성찬에게서 미영과 정배, 그리고 자존심을 빼앗아 갔다. 또다시 그런 열패감을 느끼고 싶지 않았다.

성찬의 말은 완곡하지만 분명한 출마 거부였다. 준구는 그 순간 상구와 눈빛을 교환하고는 성찬의 결심을 뒤집을 비밀 이야기를 꺼내놓았다.

"너는 정배가 왜 죽었다고 생각해?"

"갑자기 정배는 왜?"

"이건 정배가 죽던 날 집회에 참가했던 기동이란 친구에게 들은 얘기야. 예전에 나와 풍물패에 있었던 녀석이라 잘 알지. 기동이는 자주파야. 이너서클은 아니지만."

준구의 목소리는 점차 낮아져서 급기야 속삭이는 것처럼 들렸다.

"기동이는 그날 정배의 근처에서 행진하고 있었대. 정배를 알진 못했지만 옷차림과 외모가 특이해서 분명히 기억난다고 했어. 더벅머리에 입이 툭 튀어나오고 목소리가 탁했대. 기동이는 정배가 구호를 외치는 것부터 시너를 끼얹어 분신하는 순간까지 다 지켜봤어. 말리려고 했지만 너무 순식간에 벌어진 일이라 어쩔 수 없었대."

"지금 왜 그 얘기를 굳이 나한테 하는 건데요?"

"시너통이 갑자기 나타났대."

"뭐라고?"

"시너를 담은 통 말이야. 원래 정배 손에 없었던 거래. 처음에는 정배가 맨손으로 구호를 외쳤다는 거야."

"그게…… 도대체…… 무슨 얘기예요?"

성찬은 현기증을 느꼈다. 갑자기 속이 울렁거렸다.

"누군가 조력자가 있었다는 거야. 정배의 분신은 정배 혼자 저지른 일이 아니야. 처음부터 집회 계획에 포함되어 있었다는 얘기야."

"도대체 무슨 이야기를 하는 거냐고!"

성찬은 벌떡 일어나 씩씩거렸다.

준구는 동요하지 않았다. 목소리가 더욱 낮게 깔렸다.

"만일에 정배의 분신이 사전에 모의된 거라면…… 그 계획을…… 누가 세웠을까?"

"말도 안 되는 소리 하지 마! 경석이가 그런 미친놈이라는 거야?"

성찬이 준구에게 대들자 상구가 손을 내밀어 막았다. 상구는 씁쓸한 미소를 띠고 있었다.

"경석이가 그런 지시를 했다는 증거는 없지. 동희일 수도 있고, 아니면 그 녀석들에게 투쟁 지침을 내리는 더 윗선일 수도 있지."

"더 윗선이라뇨? 한대협 말이에요?"

"모르지. 누가 알아? 혹시 평양에서 내려온 건지도. 누가 지시했느냐는 중요하지 않아. 중요한 건 말이야, 자주파가 정배에게 분신을 강요한 정황이 보인다는 거야."

"말도 안 돼. 정배가 그 정도로 멍청이는 아니야."

"성찬아, 이건 절대로 우리가 꾸며낸 이야기가 아니다. 물론 증거는 없어. 하지만 그 좋은 머리로 생각을 해봐. 그런 놈들이 총학을 잡으면 이 학교가 어떻게 되겠어? 막아야 하지 않을까?"

성찬은 즉답을 하지 않았다. 머리가 터질 것처럼 복잡해서 생각을 정리할 시간이 필요했다. 선배들과 헤어진 성찬은 다시 학교로 돌아갔다. 인적 없는 캠퍼스를 홀로 거닐며 정배를 생각했다.

생전에 정배가 했던 말들이 하나씩 떠올라 성찬을 괴롭게 했다.

'근데 학생운동이 원래 이렇게 골치 아픈 거였어? 난 그냥 보도블록 깨서 투석이나 하고, 최루탄 가스 마시면서 각목이나 좀 휘두르고, 구호도 좀 외치고, 끝나면 막걸리 한잔 먹고, 또 나가서 싸우고, 뭐 이런 건 줄 알았어. 내가 너무 낭만적인 거야?'

그래. 넌 너무 낭만적이었어. 그래서 놈들에게 이용당한 거다. 바보 같은 놈.

성찬은 자주파 학생들이 애송하던 시가 생각났다.

그날
자기 과 친구들에게는 아직 이르다며 본대에 있으라 하고
아스팔트 하이바에 우리 선배 전투조들 떨고 있을 때
익살스런 춤 "간다 간다 뽕간다"
신명나게 두려움 누그려 주고

전투대장의 진격의 나팔 우렁차게 울리니
그는 누구보다 최전선에서 정확하게 꽃병을 꽂았다.

드디어 놈들이 사나운 이빨 으르렁거리며 덤벼들 때
한 친구 전사는 미끄러지고
모두 안타까이 돌아섰을 때
그 바보 전사는 바보처럼 의연히 달려 나갔다.

다음날 한겨레신문에 조그맣게 바보 이야기가 실렸다.
고대에서 2명이 화염병으로 잡혀오고 100명이나 친구들이
성북서 항의 방문을 했다고 바보를 풀어달라고 울부짖었다고
총학생회장님이 잡혀가도 그런 일이 없었는데

— 홍치산, 「바보 과대표」 중에서

그 시는 신입생이 들어오면 선배들이 선물하는 시집의 표제작이었고, 운동가의 품성을 얘기할 때 언제나 인용되던 시였다. 시는 학생운동에 똑똑한 사람은 필요 없다, 바보처럼 우직하게 헌신하면 동지들이 결국 인정해줄 거라는 뜻을 담고 있었다. 자주파 학생들이 가장 좋아하는 시였고, 그들은 실제로도 그렇게 살아갔다.

정배도 시 속에 나오는 바보처럼 헌신하고 동료들에게 인정받고 싶었으리라. 평등파 학생들에겐 모자란 바보 취급을

받았지만, 자주파에서는 바보 영웅이 되고 싶었던 것이다. 자신의 목숨을 던져가면서까지 인정받고 싶었던 것이다.

'미안하다 정배야……'

후회는 비수가 되어 가슴을 후벼 팠다. 정배를 조금만 더 감싸 안았더라면, 조금만 더 인정해주고 격려해주었다면 정배는 온몸을 불사르면서까지 자신을 증명하지 않았을 것이다.

성찬은 이틀 뒤에 총학생회장 정후보로 등록했다. 부후보는 준구가 추천한 자연대 여학생이었고, 선거본부의 명칭은 '민중'으로 했다. 비운동권의 저항이 만만치 않은 시기에 너무 정파적인 구호가 아니냐고 누군가 의견을 제시했지만 묵살됐다. 경석의 선거본부는 '통일'을 내걸었기 때문이다. 양측 모두 노골적으로 노선을 드러낸 선명성 대결이었다.

'통일'은 보급투쟁에서 저만치 앞서 갔다. 자주파는 쪽수가 압도적으로 많았고, 갹출한 돈도 많았다. 선거자금이 풍부하니 여러 가지를 할 수 있었다. '통일'은 말 그대로 통일된 이미지를 줬다. 똑같은 옷을 맞춰 입었고 유인물에는 동일한 컬러와 로고를 썼다. 선거운동원들은 구호도 율동도 똑같았다. 돈이 많으니 고생한 운동원들에게도 해줄 게 많았다. 저녁마다 술과 음식을 대접했고, 동조자들을 포섭할 활동자금까지 지급했다. 그렇게 '통일'은 밑바닥 민심을 쓸어 모았다.

반면에 '민중'은 그들의 장기인 필설筆舌로 사투(사상투쟁)

를 벌였다. 정파 내에서 글깨나 쓴다는 문필가들이 동원되었고 운동권 최고의 필력을 자랑하는 성찬도 직접 격문을 써서 돌렸다. 처음에는 비운동권 총학의 의식 부재와 게으름을 질타했으나 점차 상대 후보에 대한 인신공격이 시작됐다. 경석의 문란한 이성 관계, 정파 내에서 비밀스럽게 이루어지는 사상 교육, 파쇼정권보다 더 심한 조직 내 권위주의 등이 단골 메뉴였다.

'통일'과 '민중'의 대결은 점차 극한으로 치달았다. 학생들이 많이 지나다니는 길목에서 '통일'과 '민중'의 선거운동원들이 세 대결을 펼쳤는데, 수적으로 불리한 '민중' 운동원들은 조롱 섞인 노래를 불렀다. 대중가요를 개사한 노래의 클라이맥스는 '남조선의 기쁨조 NL 안경석'이었다. 격분한 '통일' 운동원들이 '민중' 운동원들의 멱살잡이를 하면서 학교 수위들까지 출동하는 일이 벌어졌다.

시간이 갈수록 뚜렷해지는 '민중'의 열세는 선거본부를 초조하게 만들었다. 학생들은 '통일'의 유니폼과 화려한 율동, 민족주의 감성에 매료되었지만 수천 자의 글자가 어지럽게 박힌 '민중'의 유인물들은 제대로 읽어보지 않았다. 하지만 '민중'의 유인물은 '통일' 선거본부의 심기를 불편하게 했고, '통일'은 '민중'의 펜대를 부러뜨리고 싶어 했다.

그런 와중에 '민중'은 드디어 대형 필화사건을 일으켰다. 운동원들이 선거관리위원회의 승인을 받지 않은 대형 대자보를 도서관 벽에 써 붙였는데, 대자보에는 자주파가 저지르고 있는 모든 비행을 적시했다. 다른 학교 학생을 프락치로 오인해 살해한 사건, 북한 방송으로 추정되는 단파방송 청취 및 녹취 유인물 제작, 수령론을 비롯한 주체사상 강의, '위수동(위대한 수령 김일성 동지)', '친지동(친애하는 지도자 김정일 동지)'과 같은 낯 뜨거운 건배사, 친구 애인을 빼앗은 경석의 파렴치함……. 원색적인 비난으로 도배된 대자보는 선거 막판에 새로운 이슈로 불쑥 떠올랐다.

대자보 앞에는 오랜만에 학생들이 모여들었고, 점심시간에 구내식당에서 대자보 얘기가 회자될 정도였다. '민중'은 선거관리위원회의 철거 지시가 내려질 때까지 버틸 생각이었다. 하지만 대자보는 도서관 벽에 붙은 다음 날 아침 갈가리 찢어진 채로 발견됐다. 누군가 인적이 드문 새벽에 저지른 소행이었다.

'민중'은 '통일'의 짓이라며 이들을 선관위에 고발했고, '통일'은 자신들과 무관한 일이며 오히려 '민중'이 승인받지 않은 대자보를 붙여 규정을 위반했으므로 후보가 사퇴해야 한다고 맞섰다. 선관위는 양측의 주장 모두 판단하기 어려운 면이 있으므로 '민중'에게 승인받지 않은 대자보를 무단으로 게시하지 말라고 경고를 주는 선에서 마무리했다.

'민중'은 마지막 승부를 후보 연설에 걸었다. '통일'의 레퍼토리는 뻔했다. 자주적이고 민주적인 학생회, 학생들의 복지 향상, 그리고 반미자주화-반파쇼민주화-조국통일 같은 정치 구호들을 내세울 가능성이 높았다. 임정배 추모집회를 거치며 이미 대세를 장악한 '통일'은 기존의 노선을 더욱 선명하게 드러내며 표 굳히기에 들어갈 것으로 예상됐다.

반면에 수세적 입장에 선 '민중'은 '통일'의 약점을 공격하기로 했다. '노동해방'이나 '민중민주' 같은 손에 잡히지 않는 슬로건으로는 밑바닥 민심을 잡고 있는 '통일'에 타격을 주기는 어려웠다.

성찬은 마지막 유세 전날 선거본부 간부들과 밤을 꼬박 새우며 원고를 고쳤다. 먼저 단상에 오른 성찬은 피곤한 기색도 없이 사자후를 토했다. '민중'의 운동원들은 처음 들어보는 성찬의 우렁찬 육성과 당당한 기세에 놀라 어쩌면 연설에서 모든 판세를 뒤집을 수도 있겠다고 생각했다.

성찬은 적과 싸우다 적을 닮아버린 상대 정파의 파쇼적 조직 운영, 사대주의를 비판하지만 북한의 독재정권을 사대하는 자가당착, 자주성을 강조하지만 토론 없는 복종에 익숙해진 조직문화를 비판했다. 각자 생각이 다르고 자유로운 학생들을 정파의 노선에 복종케 하고, 모든 행사를 이념의 도구로 삼는 편협성을 비판했다.

성찬의 마지막 발언은 '통일'의 운동원을 격분시켰다.

"우리 캠퍼스에서 종북 주사파 몰아내고 진정한 학원의 자유화를 쟁취합시다, 여러분!"

'통일' 측의 남학생이 성찬에게 달려들다가 '민중'의 학생들에게 제지당하면서 몸싸움이 일었다. 주먹다짐 직전까지 간 양측 학생의 몸싸움은 경석의 제지로 일단락되고, 경석은 폭발할 것만 같은 팽팽한 긴장 속에서 단상에 올라갔다.

경석은 험악한 분위기에서도 서글서글한 미소를 잃지 않았다.

"가슴이 서늘해지는 연설이군요. 저는 김성찬 후보처럼 연설을 잘하진 못합니다. 그저 평소에 생각해왔던 이야기부터 하겠습니다. 그리고 '민중'과 같은 좌파들로부터 욕을 먹는 유사 좌파, 혹은 사이비 좌파의 입장에서 변명도 해보겠습니다. 그것이 우리의 사고를 스스로 한반도 이남으로 묶어버리는 반국적 사고에서 탈출하는 길이기 때문입니다."

경석의 연설은 평이했다. 가슴을 뜨겁게 하는 구호도, 머리를 회전시키는 논쟁도 없었다. 그저 자신들의 정당성을 비호하고 걱정을 불식시키며, 조금 더 나은 학생회 운영을 약속할 뿐이었다. 정치적인 집회와 가두투쟁은 최소화하겠다고 약속했다. 한마디로 안전하고 보수적인 연설이었다. 특징이 없지만 불편하지도 않은 연설이었다.

성찬은 '통일'의 전술적 노회함을 깨달았다. '통일'은 이미 자신들의 정파가 된 학생들의 표를 단속하지 않았다. 그들은 잡은 고기였다. 대신 '통일'은 학생운동에 염증을 느끼고 있던 대다수 학생들을 노렸다.

가장 정치적인 집단임에도 불구하고 가장 대중적이고 온건한 집단처럼 연기한 것이다. 상대 후보와 정파를 비난하지 않음으로써 보다 신사적이고 포용력 있는 집단처럼 포장하는 데도 성공했다. NL의 유연한 대중노선이 다시 한번 빛을 발하는 순간이었다.

경석의 연설이 끝나자 우레와 같은 박수가 터져 나왔다. 고함과 욕설이 난무했던 성찬의 연설 직후와 대비되는 장면이었다.

성찬은 단상에서 여유 있게 손을 흔드는 경석을 보고 패배를 예감했다.

패배

개표 결과 투표율은 과반수를 겨우 넘겼다. 역대 최저의 투표율로 총학 선거에 대한 학생들의 관심이 급속히 식고 있다는 걸 알 수 있었다. 총학생회장 선거는 예상대로 '통일'의 승리로 돌아갔다. 표차는 근소했으나 '민중'의 선거운동원들은 도저히 넘어설 수 없는 정파의 벽을 느꼈다. '통일'과 '민중'의 압도적인 세력 차이를 감안하면 성찬은 믿을 수 없을 정도로 선전했지만 '그만하면 잘 싸웠다'고 자위하기엔 패배의 충격이 너무나 컸다.

총학생회장 선거만 놓고 보면 석패했다고 말할 수 있지만 전체 선거 결과를 보면 평등파의 참패였다. 자주파는 공과대학을 비롯해 거의 대부분의 단대 학생회장을 휩쓸었다. 평등파 후보들은 비운동권과 함께 학교의 공식 기구에서 완전히 밀려났다.

평등파의 아성이었던 공과대학에서는 선거기간 내내 총학생회장 선거와 비슷한 양상이 벌어졌다. 자주파가 드물었던 공대에 어디선가 나타난 '통일'의 선거운동원들이 압도적인 조직력을 선보였던 것이다. 총학회장에 출마한 성찬을 대신해 공과대학 학회장에 출마한 민주는 자주파가 내세운 전기공학과 3학년 후보와 맞붙었으나 역시 근소한 표차로 석패했다. 사회과학 동아리 출신의 민주는 현란한 사상투쟁을 전개하며 상대 후보의 종북 성향을 비판했는데 상대 후보는 말려들지 않았다. 정치색을 드러내지 않는 교묘한 언술과 대중적인 연설은 비운동권의 표를 쓸어 담았고 자주파는 평등파의 아성인 공대에서 민족통일의 깃발을 꽂았다.

선거가 끝나고 해가 바뀌어도 패배의 후유증은 계속됐다. 선거 결과에 실망한 고학번들은 그동안 미뤄온 군 입대를 하거나 사회 진출을 시도했다. 노동해방의 사명을 잊지 않고 공장으로 위장 취업하는 이들도 있었으나 많은 이들이 평범한 직장에 들어가 소시민이 됐다.

평등파는 더 이상 '재생산'이 되지 않아 급속히 허물어져 갔다. 신입생들은 개인주의에 물들어 있었고 학생사회는 파편화되었으며 그나마 의식이 있는 부류들은 자주파 선배들과 어울리며 주사파가 되어갔다.

선거를 거치며 평등파는 '표를 위해 동지를 팔아넘긴 파렴치한들'이라는 딱지가 붙었다. 공안 조직의 감시를 받는 캠퍼스에서 너무나 민감한 폭로를 했다는 것이다. 비운동권 학생들은 아무렇지도 않게 생각했으나 운동을 하는 학생들은 정파를 가리지 않고 이에 대해 매우 분개했다.

학생 조국통일위원회에 맞서기 위해 평등파가 조직했던 각종 투쟁위원회들은 대부분 와해됐다. 더 이상 신입생이 들어오지 않는 사회과학 동아리는 성찬이 분기별로 세미나를 개최하며 명맥을 이어갔다. 운동인자의 재생산을 못하는 동아리는 공허한 말싸움의 장소가 되었다. 동아리에는 패배 의식에 젖은 독설가들만 남아 서로 살벌하게 물어뜯으며 그나마 남아 있던 정마저 떨어지게 했다. 그들은 열정을 다해 운동을 했으나 남은 건 서로에 대한 원망과 서운함뿐이었다.

준구는 대학원에 진학하며 운동권을 떠났다. 앞으로는 사회과학이 아닌 공학에 매진하겠다며 성찬에게 『아나키스트의 요리책』을 선물했다.

"국내에서는 절대 구할 수 없는 책이다. 별로 쓸모는 없겠지만…… 모르지, 네가 혹시 혁명군의 지도자가 될지도 모르잖아?"

준구가 대학원에 진학한다는 건 좌파의 길을 떠나겠다는 뜻이다. 사회대나 인문대에서는 대학원에 가서도 진보 지식

인으로 거듭나는 경우가 많았지만 공학은 실용적이고 가치
중립적인 학문이었다. 성찬은 『아나키스트의 요리책』을 받
아 들고 어쩌면 자신도 이 책이 필요 없을지 모른다고 생각
했다. 그는 자신의 정신적 스승이었던 준구의 학문적 성취를
빌어줬다.

상구는 국내에서 손꼽히는 재벌 기업에 들어갔다. 학교 다
닐 때 독점자본의 상징이라며 해고 노동자들과 함께 오너의
인형 화형식을 거행했던 기업의 직원이 된 것이다. 첫 월급
으로 성찬에게 한우구이를 사주며 자신은 더 이상 레닌주의
자가 아니라고 말했다.

"지금은 누구나 자본가가 될 수 있는 시대야. 회사 선배들
이 성과급으로 뭘 받았는지 아냐? 우리사주! 회사의 지분을
받았다니까. 노동자가 회사를 소유하는 세상이 온 거지. 마
르크스가 이런 세상이 올 줄 알았겠어? 더 이상 계급투쟁은
무의미해. 노동자와 자본가를 나눌 수 있어? 타도할 계층이
누군데? 대주주? 기관투자자? 은행? 지분을 몇 퍼센트 가
져야 착취자가 되는데?"

급진적 좌파였던 사람이 어떻게 하루아침에 우파가 되느
냐는 질문에 상구는 출처가 불분명한 격언을 내세워 자신의
변절을 합리화했다.

"젊어서 공산주의자가 아니면 심장이 없는 사람이고 나이
들어서도 공산주의자라면 뇌가 없는 사람이지."

상구의 변절은 너무나 간단해 보여 위화감조차 주지 못했다. 자신의 신념이 아닌 자신에게 월급 주는 사람에게 충성하겠다는 선언에 성찬은 현기증을 느꼈다. 하지만 상구를 비난하진 않았다. 인간은 누구나 자신의 생각을 자유롭게 바꿀 권리가 있다는 게 성찬의 믿음이었다. 자신이 NL에서 PD로 넘어왔던 것처럼, 상구가 페미니스트가 되거나 무슬림이 된다고 해도 비난할 이유는 없다. 그는 그저 과거와는 다른 길을 가겠다는 것뿐이었다.

상구의 변절보다 더 큰 충격을 준 사건은 소련의 몰락이었다. 성찬은 충격에 빠진 좌파 학생들과 밤을 새워 술을 마셨다. 그들은 더 이상 토론하지 않았다. 이제 그것이 허공에 뜬 단어와 문장일 뿐이라는 걸 알았기 때문이다. 이때 정신적 공황 상태에 빠졌던 많은 좌파들이 나중에 뉴라이트가 되어 보수정당에 들어갔다.

이제 학생들은 그저 취업과 결혼, 돈에 대해 이야기했다. 하지만 학생운동을 열심히 했던 이들은 아무도 학생운동이 부질없다는 식의 이야기는 하지 않았다. 그것은 그들의 청춘과 헌신을 부정하는 일이었기에 견딜 수 없었기 때문이다.

성찬은 운동가의 길을 걸었던 선배들처럼 휴학과 복학을 거듭했기에 졸업하려면 1년 이상 남아 있었지만 미련 없이 군에 입대했다. 고생스러운 논산 훈련소의 신병 교육이 끝났을 때, 성찬은 모든 기초 군사 교육을 마친 대한민국 육군이 되어 있었다.

자대배치를 앞둔 성찬은 상구처럼 더 이상 레닌주의자가
아니었다.

결혼

　2학기 개강 무렵 캠퍼스에 홀연히 나타난 어떤 복학생을 알아보고 인사를 하는 후배들은 거의 없었다. 누군가 저 후줄근한 차림의 남자가 예전에 안경석과 맞붙었던 김성찬이라고 귀띔을 하자 정말이냐고 되묻는 여학생의 목소리가 우연히 복학생의 귀에 들어갔다.

　성찬은 혼자서 씩 웃었다. 아직도 자신을 기억해주는 후배가 있다는 사실이 믿어지지 않을 정도로 학교는 변해 있었다. 산뜻하게 단장한 신축건물들 사이로 화장을 짙게 한 여학생들이 잡담을 나누며 걸어갔다. 고급 승용차를 주차하는 학생들이 심심찮게 눈에 띄었다. 살벌한 구호의 플래카드와 대자보는 보이지 않았다. 대신 기업들이 앞다투어 걸어놓은 취업설명회 홍보 플래카드가 가을바람에 흔들렸다.

잠시 동아리방에 들렀더니 사회과학 동아리 대신 광고 동아리가 방을 차지하고 있었다. 머리를 맞대고 재벌 자본의 이익 증대를 위한 광고전략을 연구하던 학생들은 낯선 복학생이 들어서자 놀라서 일제히 쳐다보았다. 도저히 광고와는 어울리지 않는 분위기의 선배였다.

"광고에 관심 있으세요?"

성찬은 고개를 저었다. 슬로건과 선전물에는 관심이 있었지, 라고 조용히 혼잣말을 삼켰다.

성찬이 돌아가자 학생들은 별 이상한 사람이 다 있다며 다시 광고기획사 입사를 위한 스터디에 몰두했다.

도서관 앞에는 총학생회 명의의 대자보가 붙어 있었다. 학사 운영에 관해 대학 본부를 비판하는 내용이 주를 이루었지만 말미에는 뜬금없이 미군 철수와 통일의 당위성에 대한 내용이 등장했다. 학교는 많이 달라졌지만 학생회는 여전히 NL그룹이 장악중인 것 같았다. 하지만 성찬처럼 대자보를 열심히 읽어보는 학생은 없었다.

학생회관에 들른 성찬은 허기를 느껴 구내식당 앞에 늘어선 줄에 합류했다. 뒤에서 누군가 가방을 잡아당겨 돌아보니 또래들보다 나이 들어 보이는 여학생이었다. 성찬이 총학생회장 선거에서 경석과 맞붙을 때 공과대학 학생회장 경선에 출마해 동반 낙선했던 민주였다.

그녀는 길을 가다 희귀한 골동품이라도 주운 듯한 표정이었다.

"뭐야. 선배는 아직 군바리 때가 안 빠졌네."

"너 아직도 학교 다녀? 지금 몇 살이야?"

민주의 주먹이 성찬의 옆구리를 찔렀다.

"나 대학원생이거든. 학부생 주제에."

성찬은 오랜만에 편하게 웃었다. 둘은 같이 점심을 먹고 구내 카페에 가서 커피를 주문했다. 해외에서 유행한다는 브랜드 카페였다.

"학교에 이런 게 생겼네. 군대 가기 전엔 매점밖에 없었는데."

"선배, 지금은 세계화의 시대야. 설마 아직도 운동권이야?"

"운동을 하고 싶어도 못 하지. 우리 그룹은 이제 다 와해된 거냐?"

"아마도. 남자 선배들은 다 군대 가거나 취직했고, 여자애들은 시집가거나 취직했고. 나만 아직도 학교에 남아서 그동안 운동하느라 못 했던 공부해요."

민주는 그동안 묵혀두었던 이야기보따리를 풍성하게 풀어놓았다. 상구나 준구와 같은 고학번 선배들이 학교를 떠나고 성찬마저 입대를 하자 평등파는 완전히 방향을 잃었다.

동아리는 유명무실해지고, 투쟁위원회는 해체됐으며, 운동 자체를 그만두는 사람이 많았다. NL이 주도하는 총학사업에 반감이 많았던 평등파 학생들은 아예 참여하지 않는 방향으로 나아갔던 것이다.

반면에 경석은 승승장구했다. 총학생회장에 당선된 후 학생회 활동에 집중하기 위해 휴학을 하고, 총학사업은 물론 대외 활동에도 주력해 운동권의 거물이 되었다. 임기가 끝난 뒤에도 복학을 한 후 자주파의 상왕上王이 되어 후배 총학회장을 막후에서 조종했다. 경석은 NL이 장악한 전국의 대학들에 자신의 인맥을 만들어 한대협의 발전적 해체와 새로운 전국 단위 운동 조직의 설립에도 간여했다는 소문이 돌았다.

성찬은 그럴 줄 알았다는 듯 담담한 표정으로 경청했다. 이제 더 이상 열등감 같은 저급한 감정은 들지 않았다. 학생운동을 떠난 지금, 성찬은 경석과 다른 길을 가고 있을 뿐이었다. 민주는 빨대로 아이스커피를 한 모금 흡입하고 성찬의 얼굴을 살피며 물었다.

"미영이 얘기 해줄까?"

"하든가 말든가."

성찬은 관심 없다는 말투였지만 목소리는 떨리고 있었다. 민주는 희미한 조소를 머금었다.

"미영이, 경석 선배랑 헤어졌어."

"그래? 죽고 못 살더니 왜 그랬다니."

성찬은 딴 곳을 바라보며 말했지만 손가락은 초조한 듯이 테이블을 두드렸다. 다리도 살짝 떨고 있었다. 민주는 그런 성찬이 한심하다는 듯 눈을 흘겼다.

"조국통일위원회에 은희라는 아이가 있었어. 미영이처럼 예쁘진 않지만 남학생들한테 인기도 많고 똑똑한 아이였는데 경석 선배를 무지 쫓아다녔지. 그런데 경석 선배가 미영이와 사귀게 되면서 닭 쫓던 개가 된 거야. 당연히 미영이를 미워했지. 그래서 어떻게 했게? 방해 공작을 했지. 이건 아니다, 어떻게 경석 선배가 다른 정파의 사람과 연애를 할 수 있냐. 여학생들을 선동해서 경석 선배를 압박했어. 여학생들은 미영이와 헤어지라고 단체로 졸라댔어. 경석 선배가 총학회장이 되고 나서는 남학생들까지 가세했지. 총학회장이 친구의 애인을 빼앗은 남자가 되면 안 된다. 정파에 대한 이미지도 안 좋아지고 다음 선거에도 영향을 줄 수 있다."

"겨우 그런 이유로 헤어졌다는 거야?"

"응. 경석 선배가 너무 힘들어하니까 미영이가 먼저 헤어지자고 했나 봐. 경석 선배는 대뜸 그동안 자기 때문에 힘들었을 거라며 미안하다고 말했대. 미영인 거기서 폭발한 거야. 미영인 경석 선배가 그렇게 쉽게 포기할 줄 몰랐나 봐. 당연히 자기를 붙잡을 줄 알고 해본 말인데 경석 선배는 덥석 이별을 선언한 거지. 그 이후론 다신 안 만났대."

"온 학교를 떠들썩하게 한 커플치고는 너무 싱겁게 깨졌네."

"오빠도 참고해. 여자가 헤어지자고 말할 때는 정말로 헤어지고 싶은 게 아니야. 날 얼마나 좋아하는지, 사랑을 쉽게 포기하는 사람인지 시험해보는 거라고."

민주는 남은 커피를 소리 나게 빨아 마시고는 킥킥 웃었다.

"근데 더 웃긴 건 뭐게? 경석 선배가 미영이와 헤어지자마자 은희랑 사귀게 된 거야. 걔들 정말 유치하지 않아? 삼류 드라마도 아니고."

"그 자식, 지조도 없네."

"지조 없는 건 은희도 마찬가지야."

"그건 또 무슨 소리야?"

"경석 선배가 은희랑 몇 달 사귀다가 군대 갔거든. 그런데 은희가……."

"고무신 거꾸로 신었냐?"

민주의 박장대소가 터졌다.

"어떻게 알았어? 정말 웃기지? 그렇지?"

"은희라는 애가 만난 남자가 어떤 사람이었기에 천하의 안경석을 찼지?"

"백수라던데."

"백수? 무직자야?"

"응. 땅 부자 아들이라나. 스물아홉 살인데 자기 명의로 된 5층짜리 건물이 있다네. 얼굴은 못 봤는데 경석 선배만큼 잘

264

생겼대."

"민족해방이고 나발이고 하는 짓들은 지들이 혐오하는 식민지 국가 속물들이랑 다를 바가 없네. 잘들 논다."

성찬은 시니컬하게 대답했지만 우울한 감정이 밀려오는 건 어쩔 수 없었다. 다들 가볍게 살아가는데 혼자서만 너무 진지했던 것일까. 지난날 가슴속에 품었던 감정이 모욕당한 느낌이었다. 성찬이 미영에게 받은 상처는 아직도 아물지 않았다.

성찬은 복학한 후로는 철저히 혼자가 되었다. 가끔 낯이 익은 후배들이 인사를 했지만 살갑게 다가오는 사람은 없었다. 가볍고 밝고 실용적으로 변해가는 학교에서 성찬은 너무 어둡고 진지해서 위화감을 주는 존재였다. 식당에서 혼자 밥을 먹고 조용히 강의실 뒤쪽에서 수업을 듣고 사라졌다. 도서관에서 책을 볼 때는 아무도 말을 걸지 않았다. 성찬은 그렇게 마지막 학기를 버티고 있었다. 그리고 중간고사가 끝났을 때 미영을 다시 만났다.

미영은 학교에 남아 있는 후배를 통해서 성찬에게 연락을 해왔다. 성찬은 미영의 집 근처에 있는 커피숍에서 그녀를 기다렸다. 약속 시간까지는 짧은 기다림이지만 자꾸 시계를 들여다보게 됐다.

문득 의문이 일었다. 미영은 왜 이제 와서 다시 성찬을 보려고 하는 걸까. 자신은 왜 그녀의 부름에 주책없이 달려온 걸까.

자존심도 없는 놈. 머저리. 등신. 호구.

유리문을 밀고 들어오는 미영을 성찬은 알아보지 못했다. 먼저 손을 흔들고 맞은편에 앉은 건 미영이었다.

"오빠 하나도 안 변했다."

"응."

성찬은 무슨 말을 해서 대화를 이어가야 할지 몰랐다. 미영은 많이 변했다. 아직도 예뻤지만 예전처럼 수다스럽지 않았고 쉽게 접근할 수 없는 고상한 분위기가 감돌았다. 화장기 없던 얼굴은 색조 화장과 인조 눈썹 때문에 낯설게 느껴졌다. 입고 있는 옷은 학창 시절엔 한 번도 본 적 없는 투피스 정장이었다.

"요즘 뭐 하니? 졸업한 지 1년 됐나?"

미영은 조용히 고개를 끄덕였다.

"아무것도 안 해. 계속 선만 보고 있어."

"시집가려고?"

"가야 하지 않겠어? 내 나이에."

"그렇지……."

미영의 마지막 말이 가슴을 무겁게 짓눌렀다. 지난 7년간 질풍노도와 같았던 청춘의 기억이 미영의 시집가야 한다는 한마디에 속절없이 항복했다. 꿈과 이상은 장엄하지만 찰나의 불꽃처럼 무상하고 차가운 현실은 오래도록 집요하게 인

266

생을 지배한다.

지금 성찬은 아무것도 소유하지 못하고 아무것도 성취하지 못한 채 시집을 가야 한다는 옛사랑과 마주하고 있다. 그녀에게 해줄 말은 아무것도 없다. 불세출의 레닌주의자로 H대학 제일의 좌파 논객이었던 성찬이 시집가겠다는 그녀에게 제시할 미래는 없다.

"내가 만나자고 해서 놀랐어?"

미영은 눈을 동그랗게 뜨고 물었다. 아무런 위선도 담겨있지 않은 철없이 맑은 눈동자는 여전했다.

"조금 뜬금없긴 했지. 이게 몇 년 만이야."

"오빠 복학했다는 소문 들었거든."

"소문? 너한테 그런 소문을 전해주는 사람도 있니?"

"그럼. 오빠 혼자 밥 먹는다며? 아무도 오빠한테 관심 없는 줄 알았지? 지켜보는 사람들이 있어. 감히 말을 걸진 않지만 오빠가 평등파의 전설이라는 걸 알고 있는 거야."

"전설이라…… 지금은 존재하지 않는다는 뜻이잖아. 왠지 슬픈걸."

미영의 손이 성찬의 손등 위로 올라왔다. 따뜻하고 촉촉한 손이었다.

"나 가끔 학교 가서 오빠랑 점심 먹어도 돼?"

성찬의 심장박동이 빨라졌다.

"번거롭지 않아? 너희 집에서 오기 불편하잖아."

미영은 활짝 웃었다.

"괜찮아. 나 백수잖아. 남는 게 시간이야."

성찬과 미영은 그렇게 다시 결합했다. 성찬의 상처는 빠르게 아물었고 미영의 상처 역시 마찬가지였다. 미영은 성찬이 듣는 강의를 청강했고 도서관에서 같이 책을 읽었다. 부모의 성화에도 맞선은 더 이상 보지 않았다.

미영은 성찬과 만나는 동안 경석에 관해서는 단 한 마디도 하지 않았다. 성찬은 그게 고마웠다.

성찬의 마지막 학기 성적은 상승이 되려다가 말고 꺾였다. 또다시 불붙은 사랑으로 집중력이 떨어졌기 때문이다. 어쨌거나 졸업할 수 있는 학점은 채웠다.

성찬의 졸업식에 꽃다발을 들고 찾아온 미영은 자연스럽게 성찬의 모친을 만나게 됐다. 성찬의 누나는 워싱턴 특파원인 매형을 따라 미국에 머물고 있어 졸업식에 오지 못했다. 셋이 저녁 먹는 자리에서 모친은 당장 상견례 날짜를 잡자고 했다. 성찬은 당황했지만 미영은 흔쾌히 부모님께 물어보겠다고 대답을 했고 결국 성찬의 모친이 며느리가 되어달라고 프러포즈를 한 꼴이 됐다.

미영을 집까지 바래다주면서 성찬은 모친의 무례함을 사과했지만 미영은 개의치 않았다.

"오빠가 사과할 필요 없잖아. 시어머니 되실 분이 마음에 안 들었으면 그 자리에서 거절했을 거야."

"미영아…….”

"나한테 잘해. 오빠의 진짜 잘못이 뭔지 알아? 어머님이 먼저 상견례 얘기를 꺼낼 때까지 날 기다리게 한 거야.”

“…….”

"설마 나랑 결혼하기 싫은 거야?”

"아니…… 난…… 준비가 될 때까지…….”

"준비? 무슨 준비? 프러포즈하기 전에 집이라도 사두려고?”

"그런 건 아니지만…… 직장도 구하고…….”

"오빠, 기억나? 나 처음 오빠 만났을 때 재수생이랑 헤어졌다고 말한 거.”

"응.”

"그 남자애 엄마가 나한테 뭐라고 했는지 알아? 자기 아들 대학 붙을 때까지 기다려달라고 했어. 수녀처럼 수절하면서. 말이 된다고 생각해?”

"안 되지.”

"그래. 그 자식이 대학에 붙었을 때 나랑 계속 사귄다는 보장이 있어? 오빠가 결혼할 수 있는 모든 조건을 갖췄을 때 나와 결혼한다는 보장이 있어?”

“…….”

"여자를 기다리게 하지 마. 그건 범죄야.”

미영의 부모는 성찬과의 결혼을 극구 반대했다. 아직 취업도 안 했고 편모가정에 가진 게 없는 남자였다. 더구나 미영의 부모는 둘이 데모하다 만난 사이로 알고 있었다. 미영의 아버지는 중앙 부처의 부이사관이었다. 그가 제일 혐오하는 것이 노조와 데모꾼이었다. 자기 인생과 나라를 망치겠다는 남자를 만나면 딸도 인생을 망치게 될 것이라는 게 미영 부친의 믿음이었다.

의기소침해진 성찬 대신에 미영이 부모에 맞섰다. 미영은 학창 시절 단 한 번도 가두투쟁에 나온 적이 없었지만 성찬과의 결혼을 위해서는 파쇼에 맞서는 열사처럼 뜨거웠다. 결국 자식 이기는 부모 없다는 속설이 다시 한번 확인됐다.

성찬과 미영의 결혼식장에는 혁명의 꿈을 접은 소시민들이 다 모였다. 초고속 승진으로 대기업 간부가 된 상구, 기계공학 박사가 된 준구, 패션 잡지 에디터로 활약 중인 수진, 영화감독으로 입봉할 날을 꿈꾸며 시나리오를 쓰고 있는 진수, 대학원을 졸업하고 전업주부가 된 민주, 그 밖에 H대 운동권을 술렁이게 만들었던 초대형 스캔들의 결말을 확인하고픈 동문들이 대거 참석했다. 신부가 던진 부케를 잡은 수진은 결혼식장에서 우연히 다시 만난 준구를 물끄러미 바라보았다. 그날 수진과 준구의 어색한 만남을 목격한 동문들은 두 사람이 성찬과 미영 커플처럼 실패한 사랑을 다시 회복할지 모른다는 기대를 했다. 상구에 따르면 준구와 수진은 이후로 애인도 친구도 아닌 애매한 관계를 몇 년간이나 이어가

다가 수진이 오래전부터 교제해오던 피부과 의사와 결혼하면서 헤어졌다고 한다.

군대에 간 경석은 휴가를 받지 못해 결혼식에 불참했지만, 후배를 통해 축의금을 보내 왔다. 축의금은 신랑 측에 전달되었고, 축의금 봉투를 전한 후배는 수진이나 진수를 못 본 척하고 조용히 혼자서 밥을 먹고 사라졌다.

두 사람은 수도권에 작은 전셋집을 얻었다. 성찬의 홀어머니가 기거하는 임대아파트와 가까운 동네였다. 직업이 없었던 두 사람은 미영의 부모로부터 생활비를 지원받았다. 미영의 부친은 딱 6개월만 생활비를 줄 테니 그 안에 직장을 구하라고 엄포를 놓았다.

성찬과 미영은 구두 뒤축이 닳아 없어지도록 면접을 보러 다녔지만 연락 오는 회사가 없었다. 성찬은 학점이 좋지 않았고 폭력시위로 경찰에 체포되었던 전력이 문제가 됐다. 기업들은 학생운동 전력자들을 좋아하지 않았다. 불평불만이 많아 분위기를 해치고 노조를 만들 수도 있다는 이유로 기피대상이었다.

미영은 유부녀에 신혼이라 출산이 예상된다는 이유로 번번이 퇴짜를 맞았다. 인사 담당자들은 미영의 미모를 아까워하며 '미혼이면 좋았을 것……' 하고 토를 달았다.

미영의 부친은 6개월만 돈을 주겠다던 엄포를 잊은 척하고 1년 동안 계속 돈을 부쳤다. 성찬은 점점 처가 식구 볼 면

목이 없어졌다.

미영이 먼저 취직을 했다. 대형 출판사 편집기획 보조 업무였다. 첫해의 월급은 형편없이 적어서 부모의 도움을 당분간 계속 받아야 했다. 그래도 2년 차 되는 해에는 부친의 송금액을 절반으로 줄일 수 있었다.

성찬은 전업주부가 되어 살림을 했다. 아침부터 아내가 퇴근하는 시간까지 청소를 하고 빨래를 하고 장을 보러 다녔다. 미영은 전업주부가 된 성찬을 부끄러워하지 않았다. 가사 노동도 엄연한 노동이라는 게 미영의 지론이었다. 하지만 성찬은 미영을 생활 전선에 내보냈다는 자책감에서 벗어나지 못했고 점점 의기소침해졌다.

결혼 후 몇 년 동안이나 직장을 얻지 못하던 성찬은 대학 선배의 도움으로 노동운동을 하는 시민단체에 작은 자리를 얻었다. 월급은 미영보다도 적었으나 일이 편하고 안정적인 직장이었다. 회사는 시민의 기부금도 받았지만 주로 정부지원금으로 운영이 됐다. 하지만 성찬은 제대로 적응하지 못했다. 어떻게 보면 학생운동가의 사회 진출인데, 이상과 현실이 너무 달랐다. 학교 다닐 때는 명분과 논리를 위해 싸웠는데 사회에서는 대부분 돈과 연줄로 귀결이 됐다. 그 작은 조직 내에도 계파가 있고 권모술수가 있었다. 결국 성찬은 입사한 지 5개월 만에 회사에서 뛰쳐나왔다.

성찬이 자리를 못 잡고 방황하는 동안 미영은 몇 번 승진을 거듭해 편집장이 됐다. 재벌 기업의 직장인들만큼 높은 연봉을 받진 못했지만 두 식구 먹고살 정도는 되었다. 미영의 부친은 퇴직을 몇 달 앞두고 생활비 지원에서 벗어날 수 있었다.

성찬은 중장비기사 자격증을 몇 개 땄지만 딱히 돈을 벌진 못했다. 성찬은 점점 우울해졌고 말수가 적어졌다. 부부 관계는 소원해졌고 미영은 집에 들어가기가 싫어졌다. 점점 늦는 일이 잦아졌지만 성찬은 간섭하지 않았고 미영도 늦은 귀가에 대한 해명을 그만두었다.

미영은 결혼 후 오랫동안 불임이었지만 편집장이 된 후에 아기가 생겼다. 하지만 낳지 않기로 했다. 미영은 너무 고령이었고, 회사는 출산휴가를 용인해줄 만큼 여유롭지 못했다. 미영은 남편에게 무사히 출산을 하더라도 키울 자신이 없다고 했다. 게다가 미영은 돈을 벌어야 하는 가장이었다. 성찬은 아무 말도 하지 않았다.

세월은 빠르게 흘렀다. 과로에 시달리고 만성피로를 호소하던 미영은 어느 날 병원에서 간암 진단을 받았다. 나이를 생각하면 가능한 질병이었으나 죽기엔 아직 젊었다. 두 부부에게는 즐거운 기억이란 게 별로 없었다.

성찬의 홀어머니가 비슷한 시기에 숙환으로 쓰러졌다. 성찬은 모친과 아내의 병실을 오가며 수발을 들어야 했다. 성찬은 결혼한 후로 가장 바쁘게 움직였다.

성찬은 미영이 몸져눕자 그제야 스스로 돈을 벌기 시작했
다. 번듯한 직장은 아니었지만 한 번 나가면 제법 많은 돈을
가져왔다. 미영은 성찬이 중장비를 다루는 노동자라는 사실
이 부끄럽지 않았다. 미영은 성찬이 벌어 온 돈을 병실에서
받아 들고 결혼 후 가장 환하게 웃었다.

문상

백 보좌관은 여느 때와 다름없이 가지런히 빗어 넘긴 머리에 무표정한 얼굴을 하고 있었다. 그는 두툼한 조의금 봉투를 내밀고 방명록에 안경석이라고 적었다. 향을 피우고 두번 절을 하는 모습은 비록 형식적이라도 절제미가 느껴졌다.

보좌관은 성찬과 맞절을 하고 손을 맞잡았다. 그의 얼굴에 처음으로 인간적인 감정이 나타났다. 미안해하는 표정이었다.

"죄송합니다. 의원님께서 오늘 중요한 선약이 있어 제가 대신 왔습니다. 의원님께서도 직접 가보지 못해 많이 아쉬워하셨습니다."

"괜찮습니다. 그나저나 보좌관님은 저희 어머님 상에도 와 주시고…… 고맙습니다."

"아닙니다. 의원님을 직접 모시고 오지 못해 제가 죄송할 따름이지요."

성찬은 몇 번이나 꾸벅꾸벅 절을 하는 보좌관을 접객실로 안내했다. 성찬은 백 보좌관이 원래 이렇게 겸손한 사람인지 아니면 상대가 의원의 친구라서 그런 것인지 궁금했다.

성찬이 종이컵에 술을 따라주었지만 보좌관은 마시지 않 았다. 그는 나무젓가락으로 편육을 한 점 집어 들었다.

"제가 모시는 분이지만 솔직히 좀 이해가 안 갑니다. 바쁜 시간 쪼개서 몇 번이나 병문안을 가셨던 분이…… 문상은 왜 안 오시는지……."

"……."

성찬은 이유를 알고 있었지만 이야기하지 않았다. 미안해 하는 보좌관에게 술 대신 식혜를 따라주었다.

"참, 의원님이 장례 끝나면 김 선생님과 한잔하자고 하십 니다."

"그러지요……."

백 보좌관은 홍어무침을 씹으며 성찬의 얼굴을 쳐다봤다.

"제가 김 선생님에게 궁금한 것이 있는데요."

"말씀하시죠."

"도대체 세 분은 어떤 관계입니까?"

성찬은 나무젓가락 세 개로 삼각형을 만들어 보였다.

"이런 관계죠. 삼각관계."

백 보좌관은 당혹스러운 얼굴로 입술을 달싹거리며 뭔가 말하고 싶은 눈치였으나 끝내 입을 열지 않았다.

"저도 궁금한 게 있는데요."

"말씀해보세요."

"안경석 의원······ 현 대통령께서 미는 대권 주자라는 게 정말입니까?"

보좌관의 얼굴에 희미한 미소가 떠올랐다.

"대통령이 미는 사람은 이동희 의원입니다."

성찬은 마른침을 삼켰다. 여기서 다시 동희라는 이름을 듣게 될 줄이야. 동희는 프락치 사건으로 다시는 재기하지 못할 것처럼 보였다. 하지만 진보 정권이 들어선 뒤 사면이 됐고, 이후 우여곡절을 겪으면서 제도권 정치에 입성한 후 경석까지 중앙 정치 무대로 끌어올렸다. 성찬은 동희의 무서운 생명력에 몸서리쳤다.

백 보좌관은 성찬의 잔을 소주로 채워주었다.

"한 잔 받으시지요. 전 운전을 해야 해서······. 대통령이 미는 사람은 이동희 의원입니다만, 그게 안경석 의원이 될 수도 있습니다."

"그건 무슨 소립니까?"

"정치는 생물이니까요. 대통령이 미는 사람이 이동희지만,

이동희가 미는 사람은 우리 안경석 의원 아닙니까? 만일 이동희가 불의의 사건으로 낙마한다면, 분명히 안경석 의원을 대신 세울 겁니다. 그렇게 해야 이동희 의원의 말년이 편안할 테니까요."

"이동희 의원은 안경석 의원의 든든한 후원자군요. 공천받은 것도 이동희 덕분 아닙니까?"

"그렇긴 하지만…… 제 생각엔 이동희 의원에게 진 빚은 이미 갚았다고 생각합니다."

"그건 또 무슨 말입니까?"

"이동희 의원이 당선된 건 안 의원님이 선대본부장을 맡아 열심히 뛰었기 때문입니다. 재선된 것도 마찬가지구요. 두 번이나 큰 공을 세웠는데 그 정도는 해줄 수 있는 거 아닙니까? 그리고 이제 안 의원님은 이동희 의원에게 의지할 필요가 없습니다. 최근 여론조사에서 이동희 의원을 이미 앞서고 있는 분입니다. 이제는 안 의원님도 자신의 정치를 해야 한다고 생각합니다."

"내가 어마어마한 사람과 만나고 있네요."

백 보좌관은 육개장에 밥을 말았다.

"부디…… 이 끈을 놓지 마십시오. 의원님이 선생님을 좋아하는 거 같으니까요."

성찬은 살짝 자존심이 상했다. 보좌관의 말은 경석이 대통령이라도 되면 한자리 챙겨주지 않겠냐는 소리로 들렸다. 학생운동을 했던 것 빼고는 이렇다 할 경력이 없는 성찬이었다. 만일 경석이 성찬에게 자리를 챙겨준다면 어떤 자리일까. 어쩌면 보좌관은 미관말직이라도 고맙게 받으라는 뜻으로 말했을 것이다. 성찬은 보좌관에게 가볍게 목례를 하고 자리에서 일어났다.

성찬은 장례를 치른 뒤 일주일 만에 경석을 강남의 일식집에서 다시 만났다. 좌석 수는 적고 음식과 술값은 비싼 곳이었다. 주방장은 일본인이었고 시중드는 여자들은 기모노를 입었다. 성찬은 호리고타츠(바닥이 파인 난방 테이블) 안에서 경석의 발을 툭 건드렸다.

"너희들 이런 데서 밥 먹어도 되냐? 친일파는 매국노라며?"

경석은 사케를 따라주며 웃었다.

"너도 알잖아. 조선 민족의 주적은 미제지 일본이 아니야. 일본은 망한 제국이잖아. 이제는 그냥 미제의 하수인이지."

성찬은 미제라는 말에 분신한 정배가 떠올라 갑자기 울컥했다. 잠시 잊을 뻔했다. 경석의 정파가 정배에게 했던 짓을.

"일본이 주적이 아니라면 왜 그렇게 반일에 목숨 거는데?"

경석은 성찬과 잔을 부딪쳤다.

"그냥…… 잘 먹히잖아. 대중노선은 항상 유연해야지."

경석은 성찬이 어떤 심정인지도 모르고 옛날이야기들을

꾸역꾸역 뱉어냈다. 처음 동아리방에서 만났던 일, 성찬이 정파를 바꿨던 일, 농활에서 미영이를 처음 만났던 일, 정배의 죽음, 치열했던 가두투쟁, 그리고 총학 선거…….

정치인으로서 화려한 삶을 살고 있으면서도 경석은 학창 시절이 그리운 모양이었다.

"아 보고 싶다~ 그 시절 친구들~"

성찬은 와사비를 잔뜩 푼 간장에 농어회를 담갔다.

"넌 보고 싶냐? 난 별로다. 좋은 기억이 없어."

"그래? 거참 이상하네. 응…… 그럴 수 있겠다. 너희는 만나기만 하면 싸웠잖아? 얼마 되지도 않는 쪽수 가지고 갈가리 찢어져서 전략론, 전술론, 혁명론을 각자 따로 만들고……."

"그래. 지나고 보니 의미 없는 짓이었어. 누구 말마따나 잿빛 두뇌와 간교한 입술의 운동가들만 양산했던 거 같아."

"성찬아, 너 그거 아냐? 왜 그때 NL 쪽 선배들은 지금 다 잘나가는데 PD 쪽 똑똑하신 선배들은 빌빌대는지? 그거 알아?"

"우리는 원칙을 지켰기 때문이지. 개량주의를 거부하고 신념에 충실하여 노동운동에 투신했지만 너희들은 애국적 사회 진출 어쩌고 하면서 고시 공부도 하고, 사업도 하고, 너희들이 비판하는 식민지 국가의 부역자들로 변신했잖아. 그게 성공의 비결 아닐까? 일제시대에 독립운동 했던 사람들은 다 망했고 부역한 사람들은 출세한 것처럼."

"야 인마! 어떻게 우리 선배들을 친일파에 비유하냐! 너희들은 그 주둥아리 때문에 욕을 먹는 거야. 먼저 인간이 되어야지! 품성! 알겠냐! 올바른 품성!"

"지랄하네. 주체사상에서 제일 코미디 같은 부분이 품성론이야. 올바른 품성을 갖춰야 혁명을 잘할 수 있다. 당연한 말씀이긴 한데 그게 무슨 독특한 철학이고 사상이냐? 회사 생활을 잘하려면 인성이 좋아야 한다, 차를 잘 팔려면 고객서비스 정신이 투철해야 한다, 이런 얘기랑 뭐가 달라?"

"당연한 얘기가 진리야. 복잡한 마르크스 이론이 운동에 무슨 도움이 됐어? NL 선배들은 이론보다 행동이 중요하고, 행동하기 위해서는 든든한 조직력이 바탕이 되어야 한다는 걸 깨달았던 거야."

"그래서, 행동력과 조직력이 중요하다면 군대나 조폭 같은 조직이 되어도 상관없다는 얘기냐? 건축에 대해 무지한 십장이 설계도도 없이 힘센 노가다들만 잔뜩 모아놓고 어떻게 아름다운 건축물을 짓겠다는 거야? 기껏해야 창고 아니면 변소나 지을 뿐이지."

"뭔가를 지으려면 미장이와 목수가 있어야지, 입만 살아서 나불대는 건축이론가들이 모여봐야 아크릴 모형밖에 더 만들겠어? 결국 권력을 잡는 사람들은 몽상가들이 아니라 충성스러운 조직이 있는 사람들이야."

기모노를 입은 여자가 들어와 삶은 무와 생선구이를 식탁에 올리자 둘의 논쟁은 잠시 소강상태에 들어갔다. 경석은 5만 원짜리 한 장을 접어 여자의 손에 쥐여 주었다. 여자는 경석의 어깨를 만지며 '아리가토'라고 교태스럽게 말했다. 여자가 나가자 경석이 익살스럽게 웃었다.

　"한국 여자야. 종업원들이 일본 기생 흉내를 내는 게 요즘 트렌드거든."

　성찬은 술기운이 오르자 말이 점점 더 험해졌다. 마치 30년 전으로 돌아가 선후배들과 사상투쟁을 벌이는 기분이 들었다. 논쟁으로 상대를 제압할 때 느끼는 쾌감은 그 무엇보다도 짜릿했다. 성찬은 그 쾌감의 기억을 저 깊은 곳에서부터 더듬었다. 만일 경석이 같은 정파에 있었다면 묵사발을 내놓았을 것이다.

　"야, 깜빵 갔다 온 애들이 민주화운동 유공자로 지정됐더라. 보상금 받고 명예 회복 된다며?"

　"봤냐? 감동했지? 우린 결국 해내잖아. 결국 실현해내는 힘! 그게 우리의 저력이지."

　"지랄. 그거 사기 아니냐? 대국민 사기극이지."

　"그게 왜 사기극이야? 독재에 맞서 싸운 사람들인데!"

　"야, 국민들이 생각하는 민주주의는 그냥 자유민주주의야. 우리가 부르주아 민주주의를 위해 싸웠어? 너희는 민족해방, 우리는 노동해방, 식민지 국가든 파쇼 국가든 타도하고 새로운 세상을 만들어보자고 싸운 거잖아!"

"네가 하고 싶은 말이 뭐야?"

"우린 민주화운동을 한 게 아니잖아! 공산화운동을 한 거잖아!"

경석은 킥킥대고 웃었다.

"야 이 또라이 같은 자식아! 대중과 소통할 수 있는 언어를 써야지! 공산화운동 유공자라고 하면 그게 상 줄 일이냐! 감옥에 처넣을 일이지!"

"내 말은 왜 민중을 기만하느냐는 거지. 사람들 속이고 홀려서 너희들이 원하는 목적을 달성하면 그게 올바른 혁명이냐? 혹세무민하는 사교의 무리와 다를 게 뭐가 있어? 지금이라도 양심선언해라. 너희들이 했던 일은 시민들이 누리고 있는 부르주아 민주주의와는 아무 상관이 없다고 말이야."

"거 참 PD스럽게 답답한 얘기만 하시네. 어이 답답한 양반아! 민주주의에 자유민주주의만 있냐! 인민민주주의도 있고 프롤레타리아 민주주의도 있구먼! 북한도 정식 국명이 뭐냐! 조선민주주의인민공화국 아닌가. 안 그래? 우리 민주화운동 한 거 맞아."

"와— 뻔뻔하네. 방금 안경석 의원이 말씀하신 거 녹음해서 저녁 뉴스에 뿌려주고 싶다."

"야 그만 좀 해라. 그게 뭐 중요한 일이라고……."

"너희들은 남한의 부르주아 민주주의에 공헌한 바가 없어.

호남향우회와 민주산악회가 한 일에 숟가락 없는 게 부끄럽지도 않아? 정체성을 부정하는 자기기만 아니냐?"

경석은 손바닥을 좌우로 흔들었다.

"아이고, 이제 그만하자. 너랑 말싸움하니까 숨넘어가겠다. 오늘 이런 얘기 하자고 부른 게 아닌데……."

"그럼 무슨 얘기 하자고 불렀냐? 별 얘기 아니면 백 보좌관도 부르지 그랬어. 그 친구야말로 '품성'이 훌륭하던데."

경석이 킬킬 웃었다.

"그래그래…… 우리 백가가 멋진 놈이긴 하지……. 근데 너랑 긴히 할 얘기가 있어서……."

성찬은 술이 확 깼다. 기다리고 있었다.

"뭔데? 비밀스러운 얘기?"

"그게……."

경석의 표정이 일그러졌다. 두렵기도 하고 의심스럽기도 하고 초조하기도 한 복잡한 감정이 스쳐 지나갔다.

"성찬이 너 말이야…… 혹시 나한테 숨기는 거 없니?"

성찬의 한쪽 눈썹이 실룩거렸다. 술기운이 잔뜩 오른 상태였지만 경석의 질문은 서늘하게 날이 서 있었다.

"너한테? 글쎄…… 이 보잘것없는 백수건달이 존경하는 안 의원님께 숨길 게 뭐가 있을까나……."

"자식…… 장난하지 말고……. 혹시…… 미영이가 죽기 전에 너한테 무슨 말 안 남겼어?"

"무슨 얘긴지 모르겠지만 너에 대한 얘기는 없었다. 단 한 마디도 안 했어."

성찬의 목소리는 단호했다.

"정말이야? 그럴 리가……."

"왜? 미영이가 아직도 너를 못 잊었을까 봐? 미영이 내 마누라였어. 넌 잘난 약사 부인 얻어서 잘 살고 있잖아. 왜, 우리 미영이 죽고 나니까 미련이 남아?"

"그런 얘기가 아니다……."

경석은 입술을 지그시 깨물고 성찬을 노려보았다. 성찬도 지지 않고 시선을 맞받아쳤다.

"성찬아…… 너 나 속이면 벌 받는다……."

"아이구 무서워라. 차기 대권 주자께서 협박하시니 살 떨리네. 어쩌냐? 미영인 그냥 조용히 서세상 갔는데. 나한테 미안하다고만 하더라."

경석은 체념한 듯 한숨을 내쉬었다.

"알았다. 그만하자."

"술맛 떨어지는 얘기는 그만하고 딱 한 병만 더 마시자."

경석은 여전히 뭔가 찝찝하고 이상하다는 표정이었다.

두 사람은 추가로 주문한 오니고로시 900밀리리터 종이 팩을 단숨에 비웠다. 성찬은 뭔가 더 논쟁을 하고 싶었지만 혀가 꼬여서 말이 제대로 나오지 않았다. 경석은 어디 가서 한잔만 더 하자는 성찬을 일으켜 세웠다. 기모노를 입은 여인이 문밖으로 나와 허리를 굽혀 인사했다.

둘은 어색한 악수를 하고 헤어졌다.

경석은 기사가 기다리는 제네시스 안으로 들어갔고, 성찬은 택시를 잡았다. 경석은 차 안에서 성찬을 태운 택시가 사라지는 방향을 갈망하는 눈으로 좇았다.

사인死因

사무실은 컴퓨터 자판 두드리는 소리와 보험회사 직원들끼리 다투는 목소리로 시끄러웠다. 자판을 두드리는 무표정한 얼굴의 조사관은 어느 한쪽 편을 들어주지 않고 번갈아 질문을 던졌다. 소미는 보험회사 직원들이나 교통사고 조사관이나 모두 피곤한 직업이라는 생각이 들었다.

소미는 여경의 안내를 받아 이 사무실에서 가장 높은 사람을 만날 수 있었다. 살면서 접할 수 있는, 어쩌면 가장 피곤해 보이는 몰골의 남자였다. 소미는 회사의 부장과 편집국장을 떠올렸다. 자신도 20년 넘게 회사를 다니면 이런 몰골을 하게 될까. 끔찍한 상상이었다.

주형철 계장은 소미의 명함을 받아 들고 신기하다는 듯이 이리저리 돌려 보았다.

"월간지 기자분이 교통사고조사계에는 무슨 볼일로 오셨어요?"

"예전에 일어났던 사건기록을 보고 싶어서요."

"그런 건 함부로 열람할 수 없습니다. 사건 관계자만 볼 수 있죠."

"전 기잡니다. 납세자들은 자신들의 세금으로 운영되는 기관에서 일을 똑바로 하는지 알 권리가 있습니다."

주 계장은 어이가 없다는 듯이 허허 웃었다.

"그건 댁 생각이고, 법은 달라요. 아무리 기자라도 함부로 수사기록을 등사해 갈 수는 없어요."

"제가 언제 등사해 간다고 했나요? 슬쩍 보여만 달라는 얘기잖아요."

"이봐요, 수사기록이 애들 일기장도 아니고 어떻게 마음대로 보여줘?"

"그럼 계장님이 보시고 저한테 알려주시면 되겠네요."

"글쎄 안 된다고!"

고성이 오가자 사무실 안의 모든 시선이 두 사람에게 쏠렸다. 주 계장과 소미는 얼굴이 벌겋게 상기되어 서로를 노려보았다. 그때 보험회사 직원들을 돌려보낸 조사관이 둘 사이에 끼어들었다.

"실례지만, 무슨 일로 우리 계장님과 이러시는 겁니까?"

조사관은 상사 앞에서도 보험회사 직원들을 대하듯 냉정하고 공평한 표정을 유지했다. 소미가 교통사고로 죽은 구대서의 수사기록을 보고 싶다고 하자, 조사관은 그녀의 손목을 잡아끌었다. 소미가 손목을 비틀어 뿌리치려 하자 조사관은 소미의 귀에 대고 재빠르게 말했다.

"제가 그 사건 담당자였습니다. 차라도 한잔하면서 말씀하시죠."

주 계장은 귀찮은 민원인을 끌어내는 믿음직스러운 부하직원을 보며 안도하는 표정을 지었다.

민원인 휴게실에서 피로회복제를 나눠 마신 두 사람은 간단하게 통성명을 했다. 조사관은 교통사고조사계는 24시간 대기 상태에 있어야 하는 3D 부서라며 이 부서에 오래 있으면 미쳐버리거나 이혼당할지도 모른다고 했다. 소미는 경찰과 기자의 유사점을 얘기하며 신참 기자의 고충을 털어놓았다. 짧은 대화로 형성된 유대감은 좀 더 편안하게 사건의 핵심으로 접근하도록 해주었다.

"별로 이상할 게 없는 사건입니다. 저녁 열 시에 8차선 도로에서 길을 건너던 구대서가 5톤 트럭에 치여 사망한 사건이에요. 가해자는 혈중알코올농도가 0.1%를 넘은 만취 상태였습니다. 당연히 구속됐고 3년 실형을 받았어요. 가해자는 지금 교도소에 있습니다."

소미는 수첩에 적힌 내용과 조사관의 진술을 대조해보았다. 사실관계는 일치했다.

"사건 개요 정도는 저도 파악하고 있어요. 조금 더 자세하게 알고 싶은 겁니다. 차량이 몇 차선에 있었는지, 브레이크는 밟았는지, 부검은 했는지, 이런 디테일한 내용을 체크하러 온 겁니다."

조사관은 소미를 물끄러미 바라보았다. 정말로 표정이 없는 남자였다. 가해자와 피해자를 대리하는 보험회사들 사이에서 균형을 잡다 보니 저런 표정이 나오는 것일까. 그는 한참 만에 입을 열었다.

"조금 이상한 점은 있었습니다. 먼저 사고지점에 스키드마크(skid mark)가 없었어요. 보통 운전자가 사람을 발견하면 급제동을 하면서 노면에 타이어 자국이 남는데 이 트럭은 멈추지 않고 넘어진 피해자를 그대로 밟고 지나갔습니다. 피해자는 역과歷過에 의한 다발성골절로 사망했죠. 더 이상한 건 사고지점 100미터 앞에 스커프마크(scuff mark)가 있다는 겁니다. 더 정확히 말하면 가속 타이어 자국(acceleration scuff)이었어요. 이건 자동차가 정지된 상태에 있다가 급출발하면서 나타나는 흔적입니다."

소미는 메모하던 펜을 멈추고 조사관과 눈을 마주쳤다.

"맙소사. 그렇다면 가해자의 트럭은 피해자를 기다리고 있다가 급하게 출발한 다음 브레이크를 밟지도 않고 전속력으로 치고 지나갔다는 얘기잖아요. 이건 고의적인 살해라고 보이는데요."

"검찰에서도 그 점을 이상하게 여기고 좀 더 수사를 해보라고 지시했어요. 하지만 가해자가 피해자를 살해할 만한 뚜렷한 동기가 없었습니다. 가해자와 피해자는 일면식도 없는 사이였고 피해자는 막노동을 하는 평범한 사람이었습니다. 평생 결혼도 하지 않고 혼자 사는 조용한 사람이었죠. 누군가에게 원한을 사거나 살해당할 이유가 없는 사람이었습니다. 가해자 역시 전과가 없었고 성실하게 살아온 사람이었어요. 사건은 결국 과실치사로 갔습니다. 비상식적인 타이어 자국은 가해자가 만취 상태였다는 것으로 다 설명이 됐습니다. 술에 취하면 모든 인지능력이 떨어지죠. 가해자는 피해자를 발견하지 못한 상태에서 출발했고, 발견한 시점에서도 반응속도가 느리니 이미 역과한 상태에서 브레이크를 밟았던 거죠. 스키드마크는 사고지점을 50미터나 지나고 나타났습니다. 어쨌든 가해자가 3년 형을 받도록 했으니 고인에게 할 도리는 했다고 생각합니다. 개인적인 생각입니다만, 음주운전도 살인에 버금가는 반인륜적 범죄라고 생각합니다. 더 엄중한 처벌이 필요해요."

소미는 이만하면 경찰에서는 충분한 정보를 얻었다고 생각했다. 결정적인 증언은 없었지만 자신의 추론을 뒷받침할 정황은 확보된 셈이다.

"조사관님, 혹시 제가 가해자의 주소를 알 수 있을까요?"

그때까지 무표정하던 조사관의 얼굴에 당혹감이 떠올랐다.

"그건 곤란합니다. 요즘 개인 정보에 대한 보호가 강화되어서……."

"조사관님에게는 절대로 피해가 가지 않도록 하겠습니다. 약속드릴게요. 가해자의 주변 인물들을 탐문해보고 싶을 뿐이에요."

조사관은 고뇌하는 표정이더니 결국 그러마고 대답했다.

"기자님의 약속을 믿기 때문이 아닙니다. 기자님이 물러서지 않을 분이라는 생각이 들기 때문에 도와드리는 겁니다."

좁은 도로를 중심으로 낡은 빌라들이 촘촘하게 솟아 있는 동네였다. 전선이 어지럽게 얽힌 전봇대들 사이에 관리처분계획인가를 신청했다는 재개발조합의 플래카드가 걸려 있었다. 조사관이 알려준 집은 5층짜리 공동주택이었는데 벽에 실금이 가고 도색이 심하게 벗겨진 폐허와도 같은 건물이었다. 조사관의 말이 정확하다면 가해자의 부인이 402호에 살고 있어야 했다.

승강기가 없는 건물이었다. 402호 문 앞에 도착한 소미는 발목이 끊어지는 것처럼 아팠다. 엄마 말대로 굽이 없는 신발을 신고 다닐걸, 하고 후회가 됐다. 단신 콤플렉스는 여러 가지로 사람을 괴롭혔다. 초인종을 누르자 머리에 헤어롤러를 단 오십 대 여성이 나타났다. 세파에 찌들고 타인에 대한 불신이 가득한 얼굴이다.

"뉘셔?"

초면에 너무 차갑고 짧은 질문이 날아와 소미는 긴장했다.

"혹시 여기가 이정수 씨 댁인가요?"

"그런 사람 안 사는데."

조사관이 거짓말을 한 것인가. 소미는 가슴이 답답해져왔다.

"혹시 남편분이 교통사고를 내서 교도소에 가시지 않았나요?"

여자는 소미를 아래위로 훑어보더니 내뱉듯이 말했다.

"전에 살던 사람 말하는 거 같은데. 난 모르니 집주인한테 물어봐셔."

여자는 501호에 건물 주인이 살고 있다고 말해줬다. 소미는 한 층을 더 올라가야 한다고 생각하니 슬그머니 짜증이 일었다. 아려오는 발목을 문지르면서 501호에 도착했다.

5층에 있는 집은 한 층을 통으로 쓰고 있었다. 초인종을 누르자 이번에는 머리가 허연 할아범이 나타났다. 제법 말이 통할 것 같은 인상이었다. 자초지종을 이야기하자 집에 들어오라고 했다. 소미는 안도의 한숨을 쉬었다. 그렇지 않아도 끊어질 것처럼 아픈 발목 때문에 의자에 앉고 싶었다.

집 안은 노인이 사는 집답지 않게 정갈하게 꾸며져 있고 좋은 냄새가 났다. 거실에는 다양한 크기의 선인장과 이름

모를 나무 화분들이 있었다. 노인은 중국에서 사 왔다는 녹차를 내왔다. 그는 말벗이 필요한 독거노인이었다.

"『월간한국』이라면 내가 애독자야. 벌써 10년째 정기 구독하고 있거든."

"앗 정말이요? 고맙습니다 어르신."

부장은 밖에 나가서 정기 구독자를 만나면 당장에 큰절을 하라고 했다. 그만큼 만나기 힘든 존재였다.

"강민재 기자가 은퇴하고 나서는 큰 기사가 안 나오는 것 같아. 그게 좀 아쉬워. 아가씬 똑똑해 뵈니까 좋은 기사 써봐. 그래야 우리 같은 늙은이들도 심심하지 않지. 안 그래?"

"네. 열심히 하겠습니다."

노인은 오랜만에 대화 상대를 만난 듯 잔뜩 변죽을 울렸다. 3년 전에 죽은 부인의 병시중 얘기부터 미국에서 박사학위를 받고 주립대 교수를 하고 있는 아들 얘기, 자신이 취미로 즐기는 게이트볼 얘기를 주절주절 떠들었다. 조금이라도 오래 이야기하고 싶은 노인들의 우회적인 대화법이다. 하지만 바로 핵심으로 치고 들어가는 소미의 질문에는 어쩔 수 없이 손을 들어야 했다.

"김 기자가 만나고 싶어 하는 402호 여자는 두 달 전에 이사를 갔어. 인천 어디로 간다고 들었는데…… 미안하지만 새로 이사 간 주소는 알지 못해."

"그것까지 아실 수는 없겠죠. 혹시 402호 남자에 대해 아시는 바가 있으면 말씀해주세요."

"뭐 별로 특별할 게 없는 사람이지. 트럭을 몰았는데 자기 트럭을 갖고 있는 지입 기사였다고 들었어. 자기가 영업용 번호를 달고 운수회사에서 콜 받아서 나가는 사람들이지. 트럭 기사가 돈을 잘 벌 것 같지만 힘든 직업이야. 먹고살려면 하루에 열 시간 이상 달려야 하는데 일거리가 없는 날도 많고 차량 할부금에 유류비에 이것저것 제하고 나면 목구멍에 풀칠하기도 힘들지. 그래서 월세도 자주 밀렸어. 사정 뻔히 알면서도 가끔은 집세 독촉을 할 수밖에 없었지."

"음주 운전으로 사람을 죽였다는 말을 들었을 때 어떠셨어요?"

"많이 놀랐지. 그 사람이 똑똑하진 않아도 착실한 사람이었는데……. 술을 마시고 운전했다는 게 도통 이해가 안 돼. 원래 술을 마시는 사람이 아니거든."

"네? 그게 무슨 말씀이에요?"

"술을 좋아하지 않았다는 게 아니라, 아예 술을 못 마시는 사람이야. 술친구도 없는 사람이라고. 이건 내가 402호 여자한테 들어서 확실히 알고 있지."

"그렇다면 정말 이상하군요. 술을 안 마시는 사람이 만취할 정도로 마신 뒤에 운전대를 잡았다는 게……."

"이상하지. 그런데 더 이상한 게 뭔지 알아?"

노인은 차를 한 모금 마시고 목을 가다듬었다. 그는 대화의 상대방이 기자라는 사실에 더욱 신이 나는 모양이었다.

"402호 부부는 빚에 쪼들린 사람들이었어. 무엇 때문에 빚을 졌는지는 모르지만…… 도박을 하거나 사업을 망해 먹거나 그런 부류는 아니야. 아주 착실한 사람들이었거든. 그저 하루 벌어 하루 먹고살다 보니 돈에 쪼들리고, 그러다 보니 사채를 조금씩 얻어 쓰다가 고리대금업자들의 수렁에 빠져버렸던 거겠지. 무서운 얘긴데, 깡패처럼 생긴 남자들이 찾아온 적도 있어. 목에는 굵은 금목걸이를 하고 시커먼 바지를 입고 팔에는 문신이 있는 놈들 말이야. 그래서 나도 월세 독촉을 심하게 하진 못했지. 딱한 사정을 아니까."

"그런데요? 뭐가 이상하다는 거죠?"

"김 기자는 성질이 무지 급하구먼. 들어봐. 어느 날 402호 남자가 사고를 쳤다는 거야. 경찰이 집으로 찾아오고 난리가 났지. 그래서 난 아이고, 저 집은 이제 망했구나. 밀린 월세는 고사하고 내보내기도 어렵겠다고 포기하던 차였지. 합의금 같은 걸 내줄 형편도 안 될 것이고, 꼼짝없이 감옥에 갈 텐데 여자는 아무것도 할 줄 모르니 우리 집에 눌러앉아서 쌀이라도 얻어 가지 않을까 걱정했어."

"그런데 뭔가 반전이 있었나 보죠?"

노인은 눈을 동그랗게 뜨고 고개를 격하게 끄덕였다.

"반전이지! 남자가 구치소에 갇혀 있을 때였는데, 402호 여자가 돈다발을 들고 왔어. 밀린 월세를 다 치르고도 돈다발이 하나 남더라고."

"와아— 정말 이상하네요. 돈이 어디서 났을까요?"

"난들 알겠나. 나야 돈만 준다면야 고마운 일이니까 아무 것도 묻지 않았어. 근데 402호 여자가 먼저 떠벌리더라고. 그동안 여기저기 진 빚도 다 갚고 새로 지은 서른 평짜리 빌 라에 전세를 구해서 이사 간다고 말이야. 402호 여자는 남편 이 감옥에 가게 되어서 슬픈 얼굴이 아니었어. 돈이 생겨서 꽤나 즐거워하는 것처럼 보였어."

소미는 노인과의 인터뷰를 마치고 회사로 복귀했다. 보강 취재를 하기 전에 데스크에게 중간보고를 하고 지시를 받아 야 할 것 같았다. 강민재 기자의 가설이 충격적인 건 사실이 었지만, 억측일 수도 있었다. 소미는 구대서 사건에서 합리 적인 의심이 들지 않으면 취재를 중단하기로 데스크와 약속 이 되어 있었다. 데스크는 가망 없는 아이템에 매달리는 걸 극도로 경계했다. 월간한국은 만성적인 인력 부족에 시달리 는 중이었다.

데스크는 소미의 정보보고를 듣고 흥미를 보였다.

"구대서 사건은 확실히 냄새가 나는구나. 네가 말한 대로 취재해볼 만한 가치가 있어. 좋아, 나머지 한 명에 대해서도 조사를 해봐. 익사라고 했나? 거기서도 구린내가 나면 기획 보도로 방향을 잡고 팀을 꾸려주마."

"감사합니다! 꼭 특종 잡겠습니다!"

세상을 놀라게 할 만한 대형 특종기사를 자신의 이름을 걸고 써보는 것이 소미의 꿈이었다. 요즘은 구독 영업 잘하는 게 기자의 능력이라는 자조 섞인 말들이 나왔지만 소미는 아직도 콘텐츠의 힘을 믿고 있는 젊은 기자였다. 좋은 기사는 많은 독자와 충분한 광고 수입을 보장해준다. 이 전제가 흔들리면 진실을 추구해야 하는 기자의 사명이 무의미해진다. 자신은 그저 지면을 채우고 수익을 올려야 하는 피고용인에 불과해진다. 그래서 소미는 특종에 목을 맬 수밖에 없었다.

경찰서에서 몇 차례 봉변을 당한 뒤로 소미는 방식을 바꿨다. 경찰공무원들이 일면식도 없는 월간지 기자에게 호의를 베풀어 정보를 제공하는 일은 없다는 걸 깨달은 것이다. 소미는 강민재 기자의 인맥을 이용해 경찰서장을 바로 면담했다. 본청에 있는 고위 간부가 자리를 주선해준 것이었다.

"남자인 줄 알았는데 여기자셨네. 어때요, 기자 생활이 힘들지요?"

"네. 가는 경찰서마다 찬밥 신세네요."

"기자단이 인정하는 출입기자가 아니면 원래 정보 얻기가 힘든 게 이 바닥이에요. 그래도 본청에서 신경 써주는 걸 보면 김 기자님도 자신만의 비법이 있는 분이시네. 그렇죠?"

소미는 어색하게 웃었다. 강민재를 알고 있는 것도 비법이라면 비법이겠지.

"능력이 별건가. 인맥이 능력이지. 『조선데일리』 기자들의

298

취재력이 어디서 나오겠어요? 학연으로 얽히고설킨 휴먼 네트워크에서 나오는 거 아니겠어요? 세상사라는 게 다 인간 관계인데, 요즘 젊은 사람들은 그걸 몰라요."

서장은 본청에 있는 강 기자의 친구에게 잘 보이고 싶어 안달이 난 사람이었다. 서장의 비법은 본청 사람들을 잘 사귀어 진급을 하는 것이리라. 서장이 전화 한 통을 넣자 사건 담당자였던 형사가 수사기록을 잔뜩 들고 와서 친절하게 브리핑을 해주겠다고 했다. 소미는 '비공식 루트'의 위력을 깨닫고 씁쓸한 입맛을 다셨다.

"결론부터 말씀드리면 김종훈의 사인은 익사입니다. 특별한 외상이 없었고, 몸 안에서 플랑크톤이 검출되었기 때문입니다. 익사는 익사인데, 이것이 자살인지 사고인지는 밝혀지지 않았습니다."

소미는 수첩을 꺼내 '김종훈 사망사건'이라고 표시를 해둔 페이지부터 메모를 시작했다. 사건 개요는 이미 적어두었고, 부검 결과를 적을 차례였다.

"경위님, 부검 보고서에 대해 좀 더 자세히 설명해주실 수 있나요?"

"네. 기자님께서 이해하시기 쉽도록 기초 상식부터 말씀드리겠습니다. 익사에는 여러 종류가 있는데요, 액체를 흡입해서 질식사한 물 흡인성 익사와 물속에서 쇼크를 일으켜 사망하는 건성 익사, 구조된 이후에 사망하는 지연성 익사 등이 있습니다. 피해자의 경우는 전형적인 물 흡인성 익사로 판명되었습니다. 외관상으로는 콧구멍과 구강에 백색 거품이 있었고 흉부가 팽대하였습니다. 그리고 부검 결과 각종 장기에서 플랑크톤이 검출됐습니다. 이러한 모든 현상들은 물 흡인성 익사에서 발견되는 공통적인 특징입니다. 특히 플랑크톤이 검출되지 않으면 물에 빠지기 전에 사망한 것으로 판단할 수 있지만, 플랑크톤이 발견된 이상 누군가 죽인 후 물에 유기되었을 거란 가정은 배제되는 것이죠."

"살아 있는 상태에서 강제로 익사시켰을 가능성은 없나요?"

"그럴 가능성은 희박합니다. 피해자가 어린아이라면 어른의 완력으로 그렇게 할 수 있지만 망인은 몸무게가 80킬로그램이 넘는 성인입니다. 웬만한 완력이 있어도 쉽지 않은 일이죠. 또 시신이 발견된 저수지의 수심이 2미터가 넘습니다. 가파른 경사면 때문에 자칫하면 범인도 같이 익사하기 쉽습니다. 자살인지 사고사인지 명확하게 결론이 나지 않은 사건입니다만 적어도 살인사건은 아니라는 게 저희 입장입니다."

소미는 깨알 같은 글씨로 부검 소견을 모두 받아 적었다. 군데군데 별표를 치고 밑줄을 그었다. 서장과 형사는 소미의 기록 행위를 보며 서로 불편한 눈빛을 주고받았다. 오래전에 종결된 사건에 대한 취재는 경찰 쪽에 이로울 게 없었다. 기사가 안 나오면 다행이지만 기사가 나오면 결국 부실 수사로 결론 날 수밖에 없기 때문이다. 오래전에 끝났던 사건들이 기자들에 의해 파헤쳐지면서 조직 내 희생양 만들기와 중징계로 마무리된 적이 너무도 많았다.

"근데 정말 이상하군요. 피해자의 거주지와 시신이 발견된 저수지는 직선거리로 50킬로미터 이상 떨어진 곳입니다. 도대체 왜 거기까지 가서 죽었을까요? 사건 당일 피해자의 행적은 조사해보셨나요?"

형사는 끙— 하고 낮은 신음 소리를 냈다. 소미는 자신이 약점을 제대로 찔렀다는 걸 알았다.

"피해자는 그날 저녁에 술자리가 있었습니다. 피해자는 출판물 유통과 관련된 일을 했는데 벌이가 시원찮았다고 합니다. 그날 회식은 유통업체 관계자들을 접대하는 자리였죠. 부인에게도 귀가가 늦을 것이니 먼저 자라고 말해두었다고 합니다."

"그렇다면 사체가 발견된 장소가 집 근처가 아니라는 건 설명이 되는군요."

"네. 술자리가 있었던 장소가 집 근처는 아닙니다. 하지만 저수지에서는 더 멀어지는 곳이죠. 직선거리로 80킬로미터가 넘습니다."

"죽기 전에 함께 있었던 사람들은요? 뭐라고 하던가요?"

"같이 술을 마셨던 사람들을 조사해봤습니다. 다들 술자리가 파하고 바로 집으로 돌아갔더군요. 진술에 거짓이 없는지 확인해봤는데 전부 현장부재증명이 됐습니다."

"알리바이가 있다는 말이죠?"

"네. 그런데 피해자는 집으로 가지 않고 근처의 감자탕집에 가서 혼자 술을 더 마셨습니다. 거기까진 확인이 됩니다. 그런데 그 이후의 행적이 도통 오리무중입니다. 그리고 일주일 뒤에 저수지에서 시신으로 발견된 겁니다. 감자탕집에서 나와 뭘 했는지, 누구와 함께 있었는지, 새벽에 외딴 저수지까지 왜 갔는지 알 길이 없습니다."

"망인이 저수지까지 어떻게 이동했는지는 밝혀냈나요?"

"아뇨. 저수지 근처에 타이어 자국도 없고, 심지어 발자국도 없었습니다."

"휴대전화 위치추적은요?"

"감자탕집 근처 기지국에 위치 정보가 남아 있었습니다. 하지만 거기서 휴대전화가 꺼진 것 같습니다."

"의문투성이군요. 형사님은 자살로 보시나요?"

"모릅니다. 이 사건은 미제사건입니다."

서장과 담당 형사는 이제 더 이상 알려줄 것이 없다, 는 얼굴을 하고 그만 가주었으면 좋겠다는 애원의 눈빛을 보내고 있었다. 소미는 협조에 감사하다는 말을 하고 경찰서를 나왔다. 김종훈의 주변 인물들을 탐문해볼 필요가 있었다.

소미는 미망인을 만나 출판유통업을 했던 김종훈이 주로

302

사회과학 서적들을 취급했으며, 이들 출판사들이 독점 계약을 맺는 방식으로 김종훈을 도와줬다는 사실을 알게 됐다. 운 좋게도 미망인은 소미가 고인이 남긴 서류들을 들춰 볼 수 있도록 허락했다.

소미는 매출 장부를 훑어보다가 '사람총서'라는 출판사가 가장 큰 고객사라는 걸 알아차렸다. 소미는 온라인 도서 구입 앱을 이용해 사람총서가 출간한 도서들을 검색했다. 정치 에세이부터 역사서까지 다양한 도서들이 표출됐다. 굳이 분류하자면 진보적인 색채가 도드라진 서적들이라 할 수 있으나, 표현의 자유가 광범위하게 허용되고 있다는 점을 생각하면 다소 평이해 보이는 출간 목록이었다. 그러나 사람총서라는 회사 이름이 자꾸 마음에 걸렸다.

어디서 보았더라. 왠지 익숙한 느낌의 사명이었다.

소미는 강민재에게 물어보기로 했다. 탐사보도의 전설은 카랑카랑한 목소리로 전화를 받았다.

"사람총서라면 잘 알지. 대표가 박영기였지? 80년대 말에 북한 출판물을 유통하다가 찬양 고무죄로 처벌을 받은 적이 있어."

"그 시절에는 흔한 일 아니었나요? 많은 사회과학 서적 출판사들이 국보법 위반으로 탄압을 받았다고 들었어요."

"뭐 요즘 같은 세상이면 표현의 자유로 다 면죄부를 주니까 문제가 없을 수도 있겠지만, 박영기는 좀 다른 경우야. 박영기가 했던 짓은 지금도 심각한 이적행위로 처벌받을 수 있지."

"박영기가 도대체 무슨 짓을 했는데요?"

"북한의 대남공작부서에서 간행한 김일성 찬양 서적과 주체 철학서를 제3국을 통해 밀수한 다음에 국내에서 인쇄기를 돌려 찍어낸 거야. 이런 책이 버젓이 대학가 서점에 깔리고 2만 부 이상이나 팔렸다니, 믿을 수 있겠나?"

"전형적인 친북 인사로군요. 역시 고인은 계속해서 지하당을 만들었던 세력들과 연계가 되어 있었던 게 틀림없어요."

"맞았어. 출판사들과의 공급계약이 김종훈에게 유리한 방식으로 맺어졌다고 했지? 아마 박영기도 누군가로부터 지시를 받았을 거야. 김종훈을 도우라고 말이야."

"박영기에게 지시를 내린 사람을 찾아내면 김종훈의 죽음도 실마리가 잡히겠군요."

"맞았어. 김 기자, 자네가 찾는 사람은 자네보다 우월한 정보력과 조직력을 갖고 있어. 부디 몸조심하게."

익사사건 조사를 끝낸 소미는 지금까지 수집한 자료들을 바탕으로 추론의 얼개를 짜보았다. 지하당 사건으로 유죄판결을 받아 실형을 산 열여섯 명 중 네 명이 질병 이외의 사인으로 죽었다. 사망한 시기와 연령은 통계적 관점에서 볼 때 부자연스러운 면이 있다.

박수환은 모텔에서 자살했다. 사인은 목매달아 죽은 의사

縊死로 결론이 났는데 삭흔의 방향은 끈으로 목을 졸라 죽인 교사絞死일 가능성이 있다. 그와 함께 모텔에 투숙했던 남성은 행방이 묘연하다.

구대서는 교통사고였는데 타이어 자국이 이상하다. 급출발한 흔적은 있지만 급제동한 흔적이 없고 트럭은 피해자의 시신을 밟고 지나갔다. 가해자는 음주 운전을 했는데 평소에는 술을 마시지 않는 사람이고, 그의 아내는 남편이 사고를 낸 뒤에 갑자기 경제적 궁핍에서 벗어났다.

김종훈은 외딴 저수지에서 익사체로 발견됐다. 그는 죽기 전에 술자리가 있었는데 술자리가 파하고 80킬로미터 떨어진 저수지에서 빠져 죽었다. 그가 왜 거기까지 가서 죽었는지 아무도 설명하지 못한다. 김종훈의 직업은 출판유통업이었고, 그를 도와주던 출판사 대표는 과거 북한 시적을 출판하다 국보법으로 처벌을 받은 친북 인사였다.

우동식은 은행 ATM 부스에서 통장 잔고를 확인하고 나오다가 강도에게 칼을 맞고 죽었다. 그는 죽기 직전에 소미에게 전화를 걸어 중대한 제보를 하겠다고 했다. 오토바이를 타고 도주한 강도는 잡지 못했다. 범인은 사전에 치밀하게 도주 동선을 설계했으나, 겨우 지갑을 훔치려고 사람을 네 번이나 찔렀다.

조사 내용을 노트북으로 정리하는 데 꼬박 네 시간이 걸렸다. 벽시계의 바늘은 벌써 자정을 향해 가고 있다. 소미는 기지개를 한 번 켜고 자리에서 일어났다. 집에 가서 잠깐 눈을 붙인 후, 다음 날 새벽 기차를 타고 부산에 내려갈 계획이었다. 지하당 사건으로 옥고를 치른 최준영을 만나기로 약속을 해두었다.

경차를 몰고 현재 살고 있는 오피스텔로 향하면서 밤하늘에 뜬 별빛을 감상했다. 소미는 이런 것도 기자 생활의 낭만일지 모른다며 스스로를 위로했다.

다음 날 소미는 광안리 횟집에서 최준영을 만났다. 눈썹이 거의 없어서 기묘하게 느껴지는 얼굴이었다. 점심을 먹기에는 이른 시간이었지만 최준영은 소미가 밥을 사겠다는 말에 모둠 회 정식으로 거하게 상을 차리게 하고 소주 두 병을 시켰다. 스키다시가 깔리는 동안 어색한 침묵이 이어졌지만 소주가 나오자 잔을 부딪치며 이야기가 시작됐다.

"하이고…… 기자님도 무슨 이야기를 듣고 싶어서 이 먼 데까지 오셨을까. 일단 드이소."

"원래 부산이 고향이신가요?"

"네. 서울에 있는 대학에 붙었다고 우리 엄마가 좋아하셨는데……. 결국 사고 치고 고향에 돌아와 살고 있네요."

최준영은 실형을 살긴 했으나 6개월이라는 비교적 짧은 형기를 마쳤다. 국가 전복 음모의 일부를 수행하긴 했지만 이적 표현물의 인쇄와 배포라는 경미한 죄를 지었기 때문이다. 하지만 전과자라는 딱지가 붙어 정상적인 사회생활을 하지 못했다. 그는 형님이 운영하는 철물점에서 점원으로 일하고 있다.

"아까 말씀드린 네 분과 나머지 생존자들의 관계가 궁금합니다. 돌아가신 네 분은 3년 이상의 비교적 무거운 형을 받으셨는데, 선생님을 포함한 다른 분들은 형기가 1년 미만으로 짧았습니다. 이렇게 형량에 차이가 발생한 이유는 뭔가요?"

"기자님도 아시겠지만, 형량이란 것은 지은 죄의 경중에 따라 달라지는 거 아니겠습니까. 지하당 사건은 건국 이래 최대의 용공사건입니다. 검찰이 기소한 인원만 150명이나 됐으니까요. 그런데 안기부랑 검찰이 무리해서 법리를 적용하다 보니 집행유예와 무죄가 많이 나왔어요. 실형을 받은 사람들도 대부분 조직 최말단에 있는 당 세포들입니다. 이 사건의 몸통들은 드러나지 않았어요. 정간은폐精幹隱蔽의 원칙에 따라 철저히 보호되었으니까요. 그러나 죽은 네 명은 나름 정수분자들이라고 생각됩니다. 그러니까 높은 형량이 선고된 것이겠지요. 구대서는 제 윗선에 있던 사람입니다. 나머지 세 명도 구대서와 비슷한 레벨에 있었던 인물들일 거예요."

"그럼 구대서의 윗선은 누구였을까요?"

"그건 저도 알 수가 없습니다. 지하당 조직의 원리 중 하나가 단선연계單線連繫입니다. 단선연계는 직속상급과 직속

하급 두 인원만 서로를 알 수 있고, 그 이상의 상급과 하급은 절대로 알 수 없도록 하는 겁니다. 전 당 세포니까 하급조직은 없었는데, 직속상급은 구대서였어요. 구대서의 위에 누가 있었는지는 제가 알 수 없죠."

"굉장히 철저하게 보안을 유지했군요. 그런데 왜 지하당이 발각되었을까요?"

"방금 말씀드린 건 원칙일 뿐이고, 실제로는 조금 느슨하게 운영된 면이 있어요. 우리 지하당은 횡적연계가 허용된 조직이었어요. 같은 레벨에 있는 사람들끼리는 어느 정도 정보 공유가 되었단 말이죠. 그러다 보니 정보가 샜던 거 같아요."

"만일에 우동식, 김종훈, 구대서, 박수환이 같은 레벨에 있는 정수분자들이었다면 그들을 지도한 윗선은 동일 인물일 가능성이 높겠군요."

"그럴 겁니다. 전 그 윗선이 H대학 출신일 거라고 봐요."

"그건 왜죠?"

"구대서가 H대학 국어교육과를 나온 사람입니다. 근데 언젠가 술자리에서 저에게 '지하당 조직의 정수분자들은 H대학 출신들이다'라고 자랑을 한 적이 있어요. 구대서는 서울대가 학생운동을 주도하던 시대는 끝났다면서 자신이 H대학 출신인 것에 굉장히 자부심을 가지고 있었어요."

소미는 지하당 관계자들의 학연을 조사해봐야겠다고 생

각했다. 용공사건은 대부분 학생운동과 연관이 있다. 왜 학교의 네트워크를 미처 생각하지 못했는지 후회가 됐다.

"만일에 지하당 사건의 진짜 몸통들이 검거되지 않았다고 쳐요. 그렇다면 선생님처럼 실형을 살고 나온 사람들은 지하당의 핵심 간부들을 원망하는 마음이 생겼을까요?"

"……."

최준영은 회를 한 점 집어서 와사비를 푼 간장에 찍었다. 그리고는 천천히 회를 씹었다. 마치 소믈리에가 와인을 음미하듯이 생선살의 세포 하나하나를 맛보려는 것처럼 보였다.

그가 조용히 회를 씹는 동안 소미는 끈기 있게 대답을 기다렸다. 소주 한 잔을 털어 넣은 최준영은 그제야 입을 열었다.

"우리의 목표는 연방제 통일이었습니다. 저 역시 통일을 앞당기기 위해서라면 이 한 몸 바치겠다는 패기가 있었죠. 우리가 하는 일들이 국가보안법을 위반한 이적행위이고, 잘못하면 감옥에 갈 수 있다는 것도 알았지만 망설이지 않았어요. 젊었으니까요. 다른 동지들도 마찬가지였을 거라고 생각합니다."

"그런 위험한 일을 했던 이유가 뭘까요? 무언가 보상이 따랐으니까 그런 일들을 기꺼이 하신 거 아닌가요?"

"결코 어떤 보상을 바라고 한 행동은 아니었어요. 그렇지만 지하당이 돌아가던 시절에는 공작금이 나왔습니다. 평양에서 왔는지, 일본의 조총련에서 왔는지는 모르지만 아무튼 꽤 풍족한 자금이 공급됐습니다. 우린 그 돈으로 공작도 하고 생계도 유지했습니다. 돈이란 것이 무섭습니다. 받으면 충성심이라는 것이 절로 생겨요. 제가 구대서에게 충성했던 것처럼……. 그런데 지하당이 와해되면서 우리는 버려졌습니다. 더 이상 공작금은 나오지 않았고 아무도 우릴 찾는 사람이 없었어요."

"지하당을 만드는 데 앞장섰던 사람들이 원망스러웠겠어요."

"지하당 사건의 몸통들이 누군지 전 알지 못합니다. 하지만 원망스러운 건 사실이죠. 우린 인생이 망가졌습니다. 간첩으로 낙인찍힌 사람들이 사회생활을 제대로 할 수 있었겠습니까. 구대서도 막노동을 했다고 들었습니다. 그 얘기를 들었을 때 눈물이 났어요. 전 구대서를 원망하고 있었거든요. 내가 이렇게 힘들게 살고 있는데 날 이 지경으로 만든 놈이 전화 한 통 없다고 말이에요. 그런데 그는 나보다 더 힘들게 살았던 겁니다. 구대서도 그 윗선이 원망스러웠을 겁니다. 어쩌면 저보다 몇 배는 더 원한이 사무쳤겠죠. NL 출신들 중에서 잘나가는 분들이 많습니다. 사회 각계각층에 포진해서 엄청난 권력을 휘두르고 있잖습니까. 그러면, NL의 이념을 실천하다가 희생된 사람들을 위해 무언가 해줄 수 있지 않습니까."

"그분들의 사정이 딱하기는 하지만…… 아까 말씀하셨던

것처럼 어떤 보상을 바라고 한 행동은 아니라고 하셨잖아요."

"꼭 돈이 아니라도 취업 알선 정도는 해줄 수 있잖아요. 그런데 이렇게 수명이 다한 소모품처럼 버려두니까 당연히 원한 같은 게 생길 수 있다고 봅니다. 전 그놈들이 밉습니다. 미워요. 정간은폐가 결국 지들은 다 빠져나가고 잔챙이들만 희생시키는 꼬리 자르기 전략 아닙니까. 비열한 공작이라고 생각합니다. 큰일을 도모하다가 잡혔으면 당연히 우두머리가 책임져야 하는 거 아닙니까? 목숨 걸고 공작했던 사람들은 굶어 죽을 지경인데, 우릴 꼬여내서 간첩질을 시켰던 놈들은 가면을 쓰고 호의호식하면서 살아가는 현실이 너무나 어처구니가 없습니다. 전 기자님이 생각하는 음모론에 찬성표를 던지고 싶습니다. 제가 구대서라면, 자신을 버린 사람을 파멸시키기 위해 무슨 짓이든 했을 겁니다."

소미는 최준영의 빈 잔에 소주를 따라주었다. 최준영의 눈가에 분한 눈물이 맺히고 있어 더 이상 질문을 할 수가 없었다.

그때 소미의 휴대전화에 문자메시지가 도착했다. 데스크가 보낸 메시지였다.

김 기자 예상이 맞았어. 우동식, 김종훈, 구대서, 박수환 모두 H대학 출신이야!

소미가 답장을 보내기 전에 또다시 메시지가 왔다.

그들의 윗선이 이동희 의원일까?

소미는 테이블 아래서 조용히 문자를 입력했다.

아닐 겁니다.

조짐

물류회사의 창고 앞에는 종이 박스로 포장된 화물들이 사람 키 높이로 쌓여 있었다. 화물과 5미터 정도 떨어진 곳에 3톤짜리 지게차가 대기 중이었다. 물류회사 인사부에서 나온 채용 담당자는 손에 클립보드와 볼펜을 들고 무언가를 열심히 적었다.

"자, 그럼 실기 테스트 시작하겠습니다. 왼쪽에 있는 화물을 오른쪽 표시된 지점까지 옮겨주시기 바랍니다. 팰릿이 똑바로 놓이지 않거나 화물이 쏟아지면 탈락입니다."

성찬은 화물이 적재된 지점까지 지게차를 천천히 이동시켰다. 레버를 조작해 포크를 적당한 높이까지 내리고 팰릿에 포크를 정확히 밀어 넣었다. 성찬은 리프트 레버를 조작해 팰릿을 살짝 들어 올린 후 틸트 레버를 이용해 팰릿을 살짝 기울였다. 지게차는 100킬로그램이 훨씬 넘는 화물을 너끈히 들어 올렸다. 이동지점에 화물을 내려놓자 채용 담당자가 웃으면서 지게차에 다가왔다.

"그래도 잘하시네요. 자격증 따고 처음이라고요?"

"네."

"그동안 다른 일 하셨나 봐요?"

"네. 벌이가 꽤 괜찮았는데…… 좀 위험해서."

"혹시 타워크레인 하셨습니까?"

"아뇨. 중장비 말고 중개업 비슷한 일을 했습니다."

"아시겠지만 경력이 없으시면 아까 말씀드린 금액 이상 드리기는 힘듭니다. 무단결근하시거나 근무시간 안 지키시면 삭감 들어가고요."

"괜찮습니다. 이제 돈이 많이 필요 없어요."

성찬은 인천에 있는 물류회사에 물품이동장비조작원으로 채용됐다. 조직에 매이기보다는 여기저기 돌아다니며 자유롭게 살고 싶었지만 아직 경력이 일천해서 프리랜서로 뛰기는 무리였다. 여기서 독립할 수 있을 정도로 기술이 숙달되면 생존에 필요한 만큼만 벌면서 바람처럼, 구름처럼 떠돌며 살아갈 생각이었다. 성찬은 행정절차가 마무리되는 대로 출근하기로 하고 채용 담당자와 헤어졌다.

돌아오는 길에 편의점에 들러 수입 맥주 네 캔을 샀다. 집에 남아 있는 먹태와 노가리를 안주 삼아 마시면서 야구 중계를 볼 생각이었다.

성찬은 집 출입문을 보고 눈을 크게 떴다. 손잡이 옆 부분이 조개처럼 벌어져 있었다. 빠루를 이용해 억지로 벌린 흔적이다. 경찰이 보면 빈집 털이범이 다녀갔다고 여길 것이다. 과거에도 이 낡은 아파트는 빈집 털이범들이 여러 번 휩쓸고 지나간 전력이 있다. 경비원이 부족하고 감시 장비도 허술한 공동주택이었다.

성찬은 거실 바닥을 면밀히 살폈지만 집 안에는 족적足跡이 남아 있지 않았다. 흔적을 남기지 않으려 신발을 벗고 들어왔거나 수건으로 닦아냈을 것이다.

집 안은 난장판이었다.

책장의 책들이 모두 쏟아져 있고 수납장은 모든 서랍이 열려 있다. 바닥에는 서랍에서 꺼낸 잡동사니들이 마구 흩어져 있다. 옷장 안의 속옷들이 모두 나와 있고 침대 매트리스는 칼로 마구 난자당했다. 천연가죽 시트를 씌운 소파도 엑스 자로 칼집이 나서 보충재가 보기 흉하게 비어져 나왔다.

성찬은 심란한 얼굴로 화장대 서랍을 열어보았다. 현금은 천 원짜리 한 장까지 그대로였다. 미영이 남긴 약간의 패물도 손대지 않았다.

침입자는 자신이 원하는 것을 발견하지 못하고 돌아간 것 같았다.

서재로 들어가 보았다. 5백여 권의 책들이 엉망으로 바닥에 깔렸다. 주로 미영이 읽던 소설책들과 요리책들, 성찬이 버리지 못하고 놔둔 사회과학 서적들이었다. 동녘, 아침, 녹두, 백산서당, 풀빛, 돌베개, 이론과실천 등 성찬이 탐독하던 사회과학 전문 출판사의 서적들이 마르크스, 레닌의 저작들과 함께 바닥에 널브러져 있다. 학교 다닐 때는 참 열심히 읽었는데 졸업 후에는 거의 손을 댄 적이 없다. 소련이 해체되었을 때는 한데 모아놓고 불태워버릴까도 생각했다. 그런데 이렇게 다시 보니 젊은 시절 열심히 살았던 추억이 담겨 있는 책들이었다.

성찬은 책장이 펼쳐진 채로 의자 밑에 깔린 하드커버 원서를 집어 들었다. 준구가 대학원에 진학하면서 주고 간『아나키스트의 요리책』이었다.

성찬은 빙그레 웃으며 책을 펼쳤다. 윌리엄 파월은 베트남 전쟁에 반대하는 반항기 많은 십 대였다. 그는 입영 영장을 받자 격분하여 도서관에서 군사 서적을 뒤적이며 이 책을 집필했다. 파월은 무정부 상태야말로 인간 본연의 모습으로 돌아가는 것이라며 시민 불복종과 무장 폭동을 찬양했다.

책에는 마약 제조법과 최루가스 만드는 법, 다이너마이트, 부비트랩, 사제 총기류, 도청하는 법, 백병전 등 다채로운 혁명의 도구와 방법론이 담겨 있었다.

파월은 자신이 책에 쓴 내용을 실천하진 않았다. 그는 평생 동안 누구를 해쳐본 적도 없었고, 평범한 교육자로 살았으며, 자신이 쓴 책에 대해 평생 후회했다. 하지만 『아나키스트의 요리책』은 2백만 부가 넘게 팔렸고, 수많은 테러리스트들의 교범이 되었다.

뉴욕 그랜드 센트럴 터미널 폭탄테러, TWA 항공기 납치, 임신중절 병원 폭탄테러, 오클라호마 연방청사 폭탄테러, 콜럼바인 고등학교 총기난사, 애리조나 총기난사 사건의 범인들이 파월의 책을 가지고 있었다.

성찬은 바닥에 널브러진 책들 위에 제대로 자리를 잡고 앉았다. 옆에는 편의점에서 사 온 맥주와 찬장에서 꺼내 온 먹태, 노가리, 땅콩 따위가 담긴 접시가 놓였다. 성찬은 즐거운 마음으로 책장을 천천히 넘기며 글자를 한 자 한 자 곱씹었다. 오래전 준구에게 이 책을 받아놓고 제대로 읽지도 않은 채 먼지 속에 방치해두었다. 성찬은 30년의 세월이 지난 뒤에야 이 책의 진가를 알아보았다.

책장을 넘기는데 사이에 끼워둔 메모지 한 장이 바닥에 툭 떨어졌다. 성찬은 메모지를 집어 들었다. 메모지에는 손으로 그린 조잡한 그림이 있었다. 반원과 직사각형이 있고 직사각형에서 타원형까지 선을 긋고 선 위에는 '열 걸음, E'라고 적어놓았다.

그림의 왼쪽 위에는 알 수 없는 숫자가 적혀 있었다.

37.859439, 126.707051

성찬은 무심한 얼굴로 메모지를 다시 책장 사이에 끼워두고 독서를 계속했다.

즐거운 책 읽기였다. 침입자가 어질러놓은 물건들은 나중에 정리하기로 했다.

납치

미영은 성찬의 허리를 끌어안고 놓아주지 않았다. 성찬은 아파트로 돌아가 쉬고 싶었다. 고된 노동이었다. 미영이 살아 있을 때는 제대로 힘든 일을 하지 않다가 정작 혼자가 되자 하루 종일 혹사당하고 있었다. 성찬은 미영에게 사정했다.

놔줘. 피곤하다고. 산 사람은 살아야지.

미영은 코에 호스를 꽂고 환자복을 입은 채로 성찬을 놓아 주지 않는다.

왜 이래. 날 저승에 끌고 갈 셈이야? 넌 날 배신했어. 그 녀석에게 가버려!

성찬의 독설에 미영은 성찬을 놓아주고 서럽게 울기 시작했다. 성찬은 미영의 울음소리가 듣기 싫어 귀를 막고 아파트로 달려갔다.

아파트 단지 입구가 무너지더니 깎아지른 절벽이 나타났다. 절벽 아래에는 해골들이 산처럼 쌓여 있었다.

아아 저곳은 지옥이구나. 죄 지은 자들이 가는 곳.

나는 무슨 죄를 지었을까.

젊은 경찰들에게 꽃병을 던져 끔찍한 화상을 입게 한 죄.

헛된 사상을 신봉하여 교설로 후배들을 세뇌하고 혹세무민한 죄.

아아 가장 큰 죄는 가족을 부양하지 못한 죄.

아내를 고생시키고 병들게 한 죄.

홀어머니를 외롭게 죽게 한 죄.

자식을 낳지 못한 죄.

인생을 낭비한 죄.

성찬은 절벽 아래로 몸을 던졌다.

가공할 낙하의 속도에 피부가 찢겨 나가고 해골만 남아 떨어졌다.

정신을 차려보니 버스 안이었다.

성찬은 깜빡 졸다가 내려야 할 정류장을 지나쳤다.

장시간 노동에 지쳐 피로했던 까닭이다. 지게차 운전이란 묘한 작업이었다. 올리고 내리는 일은 리프트가 하는데 직접 들기라도 한 것처럼 허리가 아프고 무릎이 시렸다. 작업반장에게 엄살을 피웠더니 그거 직업병이라 어쩔 수 없다며 시간 날 때 근력운동을 하라고 조언했다. 학교 다닐 때 노동해방을 외치며 투쟁했던 성찬은 나이 오십이 넘어서야 노동자의 애환을 알게 됐다는 사실이 씁쓸했다.

성찬은 중간에 내려달라고 버스 기사에게 사정했으나 기사는 불법 하차 요구를 완강하게 거부했다. 결국 한 정거장을 더 가서 내린 성찬은 투덜거리며 집까지 걸어갔다. 성찬의 아파트는 으슥한 주택가 골목을 지나쳐야 했는데, 여자들은 무서워서 한밤중에 나다니지 않았다. 젊은 아가씨가 야근을 하고 돌아오던 길에 취객에게 봉변을 당한 적도 있었다.

성찬은 골목을 돌다가 인기척을 느끼고 뒤를 돌아보았다. 아무도 없는 것 같았지만 자세히 보니 담벼락에 무언가 붙어 있었다.

성찬은 감탄했다.

그는 마치 보호색을 쓰는 동물처럼 지형지물에 자연스럽게 섞여 있었다. 팔다리는 나뭇가지처럼 길고 가늘었다. 안색은 칙칙했고 눈은 쭉 찢어져 금이 간 것처럼 보였다. 옷차림은 상의와 하의 모두 어두운 회색빛이었다. 그는 미동도하지 않고 성찬을 관찰했다.

성찬은 나뭇가지처럼 생긴 남자를 보고 곰곰이 생각했다. 그는 언제부터 미행했을까? 적어도 사흘 이상은 미행당했을 것이다. 그런데 왜 눈치채지 못했을까? 그는 인기척을 지울 수 있는 사람이었다. 누군가 미행을 위해 태어났다면 바로 저 남자일 것이다.

성찬은 남자를 못 본 척 무시하고 계속 걸었다. 좁은 골목이지만 노상에 일렬로 주차가 돼 있었다. 주차난으로 주민들 간에 심심찮게 드잡이가 벌어지는 동네였다. 성찬이 커다란 승합차 옆을 지나는 순간 드르륵 승합차 문이 열렸다. 성찬이 몸을 움찔하자 억센 손이 입과 코를 틀어막았다. 강렬한 화학약품 냄새가 기도를 타고 몸 안으로 들어왔다. 성찬은 아주 짧은 시간에 정신을 잃었다.

눈을 떴을 때는 손목과 발목에서 통증과 함께 압박감이 느껴졌다. 무언가에 단단히 결박되어 있는 것이다.

그곳은 어떤 장소인지 감을 잡기 어려웠다. 철거를 앞둔 빈 건물 같기도 했고 시내에 있는 상업용 빌딩의 지하 같기도 했다. 벽은 콘크리트 재질이 그대로 드러났다. 망한 가게의 인테리어를 모두 뜯어낸 장소처럼 보이기도 했다. 촬영할 때 쓰는 조명기구가 커다란 배터리에 연결돼 있었다.

안에는 딱히 가구나 집기라고 할 게 별로 없었다. 성찬이 묶여 있는 나무 의자와 성찬을 감시하는 육중한 거한이 앉아 있는 1인용 소파, 커다란 테이블과 그 밑에 있는 종이 박스가 전부였다. 테이블에는 커다란 주전자가 놓여 있었다. 주전자의 용도는 성찬이 처한 상황을 미루어 짐작하면 충분히 알 수 있었다.

거한은 한눈에 봐도 불법적인 일을 전문적으로 하는 남자였다. 목과 손등까지 그려진 문신과 두터운 목을 감고 있는 금속 목걸이, 헐렁한 정장 바지가 남자의 정체성을 노골적으로 드러냈다. 남자의 솥뚜껑 같은 손은 성찬의 입을 틀어막았던 손이 틀림없었다.

성찬은 남자에게 아무것도 묻지 않았다. 어차피 그는 청부 납치를 수행한 것뿐이다. 돈을 받고 임시로 고용된 사람이든가, 납치를 지시한 사람 밑에서 일하는 사람일 것이다.

성찬은 납치를 지시한 사람이 누군지 충분히 짐작이 갔기에 남자에게 아무 말도 할 게 없었다.

남자는 정신이 든 성찬을 신기한 눈으로 쳐다보았다. 공포에 질릴 줄 알았는데 너무나도 침착했기 때문이다.

"아저씨 괜찮아? 머리 다친 거 아니지?"

성찬은 멍하니 바닥을 응시하며 물었다.

"어이 덩어리, 의원님은 언제 오시지?"

남자는 입을 딱 벌렸다.

"우앗— 이 아저씨 무당인가. 어째 알았대?"

"그걸 뭐 말해줘야 아냐. 보아하니 덩어리 너도 어떤 관계인지 답 나오네. 네가 모시는 형님이 의원님과 친하구나. 평소에 상부상조하는 거지."

"야— 참말로 박수무당이구먼. 근데 참 깡다구도 좋네. 어째 쫄지도 않냐. 오줌을 질질 싸야 정상인데."

"덩어리, 나 목마르다. 물 좀 주라."

남자는 킬킬대고 웃었다.

"걱정 말어. 좀 이따 물 겁나게 마시게 해줄 테니."

덜컹— 철문이 열리고 그가 나타났다. 그는 뚜벅뚜벅 걸어와 성찬의 앞에 섰다.

그의 얼굴은 연민과 두려움으로 가득했다.

"성찬아."

그의 목소리는 슬픈 것처럼 들리기도 했고 교활하게 들리기도 했다. 정겨우면서도 역겨운 목소리였다.

"경석아. 저 녀석이랑 둘이 있으니 좀 무서웠는데…… 반갑다."

남자는 경석이 앉도록 소파를 비워줬다. 경석은 소파에 앉아 머리를 두 손으로 감쌌다.

"성찬아…… 정말 이렇게까지는 하고 싶지 않았다. 내가 널 어떻게 생각하는지 알지?"

"잘 알지. 깡패 시켜서 납치할 정도로 끔찍하게 생각해주는 거."

경석은 벌떡 일어서 다시 다가왔다.

"성찬아, 너도 알고 있을 거야. 내가 왜 이러는지."

"모르겠다. 왜 이러는지. 내가 네 지역구에 출마라도 할까봐 걱정되냐?"

"농담하지 말고! 너 이러면 정말 힘들어져!"

경석은 성찬의 뺨을 어루만졌다.

"불쌍한 자식…… 평생 뜻 한번 못 펴보고…… 이렇게……."

경석의 눈에 이슬이 맺혔다. 성찬은 고개를 돌려 경석의 손을 치웠다.

"사람 묶어놓고 뭐 하는 짓이냐? 너 변태냐?"

경석은 눈물을 닦고 결연한 표정이 되었다.

"성찬아, 지금부터 묻는 말에 정확하게 대답해. 안 그러면 내가 널 아프게 해야 돼."

경석은 소파로 돌아가 앉았고 몸에 문신이 그려진 남자는 테이블 아래 종이 박스에서 하얀 수건을 꺼냈다. 남자는 주전자 뚜껑을 열고 물이 얼마나 남았는지 확인했다.

"성찬아, 어디에 숨겼어?"

"뭘?"

"그거 말이야."

"뭐?"

"그거. 미영이가 너한테 남긴 거."

"미영이가? 미영인 가난한 출판사 직원이었어. 남길 게 뭐 있냐? 전셋집이랑 결혼할 때 받은 패물이 다야."

"그러지 말고 성찬아! 내가 뭘 말하는지 알잖아!"

"모르겠는데. 먼저 좀 풀어주면 안 될까? 친구끼리 정말 이러기야?"

경석은 손바닥으로 자신의 눈을 가리고 고개를 끄덕였다.

남자는 수건을 가져와 성찬의 얼굴을 덮었다. 출렁거리며 주전자 들고 오는 소리가 났다.

성찬은 낮게 웃었다.

"경석아, 이거 남영동 대공분실에서 하던 수법이잖아. 민주투사 안경석 의원님이 이래도 되냐?"

남자는 물을 들이부어 성찬의 입을 막았다. 쿨럭쿨럭 기침하고 몸을 뒤척이는 소리가 건물 안에 울려 퍼졌다. 성찬의 몸이 들썩였고 의자가 삐걱거리는 소리를 냈다. 경석은 괴로운 듯 귀를 막았다.

남자가 주전자를 내려놓고 수건을 걷어냈다.

"아저씨, 후회했지? 그냥 말할걸 그랬지?"

성찬은 희미하게 웃었다.

"조까……"

남자가 수건을 다시 덮었다. 이미 젖은 수건이라 성찬은 괴로움에 몸을 떨었다. 주전자를 기울이던 남자는 경석을 쳐다봤다.

"의원님— 처음부터 느꼈지만 친구분이 아주 야무지네요. 고춧가루 좀 섞어야 되겠는데."

"좋을 대로 하세요."

경석은 우울한 얼굴이었다.

남자는 콧노래를 흥얼거리며 주전자를 기울였다.

성찬의 신음 소리와 몸부림이 계속되는 동안 경석은 멍하니 천장을 올려다보며 중얼거렸다.

"제발 좀 불어라…… 불쌍한 자식아…….."

주전자에서 물 흐르는 소리가 잦아들었다. 남자는 주전자 뚜껑을 열어보고 짜증을 냈다.

"에이씨— 물 떨어졌네. 수도꼭지 멀리 있는데…….."

빈 주전자를 덜렁거리며 남자가 사라지자 경석이 반쯤 정신이 나간 성찬의 귀에 대고 물었다.

"어디 있냐고……. 이제 그만 얘기해."

"뭐 말이냐……. 경석아 나 죽을 거 같다……. 진짜 죽일 셈이냐…….."

경석은 입을 우물거리며 망설이다가 내뱉듯이 말했다.

"당원증. 내 당원증 어디 있냐고."

"당원증은 사무국에 가면 받을 수 있잖아. 백 보좌관 시켜……."

"이 자식아! 자꾸 말 돌릴 거야?"

"도대체 무슨 소린지……. 나한테 왜 그래…….."

"너 혹시 미영이 때문에 그래? 미영이가 시켰냐? 절대 주지 말라고?"

"미영이는 왜…… 죽은 미영이가 무슨 상관…….."

"성찬아, 미영이한테 의리 지킬 필요 없다. 지금부터 내가 미영이 얘기를 할 텐데 잘 들어봐. 충격받을 수도 있으니까 마음 단단히 먹고."

경석은 성찬의 어깨에 손을 얹었다.

"내 말 듣고 괴롭다고 혀 깨물고 그러지 마라. 어차피 죽은 사람인데 미련 가질 필요 뭐 있냐. 산 사람들이 중요하지."

경석은 소파로 돌아가 땀에 젖은 머리칼을 쓸어 올렸다. 남자가 출렁이는 주전자를 들고 나타났다. 경석은 수건을 덮으려는 남자에게 손을 들어 제지했다.

"잠깐 있어봐. 내가 저 녀석한테 들려줄 얘기가 있어."

경석의 이야기

농활에서 돌아온 경석은 밤마다 미영의 촉촉하고 맑은 눈동자와 붉은 입술 사이로 비치는 하얀 치아, 잘록한 허리와 봉긋한 가슴을 떠올렸다. 샌님 같은 성찬이 미영을 품고 잘 상상을 하니 질투가 나서 견딜 수가 없었다. 경석에게 여자 친구가 없었던 것은 아니다. 입학하면서부터 줄기차게 단체 미팅에 나가 스쳐 지나가는 인연들을 만났다. 경석은 언제나 가장 인기 많은 여학생과 파트너가 되었다. 성찬을 만난 후로 이토록 패배감을 맛본 적은 없었다. 경석은 성찬에게 뒤통수를 맞은 기분이었다. 미영은 자신이 가져야 마땅한 아이였다.

학교 구석구석에 뻗쳐 있는 정보망을 가동한 경석은 성찬과 미영이 교제한 지 5개월이 넘었다는 걸 알아냈다. 아직 좋을 때지만 교체 주기가 빠른 아이들은 슬슬 싫증이 날 만한 타이밍이었다. 더구나 성찬이처럼 고지식한 성격이라면 호기심 많고 변덕이 심한 아이들은 금세 흥미를 잃어버리기 십상이다.

경석은 미영이 듣는 수업과 동선을 파악해 우연을 가장한 만남을 계획했다. 오후 수업이 끝나고 동아리방으로 향하던 미영은 반대쪽에서 걸어오던 경석과 마주쳤다. 경석은 성찬의 안부를 물었고, 미영은 경석의 근황을 물었다. 경석은 자연스럽게 매점에서 음료수나 마시자며 이끌었고, 미영은 잠시 이야기하다 동아리방으로 가볼 심산이었지만 정신을 빼놓고 수다를 떨다 보니 어느새 모임이 끝날 시간이었다.

미영의 경계심이 완전히 허물어졌다고 느껴질 즈음 경석이 내일 영화나 보자고 제안했다.

"사실 다른 사람과 같이 보기로 하고 예매를 했는데, 그 친구가 펑크를 냈어요. 그래서 티켓을 취소해야 하나 고민하던 중이었거든요."

"음…… 저도 그 영화 아직 못 보긴 했어요."

"그럼 같이 보시죠. 성찬이에겐 제가 나중에 설명하죠."

"네……. 오빠도 경석 오빠라면 괜찮다고 했을 거예요……."

두 사람은 성찬에 대한 죄책감을 억누르며 그렇게 첫 만남을 가졌다.

다음 날 극장에서 만난 경석은 대체로 신사답게 행동했으나 조명이 꺼지자 슬그머니 손을 잡았다. 함께 본 영화는 불륜에 빠진 여인이 정부와 공모하여 남편을 살해하는 이야기였다. 흔해 빠진 플롯이었지만 미영과 경석은 영화의 줄거리가 왠지 자신들이 처한 상황에 대한 은유처럼 느껴져 묘한 기분이 되었다. 남편이 죽는 장면에서 미영은 깜짝 놀라 경석의 손을 꼭 움켜쥐었고 주인공 남녀가 진한 베드신을 연출할 때는 경석의 손을 끌어다 자신의 무릎 위에 올려놓기도 했다.

경석은 헤어지면서 다음 만남의 기회를 만들었고, 다음 만남에서는 그다음 만남의 기회를 만들었다. 다음엔 꼭 셋이서 함께 보자는 약속은 계속해서 미뤄졌다. 미영과 경석의 마음속에 셋이 만나는 계획 따위는 없었지만 그렇게 얘기함으로써 성찬에 대한 심리적 부담을 덜 수 있었다. 언제부턴가 다음에 셋이 함께 보자는 약속은 하지 않게 되었다.

문제는 미영이 너무나도 호기심이 왕성한 아이라는 점이었다. 미영은 경석이 상대 정파의 리더라는 점에 큰 흥미를 가졌지만 이내 그 사실에도 무덤덤해졌다. 경석의 정파가 더 크고 더 권위적인 조직이긴 했지만 딱히 성찬보다 더 흥미를 주는 요인은 아니었다.

미영의 표현에 의하면, 경석은 점점 신비감이 사라지고 있었다.

미영은 친구들이 소개하는 남자들을 만나러 다니기 시작했다. 미영은 만남의 과정에 대해 솔직하게 전부 이야기해주었지만 경석은 초조해졌다. 미영은 성찬을 떠났던 것처럼 경석도 쉽게 떠날 수 있는 여자였다. 경석은 여자에게 차여본 적이 없었다. 차여서도 안 된다. 더군다나 성찬을 배신하고 뺏어 온 여자였다. 호락호락 보내줄 수는 없었다.

경석은 미영의 관심을 다시 자신에게 돌릴 방법을 고민했다. 고민 끝에 착안한 계획은 너무나도 위험하고 터무니없는 것이었다.

그는 직파 간첩 김수철과 다시 접선을 시도했다. 비상 상황이 아니면 시도해선 안 되는 방법이었지만 경석은 이미 판단력이 흐려진 상태였다. 위험에 대한 경계심은 무뎌지고 근거 없는 낙관에 모험심만 일어났다.

대방동 맥줏집에서 만난 김수철은 주위를 잔뜩 경계하는 눈치였다. 공안 기관에서 학생들을 마구잡이로 잡아들이던 때였다.

"이런 시국에 무슨 일이오? 내가 먼저 지령을 내리기 전에는 가볍게 움직이지 마오."

김수철은 경석의 호출이 불편한 눈치였다. 경석은 2주 전 버려진 축사에서 후배들과 함께 조선노동당 입당식을 가졌다. 김수철은 앞으로 보안에 각별히 신경을 써야 한다고 신신당부했다. 경석이 김수철을 호출할 수 있는 경우는 매우 제한되어 있었다.

"당원증을 발급해주십시오."

"당원증? 누구의 당원증 말이오?"

"제 당원증만 발급해주시면 됩니다."

"안 되오! 우리 공화국에서 당증은 항시 소지해야 하는 것이지만, 남조선에서 당증을 가지고 있는 건 너무 위험하오! 도대체 왜 당증을 달라는 거요?"

"힘들 때마다 당증을 꺼내 보면서 민족해방에 대한 염원과 수령님에 대한 충성을 되살리기 위해서입니다. 입당을 해놓고 전향을 하거나, 충성 맹세까지 하고서 소극적으로 보신하는 껍데기 혁명 일꾼들이 많다고 하시지 않았습니까? 당증을 보면서 초심을 다잡고 싶어서 그럽니다."

김수철은 한숨을 쉬었지만 경석의 소원을 들어주기로 했다. 대신 당증은 아무에게도 보여주지 말고, 경석만 아는 깊숙한 곳에 꼭꼭 숨겨두라고 당부했다.

경석은 한 달 뒤에 평양에서 보내준 당원증을 손에 넣었다. 당원증은 붉은색 표지가 씌워져 있고 첫 페이지 왼쪽에는 김일성의 사진과 조선노동당 로고가, 오른쪽에는 '조선로동당 당원증'이라는 글씨와 일곱 자리 당원증 번호가 찍혀 있었다.

경석은 김수철이 당부한 대로 당원증을 으슥한 곳에 숨겨 두었지만, 아무에게도 보여주지 않겠다는 약속은 어기고 말았다. 호기심 많은 여자 친구의 마음을 잡아두기 위해서였다.

"어머! 이거 진짜야?"

경석의 자취방에 놀러 왔다가 뜻밖의 물건을 본 미영은 동그란 눈을 더욱 동그랗게 떴다. 미영은 당원증을 이리저리 돌려 보고 구석구석 넘겨 보았다. 호기심으로 반짝거리는 미영의 눈을 보자 경석은 가슴이 뿌듯해졌다.

"진짜지. 방금 평양에서 날아온 따끈따끈한 당원증이야."

미영은 존경스러운 눈으로 경석을 올려다보았다.

"오빠 정말 대단한 사람이구나. 다시 봤다."

"원하면 네 것도 만들어줄 수 있어."

미영의 칭찬에 한껏 고무된 경석은 허풍을 떨었다.

"훗…… 됐어. 거기 입당하려면 간첩 앞에서 충성 맹세해야 된다며. 난 간첩 무서워. 싫어."

"그러냐. 그럼 이제 그만 돌려주라."

경석은 미영의 손에서 당원증을 회수하려 했으나 미영은 등 뒤로 숨겼다.

"오빠, 나 이거 주면 안 돼?"

경석은 식은땀이 흘렀다. 미영은 정말 어디로 튈지 모르는 럭비공이었다.

"무슨 소리야……. 그게 무슨 학생수첩인 줄 아냐. 이리

내."

경석의 손과 당원증을 쥔 미영의 손은 숨바꼭질을 했다. 미영은 당원증을 품 안으로 감추고 입을 앙다물었다.

"절대 못 줘."

"미영아! 왜 이래? 이거 위험한 거야! 너랑 나랑 잘못하면 감옥 간다!"

"잘됐네. 우리의 사랑을 보증할 물건이네."

"뭐? 그게 무슨 소리야?"

"내가 이걸 가지고 있으면 오빠가 딴 여자한테 한눈 못 팔 거 아냐? 딴짓하면 경찰에 확 찔러버릴 거야."

"미영아…… 너 정말……."

경석은 머리에서 열이 났다. 정말 예측할 수 없는 당돌한 아이였다.

"그러지 말자. 응? 내가 왜 널 두고 한눈을 팔겠냐?"

"모르지. 사람 일은 모르는 거야. 그리고 오빠도 내가 이걸 맡아두고 있으면 나에 대한 사랑이 더 애틋하지 않을까? 이런 엄청난 비밀을 공유하면서 우리가 감히 헤어질 생각을 할 수 있을까? 우린 비밀을 지키기 위해서라도 함께해야 돼. 영원히."

미영이 변심하지 못하도록 하자는 것이 애초의 계획이었지만 막상 영원히, 라는 말을 들은 경석은 왠지 미영의 포로가 된 것처럼 느껴져 덜컥 겁이 났다.

경석과 미영은 새끼손가락을 걸고 약속했다. 영원히 비밀을 지키며 함께하자. 미영은 자신이 무덤 속에 들어가기 전에는 당원증을 돌려줄 수 없다고 했다.

경석은 두려움 속에서 자신의 안위를 계산했다. 미영과 좋은 관계를 계속 유지한다면 미영이 경석을 배신하고 비밀을 폭로할 일은 없을 것이다. 그러나 경석은 젊은 남녀 간의 약속이 얼마나 불안정하고 구속력이 없는지 잘 알고 있었다. 만일에 둘 사이가 틀어진다면? 경석에게 잘못이 없다면 미영은 당원증을 돌려줄 것인가? 비밀을 지켜줄 건가?

경석과 미영이 무사히 연인 관계를 이어간다고 해도, 수다스러운 미영이 비밀을 간직할 수 있을까? 친구들과 술 한잔 마시고 아무렇지도 않게 당원증 이야기를 흘리진 않을까?

흔들리는 마음속에서 걱정의 나무가 계속 가지를 치며 자랐다.

하지만 미영은 약속대로 비밀을 지켰다. 만날 때마다 입이 근질거린다고 말하긴 했지만.

문제는 경석 쪽에서 발생했다. NL 정파 쪽 여학생들이 경석과 미영의 교제에 대해 수군거리기 시작했다. 미영은 다른 정파 소속이었고 게다가 성찬과 사귀었던 아이였다. 경석을 흠모하던 여학생들 입장에서는 용서할 수 없는 배신이었다. 경석의 인기에 은근히 질투심을 느끼던 남학생들도 경석 커플에 대해 곱지 않은 시선을 보내긴 마찬가지였다.

경석은 자신에 대한 여론이 악화되는 걸 막기 위해 미영을 자신의 정파로 회유했다.

"싫은데. 난 사회과학 동아리에 남을 거야."

"뭐? 거긴 성찬이 애들 소굴이잖아. 나랑 사귀면서 왜 거기에 계속 있는 건데?"

"성찬이 오빠랑 약속했어. 계속 레닌주의자로 남기로."

"야, 너희 깨졌잖아. 뭐 하러 그런 약속을 지켜?"

미영은 정색하고 대답했다.

"내가 보기보다 지조 있는 여자야."

"어처구니가 없다. 지금은 나랑 사귀면서 이런 부탁도 못 들어주냐?"

"오빠, 성찬 오빠 나랑 사귀다가 차였어. 그것도 자기하고 제일 친했던 친구한테 자기 여자 친구를 뺏긴 거라고. 성찬 오빠는 오빠를 욕하지도 않았고, 날 나무라지도 않았어. 성찬 오빠가 나한테 요구한 건 고작 자기 동아리에 남아 있어 달라는 거야. 내가 그 부탁마저 거절해야 돼? 오빠 그런 것도 이해 못 해줘? 친구의 여자 친구를 빼앗았으면서?"

경석은 반박할 수 없었다. 어쩌면 미영인 성찬에게 논쟁하는 법을 배웠는지도 모른다. 경석은 미영이 성찬의 정파에 머물도록 내버려두었다.

경석이 총학생회장이 된 뒤로 정파 내 민심은 더욱 흉흉해졌다. 총학생회장이 친구의 애인을 빼앗아 사귄다는 사실 자체가 도덕적으로 문제가 있다고 여기는 학생들이 많아졌다. 고학번 학생들 사이에서는 PD그룹에 속해 있는 미영이 조통위가 머무는 공간을 제집처럼 드나드는 걸 용인해선 안 된다는 여론이 높았다.

경석을 오래전부터 좋아했던 은희라는 여학생은 다른 여학생들을 선동해서 경석을 공개 석상에서 비판했다. 여학생들은 경석이 미영과 헤어질 것을 요구했다. 일부 남학생들은 지나친 사생활 간섭이라고 비판했지만 여학생들은 아랑곳하지 않았다.

경석은 자신의 곤란한 상황을 미영에게 여러 번 설명했다. 단지 마음에 드는 여학생과 교제한 것뿐인데 학생들이 자신을 파렴치한으로 몰아간다며 투덜댔다. 미영은 경석의 투정을 애정의 경고신호로 받아들였고, 경석을 시험했다.

"오빠 너무 힘들어 보인다. 우리 여기까지만 할까?"

"뭐? 갑자기 무슨 소리야."

"오빠 이제 총학생회장이잖아. 많은 학생들을 이끌고 가야 하는 사람인데, 나 때문에 구설수에 오르고 지도력을 잃어버리면 안 되지. 큰일 하는 사람 옆에 나 같은 날라리가 있으면 안 돼. 내가 물러나줄게."

"미영아……."

"고민할 거 없어. 내가 떠나준다고. 오빠 그냥 그 자리에서, 총학생회장으로서, 자주파의 지도자로서, 열심히 살면 되는 거야. 난 나대로 재밌게 살면 되니까."

"그래. 미안하다……. 나도 웬만하면 참고 가려고 했는데, 여기까지가 한계인가 봐……."

미안하다는 말에 미영은 폭발했다. 그냥 툭 던져본 말을 경석은 덥석 받았다. 별 망설임도 없이. 미련도 없이.

"미안해? 뭐가 미안해? 다른 사람들 시선 때문에 날 버리는 게 미안해? 아니면 성찬이 오빠를 배신하게 만들어서 미안해?"

미영은 득달같이 달려들어 경석의 가슴팍을 세게 밀었다. 미영의 돌변한 태도에 경석은 당황하며 뒤로 물러섰다.

"미영아…… 왜 이래……. 헷갈리게……."

"헷갈려? 이게 헷갈릴 일이야? 넌 진짜 나쁜 놈이야. 내가 성찬이 오빠를 떠나면서 마음이 편했을 거 같아? 너랑 있으면서 마냥 행복했을 거 같아? 다른 사람들 손가락질 받으면서 널 만나는 나는 안 힘들었을까? 난 너에게 투정 부리고 싶지 않았을까?"

"미영아…… 그랬구나. 너도 힘들었구나. 미안하다……."

"이럴 거면 왜 시작했어? 끝까지 갈 자신도 없으면서 왜 그랬어? 왜 성찬이 오빠 잘 만나고 있는 날 꼬여서 이 지경을 만들었냐고! 이 개자식아!"

"미영아, 아까 한 말 취소다. 취소야. 우리 계속 버텨보자. 응? 우리 계속 사랑하는 거야."

경석의 손은 다급하게 미영의 손을 찾았으나 미영의 하얗고 예쁜 손은 경석의 뺨을 매섭게 후려쳤다.

"우린 끝났어. 안경석 회장. 널 따르는 기쁨조들한테나 가 보시지."

그때 경석은 당원증을 돌려달라는 말을 하지 못했다.

그럴 분위기가 아니었던 것이다. 미영이 돌려주지 않은 당원증은 경석의 마음속에 찜찜한 위협으로 남았다. 미영이 당원증을 들고 경찰서를 찾아가는 무서운 상상을 하기도 했다. 하지만 당원증에 대한 걱정은 미영의 소식과 더불어 점차 희미해졌다. 결국 시간이 약이었다. 걱정은 기억과 함께 무뎌지는 것이었다. 마치 오래된 무덤의 비석처럼.

세월은 흘러갔고, 경석은 군대에서 미영과 성찬의 결혼 소식을 들었다. 그 후론 둘의 소식을 듣지 못했다. 경석은 정치에 투신한 동희를 보좌하며 바쁘게 살았다. 시간이 흐르면서 경석은 동희의 그늘에서 벗어나 자기 정치를 하기 시작했다. 물론 동희의 전폭적인 지원이 따랐다.

하루하루 정신없이 돌아가는 정치판에서 경석은 미영에 대해 거의 잊고 지냈다. 하지만 강물에 빠뜨린 시체가 떠올라 완전범죄를 꿈꾸었던 살인자들을 종종 당황하게 하듯이, 당원증에 대한 기억은 예고도 없이 의식의 한가운데 불쑥 솟아올라 경석을 떨게 만들곤 했다. 경석은 가끔 미영이 성찬에게 당원증을 보여주는 악몽을 꾸었고, 젊은 시절 미영이

했던 약속을 떠올리기도 했다.

영원히 비밀을 지키며 함께하자.

미영은 그 약속을 잊지 않은 듯했다. 헤어진 지 20년 만에 안경석 의원의 사무실에 나타난 것이다.

경석은 그때 초선이었고, 당선의 기쁨에 취할 사이도 없이 바쁘게 뛰어다니며 의정 활동에 전념하고 있었다. 백 보좌관은 그녀를 악성 민원인으로 분류하여 접근을 차단했다. 하지만 그녀의 집요한 재방문에 결국 경석에게 보고를 할 수밖에 없었다.

"최미영이라는 여자가 자꾸 찾아오는데요."

서류를 넘기던 안경석 의원의 손이 멈췄다.

"나랑 별 상관없는 사람인데……. 그 여자가 뭐라던가?"

"자기가 의원님의 중요한 물건을 보관하고 있다고 하더군요. 근데 그게 무언지는 말해줄 수 없다고 했습니다."

경석은 멋쩍게 웃으며 서류를 계속 넘겼다.

"사회과학 서적일 거야. 백 보좌관도 잘 알 거야. 우리가 학교 다닐 때는 별것도 아닌 책들이 다 금서였거든. 최미영은 내 대학 동창이야. 남편이 예전에 실업자였는데…… 어디 취직이라도 부탁하려는 게지."

"약속을 잡을까요?"

"아니. 내가 연락하지. 전화번호를 줘봐."

경석은 그날 저녁 여의도에 있는 한정식집에서 미영을 재회했다. 중년의 여성이 된 미영은 예전의 순수함과 발랄함을 잃어버리고 생활에 지친 여느 아줌마가 되어버렸다. 하지만 젊은 시절 미모의 흔적을 느낄 수 있는 뚜렷한 이목구비는 남아 있었다.

"나 많이 늙었지. 실망했어?"

"무슨 소리야! 매력은 여전한데!"

경석은 육전을 몇 개 집어서 미영의 접시에 올려주었다.

"네가 찾아왔다는 말 듣고 깜짝 놀랐다. 이게 몇 년 만이야."

"오빠 얼굴 보기 힘들더라고."

"응? 아…… 백 보좌관 그 자식이 참 센스가 없지. 어떻게 다른 민원인들하고 널 구분하질 못하니. 딱 봐도 귀빈인데."

미영은 음식엔 손도 대지 않고 술만 마셨다. 경석은 미영의 눈가에 퍼져 있는 기미가 눈에 거슬렸다.

"성찬이는 잘 있니? 요즘 뭐 하고 지내?"

"한때는 시민단체에서 일했는데, 지금은 집에 있어."

"저런. 그 녀석도 빨리 자리를 잡아야 할 텐데. 걱정이다."

미영은 자리에서 일어나 경석의 옆자리에 와서 앉았다. 미영의 입술이 경석의 턱에 닿을 만큼 가까워졌다. 진한 화장품 냄새가 코를 자극했다.

"오빠, 우리 다시 만나면 안 돼?"

경석은 엉덩이를 들썩이며 미영에게서 안전거리를 확보

했다.

"미영아, 나도 유부남이야. 성찬이와 무슨 문제라도 있어?"

미영은 다시 경석과 거리를 좁혔다.

"우리 남편, 마음속에서 뭔가가 무너졌어. 하루 종일 멍하니 텔레비전만 보고 내가 묻는 말에 대답도 안 해. 직장에 적응을 못하고 뛰쳐나온 뒤로는…… 점점 생기를 잃어가고 있어. 가끔은 사람이 아니라 시체와 사는 거 같아. 그 기분 알겠어? 옆에 누가 있어도 사무치게 외로운 느낌?"

미영의 뺨을 타고 눈물이 흘러내렸다. 경석은 미영을 만나기 전에 절대 엮이지 말자고 다짐했지만, 한순간에 허물어지고 있었다. 그녀의 눈물은 추억과 연민과 욕망을 뒤섞은 모르타르가 되어 경석의 자제력을 뒤덮었다. 경석은 고개를 숙이고 흐느끼는 미영의 턱을 들어 올렸다. 그는 엄지로 미영의 눈물을 닦아주었다. 20년의 세월이 흘렀지만 관능의 기억은 너무나도 생생하게 되살아났다.

경석은 백 보좌관의 눈을 피해 미영을 만나기 시작했다. 꽉 짜인 일정 속에서 미영과 밀회할 틈을 찾는 건 쉽지 않은 일이었다. 하지만 자신을 만나며 조금씩 생기를 찾아가는 미영을 보는 것은 나쁘지 않았다. 게다가 아내 외의 애인이 한 명 있다는 건 스릴 있고 재미있는 경험이었다. 미영은 정치에서 오는 중압감과 결혼 생활의 권태감을 동시에 이겨내는

데 도움이 되었다. 물론 경석은 이 아슬아슬한 만남을 언젠가는 정리해야 한다는 걸 알고 있었다.

경석은 미영과 만나는 동안 줄곧 당원증에 대해서 생각했다. 자신을 언제든 파멸시킬 수 있는 흉기를 미영이 보관하고 있다는 사실이 영 꺼림칙했다. 그동안 당원증을 까맣게 잊고 지낸 자신의 무신경함에 후회가 되었다. 미영과의 관계가 틀어지면 당원증이 세상 밖으로 나올 수도 있다는 사실이 그를 두려움에 떨게 했다.

경석은 적당한 시기에 미영과의 관계를 정리하고, 그 전에 당원증을 돌려받을 생각이었다. 경석은 조리 있게 이유를 설명하면 미영이 자신의 부탁을 들어줄 것으로 예상했다. 그래서 비가 부슬부슬 내리는 날 호텔에서 미영을 안고 난 뒤 이렇게 말했다.

"난 널 좋아하지만, 언제까지고 이 만남이 지속될 수는 없어. 성찬이 둔한 녀석이라도 언젠가는 알아차릴 수 있어. 내 아내도 마찬가지고. 만일 세상에 우리 관계가 알려지면 우린 어떤 사람들로 여겨질까? 청춘의 기억을 중년에 되살린 낭만적인 커플이라고 봐줄까? 아마 불륜을 저지른 현직 의원과 그 내연녀로 온 세상에 기억될 거야."

미영은 벌써 눈에 물기가 맺히고 있었다.

"그래서, 지금 그만 만나자는 거야?"

"아니. 미리 대비를 하자는 거지. 언제 있을지 모를 이별의

344

준비를 하는 게 서로를 위해 좋다는 얘기야."

"오빠가 무슨 얘기를 하고 싶은지 이제 알았어. 당원증을 돌려달라는 거지? 우리가 헤어지기 전에."

"아니 뭐 꼭 그런 의미는 아니지만……. 미영아, 솔직히 네가 그걸 갖고 있다는 사실이 날 힘들게 해. 내가 꼭 그거 때문에 널 만나고 있다는 기분이 든단 말이야. 우리 순수한 사랑의 관계로 발전적 전환을 해보면 어떨까? 우리의 만남이 당원증을 볼모로 한 순수하지 못한 만남이 아닐까 하는 나의 의구심을 떨칠 수 있도록."

미영은 벌떡 일어나 경석을 노려보았다.

"오빠는 예전이나 지금이나 날 사랑한 적이 없구나. 그때도 안 좋은 평판 때문에 날 밀어낸 거잖아. 나보다는 다른 학생들의 시선이 더 중요했겠지. 지금도 마찬가지야. 자기가 잡고 있는 권력을 놓칠까 봐 안절부절못하잖아. 오빠, 당원증은 줄 수 없어. 기억나? 영원히 비밀을 지키며 함께하자고 한 약속."

"미영아, 그 약속은 이제 무의미해. 우린 결국 함께하지 못했잖아."

"아니, 아직 유효한 약속이야. 당원증은 내가 오빠의 영원한 사랑을 담보하기 위해서 압류한 거였어. 하지만 돌려줄 용의는 있어."

"정말? 언제 줄 건데?"

"날 진심으로 사랑한다는 확신이 들면 돌려줄게. 오빠가 날 사랑한다는 걸 증명해봐."

"미영아…… 이러지 말자……. 우리가 철없는 이십 대도 아니고……."

"왜? 자신 없어? 날 조금도 사랑하지 않나 보지?"

"알았어. 보여줄게! 내가 널 죽도록 사랑한다는 걸 보여줄게!"

경석은 다시 미영의 배 위에 올라타고 거친 애무를 시작했다. 미영은 '이런 게 아니야'라며 밀어냈지만 경석은 코뿔소처럼 미영에게 돌진했다. 미영이 경석의 아랫배를 무릎으로 가격하자 경석은 낮은 신음 소리를 내며 바닥에 뒹굴었다.

"야…… 너…… 이씨……."

미영은 얼굴을 잔뜩 찡그리며 배를 움켜잡은 경석을 차가운 시선으로 내려다봤다.

"농담 아냐. 당원증을 돌려받고 싶다면 오빠가 날 사랑한다는 느낌이 들도록 노력해봐."

경석이 미영에게 진정한 사랑을 증명할 기회는 점차 사라져 갔다. 미영의 잠자리 반응이 신통치 않아 경석이 미영의 권태기를 의심하던 무렵이었다.

만성적인 피로를 호소하던 미영은 성찬과 내과를 찾아갔다가 간암이 의심된다는 이야기를 들었다. 미영은 종합병원에서 조직진단 후 확진 판정을 받았다.

미영이 수술과 항암 치료를 위해 입원하면서 경석과의 밀회는 끝났다.

미영이 암 투병을 시작했다는 소식을 접했을 때 경석은 복잡한 심정이 되었다. 미영에 대한 연민과 슬픔 못지않게 미영에게서 해방될 수 있다는 묘한 기대감이 생겼다. 그 기대감 속에는 미영이 죽기 전에 모든 걸 체념하고 당원증을 돌려줄 거라는 기대도 포함되어 있었다. 아울러 미영이 끝까지 당원증을 돌려주지 않거나 죽기 전에 너 죽고 나 죽자는 심정으로 막장 드라마 같은 폭로를 감행할지 모른다는 불안감도 엄습했다.

경석은 미영이 서서히 죽어가는 과정을 제대로 보지 못했다. 미영의 마지막 8개월을 곁에서 지킨 이는 성찬이었다.

경석은 입원 초기에 익명으로 꽃바구니를 보냈고, 나중에 미영의 임종이 가까웠다는 소식을 듣고는 여러 번 병실을 찾아갔다. 성찬은 그때마다 잠시 자리를 피해주었지만 미영은 결코 당원증을 돌려주겠다는 말을 하지 않았다.

드보크

이야기를 마친 경석은 성찬에게 다가갔다. 성찬의 표정에
는 변화가 없었다. 증오나 슬픔 같은 진부한 반응을 기대했
던 경석은 다소 실망한 기색이었다. 경석은 성찬이 자존심
때문에 감정을 숨기는 것이라 생각했다.

"성찬아, 잘 생각해봐. 미영이는 널 두 번이나 배신했어.
그리고 나를 당원증으로 협박하고 꼼짝 못 하게 만들었어.
내가 미영이하고 다시 엮인 건 순전히 당원증 때문이야. 다
른 의도는 없었다. 알겠니? 미영인 우릴 가지고 논 거야. 고
인에게 미안한 얘기지만, 정말 나쁜 여자였어."

성찬은 경석의 눈을 마주치지 않고 허공을 응시했다.

"듣고 보니 제법 나쁜 여자인 것도 같다. 그런데 내가 왜 당원증을 돌려줘야 하냐?"

경석의 두 눈이 번쩍거렸다. 경석은 성찬을 결박한 의자의 팔걸이를 붙잡고 떨리는 목소리로 말했다.

"내 말은 우리 둘 다 죄가 없다는 거야. 그러니 미영이 때문에 우리 둘 다 험한 일을 겪을 이유가 없다는 거지. 난 당원증을 돌려받고, 넌 여기서 풀려나는 거야. 어때?"

"넌 당원증을 손에 넣으면 날 죽일 것 같은데. 그래야 비밀을 지킬 수 있을 거 아냐?"

"성찬아, 날 그런 비열한 인간으로 보는 거야? 나, 안경석, 조국통일을 위해 인생을 통째로 바친 사람이야. 널 여기 묶어둔 건 정말 미안해. 친구한테 못 할 짓이지. 하지만 너도 내 입장이라면 나처럼 폭주하지 않겠니? 이제 그만 멈추게 해줘. 묶여 있는 널 보면 괴로워 미칠 거 같아."

묶은 자는 슬픔으로 얼굴이 일그러졌지만 묶인 자는 초연하게 웃고 있었다.

"당원증은 미영이가 가지고 갔다."

"뭐?"

"미영이가 저세상에 가지고 갔다고."

"그게 뭔 개소리야!"

경석이 화를 버럭 내자 남자가 다가와 경석을 뒤로 물러서게 했다.

"의원님, 수건 덮겠습니다."

경석은 괴로운 표정으로 고개를 끄덕였다. 수건이 덮일 때 성찬의 입가에 싸늘한 미소가 떠올랐다. 남자는 더 과격하고 빠르게 물을 퍼부었다. 쿨럭이는 기침 소리와 신음 소리가 텅 빈 공간에 섬뜩하게 울려 퍼졌다.

성찬의 신음 소리와 경련이 조금씩 약해져 갔다. 남자는 물고문이 한계치에 도달했다고 느꼈다. 그는 주전자를 들어 올리며 물었다.

"어때? 이제 그만 말하고 싶지? 그러면 고개를 끄덕여봐. 그럼 수건 치워줄게."

성찬은 천천히 고개를 끄덕였다. 수건을 치우자 초점이 풀어진 눈이 보였다. 성찬은 벌어진 입으로 간신히 소리를 냈다.

"⋯⋯드⋯⋯."

희미한 소리에 경석이 귀를 바짝 대고 물었다.

"뭐라고?"

"⋯⋯보⋯⋯."

"뭐라는 거야?"

남자가 어깨를 으쓱해 보였다.

"⋯⋯크⋯⋯."

경석이 남자를 밀어내고 타이르듯이 말했다.

"성찬아, 알았으니까 무리하지 말고 천천히 제대로 발음해봐. 응? 재촉하지 않을 테니까 또박또박 천천히 말해."

"……드……보……크……."

경석의 얼굴이 굳어졌다. 남자는 경석을 돌아보며 물었다.

"두부국? 두부국이라는데요? 배고픈가?"

경석은 정색을 하고 소파로 돌아가 벗어놓은 재킷을 걸쳤다.

"드보크. 성찬이가 말한 건 드보크야. 내가 다시 연락할 때까지 잘 지켜."

경석은 철문을 열고 나갔다. 드보크가 어디에 있더라. 기억이 가물가물했다.

경석은 30여 년 전 대방동 맥줏집에서 드보크의 위치를 설명해주던 김수철의 얼굴을 떠올렸다. 조선노동당 입당 이후 지하당을 건설하기 위해 이동희와 김수철 사이를 바쁘게 오가며 일하던 때였다.

"안 동무, 나 다음 주에 다시 평양에 들어가오. 이번에 들어가면 한동안 나오기 힘들 것이니 그동안 조직을 잘 보위하시오."

"알겠습니다. 지난번에 말씀하신 공작금은 어떻게 주실 겁니까?"

김수철은 경석에게 혁명사업에 쓸 자금을 이달 안에 주겠다고 약조했지만 아직까지 언질이 없었다.

"그 돈은 조총련 자금이라 내가 줄 수 없소. 모월 모일 드보크에 돈이 들어오니 안 동무가 직접 찾아오시오."

드보크(Dvoke)는 공작원들이 공작금이나 장비를 전달할 때 쓰는 무인함이었다. 경석은 김수철이 이용하는 드보크가 야산에 있는 어떤 바위 밑이라고만 들었고 아직 실제로 본 적은 없었다. 김수철은 메모지에 좌표를 적어주고 옆에 간단한 약도도 그려주었다. 드보크는 야산에 있는 바위였는데 근처의 분묘가 바위를 찾기 위한 기준점이 되는 지형지물이었다.

"안 동무, 드보크 위치는 그 누구에게도 발설하면 안 되오. 드보크에는 반드시 혼자 가고 접근하기 전에 주변을 잘 살피시오."

"걱정 마세요. 제가 지금까지 실수한 적 없잖아요."

하지만 경석은 김수철과의 약속을 어기고 미영을 데려갔다. 당원증의 약발이 떨어졌기 때문이다. 미영은 성의 없는 데이트가 점점 지루해진다고 투덜거리기 시작했다. 그녀는 끊임없이 자극이 필요한 아이였다.

등산복을 차려입은 두 남녀는 무덤가에서 무언가를 찾아 두리번거렸다. 군사지도와 약도를 번갈아 보던 경석은 성큼성큼 발걸음을 옮기더니 손가락으로 앞쪽을 가리켰다.

"여기야?"

미영은 수풀 사이로 솟아 있는 커다란 바위를 보고 물었다. 경석은 고개를 끄덕이며 바위 밑으로 손을 넣었다. 잠시 후 검은 비닐봉지에 싸인 직사각형의 물체가 경석의 손에 들려 있었다.

"우아, 바위 밑에서 이런 게 나와? 신기하네."

"공작원이 두고 간 거야. 자, 뭐가 들었는지 볼까?"

경석은 우쭐대며 주머니에서 아미 나이프를 꺼냈다. 비닐봉지를 뜯어내자 다시 신문지로 감싼 직사각형 물체가 나타났다. 경석은 조심스럽게 신문지를 펼쳤다.

"우아! 이게 얼마야!"

세종대왕이 보이는 돈다발 다섯 개, 일본 엔화 돈다발 다섯 개가 나왔다. 경석과 미영은 무연고 무덤의 상석床石 위에 돈다발을 펼쳐놓았다. 4년 치 등록금에 맞먹는 금액이었다.

"오빠, 이 돈 어디에 쓰는 거야?"

"공작금이지. 조직원들 밥 사주고 술 사주고, 유인물 인쇄하고, 시위할 때 장비도 만들고⋯⋯. 뭐 그런 데 쓰는 돈이지."

"그래? 그럼 얼마를 어디다 썼는지 내역이랑 증빙도 나중에 제출해야 돼?"

"나중에 공작금을 유용하지 않고 올바로 썼다는 소명은 해야 한다고 하더라. 그런데 공작의 특성상 영수증을 항상 챙길 수는 없으니까⋯⋯."

"그러면 이 돈 나도 좀 쓰면 안 돼?"

"뭐?"

"나 갖고 싶은 게 많단 말이야. 핸드백이랑 구두, 립스틱……. 아 참! 우리 이 돈으로 해외여행도 다녀오자! 해외여행 자유화돼서 이제 우리 같은 사람들도 외국에 마음대로 갈 수 있다며? 어때?"

경석은 말문이 막혔다. 간첩이 주는 돈으로 해외여행을 가겠다는 저 당돌함은 누구에게 물려받은 걸까.

"그런 짓을 하면 간첩한테 쥐도 새도 모르게 잡혀간다."

"어차피 지금 오빠가 하는 일은 다 위험한 거 아냐? 그렇게 위험한 일 하는데 이 정도 보상은 당연하다고 생각해. 공무원들도 위험수당이란 게 있잖아."

경석은 절대 안 된다고 엄포를 놓았지만 미영은 공작금의 일부만 빼서 쓰고 나머지를 혁명사업에 쓰면 티도 안 날 거라며 경석을 계속 졸랐다. 결국 원화 돈다발 두 개는 미영의 가방 속으로 들어갔다. 미영이 그 돈을 어디에 썼는지 경석은 알지 못한다.

경석이 드보크를 찾아간 것은 그게 마지막이었다. 김수철은 평양으로 복귀한 뒤 다시는 소식을 알 수 없었고 나중에 동희와 경석이 구축한 지하당이 공안 기관에 적발돼 와해되면서 드보크는 이용할 기회가 없었다. 동희는 프락치 사건으로 감옥에 있었기 때문에 빠져나갈 수 있었고, 경석은 다행히도 하부 조직원들이 조사 과정에서 함구해준 덕분에 감옥행을 피했다.

경석은 오래전 기억을 더듬어 드보크를 찾아가는 중이었다. 인적이 드문 야산의 중턱에 버려진 무덤들이 나타났다. 경석은 경사면의 가장 위쪽에 있는 봉분 앞까지 걸어갔다. 봉분은 잡풀로 뒤덮여 형태를 알아보기 힘들었지만 상석과 비석은 옛 모습 그대로 남아 있었다.

경석은 비석에서 시작해 동쪽으로 열 걸음을 옮겼다. 수풀 속에서 커다란 바위가 나타났다. 경석은 바위의 아래쪽 틈을 살폈다. 예전에는 구멍이 컸는데 지금은 흙과 잔돌이 구멍을 거의 메워버렸다. 하지만 흙을 살살 걷어내자 축구공 서너 개가 들어갈 만한 빈 공간이 보였다. 안에는 무언가 각이 진 물건이 놓여 있었다.

경석은 손을 뻗어 물건을 잡았다. 꽤 묵직했다. 천천히 구멍 밖으로 끄집어냈다.

이건 뭘까.

합성수지로 만든 검은 상자였다. 신발이 두 켤레 정도 들어갈 수 있는 크기였다.

짧은 시간 동안 온갖 의문이 일었다.

미영은 언제 성찬에게 드보크의 비밀을 얘기했을까?

성찬은 이 상자 안에 당원증을 넣어둔 걸까?

고문을 당하지 않았다면 성찬은 계속 이곳에 숨겨둘 생각이었을까?

비닐봉지에 넣어두면 될 것을 뭐 때문에 이런 커다란 상자에 넣은 것일까?

혹시 미영이 옛날에 받은 공작금을 쓰지 않고 넣어둔 것일까?

경석은 상자의 뚜껑을 들어 올렸다. 무언가에 걸리는 느낌이 들면서 뚜껑이 쉽게 열리지 않았다.

경석은 상자의 옆면을 샅샅이 살폈다. 열쇠 구멍 같은 것은 보이지 않았다.

기자

백진호 보좌관은 김소미 기자를 의원실로 안내했다. 안경석 의원의 자리는 비어 있고 의자 위로 걸린 액자 안에는 판본체로 쓴 '정의·평화·통일'이라는 글귀가 들어 있었는데 아래쪽에 이동희 의원의 낙관이 찍혀 있었다. 소미는 안경석 의원의 명패를 의미심장한 눈길로 쳐다봤다.

백 보좌관은 기자를 위해 원두커피를 내릴까 고민하다가 종이컵에 믹스커피를 타서 테이블 위에 올려놓았다.

"지금 의원님은 출타 중이십니다. 비서들 말로는 오늘 안 돌아오신다고 했답니다. 이 방이 조용해서 좋아요. 문을 닫으면 안에서 무슨 얘기하는지 도통 들리지 않거든요."

"아쉽네요. 의원님과 얘기를 나누고 싶었는데."

"의원님이 계셨다면 제가 만나지 못하게 했을 겁니다. 근데 정말 끈질기시네. 도대체 뭐가 궁금한 겁니까?"

계속해서 인터뷰 제의가 거절당하자 소미는 직접 여의도로 쳐들어왔다. 의원회관 로비에서 백 보좌관과 실랑이를 벌이던 소미는 첫째, 절대로 추측성 기사를 쓰지 않겠다, 둘째, 절대로 돈을 요구하지 않겠다는 약속을 하고서야 의원실에 들어갈 수 있었다.

소미는 백 보좌관의 명함을 만지작거리다 내려놓고 가방에서 수첩을 꺼냈다. 수첩에는 깨알 같은 글씨가 적혀 있었다. 근시가 있는 백 보좌관의 눈으로는 읽을 수 없는 크기였다.

"일단 오늘은 보좌관님께 그동안 제가 취재한 내용을 공유해드리겠습니다. 하지만 그 전에 저에게 약속을 해주셔야 합니다."

"어떤 약속입니까?"

"절대 다른 기자들하고 공유하지 말아주세요. 저의 첫 번째 특종이 될 수 있으니까요."

"그거야 뭐. 당연한 거 아닙니까. 좋은 내용도 아닐 텐데 퍼뜨릴 이유가 없잖아요."

"그리고 제가 아는 부분을 다 말씀드릴 테니까 나머지 부분을 의원님께 확인해주세요."

"좋습니다. 대신 기사 내보내기 전에 저에게 먼저 알려주셔야 합니다."

"그렇죠. 사전에 팩트 체크는 할 겁니다."

소미가 꺼내놓은 이야기는 뜻밖에도 연초에 벌어졌던 강도살인 사건이었다. 중년 남자가 은행 ATM 부스 앞에서 강도가 휘두른 칼에 찔려 사망한 사건이다.

"그건 저도 기억이 납니다. 돈도 별로 없는 지갑을 들고 도망갔죠? 자전거였나요?"

"오토바이요. CCTV로 도주 동선을 추적했는데, 결국 못 잡았어요."

"그랬군요. 그런데 그게 우리 의원님과 무슨 상관입니까?"

"상관이 있을 수도 있습니다. 사망한 피해자는 저에게 제보를 하려던 사람이었어요."

"제보? 뭘 말입니까?"

"안경석 의원에 관한 건이라 했습니다. 전 사실관계가 파악될 때까지 데스크에게 안경석이라는 이름을 말하지 않았습니다. 그리고 지금까지 제가 이걸 얘기해준 사람은 보좌관님과 우리 데스크뿐입니다."

백 보좌관은 얼굴을 찡그렸다. 정치를 하다 보면 만난 사람 수만큼 친구와 적이 생긴다. 부탁을 하는 사람도, 부탁을 들어주는 사람도 언제든 적이 될 수 있다. 죽었다는 제보자도 안 의원에게 어려운 부탁을 했든가, 어려운 부탁을 들어줬던 사람이었을 것이다.

"정치인에 대한 제보야 늘 있는 일이 아니겠습니까. 그게 뭐 어떻다는 겁니까?"

"타이밍이 너무 절묘한 거죠. 그날 저에게 제보하겠다고 통화를 하던 중에 살해되었으니까요."

"강도였잖아요? 방금 기자님도 범인이 지갑을 들고 사라졌다고 했잖아요?"

"네. 근데 그날 피해자가 돈을 인출하지 않았어요. 지갑에는 돈이 별로 없었다는 얘기죠."

"그 상황에서 강도가 그런 것까지 어떻게 알았겠어요? 돈 찾는 곳에서 나왔으니 당연히 현금이 있을 거라 생각했겠죠. 도대체 무슨 해괴한 음모론을 쓰시려는 겁니까?"

소미는 자세를 고쳐 앉았다. 손톱자국처럼 작은 눈이 반짝반짝 빛났다.

"끝까지 들어보세요. 피해자의 이름은 우동식입니다. 제가 우동식에 대해서 좀 알아봤죠. 그랬더니 아주 흥미로운 사실이 나왔어요. 우동식은 23년 전 지하당 사건으로 실형을 살았던 사람이었어요. 북한 공작원의 지령을 받고 반국가 단체를 구성했던 사람들 중 하나죠. 이동희 의원도 이 사건으로 조사를 받은 적이 있는데, 보좌관님도 알고 계시죠? 이동희 의원과 안경석 의원은 막역한 사이로 알고 있는데요."

백 보좌관은 셔츠의 깃이 목을 조이는 느낌이 들어 넥타이 매듭을 헐겁게 했다. 지하당 사건은 이동희와 연결된 안 의

360

원까지 영향을 미칠 수 있는 위험한 사안이었다.

"지하당 사건은 저도 압니다. 하지만 안 의원님과는 전혀 연결고리가 없는 사건입니다. 기자님의 상상력으로 무고한 사람을 엮어버리면 곤란해요."

"네. 저도 추측성 보도를 제일 싫어합니다. 월간지 기자가 똑똑한 중앙일간지 기자들보다 잘하는 게 하나 있습니다. 바로 이런 탐사보도죠. 매일 마감에 쫓기진 않으니까. 선배들 얘기론 하나 물어서 끝까지 파고들어 가면 가끔 대박이 터진다고 해요."

"대박이 터질 거 같습니까?"

"그럴지도 모르겠네요. 만일 이게 사실이면 보좌관님은 짐 싸서 의원회관에서 나오셔야 해요."

"하하, 겁나는데요. 어디 한번 들어봅시다."

"우동식이 지하당 사건 관계자라는 걸 알고 사건 기록을 다 뒤져봤습니다. 그때 유죄판결을 받고 형을 살았던 분들이 열여섯 명입니다. 꽤 큰 사건이었죠. 그 열여섯 명 중에 여섯 명이 돌아가셨습니다. 한 명은 대장암으로 돌아가셨고 또 한 명은 뇌출혈이었는데, 나머지 네 명은 사인이 조금 의심스러워요."

백 보좌관은 팔짱을 끼고 기자를 노려보았다. 도대체 이 당돌한 아가씨는 무슨 소설을 쓰고 있는 건가. 정치를 소재로 한 음모론들은 대부분 반사적 이익을 노린 경쟁자들에 의해 만들어진다. 보수 세력에 기생하는 이 삼류 매체의 기자는 또 어떤 허위기사를 쓰려는 걸까.

"얘기가 점점 싸구려 추리소설처럼 되어가네요. 기자님이 의심하는 근거는요?"

"사망의 경위가 자연스럽지 않다는 겁니다. 우동식, 김종훈, 구대서, 박수환. 이 네 명은 비슷한 시기에 죽었습니다. 올해 사망한 우동식을 빼면 전부 작년에 죽었죠. 가장 먼저 죽은 건 박수환인데 모텔에서 목을 매어 죽었어요. 좀 이상했죠. 사업에 실패해서 경제적으로 어려웠던 건 사실이지만 부인과 맞벌이를 하며 착실하게 빚을 갚고 있었어요. 애들도 아직 어렸구요. 현장에선 유서가 발견되지 않았어요. 함께 투숙했던 남자가 있었는데 아직까지 행방이 묘연합니다. 경찰은 저항한 흔적이 없다면서 자살로 처리했어요. 확실히 이상하죠?"

"잘 모르겠는데요. 저항한 흔적이 없었다고 하잖아요? 기자님은 누가 강제로 목을 매게 했다는 겁니까?"

"같이 투숙했던 남자를 찾아야 확실하게 알 수 있겠죠. 하지만 자살로 보기엔 뭔가 부자연스럽다는 게 제 생각입니다. 은퇴하신 선배님이 이 사건을 조사했는데, 시신의 목에 남은 삭흔이 이상했어요. 자살보다는 타살로 생긴 흔적으로 보였습니다."

"하지만 경찰은 자살이라고 했다면서요? 확실한 증거가

없다면 경찰의 공식적인 발표를 믿어야겠죠. 다음은요?"

"구대서는 교통사고였습니다. 직장 근처에서 길을 건너다 5톤 트럭에 치였죠. 트럭 기사는 만취 상태였어요."

"아주 일상적인 음주 운전 사고였군요. 이것도 이상한 점이 있습니까?"

"네. 주변의 지인들 얘기에 따르면 트럭 기사는 원래 술을 마시지 않는 사람이었습니다. 이상하게도 그날만 술을 진탕 마신 것이죠. 편의점에서 산 팩소주를 혼자 트럭 안에서 마셨습니다. 그리고 또 이상한 점은 타이어 자국인데, 사고지점 근처에 스키드마크가 없었어요. 제동을 걸지 않고 그대로 시체를 타고 넘어갔습니다. 게다가 사고지점 100미터 전방에는 급출발한 타이어 자국이 있었고요."

"강도…… 자살…… 교통사고……. 나머지 한 사람은 어떻게 죽었나요?"

"익사요."

"익사? 수영이라도 했나요?"

"아뇨. 그냥 저수지에서 발견됐어요. 낚시가 금지된 곳이라 인적이 드문 편인데, 양복을 입은 익사체로 발견됐죠. 사망한 지 한참 지나서 신원을 확인하기 어려울 정도로 퉁퉁 부은 상태였다고 해요. 익사로 죽은 김종훈은 가장 의심스러운 죽음이에요. 무엇 때문에 외딴 저수지까지 가서 죽었는지…… 발견된 장소가 설명이 안 되는 부분이죠."

백 보좌관은 머리가 지끈지끈 쑤셨다. 첫인상은 좀 우습게 보였던 삼류 매체 애송이 기자의 이야기를 듣고 있자니 점점 궁지에 몰리는 기분이 되었다. 만일 이 사건들이 안경석 의원과 조금이라도 연관이 있다면 그야말로 파멸을 가져올 것이다.

"자, 기자님의 황당한 음모론 잘 들었어요. 스토리를 잘 구성하면 확실히 뭔가 자극적인 이야기가 될 것 같아요. 판매 부수를 올리는 데 좀 도움이 될 수도 있겠네요. 그렇다고 우리 안경석 의원님을 같이 엮으면 곤란해요. 아직까지 우리 의원님과 관련이 있다는 생각은 안 드는데요?"

김소미 기자는 판매 부수 운운하는 백 보좌관의 말투에 기분이 상한 것 같았다. 작은 눈은 더욱 작아지고 아랫입술을 은근히 깨물었다.

"아직 안 의원님과 관련이 있다고 단정하진 않았습니다. 저는 근거 없이 추측성 기사는 쓰지 않습니다."

"네네. 물론 그러시겠죠."

"다만 안 의원님께 몇 가지 확인을 부탁드리고 싶은 겁니다."

"말씀하시죠. 뭘 확인해드릴까요?"

"지금까지 말씀드린 네 사람은 지하당 사건으로 조사를 받고 실형을 살았던 것 외에도 공통점이 또 하나 있습니다."

"그게 뭡니까?"

"네 명 모두 H대학을 졸업한 사람들이라는 거죠."

백 보좌관은 마른침을 삼켰다. 왠지 김소미 기자가 쳐놓은 거미줄에 걸려 발버둥 치는 벌레가 된 기분이었다. 김소미라는 거미는 꼼짝도 할 수 없는 자신을 향해 천천히 여덟 개의 다리를 흐느적거리며 다가오고 있었다.

"H대학을 나왔다는 것만으로 안경석 의원이 네 명의 죽음과 연관된다고 볼 수 있습니까? 아까 말씀하신 이동희 의원이야말로 H대학 출신 아닙니까? 지하당 사건 관련하여 조사를 받으신 분은 이동희 의원이니까 그분이 기자님 음모론의 주인공으로 더 적합하겠는데요?"

"물론 그럴 가능성도 염두에 두고 취재를 했습니다. 하지만 이동희 의원보다는 안경석 의원님과 관련이 있다고 생각됩니다."

"그건 왜죠?"

"학번으로 보면 이 네 명은 안 의원님보다 2년 후배들이에요. 이동희 의원보다는 안 의원님과 더 가까운 나이죠. 제가 H대학에서 학생운동 했던 사람들을 수소문해서 만났는데, 네 명 모두 안 의원님이 총애한 후배들이라고 하더군요. 제가 학적부를 보니까 죽은 우동식과 구대서는 안 의원님과 같은 국어교육과 후배였어요. 어느 모로 보나 안경석 의원님과 가까운 사람들이죠."

거미는 벌레의 온몸을 실로 친친 감아서 옴짝달싹 못 하게 만든 뒤 독이빨을 박아 넣으려 하고 있다. 저항할 수 없는 벌레는 그저 공포에 질려 처분만 기다릴 뿐이다.

"뭔가 점점 그럴듯한 이야기가 만들어지네요. 하지만 아직까지 결정적인 건 없지 않습니까? 같은 사건, 같은 학교, 같은 과…… 우연이 여러 번 겹친다고 필연이 되는 건 아니죠."

"네. 하지만 점점 우연에서 멀어지는 희박한 확률이 되는 것도 사실이죠. H대학 졸업생들을 탐문하는 과정에서 조금 이상한 얘기를 들었어요. 약간 끔찍한 얘기인데요."

"뭡니까?"

"프락치 사건이요. H대학 학생들이 박병서라는 사람을 공안 기관의 프락치로 오인해서 살해했던 사건 말입니다."

"아, 기억납니다. 그 사건 때문에 이동희 의원이 감옥에 갔죠."

"네. 근데 그때 이동희 의원이 후배인 안경석을 감쌌다는 얘기가 있어요."

"감쌌다면…… 조사받지 않도록 해줬다는 겁니까?"

"네. 사실은 안경석 의원이 고문과 폭행을 주도했다고 들었어요. 그런데 안경석 의원이 운동조직을 이끌고 갈 인재라서 이동희 의원이 대신 주모자 행세를 했다는 거예요."

백 보좌관은 안 의원이 이야기했던 두 개의 상자가 떠올랐다. 안경석 의원은 이동희가 절대로 배신할 수 없는 사람들만 모아둔 두 번째 상자에 들어 있다고 했다. 이동희가 안경석을 위해 그 정도의 헌신을 했다면 안경석이 이동희에게 가질 충성심은 가히 짐작할 만했다.

"처음 들었습니다. 그런 이야기. 사실이라면 어처구니가 없지만 조금 눈물겹네요."

"그렇죠. 하지만 그게 중요한 게 아닙니다. 전 프락치 사건에서 왜 이동희가 안경석을 보호했을까 생각해보았습니다. 처음엔 그게 남자들의 의리 같은 거라고 생각했어요. 그런데 지하당 사건기록을 읽으면서 다른 관점을 갖게 됐죠."

소미는 숨이 차서 물을 한 잔 달라고 했다. 정수기 물을 꿀꺽꿀꺽 단숨에 마신 그녀는 이야기를 계속했다.

"그건 바로 정간은폐의 원칙이라는 겁니다. 북한이 지하당을 구축할 때 지키는 원칙이라는 건데, 한마디로 '몸통은 지키고 꼬리만 자른다'는 것이에요."

"그 말은 좀 이상하군요. 김 기자님 얘기대로면 이동희가 몸통이고 안 의원은 꼬리인데, 몸통을 희생해서 꼬리를 살린 거 아닌가요?"

"엄밀하게 얘기하면 그렇긴 한데, 결국 둘 다 몸통이라는 게 제 생각입니다. 당시에 이동희는 대학을 떠나야 할 상황이었어요. 휴학을 더 이상 할 수 없는 상황이라 졸업을 해야 했던 거죠. 그래서 후배인 안경석에게 학생운동을 맡기고 자신이 대신 감옥에 가기로 한 것이죠. 실제로 안경석은 이동희를 대신해 많은 후배들을 학생운동가로 포섭했죠."

"결국 김 기자님이 하고 싶은 말은 이동희, 안경석 같은 정수분자들이 살아남기 위해서 지하당 사건의 말단 조직원들이 희생되었다는 얘깁니까?"

"맞아요. 지하당 사건도 이동희는 무죄로 풀려나고 안경석 의원은 조사도 안 받았잖아요? 프락치 사건만 보더라도 안경석은 조직이 끝까지 보호해야 할 '정수분자'라는 걸 알 수 있죠. 말단 조직원들은 안경석 의원의 존재를 모릅니다. 하지만 죽은 네 명은 안 의원님의 존재를 알고 있지 않았을까, 그런 의심이 듭니다. 왜냐면, 네 명은 말단 조직원들보다 한 단계 높은 레벨에 있는 정수분자들이었거든요."

"기자님의 결론은…… 뭡니까?"

"제 결론은…… 안경석 의원과 죽은 네 명은 다른 지하당 원들과는 차원이 다른 특별한 사람들이었다는 겁니다. 예를 들면…… 평양의 대남공작선과 직접 연계된 사람들이라는 거죠."

"말도 안 됩니다! 그래서 안 의원님이, 자신의 비밀을 알고 있는 그 네 명을 살해했다는 겁니까?"

"그동안 취재한 내용들을 종합하면 자연스럽게 그런 결론에 도달하게 되는 것 같아요."

"지금까지 기자님이 말씀하신 그런 이유만으로 검찰 조사까지 받은 사람을 제외하고 안 의원님을 지하당 사건에 억지로 엮어 넣는 건 너무하지 않습니까? 기자님이 어떤 방향으로 취재를 하시든 본인의 자유지만 먼저 공식 수사선상에 올랐던 사람부터 조사를 해야 하는 거 아닙니까?"

"이동희 의원이 지하당 사건의 피의자로 조사를 받다가 참고인으로 전환이 되고, 결국 무관한 사람으로 사건에서 빠진 이유를 알고 계세요?"

"모르겠는데요. 뭣 때문입니까?"

"알리바이 때문이죠. 지하당이 구축되었다는 시기에 이동희 의원은 프락치 사건의 주동자로 감옥에 있었어요. 그런데 묘한 점이 있어요. H대학 출신자들의 증언은 하나같이 안 의원님이 이동희 의원의 후계자였다고 지목하고 있어요. 만일에 감옥 밖에서 그런 일을 대신 수행할 사람이 있다면 안경석 의원이 가장 유력하다는 것이죠."

백진호 보좌관은 벌떡 일어나 의원실 문을 열었다.

"나가주세요. 더 이상 그런 얘기는 들어줄 수가 없습니다. 설마 우리 의원님을 만나서 이런 얘기를 하려고 했던 겁니까?"

"맞아요. 기사 쓰기 전에 본인한테 확인은 해야 하니까. 제가 취재한 내용은 이미 데스크와 공유하고 있습니다. 의원님 오시면 제가 했던 이야기들을 들려주시고, 전화 기다린다고 전해주세요."

"전화는 안 갈 겁니다. 만일에 그런 기사가 뜨면 당장 명예훼손으로 고소하겠습니다."

"저희도 법률 자문을 받습니다. 위험한 결론을 미리 내진 않을 거예요. 단지 우리가 확인한 일련의 '사실'들만 공개할 겁니다. 상상은 독자들이 하는 거죠. 아, 그리고 보좌관님께 마지막으로 물어보고 싶은 게 있는데요."

"뭡니까?"

"혹시 이동희 의원의 이중 당적에 대한 소문을 들어보신 적이 있나요?"

"이중 당적이요? 그건 정당법 위반인데요. 과거에 공천받으려고 이리저리 옮겨 다니다가 행정 실수로 그리된 분들은 있었지만…… 이동희 의원은 당을 옮긴 적이 없는데요. 이동희 같은 거물 정치인이 그런 짓을 할 리가 없잖아요?"

"저는 정당법 42조 얘기를 하는 게 아닙니다. 국가보안법 얘기죠."

"국가보안법? 무슨 뜻이에요?"

"이동희 의원이 조선노동당원이라는 얘기가 있어요."

백 보좌관은 그런 말도 안 되는 얘기를 믿으라는 거예요, 라고 일갈했지만 속으로는 충분히 그럴 만한 인물이라 생각했다. 주사파의 대부 김영환은 잠수정을 타고 북한으로 넘어가 김일성을 만난 뒤에 실망하여 전향했지만 이동희는 제도권 정치에서 승승장구하면서도 전향 선언을 한 적이 없다. 그야말로 뼛속까지 친북인 이동희가 조선노동당원이라 해도 놀라지 않을 사람이 많았다.

김소미 기자는 단춧구멍 같은 눈으로 백 보좌관의 가슴팍을 쳐다보았다. 백 보좌관은 속마음을 들여다보는 것처럼 느껴져 재킷을 여몄다.

"만일에 이동희 의원이 조선노동당원이라면, 안경석 의원도 당원일 가능성이 높다고 여겨지는데, 어떻게 생각하세요?"

"이 사람이 어디서 소설을 쓰고 있어! 당장 나가!"

생전 큰 소리 한 번 내지 않는 남자가 역정 내는 소리에 놀랐는지 의원실 비서들이 달려왔다. 김소미는 얼굴이 빨개져서 비서들을 밀쳐내고 나갔다. 또각또각, 위태롭게 높은 하이힐이 내는 굽 소리가 점차 멀어져 갔다.

백 보좌관은 두근거리는 심장을 진정시키기 위해 몇 번이나 심호흡을 했다. 만일 김소미가 취재한 내용들이 모두 사실이라면 자신은 어떻게 해야 하는지 판단이 서지 않았다. 김소미가 의원실에서 얘기한 내용들이 기사의 전부는 아닐 것이다. 김소미는 좀 더 구체적인 증거들을 갖고 있을 가능성이 높았고, 그러한 내용들은 월간지의 지면을 통해 공개될 것이다. 기사가 뜨면 이래저래 큰 파장을 몰고 올 게 뻔했다.

백 보좌관은 김소미의 음모론을 차근차근 검토했다. 김소미가 취재한 내용에 거짓이 없다는 전제하에, 김소미의 추정에 문제가 없는지 생각해보았다. 만일 김소미가 얘기한 대로 죽은 네 명이 안경석 의원의 비밀을 알았다고 치자. 안 의원이 그들을 그토록 교묘하게 살해할 능력이 있는가? 그저 선배들 따라서 데모 좀 하고 주체사상 공부했던 게 전부인 사람이다.

그때 백진호 보좌관의 뇌리를 스치는 사람이 있었다.

악명 높은 부동산업자 박웅선 회장이었다. 조폭을 부린다는 소문이 파다했고, 심지어 그 자신이 조폭이라는 소문도 있었다.

백 보좌관은 휴대전화를 꺼내 단축번호 1번을 눌렀다. 전화를 받지 않는다.

백 보좌관은 비서관을 불러 안 의원의 동선을 파악했다. 안 의원이 기사도 대동하지 않고 손수 운전해서 외출했다는 이야기를 듣고 불안해졌다. 사적인 용무를 볼 때는 자신에게 운전대를 맡기라고 몇 번이나 당부했건만, 안 의원은 아직도 자신을 100퍼센트 신뢰하지 못한다는 말인가.

도대체 백 보좌관에게까지 숨겨야 할 정도로 비밀스러운 용무는 무엇일까. 백 보좌관은 반복해서 통화 버튼을 눌렀으나 안 의원은 연결되지 않았다. 급한 용무 중이라면 문자라도 남기자는 것이 안 의원과 백 보좌관 사이의 약속이었다.

백 보좌관이 점점 초조함을 느끼는 와중에 액정 화면에 일정을 알리는 팝업창이 떴다.

의원님 운전 금지

불길한 예감이 척추를 타고 내려와 온몸으로 퍼졌다.

'모월 모일은 기운이 더욱 조열해져 위험한 날이니 반드시 메모를 해두었다가 의원이 차를 못 타게 하게나.'

역술인이 위험하다고 경고했던 날이었다. 나쁜 일은 더 귀신같이 맞히던 역술인의 두터운 입술이 떠올랐다. 백 보좌관은 순간적으로 현기증을 느꼈다.

경석은 검은 상자를 흔들어보았다. 안에서 절꺽거리는 소리가 났다. 금속 물체가 들어 있는 것 같았다. 상자를 들고 근처의 무덤까지 걸어갔다. 상석에 상자를 올려놓고 힘을 주어 뚜껑을 열었다.

팅 — 하고 뭔가 튕겨져 나왔다. 곧이어 산이 흔들릴 정도로 커다란 폭발음이 터졌다. 숲속에 숨어 있던 산새들이 하늘로 날아올랐다.

성찬이 만든 부비트랩에는 살상력을 높이기 위한 나사못이 한 움큼 들어 있었다.

폭발과 함께 전방위로 비산된 나사못들은 안경석 의원의 온몸에 박혔다. 그중 몇 개의 나사못이 안 의원의 목을 관통했는데, 또 그중 한 개가 경동맥을 끊었다.

그는 피투성이가 되었지만 고통 없이 즉사했는데, 그것 역시 부비트랩을 설치한 자의 의도였을 것이다.

비석에 맺힌 핏방울이 천천히 눈물처럼 흘러내렸다.

성찬의 이야기

성찬은 휴대전화의 액정 화면을 수시로 들여다보는 거한 에게 말했다.

"어이 덩어리. 안 의원 전화 기다리는 거지? 날 죽여도 된 다는 승인 전화."

남자는 귀찮다는 얼굴로 가운뎃손가락을 들어 올렸다. 중 지에 끼워진 커다란 금반지가 번쩍였다. 물고문의 고통에서 벗어난 성찬은 이제 완전히 여유를 되찾아 미소까지 머금고 있다.

"전화는 오지 않을 거야. 안 의원은 지금쯤 죽었을 거야. 못 믿겠다면 네가 먼저 걸어봐."

남자는 전화기를 귀에 대고 초조히 제자리걸음을 했다.

"거봐. 안 받잖아. 그러지 말고 소파에 앉아봐. 내가 아주 재밌는 얘기를 해줄 테니까. 아까 경석이가 했던 얘기보다 재밌을 거야. 앞으로 덩어리 너한테 일어날 일과도 관계가 있으니 꼭 들어야 해."

남자는 소파에 앉아 전화기 액정 화면을 계속 응시하면서 성찬에게 대답했다.

"어디 함 씨불여봐라. 내 들어줄게."

결혼식에 왔던 이들은 하나같이 성찬이 참한 색시를 골랐다며 다들 부러움이 담긴 덕담을 건넸다. 아직 경제적 기반이 튼튼하지 않다는 것이 흠이라면 흠이었으나 하객들은 젊은 사람들이니 어떻게든 행복한 가정을 꾸려갈 것이라는 낙관적 기대를 품고 돌아갔다.

결혼식장에서 불행을 전망하는 하객은 없지만 많은 부부가 파경에 이른다. 성찬 부부도 한없이 행복해 보이는 순간에 미래에 닥쳐올 결혼 생활의 위기를 예상하지는 못했다.

성찬의 신혼 생활은 순조로운 출발처럼 보였지만 바닥에 구멍이 난 배처럼 서서히 가라앉고 있었다. 성찬은 해가 갈수록 말수가 줄어들었다.

당시에 성찬을 의사가 진단했다면 자폐증이라고 여겼을 것이다. 말을 걸어도 대답하지 않았고 눈을 마주치지도 않았다. 미영을 제외하고는 사람에게 반응하지 않았다.

성찬의 마음은 9·11테러에 무너진 쌍둥이 빌딩처럼 바닥까지 철저히 붕괴됐다. 그야말로 그라운드 제로의 심리 상태였다. 하지만 성찬의 마음은 하루아침에 무너진 것이 아니었다.

학창 시절 미영의 배신으로 첫 번째 균열이 발생했고, 정배의 분신과 총학 선거 패배는 또 다른 트라우마를 남겼다. 성찬이 군 입대를 하던 해에 소비에트연방이 해체되어 전 세계 좌파들의 정신세계가 초토화되었다. 동구권의 몰락은 많은 좌파들이 우익으로 변신하거나 개량주의로 넘어가는 계기가 되었고, 군대를 다녀온 성찬도 혁명이 불가능한 세상에 살고 있음을 인정할 수밖에 없었다.

미영과의 재결합은 깨지고 금 간 성찬의 자아를 수리하고 재생시키는 원동력이 됐다. 하지만 결혼 후에 잇따른 사회 진출 실패는 성찬을 더욱 의기소침하게 만들었다. 혁명이라는 망상에 사로잡혀 청춘을 탕진하고 아내조차 부양할 수 없는 무능력자로 몰락한 자신에 대한 혐오감이 하루하루를 짓눌렀다. 결혼 전부터 두 사람의 결합을 반대했던 처가 식구들은 성찬을 더욱 냉랭하게 대했다. 내 그럴 줄 알았다, 하고 역정 내는 장인의 목소리가 미영이 든 핸드폰의 스피커를 빠져나와 성찬의 귀에까지 나지막하게 들렸다. 성찬은 점점 더 작아지는 자신을 느꼈다. 어느 순간 눈처럼 녹아 사라져버릴 것만 같았다.

그런 와중에 미영은 불륜을 저질러 성찬의 붕괴를 가속화했다.

처음에 불륜의 상대가 누군지 알지 못했을 때는 편하게 모른 척할 수 있었다. 성찬은 미영을 더 이상 사랑하지 않았다. 그는 사랑을 할 수 있는 열정이 남지 않은 상태였다.

하지만 우연히 훔쳐본 문자메시지와 통화 기록은 오래전의 숙적이 다시 한번 그의 삶에 교란을 일으키고 있다는 걸 깨닫게 해줬다. 조용한 분노가 아랫배에서부터 천천히 차올랐다. 이 녀석은 왜 나에게 이토록 집요하게 고통을 안겨주는가. 왜 내 주변에 있는 사람들을 빼앗아 가는가.

성찬은 꿈에서 경석을 보았다. 화염에 휩싸여 끔찍한 비명을 내지르는 정배의 옆에 서서 깔깔대고 조롱하는 모습을, 교성을 내지르는 미영의 배 위에서 싱긋 웃고 있는 모습을 보았다. 성찬은 교접한 남녀에게 화염병을 내던졌다. 불길은 음란한 남녀를 감쌌다. 어찌 된 일인지 두 사람은 뜨거운 불길에 괴로워하지 않고 더 높은 쾌락의 교성을 질렀다.

그때부터 성찬은 아내의 휴대전화를 훔쳐보는 것이 일상이 됐다. 경석의 전화번호는 '여의도 오빠'로 저장돼 있었다. 여의도 오빠는 음어를 사용해 미영과 메시지를 주고받았다. 데이트 장소는 '회식 장소'로 표현했고 호텔에 가는 일을 '2차 회식'으로 썼다.

불륜 사실을 알아차리는 건 너무도 쉬웠다. 동일한 사람이

한 달에 몇 번씩 회식 장소를 공지한다는 것 자체가 난센스였다. 게다가 미영의 출판사는 파주에 있는 회사였다. 여의도에 있는 오빠가 회식 장소를 공지할 리가 없었다.

어느 날 미영이 임신중절을 하겠다고 했다. 아이를 낳기에는 너무 고령이라 산모도 아이도 위험할 수 있다는 얘기였다.

성찬에게는 이해하기 어렵고 복잡한 상황이었다. 성찬 부부는 오랫동안 아이가 생기지 않았다. 불임의 원인이 누구에게 있는지는 굳이 알아보지 않았다. 경제적으로 궁핍하고 감정적으로도 메마른 부부였다. 하지만 가끔 미영은 아이가 갖고 싶다고 얘기했고 성찬은 외면했다. 혼자서 살아가는 일조차 버거운 성찬이었다. 불임클리닉 같은 곳은 너무 비싸서 생각도 하지 못했다.

그런데 마흔이 넘어 어렵게 생긴 아이를 지우겠다는 것이다. 미영은 늦게라도 생겨서 고맙지만 엄두가 나지 않는다고 했다. 미영의 말 속에는 성찬의 경제적 무능력에 대한 원망도 담겨 있었다. 성찬은 반대하지 않았다.

미영의 배 속에 있는 아이가 자신의 아이가 아니라는 걸 깨닫기까지는 오랜 시간이 걸리지 않았다. 성찬은 미영이 달력을 보며 배란일을 열심히 계산하는 걸 우연히 목격한 순간에 감을 잡았다. 미영이 달력에 표시한 배란일은 미영이 회식이 있다며 늦게 들어온 날이었다. 성찬은 단 한 번도 술에 취해 들어온 미영을 안아본 적이 없었다. 미영이 출근하고 혼자 남겨진 성찬은 미영의 달력을 들고 분노를 삼켰다.

성찬은 경석과 미영에게 복수할 계획을 세웠다. 언론에 그들의 불륜을 제보하여 경석의 정치 인생을 끝장내고 미영에게 수치심을 안겨줄 생각이었다. 하지만 미영이 시한부 삶을 선고받자 그녀를 용서하기로 하였다. 미영의 행복하지 못한 삶에 대해서는 전적으로 성찬의 책임이 컸다. 그녀의 외도는 성찬이 안겨준 외로움과 불행으로 상쇄될 수 있을 것이다.

경석에 대한 복수도 유예했다. 하루하루 모든 걸 내려놓고 죽어가는 미영의 모습은 미영이 지은 모든 죄를 잊게 해줬다. 성찬은 미영을 용서하고 간병하면서 경석에게 복수할 이유를 찾지 못했다. 성찬의 황폐해졌던 마음은 미영을 돌보면서 조금씩 치유되고 있었다. 그런 성찬의 마음에 다시 불을 지른 건 경석이었다.

미영의 병세가 악화되어 더 이상 희망을 가질 수 없는 지경에 이르렀을 때 경석이 병원에 모습을 드러냈다. 성찬은 미영이 입원했을 때 익명으로 꽃바구니를 보낸 사람이 경석이라는 걸 일찌감치 알고 있었다. 그런데 이제야 모습을 보였다는 사실이 괘씸하게 느껴졌다.

하지만 미영의 얼굴에 오랜만에 미소가 감도는 걸 보고 둘만의 시간을 갖도록 배려해줬다. 아내가 죽어가는데 경석에게 불륜 사실을 따져 물어봐야 부질없는 일이었다. 미영에게는 마지막 감정을 정리할 시간을 주고 싶었다. 경석은 그 후로도 몇 번이나 병문안을 왔다. 성찬은 경석의 방문이 죽어가는 내연녀에 대한 마지막 연민이자 죄책감이 아닐까 추측해보았다.

그러나 조금 이상한 점이 있었다. 미영을 찾아오는 경석은 무언가 조바심을 내고 있었다. 이제 더 이상 치유의 희망이 없는 상대에게 조바심을 내는 이유는 무엇일까. 남편인 성찬보다도 경석이 미영을 더 사랑하는 것일까.

성찬은 의구심이 생겼다. 그러다 어느 날 경석이 미영에게 소리 지르는 걸 듣고 말았다.

"미영아, 제발 좀!"

성찬이 병실에 들어서자 경석은 도둑질을 들킨 것처럼 화들짝 놀랐다. 성찬은 경석의 당황한 얼굴과 미영의 냉랭한 표정에서 자신이 모르는 둘 사이의 심각한 비밀을 인지했다.

나중에 성찬은 미영을 채근해 비밀을 털어놓게 했다. 미영은 경석의 오래된 실수를 치정의 볼모로 잡고 있었다. 성찬은 미영의 집착에 피로가 몰려왔다.

"이제 그만 돌려줘. 너와 경석인 오래전에 끝난 사이야. 네가 그걸 갖고 있을 이유가 없어."

하지만 미영은 당원증을 돌려줄 생각이 없다고 했다.

"그건 내가 그 사람 인생에서 중요한 존재라는 증거야. 난 죽어서도 그걸 저승까지 가져갈 거야."

성찬은 미영의 뻔뻔함에 처음으로 화가 났다.

"네가 경석이 인생에서 중요한 존재라고? 그럼 나는? 네 남편 김성찬은? 난 도대체 네 인생에서 뭐니! 남의 아이를 임신한 여자를 데리고 살았던 나는 뭐냐고!"

미영은 많이 놀란 것 같았다. 그녀는 죄책감으로 얼굴이 일그러졌다.

"당신…… 알고 있었구나……."

미영은 한참 동안 울먹이며 말했다.

"나도 알아……. 내가 잘못한 거 안다고……. 그런데…… 당신도 잘못했잖아……. 나 오랫동안 버려졌잖아……. 하루 종일 힘들게 일하고 집에 와도 반겨주지도 않고……. 날 안 아주지도 않고……. 없는 사람 취급했잖아……. 나 당신 버리고 싶었는데…… 당신 미웠는데…… 떠나고 싶어도…… 당신 불쌍해서……. 근데 너무 외로워서…… 누구라도 만나야 했다구……. 나보고 뭘 어쩌라고……. 난 어떻게 살라고…… 날 그렇게 버려둬……."

성찬은 미영을 가만히 안았다. 성찬의 가슴팍에서 오랫동안 서럽게 울고 난 미영은 당원증이 있는 장소를 알려줬다.

"당신 원하는 대로 해. 당원증으로 안경석을 파멸시키든, 그걸 돌려주든, 당신 마음대로 하라고. 그게 내가 당신에게 줄 수 있는 속죄의 선물이야."

미영은 당원증을 장롱 깊숙한 곳에 한지로 곱게 싸서 숨겨두었다. 보라색 한지를 벗기자 붉은색 수첩이 나타났다.

금박으로 새겨진 '조선로동당 당원증'이라는 글씨가 선명했다. 첫 페이지를 넘기자 왼쪽에는 김일성 사진이, 오른쪽에는 당원 이름과 일련번호가 나타났다. 성찬은 당원증에 새겨진 안경석이라는 이름이 낯설게 느껴졌다. 하지만 초상화 속의 김일성은 중년이 된 경석의 후덕한 이미지와 어쩐지 닮아 보였다.

항암 치료는 전혀 효과가 없었다. 미영은 치료를 시작한 지 1년도 안 돼 세상을 떠났다.

미영은 성찬에게 당원증의 처분을 맡기고 죽었지만 성찬은 장례를 마칠 때까지 결정을 내리지 못했다. 경석이 미영의 죽음에 대해 정중히 애도하고 당원증에 대해 함구했다면 성찬도 담백하게 당원증을 돌려줬을지 모른다. 하지만 경석은 장례식장에 보좌관을 대신 보내고 성찬에게 노골적으로 당원증에 대한 갈망을 드러냈다.

성찬은 경석의 태도가 모욕적이라고 느꼈다. 미영은 남편을 배신하면서까지 경석을 사랑했으나 경석은 단 한 번도 그녀를 사랑한 적이 없었다. 적어도 성찬은 그렇게 느꼈다.

그것은 미영에 대한 모욕이자 성찬에 대한 모욕이었다.

빠루를 이용해 성찬의 주거지에 침입하고 수색했던 사건은 경석이 당원증을 손에 넣기 위해서는 얼마든지 거칠고 폭력적인 방법을 동원할 수 있다는 걸 예상하게 했다. 그래서 성찬은 경석의 도발에 대비할 전술을 궁리하기 시작했다.

마침 어지럽게 흩어진 책들 사이로 『아나키스트의 요리책』이 눈에 띄었다. 예전에 준구와 성찬은 이 책을 보고 파이프 폭탄을 만든 적이 있었다. 성찬은 페이지를 넘기다 「폭발물과 부비트랩(Explosives and Booby Traps)」이란 챕터에서 멈췄다. 챕터 앞쪽에는 니트로글리세린, 뇌산수은, 폭발성 젤라틴, TNT와 같은 폭약을 만드는 법이 나와 있고 뒤쪽에는 다양한 기폭장치와 부비트랩에 대해 기술되어 있었다.

성찬은 인력식 기폭장치와 장력해제식 기폭장치, 압력식 기폭장치와 압력해제식 기폭장치를 면밀히 비교해보았다. 가장 흥미로운 장치는 인력식 전자 기폭장치였다. 볼펜스프링의 힘으로 안으로 딸려 들어간 못대가리가 금속판을 때리면서 배터리에 전류가 흐르고 폭약이 터지는 원리였다. 성찬은 상자 안에 이 기폭장치를 넣고 상자를 여는 순간 압축된 스프링이 해제되도록 하면 아주 멋진 부비트랩이 되겠다는 생각이 들었다.

나사못을 집어넣으면 살상력이 더욱 높아질 것이다.

성찬은 즐거운 마음으로 폭탄 제작을 위한 쇼핑 목록을 만들기 시작했다. 사야 할 물건들이 많았지만 인터넷으로 주문하면 며칠 안에 다 도착할 것이다.

부비트랩을 설치할 장소에 대해서는 생각해둔 곳이 있었다. 미영은 신혼 때 간첩이 손으로 직접 그렸다는 약도를 성찬에게 보여줬다. 미영이 경석에게서 빼앗았다는 그 약도는 공작금을 숨겨두었던 드보크의 위치를 표시한 것이었다. 그녀는 드보크의 알파벳 철자까지 정확하게 기억하고 있었다.

"드보크가 뭐냐면, 간첩들이 쓰는 우편함 같은 거야. 겉으로 봐선 그냥 바위나 비석 같은 건데 그 아래에 공작금이나 난수표, 권총 같은 걸 숨겨두는 거래. 오빠, 이런 얘기 어디가서 절대 하면 안 돼. 이미 헤어진 사람이지만…… 굳이 감옥에 보내고 싶진 않아."

역습

남자는 부비트랩 얘기에 큰 소리로 웃었다. 호빵처럼 부푼 볼살이 마구 흔들리며 빨개졌다. 성찬은 남자의 혈색이 지나치게 좋다고 느꼈다.

"아저씨, 할리우드 액션영화를 너무 많이 보셨네. 구라를 치려면 좀 그럴듯하게 쳐야지. 우리나라 조폭영화는 안 보셨나? 드럼통에 시체 넣고 공구리 쳐서 바다에 던지는 건 보셨어? 난 그런 게 더 현실감 있던데. 상상해봐. 아저씨가 산 채로 드럼통 안에 들어가 있는데 머리 위로 공구리가 쏟아지는 거야. 무시무시하지 않아?"

"덩어리, 내 얘긴 아직 안 끝났어. 잘 들어봐. 이거 들으면 너도 좀 무서워질걸."

남자는 성찬의 말을 듣는지 마는지 고개만 끄덕였다. 그의 시선은 휴대전화 액정 화면에 고정되어 있었다. 경석에게 계속 전화를 거는 중이었다.

"내 직업에 대해서 들었는지 모르겠지만, 난 중장비 기사야. 로더와 지게차 면허를 갖고 있지. 지금은 물류회사에서 지게차를 운전하는데, 취직은 우리 마누라가 죽고 나서 했어. 마누라가 살아 있을 때는 로더와 지게차를 몰아서 돈을 번다고 거짓말을 했어. 한 번 나갈 때마다 꽤 많은 돈을 가져다 줬다. 마누라는 내가 뒤늦게 정신 차렸다고 기뻐했지."

남자는 지루해하는 모습이었다. 전화기는 이제 주머니 속에 집어넣었다.

"아저씨 말이 길어지네. 요점이 뭐야?"

"마누라한테 내가 하는 일을 속였다고 했잖아. 그럼 덩어리 네가 맞혀봐. 내가 하는 일이 뭐였을 거 같아?"

"도둑질이라도 했나?"

"세상에는 불치병을 가진 사람들이 많아. 하지만 장기臟器를 이식받으면 살 수 있는 사람들이 있지. 신장이라든가, 간이라든가. 내 마누라는 간암에 걸렸어. 간을 이식받으면 살 수 있을 것 같았어. 그래서 나는 장기이식을 주선하는 사람들을 수소문했어. 돈만 내면 중국의 병원과 연결해주는 조직이 있더군. 그 조직은…… 장기 밀매도 하는 조직이었어. 처

음엔 마누라를 살리자고 시작한 일이었는데…… 나중엔 그
게 내 직업이 되더군. 아픈 사람들과 장기 밀매 조직을 연결
해주는 역할이었지."

"아저씨 마누라는 죽었잖아."

"응. 장기도 구했고 병원도 구했는데…… 이미 우리 마누
라는 암세포가 온몸에 전이되어서…… 아무 쓸모가 없게 되
었어. 그때부터는 그냥 돈만 벌었지. 살날이 얼마 남지 않은
마누라도 돈뭉치를 갖다 주면 좋아했어. 그 좋아하는 얼굴이
보고 싶어서 일을 계속했지."

"그랬구나. 듣고 보니 아저씨도 참 더럽게 운 없는 사람이
네. 그냥 이것도 아저씨 운명이라고 생각해. 날 원망하지 말
고."

"응. 너도 이게 네 운명이라고 생각해라. 날 원망하지 말
고."

"아이고 이 아저씨가 간이 배 밖으로……."

남자는 마지막 말을 제대로 마치지 못했다. 남자의 등 뒤
에서 나뭇가지처럼 긴 팔이 튀어나와 그의 커다란 얼굴을 담
쟁이덩굴처럼 휘감았다. 남자는 육중한 몸을 벌떡 일으켜 이
리저리 뒤척였으나 나뭇가지 같은 팔은 남자의 얼굴을 더욱
단단히 조였다. 웬만한 사내의 허벅지보다 굵은 남자의 팔이
나뭇가지처럼 가느다란 팔을 어쩌지 못하는 상황이 기묘한
느낌을 주었다. 남자는 다시 소파에 주저앉아 고개를 뒤로

젖히고 잠이 들었다.

나뭇가지와 같은 팔이 천천히 풀리고 클로로포름 냄새가 진동하는 수건이 바닥에 떨어졌다. 열린 철문으로 사내들이 우르르 들어와 남자를 들어 올렸다. 그들은 신음 소리를 내며 무겁다고 투덜거렸다. 사내들은 남자를 들고 철문 밖으로 사라졌다. 사내들이 떠드는 소리가 점차 멀어졌다.

혼자 남겨진 성찬은 이 사장을 기다렸다. 성찬의 목숨은 이 사장의 처분에 달렸다. 그가 옛 동업자의 정을 봐서 호의를 베풀어주기를 바라는 수밖에 없었다.

철문을 통해 꾀죄죄한 명품 점퍼를 입은 이 사장이 등장했다. 그는 묶여 있는 성찬을 보더니 재미있다는 듯이 씩 웃었다.

"우리가 너무 늦었소?"

"늦지도 빠르지도 않았습니다. 사장님 덕분에 살았습니다. 고맙습니다."

"고맙긴! 내가 한 번은 도와주겠다고 하지 않았소? 그나저나 다시 만나서 반갑소."

이 사장은 잭나이프를 꺼내 성찬의 결박을 풀어주었다.

"물고문을 한 거요? 저 자식들 아주 저질이구먼."

"아까 그 남자는 어떻게 됩니까?"

"양아치 말이오? 알면서 뭘 묻소?"

남자는 산 채로 온몸의 장기가 적출될 것이다. 상상하는 것만으로도 끔찍하지만 파룬궁 수련자들과 위구르족에게 실제로 일어났던 일이다. 장기는 전 세계의 부유한 환자들에게 팔려 나가고, 껍데기는 분쇄기에 갈려 강에 흘려보내지거나 밭에 비료로 뿌려질 것이다. 그래도 남자의 장기는 많은 환자들에게 새 생명을 불어넣을 것이니 안경석처럼 헛된 죽음은 아니었다.

밖으로 나와 보니 철거되지 않은 건물이 아니라 공사가 중단된 신축건물이었다. 공사업체가 부도 맞았거나 건축주가 파산했을 것이다.

건물 밖에는 이 사장이 직접 모는 구형 벤츠가 기다리고 있었다. 그가 입고 다니는 명품 옷처럼 브랜드의 품격을 깎아 먹는 지저분하고 볼품없는 차였다.

이 사장은 성찬을 시내까지 태워줬다. 성찬은 차 안에서 담배 몇 개비와 라이터를 받았다.

"담배는 끊었다고 하지 않았소?"

"그랬는데…… 오늘은 무지하게 당기네요."

"김 사장, 이제 일 안 할 거요?"

"네. 우리 마누라 죽었습니다. 이제 돈 필요 없습니다."

"아…… 그거 참 안됐소. 나한테 왜 부고를 안 보냈소?"

"딱 한 번 도와주신다고 했잖아요. 아껴둔 겁니다."

이 사장은 껄껄 웃었다.

"잘했소. 만일 부고를 보냈다면 조의금만 듬뿍 내고 도와

준 걸로 쳤을 거요."

이 사장은 버스 정류장에서 성찬을 내려주며 당부했다.

"부디 조용히 사시오. 그 입 나불거리면 아까 그 양아치처럼 될 거요."

"여부가 있겠습니까."

이 사장은 씩 웃으며 손을 흔들고 차창을 올렸다.

성찬이 기다리는 버스는 오래도록 오지 않았다. 함께 기다리던 할머니와 고등학생 두 명이 다른 버스에 올라타 사라졌다.

홀로 남은 성찬은 담배에 불을 붙이고 하늘을 향해 연기를 뿜었다. 담배 연기는 찬 바람에 허망하게 흩어졌다.

제보

남자 앵커는 헤어젤리로 단정하게 세팅한 머리와 티 없는 피부, 부드럽고 힘 있는 목소리를 갖고 있었다. 그는 놀랍고 끔찍한 소식을 전할 때도 단정함과 건조함을 잃지 않았다.

경기북부경찰청은 안경석 의원이 금일 오후 다섯 시께 평화통일을 위한 경기북부 종주투어 행사 현장을 사전 답사하던 중 대인지뢰를 밟아 사망했다고 발표했다. 고인은 생전에 민족통일에 대한 굳은 신념을 가지고 일생 동안 민주화운동과 통일운동에 헌신했으며, 죽기 전에도 다양한 DMZ 행사에 참여하며 남북 관계 개선에 힘써왔다. 여당에서는 통일영웅 안경석을 기리기 위한 추모행사를 준비한다고 발표했고, 대통령은 안 의원에게 국민훈장 무궁화장을 추서키로 했다. 시민단체들은 전국에 매설된 지뢰들이 국민의 생명을 위협하고 있다며 정부 차원의 대책을 촉구했다.

한편 경기도 북부에 거주하는 한 퇴역 군인은 안 의원을 죽인 폭탄이 지뢰가 아니라 개인이 만든 사제폭탄일 가능성이 높다는 의혹을 제기했다가 여당 의원들로부터 사자명예훼손으로 고발당했다. 하지만 안 의원의 죽음에 대한 음모론은 SNS를 중심으로 급속하게 확산되는 중이다. 사망한 지점이 행사 현장과 멀리 떨어진 데다 지뢰 매설 구역도 아니라는 점이 주요 논란거리다. 경찰청장은 가짜 뉴스를 유포하는 행위는 현행법으로도 처벌될 수 있다며 안경석 암살 음모론을 제기하는 유튜버들에게 강력한 경고의 메시지를 보냈다.

편집국장은 리모컨을 들어 텔레비전을 껐다. 부장은 국장 눈치를 보는 중이었고 소미는 긴장이 되어 손톱을 물어뜯었다.

"지하당 기사…… 그냥 접는 게 어떤가."

편집국장은 하얗게 센 머리를 긁적거리며 중얼거리듯이 말했다. 오랜 세월 권력과 싸우고 경영진과 타협하며 다져진 노회함은 평기자들이 범접하기 어려운 카리스마를 갖게 했다. 다혈질로 유명한 부장 역시 국장 앞에서는 꼬리를 내리는 편이었다.

"하지만 국장님…… 김 기자가 확실하게 야마를 잡은 아이템입니다. 안경석은 지하당 사건의 몸통입니다. 그리고 지하당 사건 관계자들의 연쇄 사망과도 연관성이 있습니다. 이게 알려지면 미래 권력이 바뀔지도 모릅니다."

국장은 희미한 미소를 지었다. 자조 같기도 했고 부장과 소미를 향한 조소 같기도 했다.

"기사의 주인공이 죽어버렸는데 이런 의혹 제기가 무슨 소용이란 말인가? 이 나라에선 죽은 사람에 대한 비판은 금기사항이야. 게다가 김 기자의 기사는 정황증거에 의한 추측성 기사가 아닌가? 괜히 사자명예훼손으로 고발당할 가능성이 커. 그리고……."

국장은 부장과 소미를 번갈아 노려보았다.

"안경석은 이동희 의원의 분신과도 같은 존재가 아니었나? 안경석에 대한 모욕은 곧 이동희에 대한 모욕이지. 이대로 가면 이동희는 대권을 거머쥘 것이야. 우리가 이 기사를 실으면 대통령이 된 이동희가 우리 회사를 공중분해시킬 걸세. 자네들과 난 감옥에 갈지도 모르지. 일단 살아남아야 기사도 쓸 수 있는 거야. 앞으로 이동희와 싸울 날들이 많지 않나? 작전상 후퇴라는 건 기자에게도 필요한 법이지."

국장실을 나오면서 부장은 소미의 어깨를 두드려줬다. 그만하면 애썼다고.

"죽은 사람에 대한 기사도 못 쓰게 하면서 어떻게 대통령이 될 이동희와 싸우라는 거지요? 작전상 후퇴라는 국장님

말, 믿을 수가 없어요."

소미는 갑자기 눈물이 쏟아져 멈추질 않았다. 분하고 원통했다.

"그만 울어. 국장은 정확한 사람이야. 권력자들과 싸울 때는 급소를 노려서 기사를 써야 돼. 아주 숨통을 끊어놓지 않으면 펜대를 굴린 사람의 목숨이 위태롭지. 국장은 기사가 흥미롭긴 하지만 치명적이진 않다고 본 거야. 그 점은 나도 같아."

부장은 저 작은 눈에서 어찌 저렇게 큰 물방울이 뚝뚝 떨어지는지 신기하다고 생각했다.

자신의 책상으로 돌아온 소미는 터져 나오는 울음을 삼키고 심호흡을 했다.

뭐가 잘못된 걸까.

야마도 잘 잡았고, 팩트에도 충실했다. 다양한 각도에서, 복수의 취재원을 통해 팩트를 검증했다. 이동희와 안경석이 차기 대권 주자로 급부상하는 이 시점에서, 매우 시의성 있고 흥미로운 아이템이다.

그런데 왜, 왜 국장에게 킬(kill)당했나. 부장의 말대로 재수가 없었던 걸까. 그럴지도. 안경석이 그렇게 죽어버릴 줄은 꿈에도 몰랐다. 하필이면 기사 출고를 앞둔 이 시점에서.

소미는 강민재 기자였다면 이 상황을 어떻게 극복했을지 상상해보았다.

강민재 기자라면…….

평생 서른 번도 넘게 대형 특종을 낚았고, 백 개도 넘는 커버스토리를 썼으며, 세 번이나 기자협회상을 받았고, 다섯 권의 베스트셀러를 집필한 강민재 기자라면 어떻게 했을까…….

소미는 그 사람도 어쩔 수 없었을 거야, 라고 푸념했다.

하지만…… 강민재라면 자신처럼 좌절하진 않았을 거라고 생각했다. 강민재라면 국장이나 상황을 비난하기보다 자신에게 더 엄격한 잣대를 들이댔을 것이다. 그렇다. 문제는 팩트인 것이다. 소미가 수집한 '팩트'는 증거가 아닌 정황에 불과했다.

안경석이 지하당 사건의 핵심 인물이라는 결정적 증거, 결정적 증언은 확보하지 못했다. 기사의 야마는 어디까지나 정황에 기반한 소미의 상상력에서 나온 것이었다.

소미는 수첩을 펼쳤다. 소미가 그린 지하당 사건의 관계도가 펼쳐졌다. 당 세포들의 이름이 하단에 깔려 있고 그 위에 우동식, 김종훈, 구대서, 박수환이 자리 잡고 있다. 네 명의 이름에서 위쪽으로 뻗은 가지는 물음표로 모였다. 물음표 옆에는 괄호가 있고 괄호 안에는 안경석이란 이름이 들어 있었다. 물음표에서 나온 가지는 다시 위로 올라가 또 다른 물음표로 연결이 됐다. 소미는 안경석 위에 자리 잡은 물음표 옆에 다시 괄호를 쳤다.

그리고 괄호 안에 이름을 적어 넣었다.

이. 동. 희.

어쩌면 지하당 사건의 정점에는 이동희가 있는지도 모른다.

어쩌면 1980년대 후반에서 1990년대에 이르기까지 발생했던 많은 용공사건의 배후에 이동희가 있었는지도 모른다. 안경석은 이동희가 부리는 수족에 불과했을지 모른다.

그때 소미의 휴대전화가 요란하게 울렸다. 소미는 발신번호를 확인했다. 모르는 번호였다. 통화 버튼을 누르자 굵은 남자 목소리가 들렸다.

"김소미 기자님?"

"네?"

"제보할 것이 있습니다."

"뭘 제보하실 건가요?"

"이동희 의원이요. 그 사람에 대해서 하고 싶은 얘기가 있습니다."

"어떤 내용을 제보하실 건지 먼저 힌트라도 주실 수 있나요?"

"이동희의 진짜 정체를 밝히려고 합니다. 이동희의 배후 세력이 누군지 알면 놀라실 겁니다. 이건 정권이 바뀔 만한 제보입니다. 제가 방송사로 가지 않은 것도 너무 위험하기 때문입니다."

"제 번호는 어떻게 아셨나요?"

"강민재 기자가 김 기자님에게 제보하라고 하더군요. 타협하지 않을 분이라고 했습니다."

목소리에서 남자의 결연한 의지가 느껴졌다. 소미는 마음속으로 빌었다.

제발 진실을 다 털어놓기 전에 멋대로 죽지 말아요.

내가 특종을 잡도록 도와줘요.

당신의 원통함을 풀어줄게요.

"만나서 얘기할까요? 어디서 보면 좋겠어요?"

"주소를 불러드릴 테니 혼자 오세요."

소미는 수첩을 펼쳤다.

동희의 이너서클

평양냉면과 어복쟁반으로 유명한 청류관은 대중적으로 유명한 식당은 아니었지만 제법 많은 단골 고객을 확보하고 있었다. 군사정권 시절에는 권력자들이 술 마시고 노는 비밀 요정이었다고 전해지는데, 문민정부 때 건물이 헐리고 지금의 청류관이 들어섰다. 청류관은 분명히 일반음식점으로 등록이 되어 있고 누구나 와서 밥을 먹을 수 있지만, 실제로는 군사정권 시절의 비밀요정과 다름없이 폐쇄적으로 영업을 하고 있었다.

청류관 영업 방식의 특징은 먼저 음식값에 대한 차별을 들 수 있다. 이곳의 냉면은 한 그릇에 3만 원이 넘고 녹두지짐 1

인분에 5만 원을 받았다. 어복쟁반 같은 고급요리는 서민들이 감히 주문할 수 없는 가격이었다.

하지만 회원들에게는 그 3분의 1도 안 되는 값을 받았는데, 문제는 회원가입 조건이 아주 까다롭다는 점이었다. 회원이 되기 위해서는 기존 회원들의 동의를 받아야 했다. 소위 말하는 '계보'가 증명되지 않으면 청류관 회원이 될 수 없었다.

청류관에서 가장 큰 방은 만경대실이었고 이날 만경대실 점심 예약자 명의는 이동희 의원이었다. 청류관 측은 만경대실을 제외하고는 점심 손님을 일절 받지 않았는데, 청류관을 독차지하는 이런 배타적인 예약 방식은 오직 이동희에게만 허락된 특권이었다.

약속 시간이 다가오자 양복을 입은 사람들이 속속 도착했다. 면면을 살펴보면 사회 각 분야에서 방귀깨나 뀐다는 인물들이었다. 사람들은 감색 양복을 입은 사십 대 후반의 남자를 둘러싸고 악수를 건넸다.

"김 판사! 승진 축하해! 장학생 중에서 역대 최연소 승진 아닌가?"

"그러게. 그러고 보니 김 판사가 상아탑고시원 출신인가? 상아탑 출신 판검사만 스무 명이 넘는다던데? 이제 곧 상아탑 출신 중에서 대법관도 나올 것이고…… 호남영재숙에 이어서 최고의 명문 고시원이 되겠어."

영전한 법조인에 대해 덕담이 오가며 훈훈했던 분위기는 이동희가 등장하자 순식간에 싸늘하게 식었다. 좌중은 이동희의 침통한 얼굴을 흉내라도 내듯이 어두운 표정이 되었다. 이동희가 상석에 앉자 누군가 정중한 목소리로 물었다.

"조문은 다녀오셨습니까?"

이동희는 천천히 고개를 끄덕였다. 안경석 의원이 유명을 달리하고 처음 갖는 공식 회동이었다. 이동희는 옆자리에 앉은 군인에게 물었다.

"오 장군, 감식 결과에 대한 시비는 이제 없는 거요?"

"네. 저희 육군의 공식적인 입장은 안 의원을 살상한 무기가 인력식 대인지뢰였다는 점입니다. 여기에 대해서는 저희로부터 감식 결과를 통보받은 경찰청도 같은 입장입니다."

"퇴역 군인의 사제폭탄 음모론은 뭐요? 왜 그런 게 인터넷에 떠돌아다니는 거요?"

"아…… 퇴역한 부사관 한 명이 우연히 경찰의 현장 보존 과정을 지켜본 것 같습니다. 파편 조각을 보고 그렇게 추정을 한 모양입니다. 퇴역 부사관과 친분이 있는 장교들을 시켜서 쓸데없는 소리 못 하게 하라고 일러두었습니다."

"기자들 냄새 맡으면 골치 아파집니다. 장병들 입단속 시켜요."

"명심하겠습니다."

"내가 여기 계신 분들에게 전화로 말씀드렸듯이, 안경석

의원은 평화통일을 위한 행사준비를 하다가 운 나쁘게 지뢰를 밟은 것뿐입니다. 그래야 이야기가 아름답게 만들어져요. 최 기자, 언론노조하고는 공조가 잘되고 있죠?"

재킷을 걸치긴 했지만 노타이 차림의 중년 남자가 문제없다고 대답했다.

"허위 사실과 가짜 뉴스의 확산을 막기 위해 사제폭발물 음모론 보도는 자제하자는 언론노조 차원의 결의가 있었습니다. 결의문은 각 언론사 노조 사무국으로 이미 발송한 상태입니다. 참고로 말씀드리면, 지금 적어도 일곱 개 메이저 언론사에서 통일열사 안경석 의원님에 대한 기획보도를 준비하고 있습니다. 일부 음모론 기사가 나와도 우호 기사로 밀어내기 하면 흔적도 없을 겁니다."

이동희가 기자들의 노고를 칭찬하면서 분위기가 화기애애하게 바뀌어갈 무렵이었다. 누군가 갑자기 엉뚱한 질문을 해서 동희의 심기를 건드리고 말았다.

"의원님, 안 의원을 평양에서 제거했다는 소문이 돌고 있습니다. 혹시 왜 그런 소문이 도는지 아십니까?"

동희는 녹두지짐을 삼키다 목에 걸려서 물을 찾았다. 사람들은 눈치 없는 질문자를 흘겨보며 동희의 반응을 두려운 마음으로 기다렸다. 물을 반 컵이나 들이켜 가까스로 호흡이 진정된 동희는 얼굴에 노골적으로 불쾌한 감정을 드러냈다.

"도대체 누가 그런 비열한 음해를 한답니까? 혹시 우리 중에 그런 입 가벼운 인간이 있다면 과감히 찍어내야 합니다. 평양에서 왜 까닭 없이 혁명 일꾼을 죽이겠습니까? 도대체가 말이 되는 소리를 해야지요. 안 의원을 죽인 사람이 궁금합니까? 난 궁금하지 않습니다. 왜 죽였는지도 관심 없어요. 범인은 틀림없이 변절한 남쪽의 혁명분자일 겁니다. 정권 바뀌고 논공행상에서 소외된 사람이겠죠. 세상에는 원래 그런 소인배들이 차고도 넘칩니다. 제사보다 젯밥에만 관심이 있는 사람들 말입니다. 그런 인간들은 대세에 영향을 주지도 못할뿐더러 우리가 관심을 가져줄 필요가 없습니다. 그냥 무시해야 해요. 만일에 우리가 안경석 의원의 복수를 하겠다고 사건을 들쑤시면 그거야말로 지뢰 밟고 자폭하는 거예요. 여러분, 정권 잡았다고 다 우리 세상 같지요? 지금은 혁명의 고조기가 아닙니다. 우린 아직 커밍아웃하지 않았어요. 잠행하는 자세로 겸손하고 은밀하게 일해야 합니다."

"옳은 말씀입니다! 아주 정확한 상황 판단이십니다."

동희의 옆자리에 앉은 군인이 박수를 쳤다. 뜬금없는 아부였지만 동희는 기분이 좀 풀린 것 같았다.

"안경석 의원이 그렇게 된 건 너무나 안타깝고 슬픈 일이지만…… 우리가 할 수 있는 것은 고인의 명예를 지켜주는 일입니다."

동희는 자신과 마주 앉은 청와대 직원에게 물었다.

"이 수석, 국민훈장 추서는 어떻게 되어가나?"

"네. 오늘 아침에 대통령께서 진행되는 속도가 늦다고 행정안전부를 타박하셨습니다. 절차상 늦어질 순 있어도 안 의원님이 훈장을 받게 되는 건 확실합니다. 너무 걱정하지 않으셔도 됩니다."

"혹시 국립묘지 안장도 가능하겠나? 공무원이 아니라서 안 되는 건가?"

"아, 그 부분도 가능하다고 봅니다. 국립묘지 관련법 시행령에 보면 공무원이 아니라도 국민훈장을 받은 사람은 심의를 해서 국립묘지 안장 대상자로 결정할 수 있습니다. 대통령께서 안경석 의원의 국립묘지 안장을 검토해보라고 이미 지시하신 상태입니다. 제 생각엔 안 의원님이 훈장을 받으실 것이 거의 확실하기 때문에 국립묘지 안장도 무리 없이 진행될 거라 봅니다."

이동희는 그제야 만족스러운 미소를 띠며 본격적으로 식사를 시작했다. 이동희의 눈치만 보던 사람들도 젓가락을 움직이며 잡담을 나눴고 술잔도 돌리기 시작했다. 영전했다는 부장판사에게 술잔이 몰렸다. 분위기가 부드러워지자 누군가 건배 제의를 했다.

"우리 모두 이동희 의원님의 대권 도전을 위해 건배합시다."

와― 하는 작은 함성과 함께 이동희가 잔을 들어 올렸다.

"안경석 의원이 불행한 사고로 이렇게 허무하게 가셨지만,

우린 절대로 안 의원의 죽음을 헛되게 해서는 안 됩니다. 안경석은 휴전선을 앞에 두고 장렬히 산화함으로써 우리 민족의 가슴속에 영원히 남을 통일열사가 되었습니다. 차기 대선에서 우리는 반드시 안경석 의원의 핏값을 제대로 받아내서 정권 재창출을 해야 합니다. 건배합시다. 안경석의 꿈을 위하여. 그리고 조선 민족의 꿈을 위하여."

잔을 비우고, 그들만의 서열대로 진부한 건배사가 오가면서 청류관의 점심 회동이 끝나가고 있었다. 이동희는 영전한 부장판사에게 축하의 인사를 건네고 청류관을 나오면서 문득 어젯밤에 품었던 의문이 다시 일었다. 그 의문은 차에 타고 여의도 사무실에 돌아올 때까지 계속 머릿속을 맴돌았다.

경석은 왜 오래전에 폐기된 드보크 근처에서 죽었을까?

남쪽에서 드보크의 위치를 알고 있는 사람은 동희와 경석뿐이었다.

그렇다면 범인은 드보크의 위치를 알고 있다는 뜻인가.

범인은 경석에 대해서 어디까지 알고 있는 인물인가.

생각할수록 간담이 서늘해지는 일이었다.

당원증

평일 낮의 추모공원은 고즈넉했다. 광고문에는 조선시대 왕릉과 동일한 능선을 가진 배산임수의 명당이라고 나와 있었다. 성찬은 가만히 있어도 마음이 차분히 가라앉고 온몸이 편안해지는 걸 보면 정말로 좋은 기운이 흐르는 땅일지도 모른다고 생각했다. 풀을 밟을 때 나는 사각거리는 소리와 귓가를 스치는 바람 소리가 듣기 좋았다.

죽은 자들이 주인이고 산 자들이 객이 되는 이 공원에서 성찬은 주인의 잠을 방해하지 않기 위해 천천히 걸었다. 성찬은 쇼핑센터나 강남역 사거리보다 추모공원이 더 편안하고 안락한 장소라고 생각하며 석재로 만든 실외 납골당 사이를 지나 공원 가장 높은 곳에 있는 실내 납골당으로 걸음을 옮겼다.

중년 여성 한 명이 계단을 내려오고 있다. 그녀의 시선은 성찬을 향하고 있고, 실루엣과 몸짓은 너무도 익숙한 것이었다. 몸에 걸친 코트와 바지도 낯익다. 말도 안 되는 바람이라는 걸 알면서도 성찬은 가슴이 두근거려 황급히 계단을 뛰어 올라갔다.

하지만 가까이서 본 여인은 전혀 다른 사람이었다. 무엇 때문에 미영으로 착각했는지 모를 정도로 달랐다. 여인은 성찬이 신경 쓰이는지 눈을 매섭게 흘기고 걸음을 재촉했다.

성찬은 낙담하여 진짜 미영이 잠들어 있는 실내 납골당으로 들어갔다.

실내 납골당은 바로크 문양의 금빛 인테리어로 호화롭게 꾸며져 있었다. 유골함 가격으로 유족들에게 장난치고 관리비도 비싸기로 소문난 곳이다. 하지만 성찬은 추모공원 측과 돈 문제로 옥신각신하지 않았다. 이제 성찬이 부양해야 할 가족은 미영의 유골뿐이었다.

성찬은 주위에 아무도 없는 것을 확인하고 유골함을 꺼냈다. 도자기로 만든 흰색 유골함에는 태어난 날과 사망한 날, 고인의 이름이 적혀 있었다. 복잡하고 입체적인 인간의 삶을 이토록 단순하게 요약할 수 있다는 사실이 놀라웠다.

성찬은 뚜껑을 열었다. 골분 사이로 붉은색 표지가 슬쩍 튀어나와 있었다.

성찬은 미영의 골분 속에 묻어둔 당원증을 꺼내 김일성 초상화와 경석의 이름이 보이도록 펼쳤다. 왼쪽에 있는 인물은 오른쪽에 있는 사람에게 살아 있는 신으로 추앙을 받던 존재였으나, 이제는 둘 다 죽은 사람이다.

성찬은 주머니에서 라이터를 꺼내 당원증 모서리에 불을 붙였다. 불꽃은 뱀처럼 혀를 날름거리며 당원증을 게걸스럽게 삼켰다. 성찬은 불타오르는 당원증을 조심스럽게 골분 위로 내려놓았다. 당원증은 재가 되어 미영의 골분 위에 낙엽처럼 내려앉았다.

당원증이 다 타버린 것을 확인한 성찬은 조심스럽게 뚜껑을 덮고 다시 단 위에 올려놓았다.

성찬은 가방에서 조그만 액자를 꺼내 유골함 옆에 세웠다. 액자 안에는 밀짚모자를 쓴 젊은 남녀 셋이 손에 벼를 쥐고 활짝 웃고 있었다.

그 사진은 농활을 취재하러 온 대학신문 기자가 찍었다. 미영의 부탁으로 대학신문 편집부에 사정사정하여 얻은 것이었다. 성찬은 오래전에 그 사진을 버린 줄 알았는데 미영의 유품을 정리하다가 발견하고 말았다.

미영은 왜 이 사진을 그토록 오래 간직했던 것일까. 경석에 대한 그리움이었을까.

아니면 스러져 가는 젊음과 아름다움에 대한 미련이었을까.

성찬은 사진을 버리려다 미영에게 돌려주자고 결심했다. 누군가는 미영이 헤픈 여자였다고 비난할지 모르지만, 미영이 평생에 걸쳐 마음을 주었던 남자는 사진 속의 둘뿐이었다. 그러고 보면, 미영은 자신의 주장처럼 꽤나 지조가 있는 여자였다.

사진 속에서 미영은 두 남자의 팔짱을 끼고 눈을 가늘게 뜨며 웃고 있다. 경석은 시원스럽게 하얀 치아를 드러내며 웃었고 성찬은 웃고는 있지만 어쩐지 표정이 굳어 있다. 어쨌거나 사이좋고 순수해 보이는 청춘 남녀였다.

성찬은 사진 속 미영을 뚫어지게 바라보았다. 바람을 타고 날아가는 가벼운 웃음소리의 환청이 들렸다.

국가, 정파, 신념, 도덕, 결혼…… 생전에 그녀를 속박할 수 있는 건 아무것도 없었다. 그녀는 아무것도 신경 쓰지 않았고 단지 사랑을 갈구했다. 미영은 혁명이 없어도 평생 억압받지 않고 자유로웠던 인간이었다. 타인의 피를 흘리지 않고도 자유를 얻을 수 있다는 비밀을 알고 있는 여자였다. 그녀는 어쩌면 우리가 미처 알아차리지 못한 위대한 사상가가 아니었을까.

성찬은 사진 속 미영을 향해 빙그레 웃었다. 살짝 아쉬운 생각이 들었다. 사진 찍을 때, 활짝 웃을걸 그랬다.

성찬은 미영이 못내 그리워 오래도록 납골당에 머물렀다.

소미는 낯선 골목 안에서 두리번거렸다. 약속 장소는 시흥 주택가에 있는 동네 커피숍이었는데 워낙 좁은 골목이라서 온라인 지도상에서는 확인하기 어려웠다. 이렇게 유동 인구가 적은 곳에서도 장사가 되는지 궁금했다.

"김소미 기자님?"

소미의 팔꿈치를 건드린 사람은 뿔테 안경을 쓰고 여드름이 돋아난 청년이었다. 고시원에 처박혀 공무원 시험 준비를 하고 있을 법한 인상이었다. 소미는 청년을 따라서 골목 안에 숨은 자그마한 커피숍으로 들어갔다. 테이블이 네 개밖에 없었고 손님은 둘뿐이었다. 소미는 주문도 하기 전에 본론으로 들어갔다.

"이동희 의원에 대해 제보할 내용이 무엇인가요?"

청년은 느닷없는 질문에 메뉴판을 내려놓고 피식 웃었다.

"성격 급하시네요. 전부 들으시려면 서너 시간은 족히 걸려요."

"하나만 먼저 얘기해보세요. 제가 솔깃할 걸로."

소미는 시원찮은 제보라면 시간 낭비를 하고 싶지 않았다. 청년은 허공을 한 번 쳐다봤다가 소미와 눈을 마주쳤다.

"윗동네에서는 이동희 의원을 따로 부르는 호칭이 있어요."

"윗동네라면 어디……."

"평양이요."

소미는 가방에서 수첩을 꺼내다 멈칫하고 청년을 빤히 쳐다보았다.

"뭐라고 부르는데요?"

"광명성 690호."

"광명성? 그게 뭔데요?"

"고정간첩에게 부여하는 암호명이죠. 돌아가신 안경석 의원은 광명성 691호였죠."

소미는 마른침을 삼켰다. 이거 잘하면……. 소미는 볼펜으로 수첩에 날짜와 시간을 적었다.

"어디서 주워들은 얘기는 아무런 뉴스 가치가 없어요. 혹시 대학생인가요?"

"네. 좋은 학교는 아니지만."

"그렇군요. 학생이 그런 걸 어떻게 알아요? 교수님이 알려주시던가요?"

청년은 안경을 추켜올리며 소미를 바라보았다. 입가에 희미한 미소가 번졌다.

"돌아가신 우리 아버지가…… 광명성 694호였거든요."

작가의 말

학생운동에 대한 우리 사회의 평가는 진영에 따라 극명하게 달라집니다. 엄혹했던 시기에 민주주의를 수호하기 위해 헌신했던 민주화운동으로 보는 것이 일반적이지만, 한편으로는 감상적 민족주의와 급진 사상에 경도된 철없는 행동으로 폄하하는 시각도 존재합니다. 두 가지 관점 중 어느 쪽이 진실이냐고 묻는다면 곤란한 일입니다. 역사의 진실은 흑백논리로는 파악할 수 없는 모호한 영역에 놓여 있으니까요. 양쪽 진영에서 욕을 먹더라도 회색빛 진실을 세상에 드러내는 것이 작가의 소명이 아닐까 생각합니다.

독자의 정치적 성향에 관계없이 흥미를 가질 만한 이야기를 만들고 싶었습니다. 호불호가 갈리겠지만, 격한 논쟁거리가 된다면 기쁠 따름입니다. 소설을 탈고한 시점은 2020년 초인데, 과거의 운동권 세력이 현실 정치에서 맹위를 떨치며 국가의 근본적인 틀을 바꾸어 나가던 때입니다. 초고를 쓰면서도 과연 이 소설이 세상에 나올 수 있을지 의구심이 들었습니다. 아니나 다를까, 용기 있는 출판사를 만나 세상에 나오기까지 4년의 세월이 필요했습니다.

학생운동의 경험이 일천하여 고증을 하는 데 품이 제법 들었습니다. 복잡한 계보를 파악하는 데는 이창언의 「한국 학생운동의 급진화에 관한 연구」(고려대학교 박사학위논문, 2009)가 큰 도움이 되었습니다. 운동권의 내밀한 조직문화를 이해하는 데는 이명준의 『그들은 어떻게 주사파가 되었는가』(바오출판사, 2012)를 주로 참고했습니다. 학생운동이 진짜 이랬을까, 궁금하신 분들은 말미에 있는 다른 참고 문헌들도 살펴보시기 바랍니다.

2023년 11월
라문찬

참고문헌

논문

강민성, 「북한의 연방제 통일방안 변천에 관한 연구」, 동국대학교, 2005.

고원, 「운동의 혁명적 개조와 이념의 퇴행성, 이중성의 딜레마」, 『기억과 전망』 2013년 겨울호.

권영철, 「김정은 정권의 대남혁명전략 연구」, 서강대학교 석사학위논문, 2015.

김경희, 「김정일 시대 주체사상의 지속과 변화」, 이화여자대학교 석사학위논문, 2002.

서재진, 「북한의 맑스-레닌주의와 주체사상 비교연구」, 통일연구원, 2002.

유경순, 「1980년대 변혁적 노동운동의 형성과 분화에 관한 연구」, 고려대학교 박사학위논문, 2011.

이상진·위강섭, 「북한의 사이버 심리전 징후분석에 관한 연구」, 디지털포렌식연구, 2016.

이진, 「북한의 주체사상에 관한 비판적 연구」, 단국대학교, 1989.

이창언, 「한국 학생운동의 급진화에 관한 연구」, 고려대학교 박사학위논문, 2009.

차동길, 「문재인정부 출범이후 북한의 대남전략과 향후전망」, 『한국군사학논집』, 2018.

최세경, 「북한의 대남 통일전선전략에 관한 연구」, 동국대학교 박사학위논문, 2004.

단행본

남시욱,『한국 진보세력 연구』, 청미디어, 2018.
이명준,『그들은 어떻게 주사파가 되었는가』, 바오출판사, 2012.
한기홍,『진보의 그늘 : 남한의 지하혁명조직과 북한』, 시대정신, 2013.
William Powell, *The Anarchist Cookbook*, Barricade Books, 1971.

언론보도

"강원랜드 상임감사 하마평에 오른 황인오씨가 연루된 '중부지역당' 사
　　건의 실체!",『월간조선』뉴스룸, 2018. 8. 26.
"문재인 정부, 청와대 핵심 요직 전대협(全大協), 민청련 등 운동권 출신
　　이 장악",『월간조선』2017년 7월호.
"박찬수의 NL현대사",『한겨레신문』2016년 연재.
"NL-PD 해묵은 갈등이 결국 진보당 발목 잡았다",『한겨레신문』
　　2012. 6. 18.
"[內幕]「386 간첩단」사건과 主思派",『월간조선』2006년 12월호.
"「구국의 소리」단파방송 들으며 主思派가 된 우리는 北의 소모품에 불
　　과했다",『월간조선』2005년 11월호.
"현실 사회주의의 마지막 보루 북한이 버텨 주기를 바라는, 기도하는
　　심정이었다",『월간조선』2005년 1월호.
"主思派 출신 의원들은 과거에 어떤 일을 했고, 지금 어떤 생각을 하는
　　지 고백하라",『월간조선』2005년 1월호.
"노동당입당사실 北붕괴시 모두 드러날 것, 지금 고백해야",『미래한
　　국』2004. 12. 28.

초판 1쇄 인쇄 2023년 11월 24일
초판 1쇄 발행 2023년 12월 1일

지은이 라문찬
펴낸이 이수철
주 간 하지순
교 정 구경미
디자인 최효정
마케팅 오세미, 전강산
영상콘텐츠기획 김남규
관 리 전수연

펴낸곳 나무옆의자
출판등록 제396-2013-000037호
주소 (10449) 경기도 고양시 일산동구 호수로 358-39 동문타워1차 703호
전화 02) 790-6630 팩스 02) 718-5752
전자우편 namubench9@naver.com
페이스북 @namubench9
인스타그램 @namu_bench

© 라문찬, 2023

ISBN 979-11-6157-159-1 03810

• 이 책의 전부 또는 일부 내용을 재사용하려면
  사전에 저작권자와 도서출판 나무옆의자의 동의를 받아야 합니다.
• 잘못 만들어진 책은 구입하신 곳에서 바꾸어드립니다.